Liu Heng
Yanjiu Ziliao

吴义勤

主编

刘 恒
研究资料

窦金龙　选编

百花洲文艺出版社
BAIHUAZHOU LITERATURE AND ART PRESS

图书在版编目（CIP）数据

刘恒研究资料 / 吴义勤主编. -- 南昌：百花洲文艺出版社，2024.12
ISBN 978-7-5500-4907-9

Ⅰ.①刘… Ⅱ.①吴… Ⅲ.①刘恒 – 文学创作研究
Ⅳ.①I206.7

中国国家版本馆CIP数据核字（2023）第019557号

刘恒研究资料

吴义勤　主编　窦金龙　选编

出 版 人	陈　波	
责任编辑	胡青松	
书籍设计	方　方	
制　　作	何　丹	
出版发行	百花洲文艺出版社	
社　　址	南昌市红谷滩世贸路898号博能中心一期A座20楼	
邮　　编	330038	
经　　销	全国新华书店	
印　　刷	永清县晔盛亚胶印有限公司	
开　　本	720 mm×1000 mm　1/16	印张　23.25
版　　次	2024年12月第1版	
印　　次	2024年12月第1次印刷	
字　　数	365千字	
书　　号	ISBN 978-7-5500-4907-9	
定　　价	65.00元	

赣版权登字　05-2023-206

邮购联系　0791-86895108
网　　址　http://www.bhzwy.com
图书若有印装错误，影响阅读，可与承印厂联系调换。

目　录

2

刘恒：对人的存在与发展的思索

牛玉秋

刘恒是近一两年逐渐引起文坛注意的青年作家。没有戏剧性的轰动。如果从1977年发表作品时算起，他已经走过了十年艰苦创作的历程。然而，从《狗日的粮食》开始，他的作品分明显示了一种与众不同的特色。他的小说侧重于把人作为类的存在进行考察，对人的自然存在与社会存在的关系、人的本质力量、人的各个方面各个层次的意识以及人的全面发展所面临的各种现实障碍，进行了全面深入的思考。每篇作品都沉甸甸，厚实实，让人不敢小瞧。

《狗日的粮食》：人的最基本的需求

民以食为天。粮食，"不是土，不是石头，不是木柴，而是'谷子'，是粮食，是过去代代人日后代代人谁也舍不下的、让他们死去活来的好玩意儿"。吃，是人的最基本的生物本能，而粮食，就必然地成了人生存的最基本的需要。把粮食冠以"狗日的"，可谓大不敬，而这大不敬的说法出自一辈子逞强扒食的女人"瘿袋"之口，却正是由于爱之深恨之切的缘故。莫里哀在其著名的剧作《悭吝人》中有过这样一句名言："人不是为了吃饭而活着，而是为了活着而吃饭。"这是千真万确的真理。人的生命存在是他进行一切活动的前提，而粮食则是人的生命存在的基本条件。"人们首先必须吃、喝、住、穿，然后才能从事政治、科学、艺术、宗教等等。"（恩格斯：《在马克思墓前的讲话》）当生命存在的基本条件出现问题时，人生意义的因果链条便会发生逆转，于是，人为了活着，必须想方设法弄到吃的；为了弄到吃的，人又必须付出他几乎全部的精力和智慧，从而使得吃仿佛成了生存的唯一目的。在这种情况下，人表现出可悲的无限退化：他甚至不如猴子，猴子还有嬉闹和游戏。在这种情况下，人们无法不堕入价值混乱的窘境：他无法对生命与粮食的价值作出清醒的判断。杨天宽用二百斤谷子买了瘿袋。对他来说一个妻子的价值就是二百斤谷子。瘿袋嘴伤人，心也伤人，却因能扒弄粮食深得天宽器重。瘿袋因丢了购粮证和钱寻了短见。一家八口一个月的口粮，充其量不过一百六十斤粮食，这就成了一个农村妇女生命的价值。为了扒弄粮食，瘿袋全然没有了羞耻心。公家的嫩棒子、谷穗子、梨子、李子……邻居的南瓜、葫芦，只要有机会，她便下手偷。假若有人敢于查究，她自有利口恶骂来对付。确如司马迁所说："仓廪实而知礼节，衣食足而知荣辱，礼生于有而废于无。"（《史记·货殖列传》）在人生第一需要发生恐慌的情况下，礼义廉耻、伦理道德统统让路。为了填饱肚子，他们掏鼠洞，接骡粪，已经沦落到不如动物的地步。很明显，一旦粮食供不应求，粮食就成了最高价值。老一辈如此，小一辈也这样成长起来。能够眼快手快拾来麸子的小豆，就被认为是出息了。人仿佛退回了原始社会，然而他们分明生活在现代社会；按照人类的分工，农民本该种粮食养活自己也养活别人，然而他们却连自己也养活不了。人类，这地球上唯一懂得种植粮食养活自己的族类，反而被粮食折腾得死去活来。这难道不可悲吗？这难道不荒唐吗？这难道不滑稽吗？

作者没有直接交代造成这种窘境的原因，他只是从字里行间透露一些消息。这也尽够了。他说："天宽起初只尝到养孩儿的乐趣，生得一多就明白自己和女人一辈子只在打洞，打无底洞。一个孩儿便是一个填不满的黑坑。"他又说："她做活不让男人，得看在什么地界儿。……一上工立即筋骨全无，成了出奇的懒肉。"无计划的生育似乎是由于当事人的愚昧；干公家活儿不出力则是由于觉悟不高。再往深里一想，这愚昧与觉悟不高又都与正当其时的政策有着极密切的关系，证明着什么又嘲笑着什么。于是便有了一年又一年的坏年景。"生红豆那年，队里食堂塌台，地里闹灾，人眼见了树皮都红，一把草也能逗下口水"，"那一年粮食又不济。可二谷都七岁了"，"绿豆退学、二谷上学那年，洪水峪日子不坏。……家家一本购粮证，每人二十斤，断了顿就到公社粮栈去买"。食堂塌台、返销粮等等，都是人类在粮食问题上最富于社会性的表现。这样，一方面，作者极深入地表现了人类基于其生物性本能对粮食的需要，以及人类由于粮食的限制所产生的退化，体现了他对人性的深刻理解；另一方面，他又恰如其分地表现出，人种在满足自己最基本的需要方面向生物性的无限退化，发生在一定的社会历史关系和环境之中，这就使得人的这种生物性退化本身同时就包含着丰富的社会性内容，包含着对造成人退化的社会历史关系和环境的否定和批判。

《力气》：人的本质力量的对象化

马克思指出："人直接地是自然存在物。人作为自然存在物，而且作为有生命的自然存在物，一方面具有自然力、生命力，是能动的自然存在物，这些力量作为天赋和才能、作为欲望存在于人身上；另一方面，人作为自然的、肉体的、感性的、对象性的存在物，和动植物一样，是受动的、受制约的和受限制的存在物。"（《1844年经济学哲学手稿》）如果说，《狗日的粮食》着重表现了人受动、受制约和受限制的一面，那么，《力气》则着重表现了具有自然力和生命力的人的能动的一面。

人的本质力量究竟是什么，是一个众说纷纭、争论不休的问题。不过，人的能动的力量却大体可以限定为体力、智力和介乎于两者之间的技能。所谓体力，是人与许多动物所共有的。在这方面，人远远不如许多动物，大如大象，小至蚂蚁。所谓智力，则是人独领其先。虽然人们已经运用许多科学手段测定不少动物具有一定程度的智能，但直到目前为止，人仍然无可争议地是具有最高智能的动物。如果要表现人的本质力量，一般说来应从所特有的素质即智力方面入手。然而刘恒却反其道而行之，偏偏选择了力气，选择了人所具有的相对单纯、客观，并被发挥到极致的一种能力。人的体力虽然比不上诸如大象、蚂蚁这些动物，但人的体力却有着大象、蚂蚁所不具有的特点，那就是它的社会性。

力气的大小本来是天生的，也就是说，是与生俱来的生命力的一种，似乎与社会性没有什么关联。杨天臣一降生便落下了"力气愣壮"的赞语。此后，三岁剜菜，四岁拾柴，七岁下地，十三岁跟老爹换鞋穿，长成正正经经一条汉子。给王九庆当崖工，只身撬的石板一队骡子驮不净。后来，竟然也汗江汗河赚回九亩一洼的沃土。似乎一家应享的福烟，真真藏在他的巨掌之中，单等他尽心下力去抓挠了。杨天臣与生俱来的这把子力气，也确乎所向无敌，一无阻挡。种地他称得上庄稼强人，打仗他便成了地雷大仙。"大身板用麻绳袋子网住几十颗铁雷，跑起山来像飞着一串野葡萄。埋雷又不用铲子，十根爪牙一扎一扬，土里就生个穴。撞上急茬子，点了火索，好几斤的铁瓜能甩成一门炮。"就是大炼钢铁时，他那股子英武劲也不减当年，"百多斤的红水包子一支楞就稳稳地端开，浇锭子就像给菜畦灌肥水，老腰不颤分毫"的确，在可以发挥、使用自己的力气的场所，杨天臣都毫不吝惜，把自己那超乎寻常的力气发挥到了极致。甚至当力气随着他生命的老化而悄然渐逝的时候，他仍有力气做最后一搏：用自己尚存的力气结束了自己已经失去创造力的生命，为他一生的壮歌谱写了最后的音符。这就是人的主观能动性，这就是人与生俱来，不由外界条件决定、限制、影响的天赋能力，就是人的自然生命力。杨天臣之所以使人景仰，正是因为他剩一丝力气也要用到死，无论在何种环境中、在何种状态下，都要将自己的自然生命力最大限度地发挥出来。

不过，只有当我们从最抽象的意义上来领会杨天臣的力气时，他的力气才表现为不受外界条件决定、限制、影响的自然生命力。而实际上，自杨天臣降生到人世，他的力气无时无刻不受到历史、社会、生存环境和人际关系的限制和影响，无时无刻不表现出人的力气的社会性。

人的本质力量的社会性表现之一，是它对象化的范围在很大程度上受社会环境和具体的生存环境的限制。人类可以使用力气的场所很多，工业、农业、军事、体育各个领域都有专门需要力气的部门。杨天臣一生却只在两个领域中使用过力气，只能成为庄稼强人和地雷大仙。他不能成为装卸巨人，也不能成为举重健将，甚至不能像他孙女昆月那样当个篮球运动员，去打前锋。就他的体力而言，这些工作他其实都能愉快胜任。但他的环境限制了他，因而他只能在庄稼地里逞强。从根本上说，人类的生活领域极其宽广，人可以在其中发挥其体力与智力的部门也不计其数。然而由于人的生命力有限，人注定只能在极其有限的领域里从事极其有限的活动。个体的人的本质力量实现的现实有限性与其可能的无限性之间，永远存在着极其遥远的距离。而因为人本来就是有限的生命存在，所以他常常意识不到无限的可能性，并对有限性对自己的局限毫无觉察，甚至常常把局限认作是自己的愿望。就杨天臣而言，他的愿望就是种地、侍弄庄稼。抗日战争爆发后，民兵队动员他，他并不愿加入，自己不入，也不让儿子入。"锄把子不肯换枪"。他并没有，也不可能认识到，参加民兵队是为自己的本质力量的对象化开辟了又一个新的领域。他固守着自己的愿望，而这种愿望的产生和形成，其实完全是环境作用的结果，是在中国这样一个农业大国的社会背景下，1900年诞生于洪水峪山村的农民之子必然具有的愿望。然而历史环境又迫使他不能将自己的愿望贯彻始终。日寇烧死他一家三口的血海深仇把他逼上了抗日前线，于是便造就了一个地雷大仙；因娶汉奸之妻而受的政治压力又把他推上解放战场，使他再一次大显神威。

人的本质力量的社会性表现之二是它的对象化的结果必然经受各种社会价值判断。杨天臣力气大，而且他在任何场合任何条件下都最大限度地发挥自己这种天赋本能，不过发挥力量的结果却有社会价值的不同。他的力气曾换来过爹的裹身木和娘的药泉，赚来过九亩沃土，这是力气的经济价值。他的力气又曾为自己赢得"地雷大仙"的称号，赢得十六乡人的羡慕，这是力气的政治价值。他的力气却也换来过自己的不快，那是在斗争王九庆的大会上，天臣一巴掌扇得王九庆满嘴冒红沫子，一直到拖下河滩枪毙王九庆也未醒转。天臣觉得力气用得有些毒，自己活得堂正，却向死鸡逞威，倒像急着洗刷了。这是对力气的道德评价。

从以上例子已经可以看出，力气对象化的结果是社会结果，对它来说，既有肯定性的价值，也有否定性的价值，既有社会的评价，也有个人的评价。在这些情况中，力量发挥的程度与评价的高低基本上成正比。除此之外，还有另一种更为复杂的情况，那就是力量的发挥与其价值不成比例。闹了一回钢，天臣显出无比英武，却"只炼出一堆叫不上名目的东西"；种了多半辈子地，却落得个吃返销粮；尤为尴尬的是劳力下地不出力，天臣一人终日苦做，却使众人对他的敬重化作无言的冷视，美名也随之委顿了。

这样看来，人的本质力量的对象化与个人生存、社会进步、历史发展、人民幸福直至人类自身完善都有着直接或间接的关系。个体的人固然可以不受限制地把自己的能力最大限度或最小限度地发挥出来，然而力量发挥出来以后所创造的价值和所受到的社会评价却不由个人所决定，它们都必不可免地受到社会关系的纠缠和限制。

这篇小说蕴含着这样的思想：人作为类存在，在相当长的历史时期还难以摆脱各种形式的社会关系的限制，为人类发展计，各种形式的社会关系都应尽量使群体中每个个体的本质力量都能得以充分发挥，并得到尽可能多的有益的结果、创造应有的价值、得到恰当的评价。这样才能进一步促进每个个体的本质力量的发挥和发展，让生命跃上辉煌的顶峰。否则将导致个体的退化，直至种的退化。

《陡坡》：人的发展与其所受的限制与羁绊

《陡坡》讲了这样一个故事：农村青年田二道为了发财致富，干起了修车业，为了增加生意，他在公路上撒下了害人的钢屑和图钉，到头来自食其果，死于非命。初看它很有点因果报应之嫌，但这决不是一个劝善惩恶的故事，主人公也不是又一个朱老大。

说它不是劝善惩恶，是因为小说并不是把田二道作为某种道德欠缺的化身来描写的。它写了田二道的追求，写出了这种追求的美好，并寄予深切的同情。田二道向往着山外的世界、山外的生活。他用修车赚的钱给自己买西服、订报纸，使村里人大感不解，但却表现了他对另外一种生活方式的憧憬。报上"那些字所代表的山外世界是引起他一切沮丧和一切激情的根源"。他修车赚了些钱，在胡林村就成了让人嫉妒的人，短见的哥哥也认为他"现在就混得不错"。他自己却并没有从旁人的嫉妒中感到满足，而是觉得"差得远，你看看外边就知道了"。报纸上农民企业家出国的消息已经能够引起他内心的痛苦，不再是与他不相干的事了。

这是一种主动的追求。这种主动的追求使他在一定程度上超越了自己。他超越了自己的懒散。被舅舅辞退后，他自己干起修车，而且手艺不断有长进。遇上新碑号的车子，尽管是小毛病他也不当天修，让人家过夜取，然后点半宿灯拆了装、装了拆，把从舅舅那儿学来看来的一些门路细细地琢磨透。在他与曹天玉的爱情关系上，他更表现出新的精神追求的萌芽。在与天玉交往的过程中，他制止自己，没有干下越轨的事，因为他开始懂得，要维护自己在对方心目中的形象。这些行动都使他与那个不想付出任何努力、只想坐等天上掉馅饼的朱老大有了明显的区别。就是在死于非命之时，他的书包里还装着两本书，一本《摩托车驾驶与维修》，一本《婚姻与性》。他还希望着、准备着通过学习提高自己的修车技艺，提高对爱情婚姻生活的认识。一个生理上有缺陷、生性懒散的农村青年，由于有了精神上的追求，在不长的时间内把自己提高到这样的水平，确实是难能可贵的。

然而他的追求必定是悲剧。悲剧产生的根源就在于：一方面，他要通过追求挣脱环境与自身的局限获得新的发展；另一方面，他又无可避免地就是他自己、是他的环境的产物。他的追求始终是朦胧混沌的。"他想不清自己攒了钱，娶了天玉，迁到比家乡有意思得多的镇子上来，是否能够愉快满足"。一份报纸代表着他与外部世界的全部精神联系，这是多么可怜的精神滋养。追求的理想是朦胧混沌的，追求的实施却要求切实可行。除了种庄稼以外，可供他选择的实际生存方式也寥寥无几。当他实施自己的追求时，可供他参照的模式，除了胡林村的父兄，就只有高铺镇上的舅舅。无论他怎样鄙视他们，怎样躲避他们的生活方式，他们仍然要对他施行潜移默化，他们仍然是他在现实生活中的仅有的参照系。他往公路上撒钢屑图钉，就是从舅舅兼师傅曹干乱那儿学来的。人们可以责怪田二道不老老实实地凭手艺谋生致富，然而，田二道的目标并不仅仅在于谋生致富，他所需要的是一种崭新的生活方式。因此，他即使不干那种不道德的勾当，也仍然摆脱不了自己的悲剧命运。因为他要追求新的生活方式，而周围却没有可供他仿效的榜样，他自己又缺乏对新的生活方式的想象力。经济发展的程度尚未给他提供产生想象力所必需的物质基础，他最终必然要陷入旧的生活模式之中断送自己。他在人世最后一天与舅舅的那场谈话所产生的后果，已经清楚地预示了这一点。这是小生产者的悲剧，是客观环境对人的发展的无情的限制。

不管生活于何种环境之中的人要想提高自己、发展自己，都是在爬陡坡，都要经过无数番艰难曲折，都很难避免（当然不是绝对无法避免）踏上自己撒下的钢屑图钉而丧生的危险。因此对敢于走上这条路的人，即使他们没有成功，也值得人们同情，甚至应该奉上一点敬意。

《萝卜套》《杀》：潜意识中的文化成分

这两篇小说写的都是改革开放以后农民承包的煤窑上的事，都写了深藏着的仇恨心理。作家明显地运用了欲扬故抑、欲擒故纵的艺术手法。

在《萝卜套》中，作家反复强调窑梆子柳良地对窑主韩德培的领情、奉承之举，目的却在突出他的一腔不平之气。窑主不入窑，窑梆子是窑主在窑里的替身。韩德培为此给了柳良地不少好处，小到猪吃屎的安排，大到年终分红时比窑工多给的八百元钱。韩声称："萝卜套还真个是少不了他，我姓韩的离不了这号爷们！"从表面上看，柳良地也真是韩德培的可靠帮手，但在他的潜意识中却深埋着对窑主的不满和仇恨。这仇恨最表层的原因来自窑主对他妻子的霸占。杀父夺妻之仇历来是中国文化形态中不共戴天的深仇大恨。柳良地虽心怀不满，却不敢向窑主有所表示，只敢向老婆发威，找茬揍老婆。老婆并不畏惧，照旧戴着窑主给买的手表，说不准是炫耀还是示威。窑主也给他买了一块，他没戴，不是因为屈辱，而是怕干活碰坏舍不得戴。窑主公开拿他老婆开玩笑，他卑微地想凑趣说两句，"狠吃了两口凉风究竟是说不出"。正是由于经济利益的辖制，柳良地的不满才以潜意识这种形式存在着。

等到他暗自赌咒，盼望窑主打不到狐子时，他潜意识中对窑主混沌不清的不满才明朗化了：他嫉妒窑主的成功。窑主因其成功而成为强者，他有权赚大钱，有权不下窑，有权决定良地一干人的收入，甚至有权霸占良地的老婆。而良地则因窑主的成功而成为弱者，只能冒着生命危险用苦力去换取自己那一份报酬，还要搭上自己的尊严处处讨好窑主。这种基于经济地位不平等而形成的不平等的人际关系，对一方来说是专横和尊荣，对另一方来说却是憋屈和耻辱。这样的人际关系引起不满和仇恨的心理是很自然的。当柳良地看到窑主从崖上摔下去时，"恍惚间竟冰头冰脑地吼出了大调的戏文"。潜意识中的不满遽然冲破表面的谦恭和顺，演化为公开的幸灾乐祸。而转化的契机就是这意外的事故，由于这场事故，韩德培在原有社会关系结构中的地位一下子动摇了，社会关系结构的变化又引起了相应的心理变化。柳良地由于对原有社会关系结构的不满所以对可能产生的变化格外敏感，他几乎是凭直觉意识到这一变故对他现实生活可能产生的巨大影响。直到这时，柳良地的不满都是合理的，他的不满产生于经济待遇与人格地位的不平等，而这种不平等本来就是不合理的。所以这是由于一种不合理的社会关系结构所引起的合理的心理反抗。

意味深长的是柳良地救回崖主以后的表现。"腊月十四之前他是卑微的窑梆子，贪财而胆小。那以后他就是讲义气、缺心眼儿让大家琢磨不透的怪人了"。他起而捍卫自己的尊严，不许人们再说老婆的闲话。及至韩德培成了废人，他当上窑主，合同到手第一个就雇德培，而且月支二百，跟过去的窑梆子一个身价；他对昔日窑主的老婆动手动脚；吹牛要盖一间更地道的房子。凡此种种都说明，柳良地成了第二个韩德培。事情就是这样奇怪，当他卑微时，他仿佛仇恨不平等；当他显达时，人们才看清，他原来并不仇恨不平等，他所仇恨的只是他自己在不平等的社会关系中所处的低下地位。当他的地位发生变化以后，他对不平等关系欣赏备至、喜爱有加。

这就是萝卜套的柳良地，这就是中国传统文化制约下的典型农民心理。煤窑承包，说明时代背景当是改革开放之后。这样的社会历史背景并没有改变萝卜套的社会文化氛围。在这个煤窑上进行生产的是原始的、落后的生产力：九个钟点的骡子活儿。与此相适应的是封建色彩极浓的手工行会式的生产关系，窑主、窑梆、窑工三者间的关系与封建小生产的继承关系是一目了然的。中国农民实行这种关系可以说是驾轻就熟、无师自通。在这样的物质基础和精神传统所构成的生活环境中，人的思想注定难以产生实质性的变化。所以，柳良地在机遇光顾时仅仅改变了自己的社会地位，却没有也不可能超越既定的社会关系结构。而如果不能最终超越一种已经显示出不合理性的社会关系结构，那么人无论是在潜意识中还是在实际行动中所表现出的合理的不满，最多只能导致人在旧有的社会模式中的地位的变化，而不能改变这一模式本身。因而，这种不满都将是有极大局限性的，都不能使人得到真正意义上的发展。

《杀》正好与《萝卜套》相辅相成。《萝卜套》是在强调满足的烟幕下刻画不满心理，这篇小说则是以强调合理性为手段达到暴露不合理的目的。小说以王立秋为视角，尽力表现他被人坑骗、求人受辱，以至于走投无路的心理感受，让王立秋处处为自己辩白，造成一种王立秋有理、值得同情的表面印象，同时透过这种表面现象，透过王立秋的辩白，把他心理的保守性、投机性和破坏性暴露无遗。

王立秋与关大保之间的恩怨纠葛谁是谁非并不难分辨。王立秋在北下窑困难的当口为窑主带头撤股，关大保咬紧牙关、低三下四到处求人才渡过难关。王立秋不讲信用，陷他人于困境之中，自然无理。即使以传统道德衡量，也算得上是不仁不义。等到他遇到难处有求于关大保时，大保记恨前嫌，不肯援手。这虽然有失忠恕之道，却也在情理之中。然而也正由此酿成关大保的杀身之祸。仅就实际情况而言，王立秋并没有真的到了活不下去、非杀人不可的地步。他被骗丢了工钱，是个重大的经济损失。但回到村里，他还有自己承包的地。除了下窑干活，也还可以寻其他出路。村长养一头牛犊，喂一夏就值四百几。所以，王立秋杀人，并不是迫于生计，而是受制于强大的心理压力。

让人坑骗丢了一季的工钱，固然是不小的经济损失，却更是沉重的心理打击。面相和善的包工头直到最后一刻还利用了王立秋对他的信任。北下窑出煤，是第二个心理打击。他并不觉得自己在危难之时撤股对不住人，反倒觉得亏得慌，觉得是把好好的便宜扔给了别人。因此他才觉得北下窑理所当然应该是他倒运以后的后路，关大保理所当然应该让他下窑干活，他才能够想到"他和大保一块儿到蚂蚱沟打过猎，在一个狍子身上分过肉，他的钢夹也供大保使过"，把这样鸡毛蒜皮的小事也当作关大保必须援助他的理由。有了这样的心理依据，他才会不顾做人的尊严三番两次去乞求关大保。只要关大保让他下窑，就是他的成功，而成功必将转化为心理补偿，补偿他在求人过程中所受到的全部损失。然而他又一次失败了，"立秋逼对方正视一种哀求，而窑主分明只肯施舍一份嘲弄"。求人失败，求人受辱，双重的打击更加重了他的心理负担。

公众舆论的倾向加速了他心理的倾斜。立秋撤股时，半窑的人跟着抽了股，北下窑差点垮掉，村里人却只是幸灾乐祸。立秋下跪求大保的事传了半个村子，可让人瞧不上眼的却是大保。"仁人不打要饭的，窑主不是太毒了么！"就连村长也不肯在他们的纠葛中说一句谁是谁非的话。这样就形成了一种不分青红皂白、不辨是非曲直，一味同情弱者、同情为一己打算的社会心理氛围。正因为如此，王立秋在觉得自己走投无路之后，不是去自杀，而是去杀人，去杀关大保，以此来求得心理平衡。

值得注意的是，受害人关大保虽然在事业上获得了成功，但其心理素质的狭隘性却与王立秋惊人地相似。他也有过危难之时，也曾像王立秋一样低三下四地求过人，甚至给人下过跪。即使是后来事业上的成功也没能补偿这一切所造成的心理缺憾。所以他才会在王立秋求他时那样刻毒，那样不留余地。他对立秋的决绝与其说是事业的需要，不如说是狭隘的报复心理的需要。将杀人者与被害人在心理素质上的一致性不动声色地和盘托出，使得这篇小说不同于一般的恩怨仇杀故事。它的目的不在于分辨善恶是非，而在于剖示一种有害的社会心态。这才是这篇小说独到的深刻之处。

如果说《萝卜套》通过窑主更换表现了对满足于在一个陈旧的社会关系模式中地位的变化、在一个套子里循环往复的忧虑，那么，《杀》则通过窑主火并表现了对没有出路的互相残杀的悲哀。人类的进步和发展常常要付出生命和鲜血的代价，但流血和丧命却并不一定就能换回进步和发展。这是人类必须警惕的。

以上所分析的刘恒的作品都以农民为描写对象。农民是我国文学画廊中出现人次最多的社会阶层，但像刘恒这样从人的存在与发展这样宏观的角度来把握农民的，则尚不多见。在"文革"前十七年的文学作品中，作家们所注重的是农民的社会属性、阶级属性和政治属性。这些当然都是人的重要的属性，但却不是人的全部属性。而那一时期文学的悲剧就在于把它们当作了人的全部属性，进而演化到把农民当作某种政策符号进行描写。新时期文学在农民形象上的巨大功绩就在于它打破了对农民那种单一的武断的阶级分析，写出了作为社会人的农民的社会关系的全部复杂性，并开始注重对农民的文化属性的发掘与表现。李顺大、陈奂生等人物以及《厚土》等作品都因此给人留下了难以磨灭的印象。而刘恒笔下的农民形象又向前发展了一步，进入到对农民自然属性的把握与表现。

刘恒对农民自然属性的把握与表现不是在人的社会属性之外增添一些诸如"食色"之类的"人性"表现，不是把统一的人分解为社会人与自然人的对立，而是把人的社会属性与人的自然属性紧密结合起来，让人的自然本能处处显示出其历史发展的特点。刘恒对农民自然属性的把握与表现又一个贡献是：他超乎性冲动之外表现了人的最重要的生命冲动。在一段时间里一写到自然属性就离不了性。应该承认，性冲动是生命冲动的一种，而且是很重要的一种，因为它直接关系到人类自身的再生产。但性冲动绝不是生命冲动中最重要的，更不是唯一的冲动。对于人类来说，最重要的冲动就是把自己的本质力量对象化的冲动，就是把自己所具有的能力发挥出来，在外物上打下自己的烙印，使它成为可以观照的，成为对象，这样一种冲动。然而在众多以生命冲动为主题的作品中，几乎看不到一部表现人的创造能力的作品。因此，刘恒的《力气》就不能不给人以空谷足音之感。

刘恒对农民自然属性把握与表现注重了自然属性的文化存在形式。他出色地表现了人的心理活动所无法摆脱的文化制约。仅从社会属性看，关大保、韩德培甚至柳良地都可以被看作是改革者、企业家。而刘恒由于透过了人物的社会活动层面而深入到人物的心理活动，从中看到了封建文化的影响和制约，从而对他们的行动有了更确切的理解。思维是人类共有的能力，人类也存在着共同的思维规律。但不同的文化环境中形成的思维方式永远存在着极大的差异性。从这点上看刘恒的小说中所深含的意味，恐怕很难为外国人体会。然而它们的深刻性也正在于表现了生与死、强与弱、达与穷这些一般人类生存状态中中国农民所特有的心理状态。

刘恒还不断有新作问世。在这篇文章写作之时，笔者已经又看到了他以性心理为内容的两篇新作。初步的印象是仍可属于这一系列之中。这一系列写到这个程度上似乎可以停一停了。思考一些新问题，探索一些新途径，以期产生新的飞跃，大约是值得的。

原载《当代作家评论》1988 年第 5 期

刘恒论

——对刘恒小说创作的回顾性阅读

程德培

老实说，给刘恒写作家论，是违反了我平时的写作惯例的。在读到1988年刘恒的小说创作之前，我那经常引以为自豪的资料库里并没有刘恒的名字，这就是说我的没有注意至少是证明了我所犯下的一个预测性方面的错误。而如今他的中篇小说《白涡》《虚证》与《伏羲伏羲》则一下子引起了我的震惊，我几乎难以想象，在这文学创作大萧条的日子里，昔日如火如荼的创作热情在骤降，旺盛的想象力在衰退，从来都是引人注目的纯文学已移向偏僻的角落，对小说创作来说，一切都变得不尽如人意。刘恒却一下子有着那么美妙的不可思议的作品问世，这实在出乎我的意料。尤其是《伏羲伏羲》，它使我有好些天都沉浸于阅读的快感之中，这快感甚至还包括了不安、惊讶、自责与赞叹不已，充满着领悟小说无处不有的隐语的兴奋。刘恒完全成了文坛的新闻人物。当然，我说的违反写作惯例的缘由还在于，我从来都认为自己能从一个作家还不曾引人注目的时候，就意识到他的潜在能力，并从一开始就能注意他。这次刘恒是个例外，刘恒现象颠倒了我的阅读顺序，所以我的评论在阅读时态上就成一种回顾性的接受了。

但是，必须在这里作一个说明，我一方面把对刘恒认识上的迟钝看作是自己批评经历上的一个小小的错误，但从另一方面讲，这一现象也可能说明了，1988年的刘恒小说较之以前的创作，事实上是发生了某些巨大的变化，以至于这种由迟钝的认识所分隔的前后两部，除了能从中找出它们之间的联系外，可能也包括了认识上的必然断裂。

一

刘恒的创作以写农村居多，在我的印象中，刘恒的小说中，除了《白涡》与《虚证》二篇可算例外，但是，它们又哪里算得上是写城市的小说呢，《白涡》仅仅是让三个人的故事发生在城市罢了；《虚证》也不过是郭普公的自杀故事放在了城市罢了。因之，严格说刘恒是个写农民的作家，从他最初的《狼窝》开始直到最近的《四条汉子》，都是彻头彻尾的庄稼汉。和其他写农民的作家一样，凡中国农村的昨日与今日，农民的生存问题、土地问题都是刘恒的小说所关心的。我们甚至可以从这种特有的关心中见到刘恒创作的思维模式和叙述的某些特征，别的不说，单从他的作品所表现的对象来看，其千篇一律的沉重感就如同中国农民所走过的十分沉重的道路。刘恒的故事把农民的漫长道路演化为自身的时间，而把农民生活在空间上的单调亦演化为自身的空间，刘恒的小说往往都是拉长主人翁生活长度来平衡叙述所绝对必需的起伏、宕荡与曲折变化的。以他最近获1985—1986年度全国短篇小说奖的《狗日的粮食》来说就是一例。洪水峪的杨天宽用二百斤谷换来了媳妇，他们一生养下的一大群儿女又都是用粮食给他们取名的，但他们的长大却始终伴随着饥饿。杨天宽一生度过的只是一年又一年的粮食不济的岁月，作者借着这一饥饿的角色为我们展示了杨天宽一家子的关系，以及个人行为的演变史。饥饿撕下了天宽的脸皮，不仅是因为饿怕了，而且还是看惯了妻子那不顾一切地到处去扒吃粮食的行为。他依然是劳动，但是农民的力气已是养不活自己，更养不活六个用粮食命名的孩子。唯有妻子那见不得人的行为维持着一家人生活的脸面。不仅如此，粮食也使得人的性格发生着异常的逆向行为，妻子瘿袋在有购粮证的年代到来的时候，却偏偏把它给弄丢了，这次毁灭性的打击不止使得这个刚强了一辈子的女人不知从哪里积了那么多的泪水，她变得格外软弱，而且也使得一辈子没有逞过男人威风的天宽获得了唯一的机会，这次也因此要了他老婆的命。

如果说《狗日的粮食》是使要命的粮食照亮了杨天宽一家所走过的漫长而又单调的生活的话，那么在《力气》这个中篇小说中，我们看到的不是"粮食"而是"力气"的语境了。在《力气》中，地名依然叫作洪水峪。名字仅差一个字，杨天臣的一生是被他那与众不同的力气所照耀。这里我们已经隐隐约约地发现了刘恒小说的故事模型，在这类小说中，作者总是从农民所经历与走过的几十载风风雨雨的时间表中，抽出那么一个富有意味与个性的人物来，并通过这个人物的命运来折射出这个时代的风波。同样，描画这个人物形象在怎样跨过这一漫长的时间表中，作者又总是善于抽出一个富有启示意义的话题不放，例如《狗日的粮食》中的粮食，《力气》中的力气，就是典型的二例。不过这两篇小说所不同的则是：一个是被粮食缺乏吸干了一生的精气，一个则是使完了一生的力气又并不见得收获什么。作者试图从这种不平衡现象之中剖析出时代进程的缺陷，从而替农民发出深深的感叹。

刘恒叙述的声调是沉重的，要他做到轻松是不容易的，尽管他自己并不承认这一点。最为典型的是他最近为中篇小说《四条汉子》写下的过于随便的创作谈中所说的："我写《四条汉子》的时候就想乐一乐，读者乐不乐随便，自己乐痛快了再说。把自己哄乐了不容易，乐趣有限也是事实，但我的确希望读者能从《四条汉子》里看到零星的快乐。快乐比沉思有益，快乐使人健康。"不过，作者的这种满怀希望的快乐，作为读者的我是无论如何从小说中体会不到的，我也怀疑作者的快乐。相反，读刘恒的小说，我倒以为这位忧国忧民的作家，骨子里少了点幽默感反是他的薄弱之处。反之一样，缺乏快乐的沉重感也可以看作是刘恒的一大特色。尽管，刘恒本人对风格特色的稳定性不以为然，把咀嚼风格推诿给批评家的职能。但刘恒终究是刘恒，不管他写什么，血管里流出来的终究是刘恒的血，而不可能是别人的。

其实，《伏羲伏羲》的写作已经夺去了作者的许许多多的精力，在这之后的刘恒基本上是处在一种精神疲惫的状态，而他所谓的写作的快乐无非是一种过于劳累的工作之余想放松一下的心理需求而已，从这一点上讲，所谓快乐是无疑的。但是这样的快乐读者是不会有的。我以为《四条汉子》写得不好，这是一个非常随意的作品，无抓人之处，除了在构思上回复到作者惯有的模式之外，无甚特别光亮之处，甚至就作者追求的可读性而言也远比不上《白涡》和《伏羲伏羲》。

二

　　至今为止，《伏羲伏羲》是刘恒创作最为出色的作品了（也是笔者今年读到的最佳小说之一），可以说，谁要论刘恒，就不可不论《伏羲伏羲》。这是一部六万字的小说，而它实际上所造成的感觉将比六万字更加漫长。这个故事"话说民国三十三年寒露和霜降之间的某个逢双的阴历白昼，在阴阳先生摇头晃脑的策划之下成了洪水峪小地主杨金山的娶亲吉日"，从此，这个日子开辟了杨金山与亲侄杨天青围绕着妻子和婶婶双重身份之间发生了一个我们常常可以听到的最为简单不过的故事。尽管这个故事涉及了敏感的性问题，但也并不妨碍我们对它的熟悉。"它是源泉，流布欢乐与痛苦。它繁衍人类，它使人类为之困惑。"它的一端流向了最为现实的故事，可另一端则流向了最为神秘、最为不可思议的隐语深渊。正因为如此，才决定了小说以其起动困难的叙述一开始就给人以一种震撼的力量，作者选择了这样的一个话语的龙头。于是，当它一打开，六万字的叙述便开始了其势不可挡的运行。恰如其分的过去时态与现在时态揉和一体，使得这个眼前正发生的故事带有了自身漫长的历史，也使得这个眼前具体的故事染上了神秘不可测的氛围。这样，长长的六万字不仅是一个时间的量，而且始终地带有了偌大的一个视界。自从杨金山以其三十亩地换来了这个不应成为他妻子的王菊豆以后，就像多米诺骨牌被推动一样，小说中所有的人物都开始站入了不是自己的位置的地方开始了对于自身的寻找，但是这种寻找又不得不站在错误的位置上进行。从此，小说便有了杨金山对王菊豆的虐待，有了婶侄间的性爱和情爱，有了杨天青不得不把儿子看作弟弟的错误，而小小的杨天白则一懂事就继承了杨金山的衣钵，整天流露出只有杨金山活着的时候才会有的眼神……小说整个呈现了一幅幅错乱与颠倒的图景，做父亲的做不了父亲，做母亲的也做不了母亲，做儿子的做不了儿子，做妻子的也做不了妻子，对这千百年来只讲秩序的社会来说，其实是最没有人的秩序的。于是，当他们需要活着的时候，死亡却提前到来了。只有死亡这个严峻的事实一次性地取消了一种非压抑性生存的现实性。因为死亡是对时间的最终否定，而欢乐则希望永恒。无时间性是快乐的理想，但在天青与婶子之间的那点极端压抑的性欲的欢乐却始终受到了时间的束缚，并且这个时间的束缚背后有着操纵一切的各种规矩，能够忍受与不能忍受历史传统沿袭的现存人际关系所制造的一切时间因素，使得这一束缚犹如绳索一般愈收愈紧。很可能，他们对于绳索的挣脱是源之于自然的性之快乐，但是他们最终又难以挣脱，无法挣脱或者确切地说是无力挣脱。因此，在这一挣脱的过程中，快乐的原则受到挑战，从而变成了痛苦、仇恨自责、自毁与死亡的故事。没有法律精神的法之网捆绑了一对没有快乐原则的夫妻，从而使得原本本事不大的杨金山转而为本事更大的虐待狂，杨金山无法在王菊豆面前证明自己，便转而以百倍的折磨能力来发泄对自身的仇视，并以此来掩饰极度的自卑。杨金山拥有欢乐的时间，但他却永远地失去了欢乐的能力，但是他所有的却又正是杨天青所没有的，他所没有的又是杨天青所有的。王菊豆处在这当中，她似乎什么都具备了，却事实上什么都没有，她无法让杨金山所有的和杨天青所有的集于一身，因此他们两人的存在便就撕裂了她的灵与肉，灵与肉的分裂与错乱使得王菊豆不能享有白天与黑夜，她只能白天当作黑夜，同时也把黑夜当作白天，她所能做的只能以进入地狱的代价来换取天堂的欢乐。

按照拉康理论的说法："无论在什么故事中，必须失去什么或缺少什么才能使叙述展开，如果一切都得其所哉，就没有故事可讲了。这种损失令人苦恼，同时又令人兴奋；欲望受到我无法完全占有的东西的刺激，这正是叙事文学脍炙人口的一个源头。然而如果我们永远不能占有，我们的兴奋就会变得难忍，进而变成不快，所以我们必须知道这东西最后还会回到我们手中。"《伏羲伏羲》围绕着杨金山、杨天青与王菊豆之间展开的正是三个人的故事，其叙事的动力正是得之于人因丢失而产生寻求的刺激。正因为三个人都各自丢失了自己的东西，才繁衍孳生了欲望因无法实现的难受与兴奋，才产生了各人寻找替身的行为，杨金山借助于天青寻找名义上的儿子，而天青又借助于金山才找到实际上的妻子王菊豆，而王菊豆则借助叔侄两人才得以合璧成了名义上与实际上的女人地位。但是，问题并不在于此，小说之所以使我们感到到处充满着象征、隐语的足迹，是因为在他与她所得的背后又有着更大的丢失与更多的替代。王菊豆与杨天青"违反教规的行为"跨出他们的第一步时，他与她期待已久的性爱是生命力极其充沛的表露，是获得解放的健康的肉体欢乐，但是，随着复仇及病态的心理的发展，他们之间的性爱很快也向着纵欲的方向转化，我们所看到的已不是健康的生命力，而已由病态的阴暗的幻想所激发的肉欲的抽搐，以及半疯狂的丑态和呻吟。从此，他们落入了纵欲的陷阱，并以此作为抵抗禁欲的武器。这样，欲望的得与失的无限扩大的环套又促使小说的隐语向着另一个无底深渊发展。所以，这另一个轨迹包括着村落、种族与人类的进化与退化的隐语与启示。《伏羲伏羲》的两套轨迹彼此交织，以经纬构成了故事的隐语之网。这个涉及三个人的故事十分简单，但是叙述者充满隐语的行为却使这个简单的故事因此变得十分复杂。尽管这个故事的起因、发生、展开都十分的显眼及明了，但是由于叙述视界的开阔，瞻前顾后，触类旁通，深得表里之瓜葛，所以我们又始终地感到故事内里有着说不清楚的问题。如果说这里涉及的性欲的问题，我们还能理解的话，那么，由此而发出的人的自我破坏、复仇的耐力、漫长的苦役、仇父心理等等则是当代小说很少涉及的。作者用十分节制的笔墨叙述了一个十分疯狂的故事，爱的疯狂、虐待与受虐的疯狂、压抑的疯狂、仇恨的疯狂、绝望以至死的疯狂都在节制的笔墨之中表现得淋漓尽致。

三

　　谈到《伏羲伏羲》，自然使我们联想到作者的另一部中篇小说《虚证》。如果说《伏羲伏羲》讲到的是人的性爱本能的话，那么《虚证》则涉及人的另一种本能倾向，即面对自我的破坏倾向。讲得更直白一点就是，《虚证》讲的是一个自杀者的故事，作者惯于运用心理分析的叙述笔调，借鉴于推理的外形，通过叙述者"我"的视线，让同学郭普公率先登场，自然，与此同时登场的还包括为何而死的"谜"在内了，整个小说近六万字的叙述也跟随着这个"谜"而运行起来了。

小说似乎是竭尽全力地演出了一场注定要失败的戏剧，一个根本无抵抗能力的个性，却偏偏要抗拒日趋严重的自我破坏倾向。由于郭普公先以其"丑陋的尸体"抓住叙述和接受者，以叙述与接受就自然地处在了同一视界。作为美男子的郭普公，漂亮和女性式的恬静使得他从小就戴着假发混迹于女孩子堆里，他从小生活在女孩子跟他要好而男孩子们则嫉妒他的双层夹缝里。过度的自爱与自悲在他幼小的心灵里茁壮成长着，他天生的软弱使他无法获得应有的傲慢来对付敌视的同性，而同性的老师和同学们对他的特殊的青睐反而给他带来了高度的警惕。他是从小就学会如何全部地用错智慧和心机。所以，当他十八岁的时候，以战战兢兢的青春年月里扑到二十四岁的女人怀里，他纯真的官能是被劫掠过的对象，他的初吻在颤抖和不知所措的情况下被一位强有力的异性夺走了！给他留下的只能是困惑重重的内心创伤，并使他常年为此忍受折磨。这是一次惨不忍睹的记忆，尽管我们不能说这已从根本上动摇了他的生之欲，至少也是拔苗助长地提高了他的自卑与自尊。不知为什么，他从此成了一个永不顺利的人物，尤其是那场失败的高考，不成器的习画，那场从天而降的损坏他左眼的车祸。从此，那些深埋在心底的记忆便永远地隔离与现实环境的联系。他开始生活没有秩序与杂乱无章，一切都没有秩序，一切都彻头彻尾地破败芜杂，像一座阴暗宁静的废墟。如果不是自感踏上了穷途末路，人怎么也不会所谓无聊赖到这步田地。他已经垮掉，除了他自己恐怕没有人能挽救他了。但是他的性格生来就决定了他除了具有对自己进行怨恨、残害、糟蹋之外，不会有什么大的能耐，他把破坏欲转向了自身，作为补偿，他才所以从来都以友善的言谈举止对待自己的同学。他在别人无法觉察的情况下走上了一条自毁的道路。他开始了唠唠叨叨地提到死，又饱尝了一切无望的恋爱。他到底想干什么呢？是抱着最后一线希望，指望爱他的女人创造奇迹，把他从挫折的旋涡中拯救出来吗？他实际上是指望通过这"无望"的行为为自己的死寻找到一个坚定不移的借口，和一张顺利通过自我关口的通行证。

其实，郭普公的整个身心都让一种宿命的气氛笼罩了，他的心理具备了造成一切悲剧因素的虚构能力。外部力量所给予他的任何一个打击都会被他所夸张，夸张到足以使自身无法承受为止。在他的整个自杀行为过程，他一个人扮演了谋杀与被谋杀的两种角色。我们知道，自杀与谋杀是有着很大区别的。在自杀行为中，自己一方面是屈服于谋杀行为，而从另一面讲被谋杀的欲念又似乎是作为一种愿望而出现的。郭普公是有着早期情感阻碍的人，这就自然导致了他在外界建立"爱"与"恨"的对象上发生困难。所以，他付诸现实的能力消失了，可用的只是用另一种方法来通往"耶路撒冷"。

郭普公的死实际上也是一种生之欲的表现，不过，他的所谓生的幻象在现实中已死亡，所以，死亡欲反倒成了郭普公生之幻象的掩饰。从心理分析的角度讲，自溺即清楚地象征着回到母胎的欲望。当然，叙述者之所以把这一点强加在我们的头上，那就很可能包含着更多的离题万里的隐匿缘由了。任何叙述无疑都是一次冒险，而像刘恒这种接近心理分析式的叙述在某种程度上应该说更接近于心理上的冒险了。把这种冒险称为虚证，同样地也包含了这种冒险式叙述的另一种心态。当叙述者对自杀者郭普公的心理分析流露出其高傲的目光时，他同时又很自卑，他果真能分析自杀者的心理吗？他果真能讲清楚郭普公自杀的缘由吗？所以，在那似乎是多余的尾声中，叙述的声音又变成了一种不自信的自信："归根结底，自杀是一个实践的课题，而不是一个妄想的项目。任何一位准备死亡的人，既是大部队里怯懦的逃兵，又是英勇果敢的孤军奋战者，你不可能透彻地清理这种矛盾，除非你有勇气担当同样的角色。"于是，我们可以做这样的一个联想和推测，叙述的尾声无疑是对小说叙述者的一次谋杀。如果叙述的自信是推动叙述者行动的基本动力的话，那么，最后的那段对叙述的自我反省则同样地表现出了一次无望的自杀行为。从这一点上讲，《虚证》与《白涡》可以称得上是姐妹篇，这不仅是因为它们都写城市，而且也还同样地都流露出某种心理分析式的叙述过程并包括因之而带来的迷惘。但是若换个角度，《虚证》和《伏羲伏羲》也可以看作是姐妹篇，关于这一点我们刚才已谈到了。不过两者比较起来，我以为《虚证》的议论过于多了一点，论叙事它有不及《伏羲伏羲》的一面。

四

《伏羲伏羲》《白涡》《虚证》是刘恒迄今为止最为优秀的小说，它们的出现不仅标志了刘恒小说创作的一个高峰，而且从这些小说出发，我们还可以延伸出进一步认识刘恒创作的途径。

首先，在小说中涉及复仇心理是一个较为普遍的现象。不知为什么，刘恒作品凡描写到人与人之间的仇视心理时总是其叙述中最为精彩的部分。《伏羲伏羲》中那杨金山在顿悟了自身的悲剧之后，一环连一环的复仇壮举，特别是他那次以惊人的毅力想做而最终没做成这个欺骗了自己的谬种的壮举，以及那没完没了的死不瞑目的报复的眼神和把妻子侄子炸成焦脆可口的麻花儿的梦……把一个失去行为能力的瘫子杨金山复仇的壮举写得如此惊心动魄，我敢说，这在当代小说中亦不多见的。这自然使我想到刘恒在这之前写的两篇小说《杀》和《萝卜套》。《杀》是写了发生在达摩庄这个温柔的村子里发生的一个并不温柔的故事。村里承包北大窑，长大没干过什么出头露面的事，肯做活但是脾气浮躁、办事不够豁达的王立秋和关大保合股，随后又在困难时抽走资金，人也一走了之。但是，命运却捉弄了王立秋，跑到城里的他，在包工队干杂活却受了打击，灰溜溜地回到了村里，而关大保却在此期间咬紧牙渡过难关。现在轮到王立秋没脸没皮地来求关大保了，对关大保来说，这无疑是一次报复机会。但谁也没有想到关大保对王立秋一而再再而三的报复、故意逗弄却激起了窝窝囊囊的王立秋的杀性，报复者反被报复所杀。《萝卜套》写的也是窑里的故事，窑主和窑梆子柳良地之间一种心理上的怨恨和对抗。作为窑梆子的柳良地一方面离不开对窑的依附，但是另一方面，他的内心里又竭力摆脱这种地位，对柳良地这不是行动，而是渴望、等待与祈祷，他终于等来了韩窑主打猎掉下了悬崖，应验了他复仇的心理。和上一篇小说中的王立秋一样，柳良地这个原本窝窝囊囊的人终于也借着好恶总有轮回的念头而成了窑主，成了强人。实际上，除了人们已经分析得很多的社会内容之外，我们从刘恒的小说中也不难看到他经常地写到人的心理的一些基本行为，所谓复仇也是一种人与人之间的常见的心理格斗，这和《虚证》中涉及人的自我破坏本能一样，心理上和行为上的攻击本能则是另一种缓解的方式罢了。另外，从本能的意义上，比如讲食与色的问题也是刘恒小说中基本的命题，这从前面的分析中我们已可以见出了。

其次，心理分析式的叙述手法。刘恒的小说创作之所以在1988年有着一次根本性的变化，其中的一个重要的原因就是这种叙述手法的成熟运用。以《白涡》来说，这种关于第三者的故事，我们到处可以看到，但经由《白涡》的叙述，它的整个味儿都变了。我以为，所谓心理分析的手法，其优越的地方就在于它使得叙述既能保持住一种客观冷静的态度，又能对人的内里观察做到鞭辟入里。这样就能较容易地把本来相互排斥对立的客观态度和主观精神拌和于一种叙述法则之中。这种法则和我们平时讲的所谓小说中的独白和议论有着根本区别，后者是叙述活动中局部的现象，而前者则是包括整个的叙述活动和态度的。心理分析式的叙述使得我们面对人们极端主观的内心活动时能保持一种认识上的清醒头脑和独立精神，这也是为什么，我们读刘恒的那些作品，总感到凡涉及人的内在心理冲突时，作者总能以一种节制的叙述来追求一种淋漓尽致的表现效果，并又总能结合得那么妙不可言。《白涡》中，作者似深入到内里又似远离叙述对象的话语使得关于"第三者"故事的简单的道德判断失去了意义，道德判断之所以简单，那是因为它把三个人的多层关系简化为黑白关系了。周兆路有家，他有一个不错的妻子，不就是来了个华乃倩，以难以抗拒的魅力把他拽入了类似初恋似的痛苦之中。在与华乃倩的关系中他是被动的，但是华乃倩的出现不又使他抗拒了许多经常骚扰他的无望与孤独吗！事实上，周兆路是在付出痛苦后又如愿以偿地获得了更隐蔽角落的欲望满足。正因为如此，他才一头扎入了对自身罪恶的体味之中，他怀着藐视的心情接纳了"堕落"的名义，但这个字眼又在另外的时间与地点以加倍的恐惧的罪恶感来折磨他。周兆路那点不时冒出来的想"改邪归正"的愿望与自责行动，实则上正是从另外一个角度大大地提高了他那过火的欲望。由于这样一层男与女的关系而造成的或者所揭示的隐匿在内心的罪恶感，其欲望也会随之增大。在那条潜在意识中的罪恶之路上，周兆路每迈出一步，总要相应地付出数倍的不安，其实，他真正感到内疚的并非这一步，而是为着因这一步而想象中五步甚至更远的十步。我们更可以有理由认为，周兆路是在为他的过去、现在和将来已经发生和将要发生的内疚而不安，而自责，这也是他为什么总是要不断地疑神疑鬼、小题大作的原因。找借口来指责自己，实则上正是为了安慰自己或者说是更有效地保护自身，不断贬低自己与抬高别人正是为了在心理上减少别人的攻击。周兆路开始变得谦卑、小心谨慎、完全地接纳他人，实则上他的一个无意之中更大的阴谋在于让别人最终地接纳他自己，这一点，叙述者作为旁观者了解得很透彻，所以，他的叙述才能造成一种因作者的态度与叙述者的态度的相互抵触而带来的自语功能。刘恒小说创作自从这种反语的成功运用以后，以往的那些比较正常的多少带有心理冲突与分析的叙述手段才有了飞跃的发展。刘恒不仅懂得如何运用心理分析的手段剖析关于人的灵魂之中的两种声音，而且还懂得如何运用两种声调的叙述来表达关于灵魂的双重声音。作者不是单用一种色彩来涂抹对象世界，相反，他惯于做的倒是将经验的表面矛盾统一起来以求在更深的层面尊重人的心理世界的多重性和复杂性，还有人们内在心理与外在人际世界的客观性。他的那种冷峻的眼光和潜入人的灵魂深处的笔触给人的只是心领神会，以致对他的小说作任何简短概括和意义的抽象都是很困难的。在这两个家庭交织在一处的四人之中，我们能简单地去同情谁、谴责谁吗？也许，你会认为华乃倩是最应指责的，但你如果耐心地读到最后，不又是多了一份理解和同情吗？也许你会十分同情周兆路那自始至终都有着的负罪感和自责行为，但是你如果耐心地读完叙述的言语后，也就会发现周兆路的负罪最终只是为得个人更快地推进自我卸罪与自我圣洁的进程吗？当周兆路不露声色地塑造了自我的形象，完成了预谋已久的对其形象的化妆后，我们的同情不也随之掉落了吗？！阅读是一种冒险的行为，尤其是当小说的叙述布满陷阱、布满暗堡时，你可千万别昂首阔步地行进！刘恒的话语线路荆棘丛生，任何自以为是的表态都会被刺痛。

五

　　我们刚才之所以反复谈到小说的叙述者问题，不只是因为这个问题在理论上已证明了它的重要性，而且更为重要的是它在创作实践与认识上的至关重要。小说的叙述者如同任何作为主体的自我一样，其功能和作用永远无法同自身同一，它能做的也只是沿着词语活动的链条延伸出去与对象发生联系，以使对象感觉到自我的存在。我们当然无法也无须证明与叙述者同一的主体，但是经过语词活动所歪曲所影响所类似、近似值的表现总会存在的。因为在刘恒的笔下，这些类似于任何普通的闲言碎语、传闻、纠纷、案例式的故事，我们在平时的日常生活中也是不难听到的，而一旦经由这样一个叙述者之口，故事又变得分明与众不同呢？我们知道，所有的欲望都产生于匮乏，欲望不断努力以争取满足这种匮乏。富有经验的叙述者都懂得如何充分地依赖这种匮乏的发挥叙事的功能，叙述者在话语的运动中不但自身享受叙述的快乐而且还要把这种快乐与享受转化为叙述的控制能力，这也是刘恒在其创作谈中，谈到那个写作如何既欺骗了作者又如何骗得了读者的问题。刘恒也并不是在什么作品中都能做到这一点的，但《伏羲伏羲》《白涡》却干得特别出色。刘恒从不以牺牲文学性作为代价去追求什么单纯的可读性的，恰恰相反，他却是在捍卫文学性的前提下，使可读性成了一种小说自身的魅力，这显然是和他的叙述态度有关。这也是刘恒的小说创作恰恰能在最易丢失严肃性的地方保持了严肃性、在最易丢失文学性的地方捍卫了文学性的缘故。叙述者精微透彻的视线使得话语充满了暗示，随之而来的是心领神会的默契，当公认的不可违背的法律与道德观念将婶子与侄子捆绑在一起的时候，青春的血液、神奇的呼吸、眼神、声音却使年轻的婶子与年轻的天青联系了起来，天青"之所以想哭是他自以为和那年轻女子之间有着一种默契，她每看他一眼都让他觉得是在青玉米地里锄草，棒子叶在她的胸脯子，又痒又痛。他不看她，但知道她脸上的胭脂像血一样。他想拿舌头舔它们的时候觉得衣服里爬着一条蛇，围着他的身子绕来绕去，使他刺痒得浑身乱颤。他表面上是牵驴引路，却在心窝里向一张俊俏柔嫩的脸蛋子伸出了肉滚滚的年轻舌头"……不仅如此，这种默契的情境还连带着叙述者与话语之间的关系，连带着话语与读者间的联系。由于默契，整个《伏羲伏羲》似乎有着两套话语在叙述似的，一套表层的话语向我们讲述着这样一个关于三个人的故事，而事实上又有着另一套话语在运行，它向我们讲述了一个更为古老的故事，一个"同样有趣的是东方的性退缩意识。横行的儒家理论在温文尔雅的外表下，潜伏着深度的身心萎缩"……这只是一个开头，全部隐语、象征和神话的轨迹则由着想象与心领神会的足迹走向四面八方。由此而推测，这已不是一个什么性爱的故事，它已自由地伸展到一个民族成长的历史侧影，读了它，我们不由为之感慨，为之叹息，为之悲愤，为之……当然，它无论如何又是一个地地道道的故事，字里行间充满了魅力，不断唤起我们对想象与思考的欲望。

终于"洪水峪上空轻雾缭绕，村子里有鸟的叫声，太阳正爬起来，让雾遮掩得黯淡无光。凄厉的呼喊是被这个寂寞的早晨吸了去，也被沉睡的山峰吸了去"……我觉得，刘恒的小说总不让人好受，它们就是那一声声凄厉的呼喊，不同的只是这呼喊声是被历史与现实吸了去，被活生生大写的"人"吸了去。这样想刘恒的小说，不知是不是很有道理？

原载《当代作家评论》1988 年第 5 期

刘恒：一个诡秘的视角

王斌　赵小鸣

此时此刻笔者挑出刘恒"一九八八"的两部中篇来予以评说。在我们看来，这两部小说在主题思维上可谓是殊途同归。它们分别是《白涡》（《中国作家》1988年第1期）、《伏羲伏羲》（《北京文学》1988年第3期）。

其实，明智的读者只要认真拜读过《白涡》和《伏羲伏羲》便会立刻发现，这两部小说所涉足的人文环境和地域空间真真是南辕北辙、风马牛不相及的：前者（《白涡》）写的是城市人及他的心态；后者（《伏羲伏羲》）叙述的是农村人及他的生存困境。仅此一点就能见出那位叫刘恒的创作路数的"多元化"。说真格的，你还真得佩服他那支惟妙惟肖的传神之笔——他挺轻松自在地就拽上身不由己的你，一会儿浏览一番光怪陆离的城市风光；一会儿又让你饱尝一下滋味无穷的乡村野趣，并且还不时嬉皮笑脸没正经地调侃你一家伙，然后再一次地将你不由分说地卷入"事件"的漩流中。

大概只有当这位殷勤的文字导游带着你转悠完了他那想象的"游乐园"后，你才会幡然醒悟：其实这位乐颠颠的"导游者"内心深处隐埋着一个"阴谋"：他不仅仅是让你有滋有味地观赏一番花花哨哨的男男女女的"苟且"之事，他的本意似不在此——他要让你从中品出点中国文化的深味来。

看来刘恒不属于那类温文尔雅、含而不露的人物，按说搞"阴谋"的高手个个都应具备笑里藏刀暗含杀机的基本技巧，不濒临绝境决不轻易亮出手中那张"王牌"来。相比之下，刘恒可是相形见绌了——此君愣是虎头虎脑地按捺不住躁动不宁的"野心"。这不，当他在《伏羲伏羲》中做了一番值得称道的精彩表演之后，本该见好就收来他个戛然而止余音袅袅让人回味无穷，可此君却非要忘乎所以地作出一副"深刻状"亮出那张本不该示人的"底牌"，仅此一项足见出刘恒其人城府不深，难负重任——倘若他仍屡教不改的话。

刘恒在他的《伏羲伏羲》的"尾声"中，不阴不阳地弄了个所谓"无关语录三则"。说是"无关"其实大有干系。不过此类作派倒是非常符合刘恒的"调侃你一下"心态的。

这三则"无关语录"尽管摇曳多姿，云山雾罩，但你仔细读完后闭目凝思还是能悟出其道道来的，说穿了就是一个字——"性"。

眼下文坛上摆弄"性"是一种时髦，以致有那么些"作家"（？）使用"它"不过是为了制造点儿哗众取宠的"花边游戏"，为寂寞无聊的生活弹拨出一串"性感的旋律"，借此趁机体验一下画饼充饥、望梅止渴的快感。但刘恒"说性"确非同一般，他的本意显然并非是在危言耸听的"性"上——那不过是此君虚晃一枪的小小花招或称"阴谋"。就此，从刘恒"无关语录三则"中挑出其中一则中的一段，刘恒注明这是小日本一位叫新口侃一郎博士在其《种族的尴尬》中说的：

> 同样有趣的是东方的性的退缩意识。横行的儒家理论在温文尔雅的外表下，潜伏着深度的身心萎缩，几乎可以被看作是阳痿患者的产物。

请注意以上这段"引文"，这是日本人说的，但也是刘恒要说的。他的《伏羲伏羲》和《白涡》表达的基本上就是上述的主题（当然，他是通过艺术形象）。因此，上述"引文"可看作是刘恒小说绝妙的"注脚"。

这里需要特别提及的两个关键性的名词："退缩意识"和"阳痿患者"，在笔者看来，刘恒在他的小说中近乎把这两种现象看作是中国文化的"文化标记"了。

从表面上看，《白涡》写的是一场如火如荼的"通奸"之艳情；而《伏羲伏羲》却另行开张地描绘了一则"乱伦"的故事，然而，倘若我们凝聚的目光并不单纯地停留在"道德"现象，倘若我们并不为故事表层的"婚外恋"及"乱伦"所惑（尽管它们具有非常出色的戏剧性效果），而沉浮于小说忽隐忽现的深层意蕴中，不是可以领略到别一种滋味吗？

这"滋味"略带点苦涩，略带点悲凉，甚至还不乏无可奈何的绝望。

刘恒的叙事角度在小说中更多的是通过对男人的"观照"来完成的，这种并非刘恒独创而司空见惯的小说视角在这里却具有一种特殊的含义：男性居于统治地位的权力结构，一向是公认的中国文化的一大特点，然而这一笔而统之的抽象概括却在很大程度上掩盖了"文化"的另一侧面，在此笔者称之为国人精神中的"阳痿文化"。请注意，笔者所提示的是"阳痿文化"，因而它指的是一种精神文化现象，而非生理性阳痿——小说中的两位主人公周兆路（《白涡》）和杨青天（《伏羲伏羲》）不但不患有生理性阳痿，相反他们个个属于情欲亢奋的人物——"文化"固然是一个很大的概念，但无论它大到何方，最终都要无可置疑地落实到具体的活生生的"个体"身上。在中国，当代文化中所包孕的"传统"基因恐怕是西方文化所望尘莫及的，正是在这一点上，刘恒敏锐且深刻地描绘出了它的魔性：传统文化是如何令人不寒而栗地渗透到人的潜意识中并转化为一种心理——精神性阳痿。

耐人寻味的是，这种精神性阳痿恰恰更多的是体现在居于社会权力结构中心的男性身上；与此相悖，女性在刘恒的小说中则更多地表现为一种罕见惊人的勇敢、主动和无私（在这一点上，《白涡》显得更为突出）。

只需把这两篇作品放在一块比较一番，《白涡》的文化背景是在所谓文明开化的城市生活中，《伏羲伏羲》则是将背景设置在半开化的据说是"愚昧落后"的农村文化中，尽管两者间显现出的"文化"（在此指的是文明程度）悬差如此显而易见，然而它们却不可思议地（简直就是埃舍尔画笔下的"怪圈"）在一个共同的基点上交汇融合了——男性的精神阳痿。

无须讳言，所谓"文化"，在小说中刘恒是通过"性"来予以表现的。于是在此，我们就得事先在一些可敬的传统卫道士眼中视为大逆不道的"性"的涵义上费着笔墨。"性"在通常的一般意义上应当具有三个层次涵义：一者指的是生理性的性欲，即对异性的本能冲动；二者指的是生命本身，因为在弗洛伊德看来，原欲是生命的发源地，再者也就是最高一个层次，则指的是一种文化行为——在何种程度上"文化"机制的引入对原欲（性）进行了修饰、改造和升华，而又不至于由于文化的负担过重而导致人的精神病态。

据此，当我们再回复于刘恒小说中用一种新的眼光来打量时，我们会立刻发现，刘恒的小说在"性"的问题上虽说也具备了头两个层次，而他最终的归宿乃是最后也就是文化的层次。显然，刘恒在描述这一切时，并未对他笔下出现的人物进行一番道德评价，他仅仅指出他（她）们是他（她）所存在的那样，而无须乎再多余地说出个"不"字。

然而尽管如此，他毕竟给我们提供了思索玩味的空间，这便是男性的"精神阳痿"和"退缩意识"，以及女性对自我解脱和自由的爱的追求。

难以置信的是，按照一般的常识，女性是受传统文化压迫最深的一个阶层，只需读读儒家视为经典的"三纲五常"和"女儿经"就不难权衡出儒家文化对女性的压迫、制约和摧残的程度。但是刘恒却给我们提供了一个极其真实的人生画面，并且是以他不容置疑的现实主义笔触。于是，我们无法再去回避刘恒所给予我们的崭新启示了。

笔者在上述中已提示过，在如今这个社会中，男性是处于权力结构的中心，以致社会的运转机制几乎就是根据男人的需要和欲望来运转的，这就不可避免地导致了下述事实，也正因为此，传统文化对男性的占领、统治和渗透将是不可估量的。而男性要适应社会并时时居于权力结构中心就必须付出这种代价。比较而言，就这一点，女性又是"幸运"的，正因为传统文化的清规戒律对女性压迫深重，而女性必然要本能地对它进行精神上的反抗，也正因为男性是处于社会的权力中心，女性被这一"中心"所排斥而无形中促使她们自觉地站在了"对抗性边缘"，于是这就造成了一种两性文化的尖锐对立。基于此，刘恒小说的象征意义开始自动显露了，而社会发展的实践证明，居于传统文化权力结构中心的男性却患有一种精神性的病态——阳痿，而处于对抗性边缘的女性却表现出一种生气勃勃的精神魅力。

那么，结论也就必然是：以男性为象征的权力结构（也可视为传统文化正宗和传人）由于其"病态"的发展无可避免地要走向衰亡，而代表一种蓬勃生机和大胆追求的新文化必将通过处于对抗性边缘文化的重新确认而诞生。

然而以上结论毕竟是过于乐观了，在笔者看来，刘恒思想中却笼罩着一层悲观的阴影。在《伏羲伏羲》中杨天青的对传统文化的背叛最终被其后代所否定，而他的情人王菊豆也终于失去了她反抗的锋芒，在悲凉和绝望中默默地度过她的余生。即使是《白涡》中的周兆路临末也开始对自己的"行为"幡然悔悟，重新复归于规范的传统生活。

这也许便是被日本人不幸言中的"种族的尴尬"。对此，我们还能说什么呢？最好的选择大概只能是沉默，而不是别的。

最后，笔者还要对刘恒自作聪明的"无关语录三则"说上几句。刘恒其实大可不必在《伏羲伏羲》的末尾处卖弄那么一下，读者的智商未必像他想象的那么低下，那么刘恒你又何必来个自我阐释呢？这种不太聪明的举动最败人胃口的是它干预了读者智能的发挥并且限制了他们的天赋——想象力，于是这"无关"之举变得愚蠢之极。当然，作为评论家却理应对刘恒致以足够的谢意，因为他免除了评论家寻觅小说主题意图的麻烦——即便如此，笔者仍认为刘恒此举城府欠深。

原载《文学自由谈》1989 年第 1 期

伊甸园里的躁动

——性文化意识小说漫评

潘凯雄　贺绍俊

当今，正直的或正统的人们常常用"性泛滥"这个词去描述或惊叹我们的社会生活，特别是小说创作中所发生的一种可怕的现实，然而，更令这些人们沮丧的是，这种现实尽管一直被诅咒，却似乎已无法挽回。且不说"性泛滥"这种描述的准确程度如何，不过，在文学中可以像今天这样肆无忌惮地谈论"性"，大概是我们这个社会几十年来所少见的了。有一种观点认为：在一个强调物质发展的社会里，伴随着享乐主义情绪的滋生，性、暴力也就会成为大众文化的主要内容。我们承认，近年小说创作中所出现的越来越多的与性有关的作品与这种背景有关，但是，笔者现在即将涉及的一些作品却并不是来自大众文化的消遣小说，尽管它们也被冠之以"性恋"之类的字眼，但究其实，这些小说还是作为一种体验人生的方式而存在，只不过是在"性"的表象上与大众文化有所重叠罢了。在这样一批小说中，性恋被当成了一个深奥的人生课题在探讨，其间包含着作者对历史、文化以及人自身的严肃而认真的思考。

一

我们常常引用高尔基的一句名言："文学是人学。"这无非是在表明：文学从本质上说便是对人、对人生、对人的本性以及对人们所构成的社会进行种种思考和探微。我国新时代文学所取得的明显进步之一正是指文学已进入到更加深刻地剖析人性的层次。

于是，文学打开了"性"的领域。

性，是生物繁衍的基础，因此，不论是动物，还是植物，都具有性的特征，不过是各个具有不同的存在和表现方式。人类的性行为和性能力，自然也是生物进化的产物，它首先表现为人的一种本能，在这一点上，当然也仅仅只是在这一点上，人类并不比其他生物特殊多少。春风催得百花竞开，接着使粉授精，瓜熟蒂落；或者是林间的禽兽，进入发情期，嘤嘤其鸣，求偶交配。同样地，人类一旦步入青春年华，性本能便会搅得内心春情荡漾，辗转反侧了。对于性行为，人类也是无师自通的，尽管在人类社会的历史中出现过性欲遭到严加禁锢的时期，但也依然阻止不了那些对性一无所知的男女们坠入情网，干出一番惊天动地的事情，让他们的生命之花结出硕果。因此，性是人的一种本能，这是无疑的，但是，这仅仅只是问题的起点，沿着这个起点往下探索，我们将会发现：人类的性行为，同其他生物相比较，远远不止是存在和表现方式的不同，而是具有了本质意义上的区别。

现代科学研究的成果愈来愈证明：其他生物的性行为完全是性本能的反映，但人类的性行为则不是这样了，它是包括了思维、语言、情感、意识形态影响在内的社会心理因素与生物学因素的相互作用，以及整个文化积累和本能延续交织、冲突和调整的结果。即使是从生理的角度看，性是人的生殖系统的功能，但这远不像人的其他生理系统诸如呼吸系统、消化系统、神经系统等，具备比较单一的生理因素，它只有从包括自我力量、人格力量、社会知识、文化构成以及生理功能等诸多因素的整合考察中才能解释清楚。因此，性是同人的本质、人类进化过程以及人类文明紧密联系在一起的，在人的所有生理机制里，我们可以说性最具有人性的意义。对此，我们的先哲早在几千年之前便表达了这样的思想。庄子说："性者，生之质也。"这里所说的性，虽然是泛指人的本能、欲望，但显然已包括了性欲。据《孟子》记载，告子也说过："食、色、性也。"当然，赋予性欲本能以哲学含义最深的莫过于老子，老子哲学观的核心是"道"，道是万物的本质。老子把道比作为一个深远的、看不见的生产万物的女性生殖器官："谷神不死，是谓玄牝。玄牝之门，是谓天地根。绵绵若存，用之不勤。"

涉及性的文化产品往往能够给人带来强烈的官能刺激，于是，由此产生了色情文学，这主要是由于社会和伦理的禁忌而造就的文化现象，同时也表明了性与社会间的紧密联系。抛开色情的目的，文学反映社会、反映人生，必然要渗透进性的内容。我国最早的诗歌总集《诗经》开篇第一首："关关雎鸠，在河之洲，窈窕淑女，君子好逑。"便是一首率直的性恋诗。

当然，文学作品反映性的程度、范围、方式都势必要受到当时社会历史条件和文化条件的制约。八十年代以来，伴随着中国整个思想解放运动的进程，文学作品在反映性恋问题上开始有了新的突破，而近几年的表现尤为集中、强烈一些。当然，不是所有的人都能认同这样一种文化现象的存在，也不是没有一些打着探索性恋问题的幌子，实则庸俗无聊的作品的存在。不过，从整体上看，近年来出现的一些反映性恋问题的作品的一个共同特点便都是从人性的意义上来对待性问题。作家们不仅仅只是单纯地再现社会生活中的性内容，而是将性作为一种重要的文化现象来思参，这类小说或许可以称作带有性文化意识的小说，它们或者以历史批判的眼光去思考社会中的性文化现象，或者从性文化的视角去探索人本体的若干问题。

二

只要是认真地阅读过一些带有性文化意识的作品，我们将会获得这样一种印象：在这些小说中，一个共同的同时也是强烈的表现则是文化批判主题的凸现。

当然，以性为媒介或者直接以性来进行文化批判的主题在小说作品中得以出现，绝非始于近年。早在"五四"新文学的发轫期，我们就不难寻觅到这种批判的轨迹。当时的一批文坛骁将如鲁迅、郁达夫、茅盾、冰心、陈衡哲、冯沅君、庐隐、凌叔华……都在自己的作品中直接或间接地通过对性的描写和反映来批判中国传统文化传统观念中陈腐和愚昧的因素，而以鲁迅先生的批判最为彻底和强烈。遗憾的是，由于种种历史的和现实的复杂原因，这种文化批判的声音不幸被中断了。值得庆幸的是，伴随着中国新时期文学的逐步发展和深化，这种文化批判的声音终于得以恢复。不过，由于当时特定的背景，新时期文学中较早出现的一批多少涉及性问题的作品，更多的还只是在利用性来进行现实的政治批判。例如张贤亮的那两部颇为轰动的中篇小说《绿化树》和《男人的一半是女人》就十分典型，这两部作品虽然都有相当篇幅涉及性描写，有的环节写得也十分细，但究其主题旨向，恐怕依然还是借此批判极左政治对人性包括人的生理属性的摧残和扭曲。随着历史的进程，这种现实的政治批判逐步让位于文化批判，1985年下半年特别是1986年以后出现的一批反映性问题的作品，其主题旨向大抵都是文化批判的。因此，在某种意义上，我们是否可以这样说：当今小说创作中出现的这种现象正是"五四"文化批判主题的继续，而且，在某些方面，这种批判的锋芒还表现得更为尖锐和富于刺激性。

长期以来，我们一直处在一个以人伦为中心的超稳定的封建社会阶段，为了把人性制约在一个共同遵守的规范下面，就不得不以牺牲人的个性为前提。这种规范反映在性文化方面，便是以性压抑、性饥渴构成了主要内容，性的个性化和情感化特征统统为社会的伦理化所取代。具体地讲：中国社会中的性文化观念更突出地表现在男性本位观、女性贞操观和狭隘的传宗接代观以及由此而带来的性与爱的分离、性污秽感和性恐惧感等三方面，而近年来出现的一些带有性文化意识小说的文化批判主题也大多是围绕着这些方面而展开的。

在漫长的封建社会中，无形或有形地总是存在着一条普遍的准则——男性本位的社会准则。在这种社会准则的统治下，女性只是从属于男性的工具，始终处于一种非人的境地。贾平凹的《黑氏》中便有这样的描写：农村少妇黑氏所遇到的第一个男人就是一例，小男人只是把黑氏当作自己发泄性欲的机器，白天的活都让黑氏包了，喂猪、揽羊、上青崖头上砍柴禾，一到晚上，小男人就缠她，学着许多新方法来折磨她；小男人说："你是我的地！"愿意怎么犁都可以。贾平凹找到了一句极其平常然而又极富文化内涵的话，"你是我的地"，这已经将两千多年的全部男女两性关系和婚恋本质都包含进去了。对于女人来说，这仿佛是一片无边无际的土地，她们走啊走啊，永远走不到尽头。黑氏朦胧中觉得应该摆脱这块土地的束缚，结局却是耐人寻味的，她随一个男人走了，但不知走到何处———一个迷茫的结局，一个没有结局的结局——对黑氏来说是这样，对读者来说也是这样。如果说《黑氏》对男性本位思想的批判还比较明晰的话，那么，蔡测海在《船的陨落》中的批判则要不动声色一些。老裁缝和女徒弟间的关系绝不是一般的师徒关系，老裁缝一直把女徒弟视作自己的私有"产品"，有一阵子，老裁缝觉得自己快要死了，于是便赶紧残忍地毁坏了女徒弟的贞操，尔后才放心地说了一声："这就行了。"类似这样的描写在近年的一些小说中频频出现，由此可见在中国社会中，男性本位的思想就像一片弥漫的大雾笼罩着整个历史文化，当小说家涉及这一领域时，就自然要进入到对男性本位的批判。但我们也应该看到，其真正透彻、深刻的批判并不多见，这也许是因为小说家尤其是男性小说家本身就被笼罩在这片大雾之下，批判不仅需要思想和情感的勇气，也需要对历史和文化的超越。

作为男性本位思想的补充，便是对女性而言的所谓"贞操"观。诸如"从一而终""好马不配二鞍，好女不嫁二男"之类的"贞操"观集中地体现了封建礼教的本质内容，它像一副沉重的精神枷锁紧紧地套在女性头上。因此，现今小说在对传统性文化观念进行批判时，很自然地便把矛头指向了这里。魏志远的小说《我以为你不在乎》，篇幅短小，但题目本身却很有意味。女主人公"她"在沐浴时，被一个男扮女装的男流氓看到了自己的身子，并且甚至"她"还想让"他"给自己搓搓背，后来，男流氓败露被抓住让人打得"面容血肉模糊"，而"她"受到惊吓回到家中，开始絮絮叨叨地向自己的丈夫诉说自己的遭遇。于是，丈夫内心烦闷却又要竭力装出"不在乎"的模样，而"她"虽然以为丈夫"不在乎"，其实自己也十分在乎。"在乎"什么？无非就是女人的身子让另一位男人看到了，尽管这是无意的。而在这种"在乎"的背后，不正是由于某种传统的"贞操观"在作祟吗？周大新的小说《汉家女》

与此似乎也有异曲同工之妙，围绕着女性的"贞操"，作者设置了三个情节：首先，汉家女十分重视自己的贞操，在新婚之夜，她曾自豪地对丈夫说，"除了你，没有一个男的挨过俺的身子"；其次，为了满足班长上战场前的性欲，汉家女主动地献出了自己的部分肉体；最后，当汉家女不幸遇难后，她的战友以"为了维护家女姐的荣誉"，决定不泄露此事。尽管作者的审美态度在小说中表现得并不明晰，但从上述情节线索中，我们是否也可以感到一种畸形的性文化观已经如此根深蒂固地不自觉地潜存于女性心中，即使是英雄也不例外。笔者无意鼓吹"性解放"，但类似上面那种畸形"贞操观"无疑则是中国传统性文化中的陈腐因素，是套在女性解放头上的一道沉重的枷锁。

由于种种封建伦理的桎梏和压抑，因此，在传统乃至现实生活中，性不是情感的需要，也没有个性的色彩，这种性与爱的分离致使性演变成了单纯的传宗接代的手段，这不能不说也是一种畸形的性文化观。或许正是由于这一原因，在我们的作品中，看不到，至少是几乎看不到西方文学中所出现的对性的理直气壮的赞美和讴歌，而展现在读者面前的却是一幕幕触目惊心的畸形场面。孙柏昌的《黄瓜园》就为我们讲述了这样一个故事：深沉的夜晚，"我搂紧了妻子"进入了梦乡，尽管"妻子偎在怀里软绵绵的，来呀！妻子捅了捅我的脖子"。"妻子的腿扭来扭去"。面对妻子的这样一番用意明显的举动，"我"却漠然置之，不仅在现实生活中不想和妻子亲热，即使在梦境中所想到的恋人也不是现在的妻子而是孩提时代的朋友小规矩。夫妻间的这种同床异梦的背后不正是隐藏着理想中的爱情与现实中爱的失落之间的巨大反差吗？如果说这对夫妻的性与爱处于分离状态的话，那么，即使是在一些看上去情意绵绵、感情笃深的夫妻那里，维系着他们之间情感的纽带在很大程度上也依然只是他们的后代而并不是夫妻本身的感情，朱苏进在《轻轻地说》中有一条情节副线恰好不动声色地道出了这一点。陈伯和陈婶是一对患难夫妻，但一旦他们的后代哪怕是抱养的孩子死去后，陈婶便立刻神经失常，此时，陈伯的万般恩爱和体贴都不能使陈婶恢复正常。当然，陈婶的神经失常固然可以用她对孩子的挚爱为理由进行解释，但在这种表象背后，是否也隐藏那种单纯"传宗接代"的幽灵呢？所谓"不孝有三，无后为大"之类的信条的力量远远超出了爱的力量。

　　性与爱的分离，性蜕变成了单纯的传宗接代的手段，在所谓"性也，为后也，不为色也"之类的"清心寡欲"的信条的桎梏下，人们的性心理势必畸形扭曲发展，于是就形成了"性恐惧感""性污秽感"和"性负罪感"等病态心理，即使是合法的夫妻，也会觉得性行为是一件肮脏的、不洁的、羞耻的事。鲁迅先生曾把这种现象概括为"东方固有的不净思想"，这是很有见地的。如此畸形的性观念长期地自觉不自觉地存在于人们的意识中，必然妨碍性恋活动的正常、健康地进行。我们的作家显然是敏锐地捕捉到这点，于是，他们就用自己手中的笔对这种陈腐的性文化观展开了冲击，由此导致了性文化批判主题中另一分枝的凸现。如果说王安忆的《小城之恋》比较早地涉及这一主题的话，那么，在刘恒的《伏羲伏羲》和莫言的《复仇记》中，我们则看到了这种文化批判的意识得到了进一步的强化。看上去，《伏羲伏羲》只是在讲述一个发生在婶子与侄儿之间的乱伦故事，但究其意蕴却绝非如此简单，杨金山与王菊豆的结合根本无所谓情感的因素，杨金山的一切所为只是出于传宗接代的需要，而一旦这种需要不能实现，便立即对王菊豆实行非人的折磨；于是，王菊豆开始与自己的侄儿天青"偷情"，最后偷食了人间"禁果"，当然，也很难说王菊豆与天青之间就是性与爱的完美结合，但比之于杨金山与王菊豆，后者的情感因素毕竟要多出几分。然而，不幸的是，当王菊豆与天青在偷食了人间禁果之后，他们之间的情感并非由此而升华到一种新的层次，相反由此却陷入了深渊，这种压力在很大程度上又是他们自身造成的，于是"天青不足三十岁就老了"，最终窝窝囊囊地死去。在杨天青身上，那种"性恐惧感""胜负罪感"都是十分强烈的，而正是这一切导致了他一步一步地走向死亡。比之于《伏羲伏羲》，莫言在《复仇记》中对人物病态性心理的刻画更为强化，其中也涉及对"性负罪感"的批判，那位阮书记在种种事情上都可以为所欲为，骄横无理，而唯独对自己的两个私生子却显出格外的忍让，这种忍让除去血缘关系之外，多少也渗进了"赎罪"的成分，而这种"罪"则是由于"性"而造成的。

　　不过，男性本位准则也好，女性贞操观也好，性与爱的分离也好，性恐惧感、性污秽感、性负罪感也好……凡此种种畸形的性文化观念都是在长期的历史进程和文化熏染中逐渐形成的，因此，在某种意义上我们是否也可以这样说，近期小说中所出现的上述那种文化批判的主题正是由于作家们对中国传统历史文化进行反思的结果。然而，无论是历史的进程还是文化传统的形成，在这样一个漫长的过程中，都离不开人自身的种种因素，因此，伴随着作家们对历史文化思考的深入，对人本文化进行思考的任务也随之凸现出来。

三

所谓人本文化，即强调人的个性，重视人的价值，一切都是围绕着人这个中心展开。但由于中国长期一直处于一种超稳定的封建社会的结构中，统治阶级所奉行的"存天理，灭人欲"的非人道的社会准则，人的个性一直无法得以正常地体现而被强权政治所压抑和扭曲。共和国建立后，这种状况虽说有了根本性的变化，但由于封建残余的存在，加之各种不正常的政治运动不断，因而，对人自身的研究和反思依然没能被放置到应有的位置上去。这种状况和整个世界的发展进程显然是背道而驰的。

在整个世界的格局内，虽然早在文艺复兴时期，一大批思想家就高举人本主义的大旗，极力张扬人的个性解放。但是，由于资本主义的原始积累阶段和伴之而来的生产力的逐步发展，加之两次世界大战的摧残，人被高度发达的生产力所异化。然而，伴随着整个历史进程的发展，伴随着自然科学和人文科学研究的不断深入，人类在对自然界的了解愈来愈多的同时，却非常尴尬地发现，我们对人类自身的了解竟是那样的贫乏和欠缺。"认识你自己"这句古老的格言在今天依然是一个庄严的任务摆在人类面前。于是，人们开始重新重视对人自身的研究，特别是二十世纪以来，关于人的学问得到了空前的发展，科学哲学、文化学、人类学、社会学、符号学、阐释学、语言学、生物学、历史学等等学科共同构成了一个庞大的探索人类自身的"内宇宙工程"，而在这项规模巨大的工程中，对性的研究无疑也是一个重要的组成部分。

当中国的作家们开始突破了人为的禁区，闯进了性探索的领域时，由于中国的具体情况所限，他们自然首先会将自己的观察与思考倾注在历史文化批判的层面上，但伴随着这种观察和思考的深入，对人本文化的思考势必要被他们提到议事日程上来。在近年来出现的一些描写性、表现性的作品中，有一些则属于这方面思考的结果。

在对这类作品展开具体评析之前，需要说明的是：将近年来出现的一批具有性文化意识小说的主题旨向划分成历史文化批判和人本文化思考这两大类只不过是为了论述的方便和明晰而采取的一种人为剥离的办法，事实上，在一部分作家的作品中，这两种主题旨向是交织在一起的。因此，所涉及的作品和上面所谈到过的部分作品难免有所交叉。另外，或许是由于强化了对人自身的探索，或许是由于这种探索刚刚开始，因此，比之于突出历史文化批判主题的某些作品来，这类作品的主旨一般都比较模糊，作者的审美态度也并不十分鲜明，这样一来就更给我们的剥离和评析增加了难度，因此，我们的分析也就多少有些冒风险。不过，这类作品尽管选材不同，所探索的侧重点也各有所取，但它们的共同点则在于自身世界的开掘和探索。

洪峰的《湮没》为我们讲叙的一个男女间的故事多少就有点古怪，这种古怪集中地体现在作品中的男性主人公的举动上，看上去，这似乎是一个虐待狂，"他"老是在谈恋爱，结交异性朋友，而在与女友的交往中，他却一次又一次地让"她"往水里跳，并声称自己会去救她。这样做的结果自然不会太妙，第一位恋人与他分道扬镳，而第二个恋人也因此而葬身于水中。那么，促使这位男性主人公的这种古怪举动的形成则是因为他在湖边的一次偶然所见。于是，在这样的情节发展中，我们是否可以这样说：偶然性在人的生命历程中有时竟然起着如此重大的作用，而那位男性主人公老想去拯救别人特别是女性的这种心理背后是不是也是一种男性本位主义的幽灵在作怪呢？这样一来，《湮没》的主旨在历史文化批判的同时又多了一层对人本文化的思考，作者巧妙地借助于性探讨了人性发展中偶然性因素所起的作用，而这些作用有时竟然就是决定性的。

格非在《迷舟》中更为读者设置了一个层次交叉的迷局，破译这种迷局至少可将其分解成四条线，即萧与杏的关系，马三婶、榆关之行和警卫员、老道算卦。格非的小说所写的基本上都是围绕着性与死亡这样两个主题，这篇《迷舟》也不例外，不过，格非笔下的性问题，显然又不同于王安忆等作家那样，表现为欲望与道德的冲突，诚如一位读者所指出的那样，格非笔下的性描写则常常表现为神秘与漠然、向往与恐惧的冲突以及性与爱的界线模糊不清后，选择的困惑等等，而其中最为突出的是被性毁灭的忧虑与恐惧。《迷舟》的全部内容虽然不止于写性，但于整个迷局中，性所占据的位置以及与其他的牵连，又的确使读者对人与人之间，人与琢磨不透的世界之间的谜而绞尽脑汁，这样，对人本自身的探索也就随之凸现了出来。

值得注意的是，注重于人本文化探索的小说虽然较多涉及性意识，性心理等内容，但又不同于前面提到过的注重于历史文化批判的小说。注重于历史文化批判的小说其主旨一般都比较明确，大抵都是通过性的描写来展开反思和批判；而注重于人本文化探索的小说则不单在写性，这批小说常常只是将性的内容作为整部小说构成的一部分，并辅之以其他内容，因此它们的构成也相对要复杂一些。刘恒的《伏羲伏羲》和莫言的《复仇记》便可作为这方面的代表。

我们在前面曾对刘恒的《伏羲伏羲》作过某种臆解，指出其历史文化批判的意蕴。不过，深究一层，作者的意图似乎并不止于此。而刘恒在小说的最后特地杜撰了的三条"无关语录"则是值得注意的，这里不妨摘录数句：

> 它（指性）是源泉，流布欢乐与痛苦。它繁衍人类，它使人类为之困惑。在原始与现实的不朽根基上，它巍然撑起了一角。即便在它摇摇欲坠的时刻，人类仍旧无法怀疑它无处不在的有效性及其永恒的力度。

应该说，作者的意图在这里是昭然若揭了，如果说，《狗日的粮食》是刘恒通过饮食文化实现自己对人本文化思索的话，那么，《伏羲伏羲》则是他通过性文化在对人本文化进行着探索和思索。

比之于《伏羲伏羲》，《复仇记》对于一般读者来说，恐怕较为难以接受，它通过一连串的令人恶心的情节缀合，实际上也是在实现着作者对人本文化的思考。而在这种思考中，性意识、性心理无疑占了相当比重，但又不限于此，其间穿插着人的血缘关系、复仇心理的描写，更使作者的探索显出厚实。

当然，最近几年出现的利用性文化意识进行人本文化探索的表现绝不限于上述种种表现，如朱苏进的《轻轻地说》、蔡测海的《船的陨落》和赵玫的《最大限度》等都各有不同的表现形态。

不过，尽管上述作品的表现形态各异，但它们却又有一个基本的共同点，那就是其背景基本比较虚化，有的纯粹就是虚构的。这或许也是最容易引起人们非议的地方，或许有人会将它们视为逃避现实生活，远离社会的代表。的确，作家们这样写是要冒一番风险的，特别是在我们这样一个有着悠久的"文以载道"传统的国度里。不过，在我们看来，这种虚化作品背景、模糊作品主旨的作品也自有其独到的审美效果，它们无疑强化了对人自身结构进行探索的特征。

文学的伊甸园在经历了长久的宁静之后开始躁动起来，这于我们的文坛来说无论如何也是一件值得高兴的事，尽管在这躁动里也杂夹着一些刺耳的噪音，但倘若我们能够正视它、研究它，在排除掉噪声之后，留给我们的将是一曲曲动人的乐音。

原载《小说评论》1989 年第 1 期

伏羲的困惑

——我看《伏羲伏羲》

程国政

刘恒的中篇小说《伏羲伏羲》把近年来很少看小说的我一下子又带进了作家所设计的世界。无疑这是一篇寻根派的小说，作者试图以批判的态度解剖"人"这个难题。然而作者似乎也陷入了一种困扰不堪的境地，向往的、扬张的在现实、社会中总是找不到出路，但是又想找一条出路，于是故事中的天青只能以无声的愤怒、默默的抗议而离去，王菊豆只能忍辱俯首，苟且偷生。价值规范、道德评价这些外在的东西和人的天性痛苦不堪地扭打在一起，伏羲也掉进这难解的谜团之中。

一

假如没有天青，王菊豆就不会生下一个对于杨金山来说值得到处炫耀的儿子，假如没有天青，杨金山这一辈子，只能对不起列祖列宗，徒劳地强悍了一辈子，尽管他终于发现，他的成就是天青给予的，其实是虚的。是的，天青是成功的，青苗苗壮的棒子地里给两颗年轻的心以透彻骨髓的结合，天青最终认识到王菊豆是他的"小母鸽"，这确乎是个暖洋洋的竖立纪念碑的时刻，天青这颗躁动不安的年轻的心终于在倍受摧残、屈辱，但同样是一颗年轻的心上找到了撞击的火花，于是人性找到了归宿，天高地阔，"太阳很好，风也很好，小溪流在很好的风和阳光里汩汩地奔流欢腾，给弯曲的山沟绕上了一条清亮的白光，给洪水峪奏出了不停顿的美妙声音"。然而他们的私通是见不得洪水峪的人们的，是经不起现实的审问的，他们的那个时刻亦是个"挖掘坟墓的时刻"，溪流很快就把天青和菊豆卷到现实中来了，尽管天青确信菊豆怀的是他的儿子，但只能是他的弟弟，天青别无选择，他只能做那女人的侄子，无尽无休，无法改变。他骂起了陈年的名谱，感到自己这条命受到了不能容忍的戏弄，但一回到现实中，又成了恭顺而委琐的天青，他的劫掠是失败的，试图冲破"陈年名谱"的天青转了一通之后一看，自己仍在这张无形的大网中，天性在从来如此的现实面前"恭顺而委琐"，他给现实一个放纵的反抗，但这毕竟是"黑暗的"。古已有之，从来如此的价值评判、道德评价把整个现实、洪水峪的人们、金山、天青、菊豆、天白，甚至作者都笼罩在里面，有意无意，大家都处在同一价值平面上，尽管试图超出，努力去打破，事实上是不太可能的。

二

伦理道德与主体精神的冲突是文学作品中经常反映的矛盾，也是寻根文学的一个热点。三十年代，茅盾先生的《水藻行》就可以划入这个种类之中，勤劳壮实的叔叔财喜与侄子秀生的妻私通这个故事所透露出来的社会意义，成为小说史家、研究专家们讨论茅盾思想的一个不容忽视的课题。这个调子一直唱到了当代，作家们一直都在关心这个传统的更是现实的矛盾。传统的道德规范并不因为社会制度的改变而不复存在，它是根深蒂固的，影响是无所不在的。在当代文坛上，随着古老文化与现代化讨论的深入，文学对民族机体内诸多历史上沉淀下来的，至今仍对现实社会有巨大影响的种种因素都有可观的探索。这种探索总的来说是有益的，但是有的作者则走向了极端，在反传统、反文化的旗帜下，把一些丑陋的、邪恶的东西神圣化了，"虽然偶像的面具替换了，但膜拜的仪式和情感的虔诚并没有丝毫的变异"①，所以，他们"那种精神被奴役的本质依然如故，依然充当文化的奴隶"②。像《伏羲伏羲》这篇作品在相当程度上触动了传统文化中的本质问题，宗法制社会中的伦理道德问题，作者敢于正视这个问题，把他的困惑交给读者。现在我国正处在一个除旧布新的转折时期，有的论者提出了新时期道德建设的问题③，指出"主体精神是其主题"，可谓一语中的。刘氏的小说正是以艺术化的形式提出张扬人性，给长期压抑的性、个人情感以合理地位的艰巨。文学能做到这一点就是件了不起的事，我认为。

中国封建社会，尤其是宋明以降，以"三纲五常"为核心的传统道德，把政治、伦理、宗教、哲学融汇在一起，体现出人的那种高度的使命感、责任感、义务感，人的个性完全淹没在这种家国一致的整体的道德规范和价值体系之中，当然并不是不重视个人的自由选择，但是这种选择仅是为了履行家族义务、维护纲常名教和宗法专制的一种手段，而绝不是让个人的选择走到相反的道路上去，所以，没经过"父母之命""媒妁之言"的婚姻是被人唾弃的，"烈女节妇"是倍受嘉许的。贞节牌坊是供后来的烈女节妇们仿效的榜样。然而这是她们用青春和生命换来的带血的十字架，所以在东方，纯真的爱情大多是"梁祝化蝶"式的。而越级偷情在这种道德体系中，更是正人君子们群起而共斥之的，是要彻底打倒的，这样的男女也深感走不出黑暗，无法到阳光底下去，他们的脑子里也根深蒂固地打上了这种道德尺度的烙印，尽管他们鲜活的生命冲动是旺盛的、强烈的。千百年来都是这样，几十年也就不算长了。

这种陈旧的价值观念把人的天性压抑得太久了，今天该是打碎它的时候

研究资料

---

① 王干：《反文化的失败——莫言近期小说批判》，《读书》1988年第10期。

② 同上。

③ 张国钧、张新芬：《主题精神：新时期道德建设的主题》，《新华文摘》1988年第8期。

了，不管这种决裂否定是多么痛苦。传统的道德规范把人们熏陶得似乎文质彬彬、温文尔雅，既没有狂热的激情，亦没有过分的冷漠，一切似乎都平平常常，循规蹈矩。该成年了，举成年礼，然后，男赶赴科考，女锁入深闺，然后月老搭桥，喜结良缘（是否良缘，无从查考，是男女生物本能的交接仪式也许更恰当些），生儿育女，一切都是那么有条不紊，按部就班，可谓"中庸"。然而在这种温情而没有热度，和睦而实则冷漠的气氛中，人作为一个"人"不见了，人只是一种工具，一个符号。人的天性、性意识退缩得令人绝望，萎缩得像白漫漫的沙漠，剩下的只是"三纲五常""君叫臣死，臣不得不死，父叫子亡，子不得不亡"，这些戒条，年老的传给年幼的，年幼的长成年老的，然后又传给年幼的，生生不已，绵绵不绝，香火旺盛得令人窒息。

为了这种规范香火不断，为了家族（皇权政体亦是家族的放大，诸多论者已有论述）的兴旺发达，这些规范中又有"不孝有三，无后为大"之类的训诫信条，于是多子多孙又成了芸芸众生们趋之若鹜的奋斗目标，所谓"天伦之乐"亦寓于其中矣。还有一个规矩，千金不能算香火，这对于另一些福星不高的人来说，又是一大苦恼。三妻四妾，猛添多生，早养儿子早享福。儿子多，自然感觉上就比别人高一头，所以小地主杨金山这个本事不是很大的男人，和前妻在一条土炕上滚了三十多年没有造就之后，以快五十的年纪仍如饥似渴地讨一个二十岁的黄花闺女，为的是造出一个儿子来。其遭遇真是令人同情，明明是自己不行，偏偏执迷不悟；又是那样令人生厌，没有结果，却拿鲜活的菊豆出气，似乎是女人晦气，或是有意和他作对。而意外得子之后又是那样单纯天真得近乎荒唐。意外的收获简直让他承受不了，以至于逢人便说，可是这千真万确的是他侄子生命冲动的产物。悲凉而沉重的闹剧，可气而可怜的金山。这故事确乎和那些规范信条开了个玩笑，但这种玩笑是见不得人的，所以洪水峪的乡亲们认真而严肃地判断"那大的是老金山的后，和小的是完全不同的传人"。

精妙而残酷的道德规范，既认识到每个人都遵守这些规范的重要，又考虑到每个人都是相对独立的。这张精致的大网，太让人不可思议了。更重要的是，当个体不能完成规范所要求的目标时，它又会不动声色地让这个个体自惭形秽，觉得对不起列祖列宗。当谁试图打破这种从来如此的网的时候，一个个体和另外一些个体，这张大网上的不同而相似的结点便互相扯动，无形的规则便会化成有形的个体对这种试图大动干戈，斗不赢还能找出种种理由为自己开脱，于是也就心安理得了，如杨金山。而另一方不但要与外界战斗，更严酷的是要和自己都意识不到的，深入到他的骨髓中去了的规则去战斗，如天青。这种战斗往往只能以生命意识的退缩压抑为外化形式，所以尽管天青心里敢骂陈年名谱"是祖宗里混蛋灌多了薯干酒后说的昏话"，但一"跨进院子，又成了以往的那个人，恭顺而委琐"。天青，这个可贵而可悲的生命信徒，只能以赤条条的死，给世人一个"黑暗的放纵的反抗"，他把生命与道德这个难题丢给了王菊豆这个可怜的女人，让她在名谱的祭位面前受责骂受鞭挞，让她在清明时节，为她伺候过的两个男人哭喊起"我那苦命的汉子哎……"这意义含混的词句。

　　洪荒时代的一场大水，把伏羲女娲这对兄妹孤零零地扔到世上，于是他们结了婚，生儿育女，所以我们在汉代的石刻画像与画像砖上看到了他们，一幅幅美妙的家庭行乐图[①]。伏羲女娲们创造了人类，伏羲们是自由的，但他们没有把这种自由留给人类，伏羲变成了一位手拿戒尺的长者，在这长者的尺上有许多戒律，芸芸众生只能矻矻恪守，不能越雷池一步。于是乎人间演出了许许多多爱情婚姻悲剧，而且还要继续下去。人没办法选择他的出生，也很难选择他生存的环境，也就是挣脱不了伏羲老人的约束。而人的天性、生命意识的原冲动又不甘寂寞，这二者的冲突是必然的、悲剧性的。历史与现实，规范与天性痛苦不堪地扭打在一起，手拿戒尺的伏羲困惑不解了。如果说，神话中的伏羲纯以情而与女娲结合的话，那么现实中的伏羲与女娲则是不符合道德规范的，正如做侄子的杨天青与婶婶王菊豆。要情还是要理，承认现实还是顺乎历

①　袁珂：《中国神话传说》，中国民间文艺出版社1984年版，第三章。

刘恒
研究资料

史，作为小说世界中的人有不同的选择，这种选择是痛苦的（天青、王菊豆）或是无可奈何的（金山），作为冷眼旁观的亦是生活在这无可选择的传统之中的作者、读者同样茫然。这令人心力交瘁的痛苦抉择。作者张扬的是天青和菊豆，却让天青在现实中孱弱无力，菊豆含混不清地说"我那苦命的汉子"。是的，让作者为天青们选择一条幸福的出路，是不合实际的、艰难的，这样艰难同样说明作者在传统面前的沉重感，说明了传统的巨大压力。作者生活在无形大网中的一员，不可能选择一条观众认为悖乎通行的社会习惯、思维定势的出路。读者，亦是生活在这张大网之中，深感传统的巨大束缚，力求去冲破，而事实上是冲不破的。于是天青困惑了，感染了作者刘恒，刘氏又把这个困惑扔给了读者，也交给了伏羲这位老人，但愿这位老人能把我们从这极度的矛盾中解救出来。小说的意义就在这个地方，他让我们深感天青和菊豆是天生的一对，更使我们觉得历史压在人们头上的沉重感，违背常理的负罪感。

历史与现实，这对有趣的矛盾。历史上，传说中，伏羲与女娲是对由兄妹而结合的恩爱夫妻，而现实中，伏羲女娲成了手拿戒尺，训导人们要遵守既定规范的长者。历史，一套精熟而系统的道德理论已深入人的每一个毛孔，以至于人们随时可以不假思索地运用它来评价人们的行为；现实，小说中的天青与菊豆越过名分，透彻骨髓地结合。是历史开了现实的玩笑，还是现实开了历史的玩笑，在这残酷而严肃的玩笑面前，我们茫然不知所措。由此较原始的乱交到有固定的姻亲对象，的确是个进步，但兄妹成夫妻，悖乎现代观念，而天青与菊豆这对年轻人试图冲破束缚，却被残酷地扼杀则令人生气了。

有的论者说，"对道德的强制导致非道德化的反动"（李泽厚语），但这种反动要想得到社会的承认，必须是人们确立新的道德评判原则之后，否则这种反动最终是要被扼杀的，这就是读者在小说世界中悟出的道理。这种新的道德评判原则的建立，是需要相当长的时间的，于是他又感到传统的巨大、深重。

白色与涡漩

——读刘恒的小说《白涡》

德 万

刘恒研究资料

读《白涡》，我被它那充溢的生活情趣和细微的体察观照所吸引，不由得不思索小说中呈现的世界和我所存在的世界。这两个世界在我脑海中渗融错杂因而又形成一个世界，我尝试将它记录下来。

在我所得到的这一新的世界中，白色和涡漩具有特为明显的标志，或者说是意象，而这一新的世界倒确实是由白色和涡漩引发的。

一、向往与沉沦

我不知道作者刘恒为什么选择这么两个意象，白色在小说中屡见不鲜，涡漩则似乎并未明指。然而我以为这种选择是很不错的。我用向往与沉沦作为这一段的标题只能说是对这两个意象的一种解释，仅仅是一种而已。

白色的对应是黑色，涡漩的对应是流淌。如果将黑色作为人的自然存在的隐喻的话，那么白色就表达着人对自由的向往；如果将流淌视作为人生的过程，那么涡漩必定隐喻着沉沦。正是在人这个基本点上，白色和涡漩获得了联系，由隐喻导生出向往与沉沦这样实在的表述。小说的主题由之而具有了哲学的内涵：自然和自由。

正是在我国改革开放的历史背景下，我们生活于其中的文化形态得到迅猛的变化，因而引起一系列人际关系和心理状态的重组和骚动。在这样的一种氛围下，讨论人之所是、之所为、之所将是的问题愈益显得急迫而不可待。"自然"作为事物的本质，人必定是包括于其中的，西方这个语词就既作自然又作人性解。但是，"自然"却常被人加以严格的设置，使之客体化，成为人类所为的对象。"自由"则"是在于根据对自然界的必然性的认识，来支配我们自己和外部自然界"（恩格斯）。因此"自由"在某种意义上说实际上是对自然的一种规范。那么就人而言，人作为一种自然存在必然追求着需要的达致，然而人又是处于各种自然事物的联系之中，在这里首先是人际关系，由人际关系产生人的社会性，因此人作为自由存在又必定有着道德规范对诸个人的相互制约。自由不是无限度的。各人具有了一切自由，自由也就不存在了。人在承认自身的自然存在的同时应该理解他人的自然存在，这样人才有自由。有人际的自由，方才有个体的自由。

小说中的男女主角周北路和华乃倩作为自然存在的人有着各自的种种需求，诸如性、名、利、学位、愉悦、幸福等等，由于他们在小说的世界中形成了远较于其他人更为特殊的关系，那么，在对自身作为自由存在的追求中就必然面临着选择。是顺应自然的需要而获得白色光芒的照耀，是寻求自由的获致而摆脱涡漩造成的沉沦，正是在这种两难的选择中，凸现出了自然与自由的对立。

我无意于将周北路的所作所为视作一种人的自然存在的趋向，或者说并非要将华乃倩看作白光，而将周的"将要是"认定为沉沦。尽管小说在叙述中表面平静地实则是激昂地表达出了相类似的看法，我想说的是，人在面临着自身的自然存在和自由存在的选择中，适逢其会地处于"道术将为天下裂"（庄子）的境况时，徘徊、彷徨总是难免的，但人的自然存在毕竟有希望进入一种自由的王国，而这种自由则在于将它所依赖的自然看作为产生自身的那种起源。如果说黑暗的周遭总会有白色的光明在前的话，那么生活流淌的逝水总是会越过涡漩而汇入大海的。

这或许未免太理想主义了。

将周北路和华乃倩的故事，或者径称其为爱情故事看作是一种"始乱终弃"这一中国文学母题的孽变，也未免过于简单了。周北路和华乃倩在小说世界中表现出的选择显然在我们当今的现实世界中有着一定普遍意义的类型性。小说在终篇时用两个短小的句子表述了华乃倩和周北路自己对那个"飞黄腾达"的看法：

> 她是鼓掌最卖力的一个人。
>
> 周北路已经有些恐惧。

或许现实世界难以轻易地推出这样的一台戏，作者在小说世界中以此表达一种悲剧意识却是很容易看出来的。小说作者正是在这里表现出了对人物的冷静态度。

个人和他人作为自然的存在究竟应该如何处理相互之间的关系呢？

当我们再回到自然与自由的讨论时，我以为，尊重他人的人格和尊严，消除个人生活与社会生活的对立从而创造使包括自身在内的每个人成为真正的自由存在的条件，这应该是一种必要的规范和准则。如果要想知道一个人在多大程度上实现了从自然存在向自由存在的迈进，从他在多大程度上将他人也看作是一种自然存在来对待就可以探明。

周北路和华乃倩的悲剧在于他们或是并不理解自由的自然存在，因而难以把握自身作为自由存在的取向，或是并不理解他人的自然存在，因而错误地看待他人的自由存在的转换。当一个人看不到与其有关的他人的自然存在时，他会以人的自由存在来对他人予以规范，于是他人成为这个人的牢笼。当一个人不明了自身迈向自由存在的取向时，他会以人的自然存在来确认自己的行为，于是自身成为他人的牢笼。因此我看到小说中的周北路在白光中堕入涡漩而沉沦，华乃倩则在涡漩中以找不到白光而同样地沉沦。

沉沦莫非是现代人的一种劫数？

二、城市与文人

　　沉沦莫非是现代人的一种劫数？弥漫在我缕缕思绪中的这一问题当然过于悲观，而这种感受的获取是不应该简单地归咎于《白涡》这篇小说的。说到现代人我不由得不想到城市，想到文人——知识分子。《白涡》这篇小说的场景选取自城市，就人的自然存在和自由存在引发的对现代人的思考，当然唯其是城市更能表现出现代的人和人际关系。人类生存空间的转移在经历了从农业生产过渡到工业化的历史变革之后，城市的涵容在中国这个特定的区域已不再仅仅只是军事、政治的中心，它已成为交通的枢纽，商品的集散地，大工业生产基地和现代文化的辐射区。尤为特出的是，随着城市的激剧膨胀，大批的人口从乡村向城市的迁移，城市与乡村在中国特有的一种紧密关系，城市又成为传统思想与现代思想搏击抗争的角逐之地。在城市人的生活方式上也随着改革开放的新浪潮而产生着激剧的变换和动荡，心理状态、行为方式乃至伦理道德观念也随之而引起种种变化。

　　"他在车门关闭之前身子敏捷地蹿了上去。像一只鸟，扑入了巢穴。"周北路从南方的乡村进入了北京，正像他上公共汽车一样是那样便当顺快，义无反顾。两百年前英国的一个大学者曾经这样说到城市："噢，先生，当一个人厌倦了伦敦，他就是厌倦了生活；因为伦敦提供了生活所需的一切。"（塞缪尔·约翰逊）城市提供了生活所需要的一切，人的生活与城市浑成一体，城市成为人对生活向往的象征，白色的光芒已经只在城市的上空辉耀了。二百年过去了，西方人对城市感到迷惘，充满着一种身不由己的失落的情绪。而在当代中国，这种感触还并不具备普遍的意义，城市在某种方面仍然是一种个人价值的实现，一种生活意义的表达。在现代中国人心目中城市仍然具有着强烈的诱惑力。作者刘恒的失误在于并没有突现出这样一种时代的特征，本来北戴河的出现是可以明显地反映一种心理律动在不同环境中的差异，然而作者只是将不同区域的描叙当作一种调节情节的工具，由之而失去了一个机会。然而，我们同样也可以看到，作者的成功在于拮取了城市中具有鲜明特征的代表——文人。"他们是大城市的产儿。在拥挤不堪的人流中漫步，'张望'决定了他们的整个思维方式和意识形态。文人正是在这种漫步中展开了他同城市人和他人的全部关系。""大城市并不在那些由它造就的人群中的人身上得到表现，相反，却是在那些穿过城市，迷失在自尽的思绪中的人那里被揭示出来。"（瓦·班杰明）小说正是把握了这一点，抓住文人，力图展示出他们的生活、价值观、行为方式所构成的思绪，从而冀此对城市加以揭示。

周北路的人生之路或者说他在城市里的进取之道是这样的：大学毕业进入研究院，入党，任室副主任，评上研究员，最后当上了副院长。正如小说的叙述所说的："他只有四十四岁，机遇的大门远远没有关闭，看来最要紧的还是在于识别，要认清隐藏在事情背后的意义。"这不正是他的思绪吗？在小说的结尾处，叙述又告诉我们："他在掌声中晕眩。这是对他人生的慰藉。他一步一个脚印地走到了这里，他理应骄傲的。朦胧中他有一种身轻如燕的感觉，失去了束缚，他想到哪里就能飞到哪里！"这不正是他的自况吗？

小说世界中表现出的周北路所选择的人生之路实在是现实世界中"文人作吏"的一个典型。他使我想到秦代的李斯，李斯曾做到位极人臣，他在辞别其师荀卿准备西游入秦时说："斯闻得时无怠，今万乃争时，游者主事。今秦王欲吞天下，称帝而治，致布衣驰骛之时而游说者之秋也。……垢莫大于卑贱，而悲莫甚于穷困。久处卑贱之位，困苦之地，非世恶利自论于无为，此非士之情也。"（《史记》）这里所说的"争时"，所说的要摆脱穷贱，何尝不是周北路的心情。可怜悠悠千古同一心。看看小说中所表现的，他对刊物编辑的推托，对竞争对手老刘的倾轧，对老研究员的谦恭，与书记的关系，与老院长合作排布的演习，谁能说这不是当今文人的悲哀呢？因此我想到沉沦莫非是现代人的 种劫数。小说中推出的这个城市，无疑犹如一个生沿之流中的涡漩，文人正在其中挣扎，那白光浑然只不过如同一块腐朽的浮木，非但不能救人出水，最终只会被涡漩的流湍击得粉碎，沉沦不是注定的吗？因此，我们在小说中所看到的，那象征着希望和向往的白色之光也仅仅只是联系到女人：那白色的凉鞋，白色的腿，白色的脖子，白色的肌肤，白色的裙服。作者的高明还在于他写到了周北路对家乡老母亲寄来的红茶的偏好。这难道只是一种童年的回忆，这难道可以说是对自然的向往？周北路是来自农村的，他作为一个有名有利，也不乏才学的知识分子，是城市培育了他，是城市滋润了他。是城市使其得以学问精进，功成名就，可难道不是城市阻滞了他，扼杀了他吗？美国有个历史学家在一部研究中国城市的书中说："仅有文化的现代化而没有相应的经济、政治发展，不但不是神祇福音，反而是不祥之兆，因为它剥夺了那些有现代文化的人对传统文化的控制，却又没有为他们提供一个坚定的经济、政治基础，而只有在这个基础上，整个中国才能变化。"（鲍德威）证之于周北路这个人物形象，我以为这种看法并不偏颇。

我很钦佩作者对"文人作吏"从政上进心理的刻画。我感到遗憾的是作者对人和城市深层开掘的缺乏。

原载《当代文坛》1989 年第 4 期

国人的生存困境

—— 刘恒小说三题议

陈 炎

刘恒的小说算不上新派,这两年,就在别人痛痛快快"玩文学"的时候,他却结结实实地抛出了《狗日的粮食》《伏羲伏羲》《两块心》等让人看后无论如何也潇洒不起来的沉甸甸的东西。说实话,看刘恒的小说,与其说是一种享受,不如说是一种折磨,因为它时时刻刻在提醒你:不要忘记国人的生存困境。说起来让人脸红,这困境绝不是什么超英赶美、领导世界新潮流的问题,而是如何解决饮食男女、为人处世的问题。谁都会认为,此类问题层次不高;然而高明的国人如果走不出这些困境,就无法成为堂堂正正的世界公民。至于什么"信息时代""后工业文明",只好瞪着眼睛看别人去折腾了⋯⋯

一、"饮食"

"民以食为天",这是中国人的一句老话,可见生活在我们这片土地上,食是十分重要的事情。现在有一种说法,说中国文化是"食文化",那是说中国人讲究吃,吃得好。北京的"仿膳"自不必说,就连广州的一顿"早茶",也足以让人眼花缭乱了:五六十个碟子轮流摆到桌上,那新鲜美味的小吃绝不会有重样的。如果你傻乎乎地感谢主人的这顿"早饭"，主人便会十分谦虚地告诉你："这哪里算吃饭呀，只不过是吃吃茶啦——"难怪有位外国领导人在访华期间会盛赞中国美味佳肴，而我们的新闻机构也会同样谦虚地将这则消息转载在《参考消息》上呢。至于那大大小小的人情饭、会议饭、合同饭、鉴定饭、上边到下边视察工作时吃的饭和下边向上边汇报工作时吃的饭就更不必说了。可是刘恒却不像陆文夫那样，据此炮制一篇令人馋涎欲滴的《美食家》，使中外读者叹为观止；而偏要拣那些吃不上饭的故事来写，而且写得如此惊心动魄，这就难免不有些"暴露黑暗面"之嫌了。

自古以来，令人惊心动魄的故事只有两种，一种离生活最远，是人们料想不到的事情；一种则离生活最近，是人们视而不见的事情。制造前一种故事，需要超越生活的想象力；制造后一种故事，则需要有正视生活的洞察力。《狗日的粮食》显然属于后一种。在这篇朴实无华的小说里，既没有见所未见的恶人，也没有闻所未闻的厄运，整个悲剧只是由于缺少那最最普通、最不起眼的东西——粮食。同世世代代、祖祖辈辈的中国农民一样，杨天宽和那外号瘿袋的老婆从来也不曾有过什么过高的奢望，他们甚至连"三十亩地一头牛"的念头也没敢生过，因为历史发展到了他们这一代，三十亩地，已经成为一个不可企及的数字了。然而与此同时，嗷嗷待哺的孩子却一个接着一个地落地了，尽管他们以大谷、二谷、红豆、绿豆之类的字眼为孩子命名，从而粮食却恰恰因人口的增多而减少了，这就是杨天宽一家的困境，也就是11亿中国人的困境，可悲的是这困境已经威胁到了人们最最原初的生命本能，因而便有了将人的本性彻底扭曲的可能。我们知道，巴尔扎克曾塑造了为数众多的金钱拜物狂，但却从未写过粮食拜物狂，这便使刘恒笔下的瘿袋具有了前所未有的开创意义。

——她因粮食而来，又为粮食而去，在她的一生中，粮食给她带来了无限的屈辱和乐趣。对于她来说，粮食究竟意味着什么呢？意味着温饱，意味着活命，意味着可以将她从一个男人的手里转移到另一个男人的手里。因此，粮食便成了她全部神经的唯一兴奋点，成了她毕生追求而又永无止境的唯一目的。她可以为粮食不辞辛劳，她可以为粮食与人争吵，她可以为粮食向丈夫发威，她可以为粮食向队长赔笑……最后，她竟然丢失了购买返销粮的"购粮证"，终于经受不住这一打击而服毒自杀了。命运简直是在有意捉弄这位几近痴魔的乡村妇女，就在她临死前的一瞬间，"购粮证"却又出人意外地被找到了。于是，面对着如此残酷的命运之神，她张开那因缺粮而变得苍白的嘴唇，吐出了带有控诉意味的最后一句话："狗日的……粮食。"

从情节上看，《狗日的粮食》有点像莫泊桑的小说《项链》。然而瘿袋的不幸却不是因为虚荣而是为了吃饭，为了养活孩子，为了最起码的生存。这样一来，刘恒的小说便不是喜剧而是悲剧了。我们尽可以说什么"人不是为了吃饭才活着，而是为了活着才吃饭"，我们尽可以说什么"人与动物的不同，不在于食、性的生物属性，而在于这些活动所表现出来的社会属性"；然而当粮食，这一类生存的基本条件真正发生危机的时候，一切政治的观念，一切伦理的法则，竟然如此不堪一击。似乎只有在这个时候，我们才能够真正理解马克思所发现的"历来为繁茂芜杂的意识形态所掩盖着的一个简单事实：人们首先必须吃、喝、住、穿，然后才能从事政治、科学、艺术、宗教等等"；似乎只有在这个时候，我们才能够甘心承认：人并非首先是人，然后才是动物，而是首先是动物，然后才是人。当人是起码的生物需求也得不到保障的时候，也就是说，当人连动物都不如的时候，人还有理由被要求去做人吗？因此我认为，一切真正的人道主义，应该从肯定人的动物本能开始，正是从这一意义上讲，《狗日的粮食》闪耀着诚实的而非造作的人道主义的光辉。当然了，评论家们可以有自己的独特见解，然而在我看来，如果我们的评论家不摘下那副戴惯了的变色镜，就不可能发现这部小说的真正含义。

二、"男女"

中国人的悲剧还不仅仅出在"食"上，而且也常常出在"性"上。尽管我们在摘取"食文化"之桂冠的同时，把"性文化"的帽子远远地抛给了西方，然而这并不意味着我们在这方面就一定比人家落后。在世界文学史上，最富有"性"色彩的小说，不是《十日谈》而是《金瓶梅》。当然了，这本可以使我们引以为骄傲的小说并不是什么人都可以看的。据说五十年代曾印过一批，是专门给那些高级干部和有地位的文化人看的，因为他们有着常人所不具备的批判能力。由此可见，中国的"性文化"是分层次的，然而刘恒却恶习不改，专拣那些低层次的来写，于是便有了《伏羲伏羲》。

如果说杨天宽与瘿袋的不幸是一种求"食"而不得的悲剧，那么杨天青与菊豆的不幸则是一种求"性"而不得的悲剧，然而这两种悲剧却带有同样的民族特征。谁都知道，在我们的民族文化中，历来也没有压抑"性"的禁欲主义精神；然而从反面上讲，儒家文化对"性"的肯定，从来也没有超出生儿育女、传宗接代的界限；也就是说，性行为只能作为一种手段而不能作为目的而存在。而天青与菊豆的悲剧就出在这里。天青并不是穷得娶不上老婆，如果他像叔叔那样，把自己和别人当成一架生儿育女的机器来使用，绝不会遭到任何非议。相反，当他把"性"作为一种独立的价值加以追求的时候，便陷入了一种不可自拔的绝境。这样，他与菊豆的私通，便不仅仅是对叔父的叛逆，而且是对整个文化环境的叛逆了。因此，即便是叔叔瘫了、死了，他也不可能在这场斗争中获得胜利，最终便只能落得一个侄儿不像侄儿，丈夫不像丈夫，哥哥不像哥哥，父亲不像父亲的可悲下场。因此，正像瘿袋临死前对自己毕生所追求的粮食感到绝望乃至于憎恨一样，杨天青则将绝望与憎恨集中到自己的性器官上来，赤身裸体地溺水自杀了。

杨天青当然算不上什么英雄，无论按照过去的标准，还是按照现在的标准，他的行为都是不道德的。这不由得使我们联想起尼采的一句话："在道德（尤其是基督教道德即绝对道德）面前，生命不可避免地永远是无权的，因为生命本质上是非道德的东西。"这当然已算不上什么新鲜的发现了。问题在于，就在西方人文主义者捣毁基督教道德的同时，我们的理论家们却在大踏步地向儒家文化复归：在不少人看来，只要能发现西方道德的沦丧，就可以证明东方伦理的永恒了。谁知，就在儒家文化为即将占领世界而高奏凯歌的时候，刘恒却不识时务地抛出了这部《伏羲伏羲》，这不免太让人扫兴了。

认真反思起来，我们这个民族对于"性"的蔑视，就像对于"食"的蔑视一样，历来就掺杂着一些不健康的因素。正因如此，被压抑的欲望一旦有了道德或权势的保障，便必然会出现恶性的发展与膨胀。翻开中国的性史，一方面是授受不亲，一方面是嫖娼纳妾；一方面是"性"饥饿，一方面是"性"垄断；一方面有《女儿经》，一方面有《肉蒲团》。顺便说一句，西方的"选美"是选给大家看的，而中国"选美"则是少数人的特权。不难想象，如果林彪不是在政治上垮台的话，林立果的"选美"内幕恐怕至今也难见天日。总之当正常的性行为被视为不洁的丑事受到压抑的时候，不正常的性行为却正在大张旗鼓或偷偷摸摸地进行着，这难道不是我们这个民族特有的困境吗？

三、"做人"

除了"饮食"与"男女"之外，中国人的第三大困境便是"做人"了。从某种意义上讲，中国人是最讲究"做人"的。所谓"做人"，就是区别出长幼尊卑、亲疏远近，在复杂的人际关系之中确立好自己的地位和行为，对高于自己的人应该如何应酬，对低于自己的人应该怎样发落。这套学问必须从小学起，学到七十岁才能达到一种"从心所欲，不逾距"的境界，像庖丁解牛那样，以无厚入有间，游刃有余，哗然霍然。乍听起来绝对是门艺术，然而真要做到这一地步又谈何容易，操心劳神不算，还必须以牺牲人的全部个性为代价。难怪有人认为中国人与西方人有着演员和角色的不同：西方的角色是固定的，约翰就是约翰，他老子叫他"约翰"，他儿子也叫他"约翰"；而中国人却始终是演员，要在不同的环境下扮不同的角色。张三并不就是张三，他时而是父亲的儿子，时而是儿子的父亲，不仅如此，他还可能是赵局长的助手、刘秘书的上级、李处长的同乡、王书记的女婿……要在如此复杂的社会关系中演好不同的角色，的确不是一件轻松愉快的事情。而刘恒的新作《两块心》恰恰揭示了中国人的这一困境。

从表面上看，人"做"得好坏与"食""性"之间并没有多少直接的联系，看不透这一点的乔文政只觉得自己努力工作就一定能得到应有的尊重和报偿，直到栽了跟头之后才终于明白：自己并不处在公平竞争的社会环境之中。正当他心烦意乱并企图抗争的时候，老同学的秘密却使他懂得了"食""性"的好处原来尽在"做人"之中，他似"一下子就耳聪目明了"，从此便放弃自己固有的个性，戴上面具去学着"做人"了。

从标题上看，"两块心"当指乔文政和他的老同学郭尚真的心。然而这两个人却绝不仅仅是老同学，他们之间的关系随着环境和时间的不同而不断产生着微妙的变化。单独相处的时候，他们两人可以称兄道弟，彼此开心；可一旦有外人在场，尚真便马上会板起面孔，发号施令了。起初，乔文政对这种变化还很难适应，从心里埋怨这位当了秘书和厂长的老同学在官场上"学得油滑了"。然而到了后来，自己油滑得比尚真更有水平，竟然把这位尚有一丝真情的老同学也装进了自己的圈套。最后，自投罗网的郭尚真似有所悟地对他讲："乔文政，真看不透呀！"而文政却已经大彻大悟了："都看透了咱还咋做人哩？"生活早已使他明白："人是靠不住的，人什么都干得出来。人为了干他想干的事什么都肯做。人是没有指望的。""心外有骨，骨外有皮，皮外有衣，心和心隔得委实太远啦。"因此"两块心"是无论如何也不可能沟通的。

应该看到，文政的成功，也正是他的失败。因为当出人头地的乔文政满脸堆笑地走进厂长办公室的时候，那个敢作敢为、堂堂正正的乔文政已经不复存在了。从这一意义上讲，不是文政改造了环境，而是环境征服了文政。因此，乔文政的故事，不是喜剧而是悲剧。这同样也是一种国人的悲剧，是在这种既不尊重个人的创造性劳动，也不需要社会的平等性法则，而仅仅依靠人际关系的社会环境所必然产生的悲剧。这种悲剧纯然是消极的，因为在悲剧人物的相互倾轧之中，历史并没有前进，财富并没有增多，文明并没有发展，因此它甚至比那种公开的、残酷的、直接的、露骨的资本主义商业竞争所造成的悲剧更加阴暗、更加腐朽。谁都明白，这种"做人的悲剧"绝不是什么社会主义的悲剧，而是封建主义的悲剧。

从《狗日的粮食》到《伏羲伏羲》再到《两块心》，刘恒似乎已经完成了其思想探索的一个周期，即从自然到文化再到社会，从这三个层面上揭示了国人的生存困境。正像他自我表白的那样："写来写去熟透了两个字，一个悦，一个愁。悦不多，笔里笔外缺的正是它。愁却不少，甚至太多，一抬笔准来，扔了笔还来。时时感到面对了一个蛮横的仇人，受尽捉弄，却无还手之力。念及人世苍苍，不生则死，决定干！偶然抢中对方一个半个嘴巴，得儿小说，然而终究放不倒也杀不死它，倒是自己在跟跄着速朽了。抽刀断水水更流。这是愁的解，也是墨客的伦常和宿命。"为了走出瞒和骗的大泽，刘恒不敢以"龙的传人"而沾沾自喜，他深知我们这个民族要真正有点出息，就必须先具备正视现实的勇气。没有这种勇气的人们，不可能真正走出现实的困境；没有这种勇气的作家，也不配坚持真正的现实主义。

原载《理论与创作》1989 年第 4 期

刘恒
研究资料

神话重构的现代抉择

——漫说《伏羲伏羲》

余　峥

现代人心理失去了平衡，现代人内心充满莫名的困惑。现代文化的精致与文明使人产生无端困倦的舒适和疲惫，现代文化的倾斜与冲突又让人感到无可名状的空虚和惶恐。生活的更新可以无所顾忌地追求快乐原则，而精神的断裂却难以弥合无根飘萍的惊惧。于是，人类开始寻找自身的精神支柱，文学家开始企图剥开那条有形无形的精神纽带看个究竟；于是，就有了神话的流传，有了神话的别一种解法，也就有了刘恒的《伏羲伏羲》（《北京文学》1988年第3期）。

《伏羲伏羲》所讲述的故事首先是神话的重复。

我们民族的伏羲女娲神话，在早期正宗的典籍记载中是缺乏婚配生殖含义的，但在民间流传的这一神话，倒是更早具有繁衍人类的两性意义。即如闻一多先生所考，"故事中那意在证实血族纽带的人种来源，即造人传说，实是故事最基本的主题"（《伏羲考》）。这一神话原型的人类学意义是：洪水遗民时代为再造人类的血亲婚配，其两性行为具有创世纪的浩瀚色彩。这种与人类俱生的性观念既哺育着人类的物质延续，也滋养着人类的精神之树。但是，令人可怕的是，随着阶级社会的出现，这一神话的意义不仅遭到人为的扭曲，而且遭受亵渎，在社会伦理力量的干预下，人们似乎忘记了"我从哪里来"这个最简单的道理，神圣的性意识被异化为污秽的性行为。人，在匍伏上帝面前时，失落了自我。面对这种精神的迷途，在西方，文艺一次又一次掀起复兴希腊文化的运动，以矫正人类的近视。而在东方，既由于我们民族精神原型本来就缺少强烈的两性意识，再加上大一统封建帝国对两性关系的歪曲，文学向人类学进逼始终被视为畏途，视为洪水猛兽。积两千年古国文明之负担，要还国人以健全的心理机能与生理功能，当代文学家终于不能沉默。在深层体验中还原前文化，他们想到了：复活神话，以暂时的返观启示人类永恒的前瞻。刘恒的《伏羲伏羲》正是在这个意义上"复活"了"伏羲女娲"的神话。

一个生着杨柳般颀长的身材和一团小蘑菇似的粉脸的年轻女人，不幸嫁给一个苦心尽意奋不顾身纯粹为了制造后代的老鳏夫杨金山，但这位性无能而又充满性虐狂的"叔叔"，不仅把"婶子"王菊豆折腾得花残叶败，而且终于激活第一回见面就陷入神秘诱惑而与婶子有着某种默契的"侄儿"杨天青。几经迂回后，他以强健过人的肌体在叔叔反复耕耘的土地上更为有效而狂放地播散种子，侄儿与婶子在尖锐的痛苦和高亢的快感中共同登上了爱的巅峰。这就是《伏羲伏羲》。准确地说，这只是小说文本的二分之一。当我读到这"二分之一"时，几乎产生了某种复仇似的快意！小说以锋利的笔刃挑开了纠结在人性上的藻蔓，展露出令人吃惊而又令人顿悟的生命真谛。的确，作者旨在高扬一种真诚的爱，但确确实实只是性爱，是沾染原始诗意的充满生理诱惑的村野之爱，绝不是那种忸怩作态精神疲惫的都市之爱。即如小说附摘的三则"无关语录"所宣示的那样，这是对东方民族性的退缩意识导致精神阳痿的无情针砭。

借助"伏羲女娲"神话复活起来的现代性意识观点，使人陡然意识到人作为自然之子的深层奥秘和无限力度，一洗"文明"淤积的心灵污垢顿感清爽！然而，就在这文本"二分之一"逗留冥思之际，一丝人生悲凉感无情地穿过我的心尖。维系一个民族种的繁衍，实乃"性"也！但人类作为万物灵长的类的进化，不更须"爱"乎？性与爱平衡的永恒追求与事实上永难平衡的倾斜，造成人类永久的困惑。人类各民族在各自的文化进程中产生了各自的性意识失重，西方民族的性泛滥和东方民族的性退缩同样都标示着人类的迷惘。在这个意义上，复活创世纪的生殖神话系统固然不失为一良方，但要拯救现代人的灵魂，神话毕竟只是神话，复活它的全部意义只在于现代的阐释之中。于是，我预感到《伏羲伏羲》继续展开的文本将是一个巨大的困扰和难解的魔方，因为，溶化在我们这个礼仪之邦的古老文化已形成千年的沉积岩。果然，作者信手飘逸的一笔——"那个暖洋洋的晌午是个竖纪念碑的时刻，也是个挖掘坟墓的时刻"——这正是作者向读者寻求的一种默契。

就这样，《伏羲伏羲》显示出，神话不只是重复的，更是重构的，它的意义在于它是现代人的神话。韦勒克指出："神话是一个无名氏的创作的故事，讲述世界的起源和人类的命运：社会为他的青年人提供的有关解释，即世界为什么是现在这个样子，我们人类为什么是现在这个样子，以及向他们展示的自然与人类命运的富有教育意义的意象。"（《文学理论》）现代小说对神话的"讲述"必定只能是重构的，这样它才能承担得起所谓"教育意义"的责任。

让我们把目光再次转向"伏羲女娲"神话的始祖原型和衍变历史，我们可以发现，它真正具备媾配生殖意义是唐代才有的，而且，这一神话的繁衍含义始终缺少一种性的透明度。这恰好证实了，神话的意义并不在于对它的复述，而是时代性的重构。"民知有母不知有父"作为"伏羲女娲"神话内在的文化人类学意义，在中国伦理文化长河中，不断被诱发的重构多属"感生型"，日月经天江河行地的天人感应，帝王英雄的封建崇拜，越来越偏离神话的原型。作为现代的重构，刘恒首先必须拨乱反正，尔后又不能不正视文化传统的伦理事实，这就不能不构成《伏羲伏羲》小说文本与作者主体间的某种间离和阻抗，而重构神话的"教育意义"也就在其中。

"民知有母而不知有父"的人类文化意义，简言之即性崇拜，刘恒的思想切入口就在这儿。神话传说中雷公与伏羲的叔侄关系体现于洪水相助，缺少性角逐色彩。刘恒不能容忍，他以千年伦理积淀为参照，反其意构筑了叔侄的性冲突联系，《伏羲伏羲》的结构契机就选在这儿。这样，整部小说就构成了性觉醒的横向拓展和性困惑的纵向观照的神话现代重构格局。于是，我们既看到了侄儿与婶子性自由朝拜仪式的生命图腾，又看到了他们性伦理倒错的百般惊恐和无尽悲哀。于是，我们看到了万念俱灰的杨金山为复仇欲驱使居然越活越有韧性，雄姿挺拔的杨天青被性折磨得痛苦不堪；往日登峰造极的快活化作了如履薄冰的战战兢兢。于是，我们也看到了"父与子"伦常关系的名分与实质间误差的谜面以及由此而萌发的杨天白只认其母不认其父的远古心态的现代折光……所有这一切的奥秘都隐藏在"文化"这个谜底之中："性"，作为文化软体的增殖机制之一，一方面形象地展示着人类初始文化的恒久魅力和生命诱惑，一方面又抽象地受制于人类社会文化的道德矫正和理性调控，就在这感性与理性、灵与肉的搏击中，"性"才真正展示出它的全部意义。神话的复活与重构也正是在这个意义上才获得回溯力与当代性。

　　"好端端的一件事怎么闹成了这副鬼模样？"这是杨天青和王菊豆的困惑，也是人类在文化进程中的困惑。性的过程在深邃的图腾崇拜与原始的爱欲呼拥下产生着心魂为之飘荡的纯粹意义，而性的结果却使无情的伦理监督和无知的怀孕逃避成为败坏过程的无所不在的阴影。侄婶的乱伦在这儿本身构成的是对东方性伦理的无畏叛逆，这时，矗立在这名分败坏沼泽上的是一面"人"的觉醒的原因的光辉旗帜，所言所做真个是无不消魂而呜呼！但自然的欲望终究无法作为人确证自我的唯一支柱，于是，伦理的介入酿成了侄婶二人无休止的精神折磨，导致了有目的的肉体自戕，生龙活虎的他和饱满光洁的她在这一过程中异化为一对器物！在这里，首先具备了针砭东方性伦理的含义，但假如只看到这，似乎并未还原小说文本更内在的意绪，这就是：性的纯粹纵然直接归位于人的自然本性，但如果缺乏性的文化自觉，最终不仅将造成性萎缩文化性格的重复，而且也将失落人的理性自我。尽管杨天青无师自通，顽强和智慧无与伦比，但他迅速苍老了；尽管王菊豆以超人的忍耐和过人的负重精神徐徐打开自己的身子，但她只能听天由命视死如归了。在这里，小说对神话的现代重构，似乎将人引向了一个更大的怪圈，但深刻就在这里：文化的匮乏必将性爱片面地还原为感性，而无力升华感性的理性化程度。人类与生俱来的性困惑在现代倘若仍缺乏文化的自觉，就难免陷入更大的困惑，因为，"创造一个对象世界，改造无机的自然世界，这是人作为有意识的类的存在物的自我确证"（马克思《1844年经济学哲学手稿》）。缺乏文化意识的杨天青、王菊豆自然是无辜的，但作者的意绪却是无情的，小说的文化意义就在这里。"杀了母亲！""剁了他！"这是那个莫名其妙呱呱坠地尔后长成一个男人的"儿子"杨天白久久啃啮内心的咬牙切齿的意念。母亲自然没有被杀，"堂兄"也没被剁，但儿子发现那场菜窖野合之后，杨天青被"堂弟"的冷笑彻底击垮了，一头扎进了水缸。事实上，没等到天青自尽，"冤家脸上的苦笑和儿子脸上的快意"就已深深地杀了母亲王菊豆的心。如果说，天白对母亲的宽容和对父亲的恶意，的确体现了人类对母性崇拜的共同精神原型，那么，事实上，东方社会运转的伦理机制，早已无情地越过单纯的母性景仰而肆无忌惮地虐杀着母性的前提——女性。当天白面对倒栽水缸中的堂兄胯下物质顿时如冰凌激醒而痛不欲生时，已经晚了。它证实了人类原始思维接受现代思维选择后可能具有巨大的启示意义。"民知有母不知有父"这个神话人类学命题在《伏羲伏羲》中重构成深含民族伦理文化基因的"先知其母后识其父"的人生悲剧，在这里，绝无西方俄狄浦斯情结的踪影，因为它所承载的是我们民族文化孤旅上斑斑的血迹！面对这种历史真实，刘恒当别无选择，这也正是重构华夏神话的民族意义所在。

在血缘的两代与名分的同辈的错逆之间，刘恒剥开了性传递的血淋淋事实，文本的恣肆无忌足以令伪君子卑视，但他的坦诚也足以令那些嚼舌者心慌意乱！杨天青临死前留下的另一个孽种——杨天黄，成了作者传达某种意念的指向，他的"文化"已高于先父，他的性欲望，更甚于先父。这样就使小说产生了批判与展望的某种张力，一方面锋芒在逼"无性之爱"，一方面引渡"性之爱"，在这二者之间，包容了这一神话重构的现代意义。

历史的批判也许是容易的，但现实的选择无疑是艰难的！在我们这块对"性"讳莫如深的民族文化版图上，以神话原型和西方文明作为纵横的参照系，刘恒的《伏羲伏羲》有意针对明显的文化倾斜，叙述了一个令人汗颜的故事。其意义绝不只在于呼唤伟大的"男性之神"，它所树立的精神道路的路标是：优化人种！振兴民族！因此，它要求人们的就不是怎样假模假样的宽容，而是扪心叩腑的自审！

伏羲伏羲，归去来兮？！

原载《文学自由谈》1989 年第 4 期

刘恒小说悖论

刘友宾

　　读刘恒以农村生活为题材的小说，最感刺眼的便是他的语言，在奔向故事的道路上，语言一次次成为恼人的障碍物。

　　刘恒的小说离不开故事的构造和人物的塑造，这些故事和人物本身也的确包容了一定的社会历史和文化涵量，这些正是许多论者推崇刘恒的主要原因，刘恒的小说被认为是"新现实主义"的代表。

　　但我们不能不注意到这样一个事实：刘恒小说中那些貌似粗糙的语言，一次次顽固地阻止我们进入故事之中，我们不能不时时停下欣赏的脚步，有些不快地注意着这些语言的红灯。语言对故事表现出极不友好的抗争态度，一次次试图将我们的视线吸引到它自身，从而冲淡了故事本身的吸引力，故事在刘恒的小说中因此不再是独一无二的宠儿。

　　而当我们耐下心来，改变一下我们传统的迷恋故事的欣赏态度，那些恼人的语言马上焕发出迷人的光彩：

　　　　满村飞着醉话。（《力气》）

　　　　见窑主进了屋，三个人的表情都有点不自在，好像咽住了一个正在布置的阴谋。（《连环套》）

天臣已经钻山，拖着水桶粗细的一条胳膊，不过在洪水峪旺了一些名声，这还有赖天保在张扬。（《力气》）

细读以上这些引文，我们不难发觉，刘恒非常注意语言的选取与锤炼，尤其讲究动词的使用，"飞""咽""旺"在这些段落中简直如诗歌中的"诗眼"一样讲究。对动词的精心推敲不用过于直白的平常话，而用一些半文半白的单个动词，这正是刘恒小说语言上的一大特点，粗读起来令我们别扭，但当我们忘记故事进入语言之中，却会发现，刘恒的语言并没有特别的怪僻与生涩。

对语言尤其是其中动词的这样精心选取，不仅使语言从原来的工具地位变得引人注目起来，而且客观上延缓了故事的进展，它强迫我们改变阅读的粗心大意，而使我们不得不去仔细体味为语言所扩展了的故事进程中的细节而暂时丢掉我们对故事结局的兴趣，从而把欣赏的重心从结果移向了过程。

刘恒小说的语言追求，使我们自然联想起俄国形式主义所讲的"陌生化"效果。刘恒在为我们提供一个极传统的、极完整的故事时，却又通过这些反叛的语言诋毁、消解着故事，这就使小说的重心从内容移向形式，当我们忽略了这一内在的制约，而试图一味挣脱语言的牢笼，直奔故事时，我们的阅读便没法潇洒、快活起来。因此，当我们看到一些评论刘恒小说的文章，大谈其故事中的社会历史和文化涵量之类时，总感到有些离开刘恒小说文本实际，甚至有些南辕北辙。

刘恒的小说都采用全知全能的叙述视点，表面上看，他似乎是用我们习见的上帝式的俯视来全面扫描他的小说世界，但一当我们仔细品味他的语言，我们会发觉刘恒在一种貌似全知全能的视点中，搞了一次小小的偷换，语言使他露出了"狐狸的尾巴"。

刘恒的小说一般采用第三人称"他"进行叙述，这正是全知全能视点的典型做法。但与全知全能视点的居高临下的俯视恰成对比的是，刘恒的小说实际上时时潜沉于作品中的人物的自我叙述，大量的洪水峪式的感知方式和语言用法，使他的小说由叙述变为展示，全知全能的视点实际上被架空、被粉碎了：

党人有会，天臣指定一个鼻目，数得人人脸白。（《力气》）

红色兵丁迟疑着拥过来，探爪子想缴吃喝。（《力气》）

上述例子全是作者的叙述语言，而非小说人物的引语，"党人"指共产党员，"红色兵丁"指红卫兵，还有用"沾弄篮子球"指打篮球（《力气》），这种称谓的变体无疑是洪水峪人的讲法，是洪水峪人的语言，这让我们感到，是洪水峪人自己在讲叙自己的故事，全知全能的叙述观点在此退场了，沉默了，我们几乎分不清这些话是通过全知全能的视点的叙述人的话，还是不加引号的引语。

而一当我们通过叙述的渠道，进入小说情境，试图充当小说中的人物，从而更好地体会小说中的情感和经验时，叙述人的声音又时时把我们从中拽了出来。刘恒也善于写极流畅、极雅的文字（《白涡》便是明证），除了上面已经引证过的那些诗意化的动词使用外，刘恒的语言中还充满了隐喻、象征和借代，从而让我们明显感到某些叙述语言与小说中的人物感知语气不够谐调一致之处：

刘恒在这些小说中，实际上使用了两套叙述语言，一是明显同化于小说人物的叙述言语，从而剥夺、限制了全知全能视点的专横与垄断；二是明显区别于小说人物的叙述言语的叙述言语，这套叙述语言的使用，又使我们无法彻底"入境"，时时记住自己读者的身份。这两套叙述言语的互相替换，互相制约，叙述人像报幕员一样时而出场，时而退场，我们不得不出出进进地同样扮演两种角色。这样既避免了全知全能视点常见的虚假和不尊重读者的弊端，也时时提醒读者与故事保持距离，以免陷进小说的虚构天地，搞不清小说与客观世界的真真假假（这正是传统现实主义小说家们孜孜以求的效果），从而忽略了纯形式的欣赏。

刘恒并非传统意义上的现实主义作者，他是在貌似现实主义的外表下，进行一场静悄悄的文学实验与革命。

原载《文学自由谈》1989 年第 5 期

刘恒
研究资料

论刘恒小说的悲剧意蕴

谢 欣

刘恒自1977年就开始发表作品，到如今，他终于脱颖而出，蜚声文坛。他避开了那些千变万化、五光十色的生活表象，而沉入到生活的最底层，写社会的小角落，写发生在那里的平凡而又惊心动魄的毁灭的故事，写生活中的小人物——那些卑微的杀人者、自杀者或精神上的杀人自杀者。刘恒所关注的，是我们民族生活深处的悲剧性因素，是特有的文化——心理痼疾。

对粮食与力气的崇拜——一种民族心理情结

刘恒在1985年发表的第一部中篇小说《狼窝》曾获《莽原》文学奖，但他真正引起文坛注意却始于1986年的短篇小说《狗日的粮食》。从此以后，刘恒的小说创作打出了一个小高潮，一发而不可收。不久，他的第二个中篇《力气》又发表了。

粮食与力气是人类生存最基本、最本能的需要。粮食使人的生命得以延续，而力气又是粮食的获得所最不可缺少的保证。小说把叙述视角直接投射到粮食与力气这种人类生存的最基本需要上，但粮食与力气本身并没有成为叙述的目的，而是透过它们折射出一种心理态势。其中包含着人们对它们的内心情感活动，包含着特定历史时期的社会生活，包含着我们民族生活中长期积淀的潜意识。

《狗日的粮食》这篇小说从头至尾都是围绕着粮食来进行的。故事是二十世纪的，但作家有意隐化、淡化了外在的时间性，把粮食的故事凝固下来，造成一种历史的恒定效果，这种故事不只发生在一代两代人身上，而是贯穿了几十代、几百代人的生命历程。杨天宽用二百斤谷子换来个女人做老婆，女人虽丑狠了，脖子上还吊个大瘤子，却以能扒弄粮食而受到村民和杨天宽的嫉羡和敬畏。而一旦她丢失了全家的购粮本，就不啻是否定了她存在的意义。这一过失不仅使她失去了在别人心中的地位，招来了一向顺从的天宽的暴打和村民们的鄙夷，而且她自己也因为这一过失感到人生失去了价值，遂自杀了。瘿袋仿佛是因了粮食而来到生活，一生的艰辛和磨难都是为了粮食，而最终也是因了这粮食而去的。人是目的，人与外的一切东西都是手段。但在现实中却发生目的与手段的倒置，不论过去还是现在，这种倒置是导致一切人生悲剧的根源。

既然人与粮食这个目的与手段的关系发生了倒置，那么，就被贬抑为手段的人来说，最简单、最原始又最直接有效的一种本能性的能力——力气——就变成了第一性东西，而人的思想文化特征、社会性特征以及其他一切人之所以为人的东西，倒都退居到了第二性。这是人的退化。《力气》的悲剧性也正是在这里，它和《狗日的粮食》的悲剧是一脉相承的，《力气》的故事发生的地点还是洪水峪，主角则变成了孔武有力的杨天臣。天臣一出世，就因个头大，哭声嘹亮而被村民们一致称颂："家伙，力气愣壮。"童年的天臣其力气就赛过爹娘，七岁那年他下了地，把一块五寸的铁犁"拖得噗噗直叫，割烂了干松黄瘦的三亩山田"。村民们从他们对力气的心态出发，把天臣视为洪水峪的一尊小神。

这力气不仅让村民们向往，也是天臣一生的骄傲和生命的支柱。按照村民及杨天臣的思维方式，力气就是一切，"最不穷是换金换银的力气"。其实这力气只是体现了小农经济的理想，它的指向是粮食、房子和土地。这力气也确曾给杨天臣带来过顺遂："天臣力气没有白使，汗江汗河赚回九亩一洼沃土……将无边庄稼弄个生生死死。衣食顿乎稠暖了。"但是，一旦把力气无限地拔高，把它提高到至高无上的地位，以为它解决一切问题，就会使人失去理性，变得狭隘、鲁莽、愚昧，这时，杨天臣的力气就显出了悲剧性。大炼钢铁时，天臣出的力最大，他以为凭他的力气能把一切干好，结果只是多出了一堆废铁。三年自然灾害时期，洪水峪断了粮，天臣也没了力气，种不动地了。而他却无法思索也不去思索这种现象背后的社会历史原因，只是一味呼唤力气的回归："狗日的，我那力气哩？"

对粮食与力气的极度渴求起因于生产力水平的极端低下和生活资料的极端匮乏，但由于这种本能的渴求在民族心理生活中长期占有主导地位，因此，它作为一种凝聚的心理积淀保存下来，形成了稳固的、具有超时空意义的心理情结——对粮食与力气的崇拜。"民以食为天""故食不可不务也，地不可不力也""赖其力者生，不赖其力者不生"。类乎这样的议论在中国的经史子集中是屡见不鲜的。这种崇拜带有宗教的色彩，在食与力面前，人们虔诚、迷狂、忘我，食与力是支配生活一切方面的中心，也是衡量自我价值的标准。这种对食与力的崇拜心理情结虽然因物质的贫困而滋生，但它反过来又构成了巨大的精神贫困，它阻碍了人的主体性的发展和发挥，它又对物质贫困的改造产生了巨大的阻力，使历史陷入简单的生死、兴灭轮回。在这个意义上，《狗日的粮食》与《力气》就显示了作家创作独特的深刻性和艺术性。

似乎是为了突出小说的悲剧气氛，小说主人公的死亡也染上了殉教的色彩。瘪袋与天臣毕生崇拜的粮食与力气最终却无情地抛弃、牺牲了他们。瘪袋丢了粮，天臣摔断了脊骨，不仅绝了力气，反倒躺在床上让人伺候。他们心中有一种罪恶感，感到自己犯了不可饶恕的渎神罪，而且毕生崇拜的对象一下子离他们远去，他们也感到生活失去了意义和支撑。作者就两人死的方式安排得颇有意味，这两人都是用自己的崇拜对象结果了性命，一个用吃食，一个用力气。

死亡并不意味着悲剧的终结。小说早已埋下了象征的伏笔，颇具匠心地暗示出这种食与力的崇拜心理情结还有巨大的历史传承性，悲剧还可能重复，这本身又是一个悲剧。

心灵蜕变的陡坡

短篇小说《萝卜套》《杀》《陡坡》及1988年的中篇小说《四条汉子》《东南西北风》表现的是新时期农村的生活和人物。从发表的日期看，头三篇小说要比《力气》早几个月，后两篇小说要比《力气》晚上半年到一年多。我把这五篇小说放在一起来读，是因为我们可以从中概括出刘恒创作的又一个主题。这个主题也是悲剧性的，但其悲剧意蕴不同于刘恒其他小说。《萝卜套》等五篇小说则写出了在历史进入新时期的农村，人的自我觉醒、自我实现的追求以及人的心灵突破传统模式后的蜕变过程中所发生的悲剧。

猛一看，这似乎有些和新时期农村题材小说发展的主潮有所悖逆。农村经济体制的改革、开放，现代文明气息的吹入，商品经济的洪流，冲破了传统农村封闭、保守的小农经济及其基础上的传统思维模式，引发了人们心灵的蜕变。人们在精神上骚动不安，在行动上跃跃欲试。相对于自我压抑、安贫乐道、与世无争、委曲求全、忠厚本分、安土重迁等传统心理意识，人们变得开拓进取，努力实现自己的潜能，渴望获得更多的财富，要求生活的舒适、多姿多彩，希望得到精神的充实与提高。这是历史前进的必然，是光明冲破了黑暗，先进代替了落后，文明战胜了愚昧、野蛮。对于这种心灵的蜕变，新时期农村题材的作家们多是以正剧的形式来表现之、讴歌弘扬之。

确实，刘恒的新时期农村题材小说和主潮有相悖逆之处，人家以正剧写之的东西，他却以悲剧写，展现以毁灭的结局。但这种悖逆现象，只能说明刘恒在小说立意、小说视角选择上的独特性和深刻性，只能说明他以艺术形式把握现实、人生的独特性和深刻性，而不能说明别的。因为刘恒的小说并不是同整个时代精神相悖逆，而是更深入地揳入了时代精神这个复杂的矛盾体的深处。同其他作家一样，他把握到了新时期农村生活的新变及新一代农民心灵的蜕变，他也捕捉到了其中的社会、历史、时代及人生的价值意义，但是他把这些价值毁灭给人看（鲁迅说悲剧是把有价值的东西毁灭给人看），从而揭示出历史的必然要求同这种要求难以实现的冲突。人的心灵的真正蜕变、人的主体意识的真正觉醒是历史的必然要求，但要真正实现却是如此艰难曲折，甚至常常发生偏差。这些，构成刘恒新时期农村题材小说独特且深刻的悲剧意蕴。

《萝卜套》中的韩德培是个幸运儿，他凭借屈死的老爹的阴魂给村民带来的心理恐惧和歉疚，一举夺得村里小煤窑的承包权。可以说，他身上体现着新时代的亮色，体现出农村经济政策的改善给农民带来了摆脱土地的束缚、开发自己潜能的多种可能性。命运和机缘给了韩德培充分施展能力的机会，韩德培也利用了各种有利条件，把煤窑办成功了，而且还发了财。但在他成功之后，心灵却出现了倾斜，精神发生了畸变，他恃财傲人，若自骄诩，追欢逐乐，盖起了自家小楼，霸占了窑梆子柳良地的老婆，显出了他素质的低下和人格的低劣。从他的成功到倾斜、畸变，就已经显示了悲剧性。但作者的安排并没就此止步。韩德培在一次打猎中坠崖负伤，成了白痴，实现了柳良地杀了他的潜意识。但柳良地想杀了韩德培，并不是要否定这种人及现象，他是要取而代之，不是以符合历史发展的因素代之，而是要以自己的享乐和虚荣心代之。这就成了一个惊人的怪圈，柳良地取代了韩德培，当了窑主后，也要盖小楼，要占有韩德培的老婆，成功，也使他的心灵发生了倾斜。作品深刻的意义在于通过两人在同一层次上的兴灭轮回揭示出作为一种历史现象的悲剧：由于素质的低下，有些人在开放、搞活的春雷中苏醒过来的只是由于长期贫困的压抑而一直处于冬眠状态的根深蒂固的自我物欲，他们对自我价值实现的追求只是停留在动物的水平上，而不是心灵的真正觉醒，他们被历史的发展推上了舞台，却只能在这舞台上表演着毁灭的悲剧。

《杀》与《萝卜套》有内在的精神联系，可以看作是姐妹篇。主人公还是发了财的煤窑承包者——窑主，名字变成了关大保。关大保的成功，有含辛茹苦、个人进取的因素在内，但小说特别揭示了他文化素质的低下，他没上过几年学，即使是上学的那几年也从未尝过考试及格的滋味。这种素质和他的成功成反比，使他无法把握成功后的心态和行为。他把煤窑看作自己的私产，以自己的优越感来侮辱曾给他带来侮辱而现在正处于屈辱之中的王立秋，这无异于自掘坟墓。王立秋也是新一代农村青年，他有强烈的独立意识、自尊心和自我价值感，他也不甘心浑浑噩噩地活着，而是想干一番大事业，但他却无法摆脱失败的情绪，无法摆脱因成功与失败的对比而带来的心理不平衡，他不安宁的心灵发展到病态，最后他丧失理智地杀死了关大保，两个人一同毁灭了。从某种意义说，俩人都毁灭于各自的心理不平衡，毁灭于无法把握时代前进所提供的各种可能性——包括成功与失败的可能性。心灵的浮躁，心胸的狭隘与目光的短浅，使他们无法正确地对待一时的成功与失败，无法在成功中保持冷静，也无法在失败中坚韧地奋争。因此，他们虽然被历史前进的大潮的涛声所惊醒，并投身其中，但他们却无法在其中畅游，他们必定要沉默，这是小说在他们身上揭示出的悲剧所在。

《陡坡》中田二道身上，精神文化追求的色彩更浓厚些。他酷嗜看报，贪婪地吸收新生活气息，向往那山外文明的世界。他不再甘心老一辈农民土里刨食的生活，也没有故土观念，他钻研修车手艺，想靠修车赚够了钱就搬到城镇去住，过上文明的、丰富的生活。应该说他的精神境界高出了韩德培、柳良地、关大保们不少，他的身上体现着更多的积极有价值的东西。但作者并未一直正面地写下去，而是来了一个180度的大转弯，给他准备了一个覆灭的大陡坡。村口有个大陡坡，田二道为了多赚钱，在坡上撒满了钢钉和钢屑，他希望每条车胎都布满了窟窿，结果他自己骑车经过时一头栽下去，一命呜呼。作者这样写，似乎过于冷峻、残酷，但却更有一番深意：田二道在追求自我实现、实现人生理想时，缺乏心理的忍耐力，他幻想无须艰苦的劳作而一蹴而就，他无法真正找到自我的位置，无法处理好自我与他人、社会的关系，结果导致了以我为中心、损人利己主义的恶性膨胀。这篇小说给人的悲剧感要更强一些。

《东南西北风》是刘恒晚近才发表的一个中篇，我把它放这一系列来谈，因为它也具备这一系列小说的特征，不过，它也很有一种人生悲剧的意味，浸透着人生无望地苦苦挣扎的哀痛，这又有点和刘恒那最著名的一篇中篇小说相重合。小说主人公赵洪生是个农村高中毕业生，他忧伤地回了乡，当了几天民办教师，这点和高加林相似，他不满于在土地上繁重的体力劳动中消磨青春，他"喜欢沉思，偶尔还在纸上写点什么"，这也和高加林相类，但作者并没写他像高加林那样到社会进取奋斗，而是写他心灰意懒，变成了赌徒，沉浮在麻将中，体验着人生的酸甜苦辣，销蚀着自己的生命，最后沦为精神变态者。在赵洪生身上，刘恒深刻地写出了一个空虚、疲惫而又骚动不安地跳动着的心灵，这样的心灵尽管不安于现状，却只能在无意义的刺激中去寻求麻醉，以解脱焦虑的折磨，直至毁灭，这是心灵的悲哀、人生的悲剧。

纵观刘恒这一系列新时期农村题材小说，我们可以看到，这些小说在表现新一代农村青年形象时，也都是写出了他们各自具有的积极因素和有价值的一面，他们都摆脱了农民固有的土地意识的束缚，突破了安贫乐道、得过且过的保守心理，他们都有骚动不安的心灵，都在寻找自我的价值，追求自我的实现，争取美好的生活。但作者又无情地揭示了一种巨大的反差，写出了他们心灵的蜕变所面临的、难以避免的陡坡，这就是他们心理素质准备的不足及小生产者传统心理的巨大惰性等消极的和无价值的东西。作者是看到了近年来社会生活中的新情况、新变化，特别是不尽如人意之处、波折之处，因此，作者在小说的总体构思上就超越了正面的颂扬和诗意的乐观、简单。作者既没有停留在对积极因素和有价值的东西的正面展现上，也没有把积极与消极、有价值与无价值割裂开来做各自孤立的描写，而是把两者扭合在同一主体上，更深刻地写出了主体自身的矛盾性及其给社会、历史的发展带来的悲剧性，预示着我们民族实现腾飞的艰难（应该说，某些有思想的作家也开始这样做了，如贾平凹写《浮躁》，这正是逐步成为一种重要倾向）。从中，我们也更清楚地看到了一个积极的而不是消极的刘恒，看到了更敏锐地观察，更整体地把握，更深刻地思考，也更热切地期待的刘恒。

爱与生的烦恼——人生的悲剧形态

1988年，刘恒一连串发表了至今为止最为成功的小说《白涡》《伏羲伏羲》和《虚证》。在这三篇小说中，刘恒同样是以悲剧的形式表现人生，还是关注那些精神上的自我戕害者、自杀者。所不同的是这三篇小说是从人的最内在的因素如性意识、爱的能力及生命本体入手，揭示出民族生活中的一种较为普遍的形态——人生的悲剧形态。所谓的人生悲剧形态，并不是指人生无法逃脱生老病死的自然规律的渊薮这样浅显的层次，而是指人所创造并不可避免地生活其中的特有的社会性和文化性同人生追求的冲突，及其给人生带来的痛苦和毁灭。

从社会生活模式和文化心理积淀来看，人生的悲剧形态在我们民族生活中表现得比较明显。中国传统文化心理中群体意识很强，过分强调社会秩序和伦理道德对人的约束力量，这就培养了独特的人生理想和人生价值观——得到社会认同，也陶铸了独特的人格特征——以群体的要求而不是以个体的要求来作为自己为人处世的准则。这种传统文化的心理不无优越之处，它产生了强大的民族凝聚力，使我们几千年的古老文明历史绵延不绝；它具有强大的调节能力，有利于社会的安定和人际关系的稳固和谐，但同时它又有致命的缺陷，它又具有反人性、反人生的一面，它使人性处于自我压抑之中，摧折了人的生命意识，阻碍了自我实现的追求，造成了个体人生价值无法实现的人生悲剧形态。特别是在当代生活中，由于同小农经济基础相适应的传统文化心理的保守性、狭隘性及浓厚的宗法制、宗族血缘意识与现代意识中的个性解放、自我追求浪潮构成了更直接、更尖锐的冲突，人们更是受到人生悲剧形态的困扰。个性越强，生命的冲动越猛烈，自我价值的追求越迫切，就越是体会到爱与生的烦恼，体验到人生的沉重感和自我价值不能实现的悲剧感。刘恒的小说正是富有当代意义。我们应该看到，刘恒小说对人生悲剧的表现不是对叔本华悲观主义哲学思想的照搬。刘恒的小说不是超社会、超历史，把人和社会抽象起来表现人生的悲剧，而是植根于本民族生活的深处；刘恒的小说也不是要人们泯灭自我、走向禁欲，在六根清净中慰藉孤苦的人生，而是为了反思传统人生和文化心理，为了提高人的生存质量。

为了更好地达到上述目的，刘恒的小说非常注重人物自身的艺术表现力，注重人物的复杂性和人物的合情合理的真实性。在人物的表现上，《白涡》《伏羲伏羲》《虚证》等小说有自己的独到之处。我们只要把各自其中的主人公周兆路、杨天青、郭普云等形象放在新时期文学作品——特别是表现人生状态的作品中，就可以清楚地看到这一点。刘恒这几篇小说的人物自身都带有浓厚的传统烙印，但作家让他们在生活中大胆地一搏，突破了社会规范和伦理道德的束缚，勇敢地追求生命本体的张扬和自我的实现，就像让他们戴着镣铐走上人生的舞台跳起激昂奔越的舞蹈一样，随后，作家又无情地让他们败下阵来，让他们变成自欺欺人的伪君子或陷于人生毁灭的归寄。读者在人物生命历程的一搏一败之中，体验到一种刻骨铭心的人生悲哀。

在《白涡》中，刘恒升不是要探讨周兆路道德上的得失，而是要写出他人生的悲剧意味。楚楚动人的华乃倩的主动追求，唤起了周兆路压抑着的生命本能。一开始，他还对这种婚外恋瞻前顾后，踌躇不前，但他还是服从了自我人性的要求，同华乃倩从约会发展到肉体的结合。在华乃倩身上，他重新体验到生命的快乐、人生的美好。但前途的忧虑、名誉的恐惧和良心的谴责又随之而来，构成了对他心灵的重压和折磨，使他陷入了无法解脱的爱与生的烦恼之中。当人性的满足和社会规范、伦理道德的要求的冲突加剧，有可能使周兆路身败名裂，失去社会的认同时，他选择了后者而自欺欺人地抛弃了无辜的华乃倩。这保证了周兆路生活的稳定、家庭的和谐以及功名的顺遂，但却付出了巨大的人生代价，而重新回到了自我抑制之中。周兆路表面上是个胜利者，其实，是个彻底失败者。

《白涡》对周兆路的心理描写，进一步揭示出了他人生的悲剧。周兆路的内心世界和外在的形象无法统一，他处在一种人格内外分裂的人生尴尬境地。"他不希望别人误解他，或者说，他是需要某种误解，以便使内心的真实想法深深地掩盖起来，甚至深藏到连自己一也捉摸不清的地步。"在这样内外矛盾的双重压力中，周兆路活得很累。

《伏羲伏羲》中的乱伦故事虽然发生在现当代，但却给人一种天荒地老的历史幽深感，这部小说贯穿着罪与罚的人生悲剧。杨天青和年轻的婶婶王菊豆相爱并发生了肉体关系，这触犯了道德戒律中最讳莫如深的一条。但过后的惩罚却很有意味，它不是通过外在的社会力量（如法律手段），而是通过内心的过德罪恶感来完成的。后者是内化了的社会规范和道德伦理意识的反映，它对人的惩罚更要严酷，使人时刻都处在心灵的折磨之中。年老昏迈的哥哥杨金山瘫在床上，无法在实际行动上构成对弟弟杨天青的惩处，但他以他的存在，以他的恶毒的咒语时时唤起天青的罪恶感，杨金山由此反而深知了自己的"强大"。杨天青和王菊豆所生的儿子（天青名义上的弟弟）杨天白的那种深邃的沉默和那对探寻的、阴毒的、监视的眼光更是使天青无时无刻不感到是生活在自己造就的罪孽之中。要想摆脱这种无尽无休的惩罚，从爱与生带来的烦恼中解脱出来，杨天青只有选择自我肉体的毁灭。

《虚证》中郭普云的人生悲剧是渴望超越而又无法超越的悲剧。他渴望超越社会的陋习和偏见对他的束缚，保持自我的独立人格和自我的价值；但他又是个懦弱而敏感的人，他过于看重自己在众人面前的形象，过分夸大社会群体对自己的评价。这种悲剧也是社会生活强加给他的。郭普云在一次次失败中看透了人生，他不再为自己的形象而努力也无法保持自我的本真状态，两者对他来说，都已是人生的失败。所以，郭普云毫不留恋地走向了自杀。《虚证》这篇小说具有非同寻常的精神深度，在郭普云这个矛盾重重的人身上，作者写出了隐藏在我们社会生活中的实在而又普遍的悲剧性，它不是政治运动或外在事件带来的悲剧，而是贯穿在普通人日常生活中的悲剧。

原载《小说评论》1989 年第 5 期

刘恒

研究资料

且即苍生问鬼神

——《伏羲伏羲》品题

吴 方

古今文章一途，嬗变甚多。文章讲究经营，讲究名目、标识，大约并非历来如是。譬如我们去读上古诗文——"风、雅、颂"，"论""孟""庄""韩"，"左传""史记"，会发现它们本来未必拟有题目，所见题目总以后人整理钩稽为多。渐渐地也就成了一种习惯，以至现在写一篇文章，事先事后，非有个题目而不办。

选题、命题或与谋篇立意、卒章显志有关。以小说而言，如果只是发陈故事、敷衍离合，无深意焉，所择题目，不过就寻个标志而已。若有所寄托，多少会在题目上有所系意。于是，立何题目、标识，似与现代所谓题材的处理、主题的表达有着直接或间接的关系了。据闻，雨果的著名小说《悲惨世界》，若从原文直译过来，标题应作《可怜的人》，把意译和直译暗加比较，似觉前者的"信而不泥"更好一些。它给人整部小说格局始大、慨寄遥深的一点深刻印象。不过凡事不必一概而论，也不妨有小说就取个老实的题目，比如斯陀夫人的"那本小书"《汤姆叔叔的小屋》，中文曾译作《黑奴吁天录》，虽醒目得多，又嫌不够含蓄、凝重。此外，亦有不少把拟题视同商家招徕顾客的幌子一般的，如俄国作家库普林所著《亚玛》，若干年前好像有巴金先生的译本，就取了此题，恐怕太不招眼，现在一旦改作《俄国妓女辛酸史》，印数马上看涨。这类选择和功夫与人们皆能理解的"生意经"有关，已是大为流行，不胜枚举。

闲话至此，想起数月前曾去读一篇小说叫作《伏羲伏羲》。乍一看题，摸不着头脑，不得不把个莫名其妙的疑惑放在一旁，去读故事。这故事能让人读得"上劲儿"不算容易，想到刘恒这一回在"酿造六十度的烧酒"，故事讲得恣肆而又老辣，读小说的人倒也乐意做一回"酒徒"的。"性爱"题材之于小说，现在已不能算"禁区"，但仍有把握上的得失利弊。这篇小说把个侄婶之间一段非伦非理的私情，曲折进退，信笔写来，足够让人唏嘘或皱眉了。只是这里面总还有个有分量或没分量、有寄托或无寄托的区别，是否打动人是否有深度的区别。或者这意味着小说在"内在于故事而又超越于故事"上能做些什么。这样，读罢小说，不免想到《伏羲伏羲》这个标题与其所叙内容的讽刺性差异——似乎离得挺远，也许只隐约有一种意指暗示，提醒着诸位看官别光看热闹，也许本身又意味着对叙述内容的疑问。我们在看一场"戏剧""演出"已随着人物性生活的诸般表现以及最终向死的退却而过眼逝去，即或被性爱所纠缠的俗世生命本来微不足道，却毕竟留下存在的痕迹。人们面对这种殊相的存在，或观赏或认知或怅叹，又很难不在理解和评价上留下困惑。也许，小说的寄托倒不在明说了什么，而是在"说"里包涵了难以言说的疑问。刘恒在宣叙着故事，当宣叙终止时，油然而生"它何以如此"的疑问。这疑问小说好像没法把它解决掉。

把"讲故事"与"寓意寄托"联络起来，小说与小说常常在这里见出巨大的区别，尤其对于写实小说的封闭与开放而言。

试换一题目来称述这篇小说——《洪水峪大光棍和爱情英雄杨天青风流传奇》，也许更切近其本事，但似乎敏于"指事"而拙于"类情"了。传说画出阴阳八卦的祖先伏羲，小说里当然没有他的出场，但却又似乎与洪水峪一场性爱纠葛有着难以言喻的关系，让人猜不透。我曾翻阅过一本讲《易经》的书，见它诲人不倦地讲阴阳八卦如何解释宇宙万物一切变化现象的属性、规律，如何追溯以往卜测未来，森罗万象尽在其中。觉得由男女不同的性别及其对立、交感来推衍"阴阳"思想和逻辑，阐说固然有其道理，恐怕又不免牵强附会。比如"性命"二字，历史上各种学说都在探讨，但正因其为本源性的存在（像"自我"这个词也是这样），就自有其解释不清的神秘。简单、笼统地解说尘缘性命，免不了还要受到"性命"的种种现象、关系形态的质疑。小说的万象在伏羲所画的"乾坤"里，同时也在向乾坤发问，看起来就像是在具体的历史生活里探访神秘。其实这探访虽然无尽，却未必空灵，庄子也曾问道于器："奚为奚据？奚避奚处？奚就奚去？奚乐奚恶？"在世界另一边，高更的画题咏叹着："我们来自何方？我们是什么？我们向何方？"尽管光棍汉杨天青与他年轻的婶子只是沉浮于"偷情"的具体境况，不曾思谋这一类问题的底蕴，他们的故事却又无可奈何地注定了这种疑问的存在。

刘恒笔下的种种"生与死"，大约因此一潜在的疑问难获解答，变得清浊难辨，因果披离。"可怜夜半虚前席，不问苍生问鬼神。"自然，刘恒的小说远非"出世"的，如果说他是借生死众相设问于茫茫，视点却始终追摹着具体的苍生。大约对人们探讨无法离开历史而飘然远引，"远致"也只能是于叙事中酝酿而又导向事外的"远致"。于是一场不无卑琐沅瀯的"性爱"纠葛，成了设问的一份"白皮书"。

回头看，《伏羲伏羲》的探访从哪里开始？

民国三十三年寒露和霜降之间，那个落雨的秋日，一头小草驴为洪水峪驮来了一位美貌的年轻妇人。不论从哪个方面来说这都是个值得纪念的日子。日本人正在周围的山地全面退却；老八团派出的工作队渗透过来开展减租减息；小地主杨金山因为用三十亩地里的二十亩换来一个小娘们儿，从而摆脱了负担，开始全心全意地制造他的后代。至于杨天青嘛，这日子意味了他的觉醒，他仓促持久地维护了自己的情欲。他爱上了他的婶子……

以后的瓜葛有顺有逆、有扬有抑，只是难以预料了。

如同一粒古老的种子，被嵌入贫瘠的土壤，苏醒后的生长令人想起北国山地寥落着的丛生灌木，疏野，却并不美丽，非如此不可却又"如此"得艰难。诸般亘古以之的生命纠葛在一番番生理和心理的躁动下，开始它偶然而又必然的行程。倏乎而来，仿佛乾坤世界、吉凶祸福是在一头小草驴的驴背上载来的。然后造化便安排下一场把戏。这种把戏开头先给个中人一种欲望以及去践履欲望的机会与可能，然而另外的可能也会渐渐被引诱出来，给欲望以折磨、报复、戏谑。这就是把戏的规则，是历史剧场的契约。将进美酒，一旦甘美沾唇，陶然而不思苦涩，这时人与朝火焰扑去的飞蛾，与在泥沼上舞蹈的动物相去并不远。

　　庸琐而缺少动荡的岁月，并不是消除了生活的不稳定因素，而是使"不稳定"变得内在、疲沓。有如持久的"低烧"在三个角色间阴燃：一个"专制者"、一个抵抗的怨妇、一个同谋的旷夫，他们相为对立又依存于这近于"陷阱"的结构。说是陷阱，自因角色们各自尚未及意识到处境的危险，又仍执着于自身的欲望，然而现实与欲望之间有"裂缝"在张开，岁月将驱使他们陷落其中，身不出己。"落雨的秋日，一头小草驴"，王菊豆落入杨金山谋划的陷阱，从那时起年轻的婶子又使杨天青走火入魔；当然，杨金山亦不曾料到，身边的怨女旷夫也在给他设下陷阱。一幕幕戏剧从一开始就带有阴谋的气味。阴谋一旦被各种欲望发动起来，便朝着它的归宿奔去，把编织它的人一并踩在脚下。于是人卷入了尴尬。那以后的剧情渐进，高潮也好，曲折也好，奔逸也好，锢闭也好，都不免要在这阴谋——命运的缠绕里发生颤抖了。人在关闭的世界中寻找出口，到头来这个世界没有出口。陷落感或者说危机感，使一个确定的故事也变得基础不稳，生活像被从内里翻出，被疑问所追追着，抖落出"不堪"。我感到小说不仅在情节的经营上，而且在叙述的效果上克制了可能滥施的温情与幻想。即使描写男女第一次结合的场面，本易导向"煽情"的想象也被一个句子改造过了——"那是一个竖纪念碑的时刻，也是个挖掘坟墓的时刻。"尽管仿佛一阵疾风暴雨从嗡嗡不定的乐声中升起，掠过山花初绽的山岗，混合着原始的诗意与孤掷的热情，最终还是无可把握地"被抛入"："太阳在他眼里猛烈地晃动起来。手和身子闪电般地接受了一种指引，跳成了忙碌的舞蹈。仰下来见的是金子铸的天空，万条光芒穿透了硬的和软的一切。俯过去见的是漫山青草，水一样载着所有冷的和热的起伏飘游。不相干的因子快速的触击达成牢固的衔接，就像山脉和天空因为相压相就而融汇出无边的一体。显得惊慌失措同时更显得有条不紊的杨天青头一次感到了自由呼吸的困难，天塌下来埋住了他……"

不大容易分清这里面哪些是人物自身的感觉，哪些是小说叙述的组构，这种内含矛盾、差异的语言形象，粗放地扭曲、瓦解了一般模仿的风格，好像有压抑的内在意识，在寻找变形的方式，表达对存在境况的勘探。疑问仍然在徘徊着，通过描述与评价"二重交汇"的言语方式给既成的世界以质疑、讽刺。

曾有种种小说涉笔于"性爱"领域，有人在"刺激"的意义上去体会，有人寓道德教训于其中，有人则在批判或歌颂的意义上处理它。《伏羲伏羲》虽作得泼实近俗，却也难归入哪个档次里。与其说它在赞叹一种原始生命力的生机溢泻、升腾，不如说是在展示那印上"红晕"的情爱如何在困境中陷落与溃灭。随着戏剧高潮的过去，漫长的挣扎过程不由得不涉及一个残酷的疑问：在一个外界的规定性变得过于沉重从而使人的内在动力已无济于事的世界里，人的可能性是什么？其实，这种不具合法名分的情爱，终究又无可选择。尽管他们动用浑身的智慧、意志来掩盖、躲藏，尽管常有天意保佑，还是逃不脱无形的恐惧和监视。终究不能把灵与肉托付在天地间。怕是没有根的人生，总如陷阱里的虚空之蹈，使生命无可把握自我，茫茫而坠，沉沦在渐老的岁月里。它把一切都吞噬进去——渴望、热情、计谋、耻辱、悔恨，任凭"花花草草由人恋，生生死死随人愿，酸酸楚楚无人怨"。

某一天，当杨天青发现儿子已经长大，而儿子并非他的"儿子"而是他的"兄弟"时，尴尬已变得无从解释，来自这一方面的监视与惩罚更为致命——他自己造就了惩罚自己的"掘墓人"，上苍并不需要假他人之手，给予他嘲讽戏弄。只有"死"是回答生之疑惑的痛快办法，了结了性命，性命还是让人思谋不透，只是看到它如何徒然给人世一个放纵而又卑微的反抗。人的历史，他的境遇、心性、行动、归宿似乎在伏羲所画出的劫数里，而劫数又是无从把握的。一个人自以为实现了某种与世界对抗的伟绩，而在别人看来不过是一块"破抹布"，历史只消轻轻一掩，便毫无意义。"他想用菜窖的木头盖子把自己和女人隔离于上面阳光明媚的世界，却没有想到压迫他的力量无孔不入……他无法理解。他因为无法理解而发出丑陋的无声的惊呼。"人物性格和生活的悲剧，凡此种种被叙述出来，都带有对历史的某种揭发性质，但细想实在也没有揭发什么醒世的教训，好像只是叫你看了一本糊涂账。杨天青的赴死，不过是想把真相澄清出来的绝望所致，他的儿子不承认他，周围的人也不肯相信竟会有什么"真相"，正如历史的秘密常常不被人们所了解一样。看到结尾，你越发会感觉到，悲剧的"演出"最终还是遭到了嘲弄，想做人今世却只能做鬼，这悲剧并不真像是悲剧，好像在不知悲剧为何物的语境里谈论悲剧的毫无意义，在历史理解的悖论中寻求明确结论的徒然。

但正像米兰·昆德拉指出的，在勘探中"小说不能超越它自己可能的限度，揭示这些限度已是一个巨大的发现"。刘恒的小说触及了人生勘探的某种限度，并意识到限度的必要，限度带来了既贴近而又保持距离的叙事态度，带来了故事的不确定风格以及"存在勘探"的疑问式主题。他不妨在"性爱"故事领域开拓主题意义表达的限度，同时把限度当作"理解"结构开放的津梁。

说回来，这小说乍一看让人摸不着头脑，读完了又知其然而不解其所以然，倒也自有缘故：写实小说也需要为理解真实留出余地。而理解便常有赖于故事的整体象征（传达难以言喻的情怀、思绪）和主题的寄托。写实或者讲故事也面临变化着的"期待视野"，刘恒的写法实在，近于传统的"说书"方式，却能让人觉到变化，味道不同，大概与"能入"和"能出"二途有关。王国维曾言及："诗人对宇宙人生须入乎其内又须出乎其外。入乎其内，故能写之，出乎其外，故能观之。入乎其内，故有生气，出乎其外，故有高致。"（《人间词话》）"有两手"与"有一手"可能不一样。说来也是意思仿佛，有心者或可读解而申言之广论之。总之，写实、近俗未尝不有修砺"高致"的潜力，潜力不一定在求空灵，尤在含容观察与体验的内驱力，是内在于故事又超越了故事的。亦如王国维所见："诗人必有轻视外物之意，故能以奴仆命风月；又必有重视外物之意，故能与花鸟共忧乐。"

前贤论诗品题，引道人语："如我按指，海印发光，汝暂举心，尘劳先起。说者曰：若以法眼观，无俗不真；若以世眼观，无真不俗。"（黄庭坚：《题意可诗后》）拙与放、俗与真的这一层关系如何把握，现代作小说的人也可琢磨一番。

原载《读书》1989 年第 10 期

思潮·精神·技法

——新写实主义小说初探

徐兆淮　丁帆

一

1985年前后，当中国的先锋派文学在文坛崛起并获得长足的发展之际，曾有人宣称：现实主义文学在中国已经到了穷途末路的地步。而另一些人则摆出坚决捍卫现实主义的架势。

当然，比任何雄辩更有力量的还是事实本身：1987年至1988年的创作实践表明，现实主义小说在经过一段时间的萎靡困顿之后，终于又吸取了新的养料，以一种崭新的姿态跃入文坛，并再次占据了显要位置。

但这种现实主义小说，既不同于先锋派文学，也迥异于昔日的现实主义。它呈现出一种新的风采，我们姑且称之为新现实主义小说。

这种新现实主义，既是对以往任何时期的现实主义的一种继承，却更是一种发展；这种新现实主义虽然迥异于现代先锋派文学，却又吸收、融汇了其中的某些适合于自身发展的内涵。

1985年至1986年前后，当阿城的《棋王》、王安忆的《小鲍庄》、郑义的

《老井》、朱晓平的《桑树坪纪事》、朱苏进的《第三只眼》等作品相继问世之时，人们已经分明感悟到这些现实主义小说的创作对传统现实主义的某种突破：

譬如，以文化、宗教、心理等为哲学基础而对作品思想内涵进行渗透，特别是对狭隘单一的政治道德评判的突破；

譬如，近于残酷的动人心魂的真实性；

再如，艺术表现技法的创新、发展，等等。

只是，这些作品在创作整体上所表现的某些特点在当时并未受到更多的注意，旋即就被现代先锋派文学的声势所淹没了。

尽管如此，我们仍认为，若从现实主义小说的发展过程来看，这些作品无疑应视为新时期新现实主义小说的初步显现。

紧衔其后，作为新现实主义小说的前锋作家、作品应推莫言的《红高粱》和他的《红高粱家族》，以及王安忆从"三恋"开始的自觉追求。

当然，标志着新现实主义小说创作已经形成一种颇为引人注意的文学势头的，当数刘恒、刘震云、方方、池莉、李晓、叶兆言、乔瑜、王小克、迟子建、江灏、杨争光等等新近涌现的作家，以及李锐、晓剑等人，于1987年之后的小说创作。

正是他们的创作从总体上集中体现了新现实主义小说的某些特征。

二

文学本是以人为中心的庞大的系统。从纵向上看，它纵贯古今中外，从邈邈远古延续至今；从横向上看，它涉及政治、经济、军事、哲学、历史、文化、宗教、心理等领域。因此，从广义上说，文学几乎包容了整个人类文化和精神世界。

就中，文学与当代社会思潮的关系尤其值得探究。文学总要从当代社会思潮中吸取有益的养料，而后又通过作家的创造性劳动，影响着丰富着当代思潮。

如果我们把新现实主义当作一种创作体系来看，那么，它就必然涉及并包含着时代与个人、创作主体与客体等诸方面的问题。

这样，我们也就会看到，新现实主义小说所面临和选择的正是一种新的社会思潮和创作思潮。

众所周知，历史上曾经产生过形形色色的现实主义。即是被冠以"新现实主义"的名称的也不下四五家之多。从总体上看，这些现实主义自然都是受着当时的政治、哲学、历史、文化、心理等所共同组成上层建筑领域的社会思潮所制约的。

关于新、旧现实主义的界限，周扬曾经在《现实主义试论》（1936年）一文说过："新的现实主义方法必须以现代正确的世界观为基础。正确的世界观可以保证对于社会发展法则的真正认识，和人类心理与观念的认识。"

尽管，周扬的理论概括不无一定道理，然而，五十多年来的创作实践似乎并未完全顺从这些理论概括。一个严酷的事实是：新时期以前并未出现过多少真正意义上的新现实主义小说。至少在整体上并未出现过。这当然不是作家不愿意掌握马列主义世界观，也不是对现实主义失去了兴趣。事实上，几十年来马列主义思潮与小说创作毕竟存在着双向偏离的现象：一方面是马列主义向庸俗社会学、机械唯物论的偏离；另一方面是现实主义向伪现实主义的偏离。从五十年代到七十年代所出现的大量虚假的粉饰现实歪曲生活的小说，正表明这些作品并非真正马列主义世界观的产物，更多的倒是庸俗社会学的影响。而且，即使是一些较好的反映现实的作品也或多或少地显示出单一的思维方式的局限。甚至因此可以说，这类作品根本算不上是真正意义上的现实主义作品。

现实主义的这种局限只有在新时期改革开放的大背景下，在真正遵循马列主义反映论的基础上，同时又融汇了众多的哲学观、历史观以及其他各种学说的精华，在破除偶像崇拜和英雄史观，承认活生生的生活实践之后，才成为可能。

我们在读刘恒、刘震云、方方等人所创作的新现实主义一类小说时，常常为流贯于作品中的思想感情力量所震慑，为作品所包含的丰富内涵，甚至博大精深的境界所吸引，并从中感受到这种力量、内涵、境界，已经大大挣脱了传统现实主义小说所常有的单一、狭窄，把单纯的政治和道德批判拓展到历史的、美学的、心理的、伦理的、宗教的新天地中去。

与丰富内涵相关的是作品中人物形象的变化。在批判现实主义小说里，其主要人物常常是些资产阶级大家庭里的显要人物，在社会主义现实主义小说的主要人物里，其主要人物又常常是些叱咤风云的英雄人物；至于"文革"文学里的人物，则更是"高、大、全"式的完人，是些不食人间烟火、无情无欲的神灵。

在新时期新现实主义小说里，其人物几乎都是充满七情六欲的普通小人物，他们既不善说些豪言壮语，也无惊天动地的业绩。他们都在各自的生活环境里为困扰他们的生活方式，甚至为些卑微的愿望而演出了一幕幕人生的悲喜剧。他们的性格、命运大都不是定型的、直线的，而呈现出不可理喻的曲线的变化态势。

就一个作家看，刘震云近期作品中人物几乎全都是普通小人物。从《塔铺》—《新兵连》—《头人》，清一色全都是写在生活最底层挣扎的普通农村知青、部队士兵和偏僻农村基层干部。就是最近那篇反映政界生活的新作《单位》《官场》也仍然落笔在日常生活和人物的卑琐心理上。

如果再从这一时期的其他作家刘恒、方方、池莉、李晓、李锐的近作来看，情形也大体相同。方方在《风景》中对生活在社会最底层的普通百姓的"平民意识"作了充分的甚至近于残酷的展示。不仅那个颇有心机又混出了模样的七哥，就是腰缠万贯浑浑噩噩的五哥和六哥，他们的发迹和"暴发"过程，也无不是从人的生存愿望出发而对存在的一种抗争。并正是"在浩漫的生存布景后面，在深渊最黑暗的所在"，我们同作者一道看清了那个奇异的人生世界。显然，《风景》对生活的观察和作品的思想内涵，多少是受了萨特"存在主义"哲学意念的影响的。同时你也可以体验到"存在决定意识"的真谛。

如果说，方方在《风景》主要向我们展示的是城市的"平民意识"，那么，刘恒则主要在物质和精神极度贫乏的农村一角，展示普通农民的生命意识。《狗日的粮食》中那个挂着巨大瘿袋的女人的苦难本身就是中国农民生存状态的绝妙象征，从中我们不仅可以体味到顽强的生命力的涌动，而且与人物一道经历了巨大的情感风暴的袭击。至于《伏羲伏羲》中杨天青的悲剧，自然不能只从弗洛伊德的性心理角度来阐释，同时更是作者为着展示作为一个中国农民在被压抑的异化环境中那不屈不挠的强大的生命意志的表现过程。它超越了一般伦理和道德的阈限，而使作品呈现出动人心魄的震慑力。

由上可知，新现实主义小说在主题内涵与人物选择上的这种变化，是与新的社会思潮和文学思潮紧密相关的。从横向上看，它是在改革开放的大背景下，在马列主义反映论的基础上，吸收、借鉴、融汇了各种新的哲学、历史、文化、心理等思想潮流的产物；从纵向上看，它既是对传统现实主义的继承，更是对过去那种虚假的理想化和英雄化的一种强烈反叛。

作为创作思潮、新现实主义显示了前所未有的包容性和开放性，凸现了鲜明的当代意识和历史意识。

三

文学创作活动是一项复杂的系统工程。除了受到上面所说的社会思潮的制约之外，它还取决于创作主体——作家对现实的态度。社会思潮对创作的制约必须通过各个不同作家的不同的精神态度对作品产生影响。所谓现实主义的创作精神，正是指作家对客观现实生活所采取的态度及其表达方式。

面对同样的现实生活，不同的作家自有不同的态度，即使同一个作家，在不同的时期所采取的审美态度也会有所不同。

这种不同的态度及其表达方式往往成为区别不同的创作原则的重要依据。比如，现代派偏重于强调表现作者主观的内心感受，现实主义则偏重于再现客观现实，等等。

就现实而言，它的基本要求便是按照生活的本来面目描写生活，因而，真实性成了一切现实主义的本质性特征。

可是，毋庸讳言的是，长期以来，我们的一些打着社会主义现实主义或者革命现实主义旗号的作品，恰恰为了某种阶级斗争的需要，而逐渐削弱以至抛弃了文学真实性原则。一些作家在苦难和压力面前竟有意识地闭上了眼睛，丧失了说真话的真诚和勇气，更失去了应有的评判意识，以至把作品变成了单纯的政治标语口号和阶级斗争、路线斗争的传声筒。这在中国文坛的几十年创作过程中，成为耻辱的标志，值得每一个有良知的作家引起反思，吸取教训。

直到新时期文学阶段，从噩梦中醒来的文学，方才一扫瞒和骗的污浊空气，恢复了文学真实性原则，使得文学重新赢得广大读者的喜爱。当然，对于新时期现实主义小说来说，恢复文学的真实性原则，也只是一个初步的收获，事实上，当时的小说创作也还不乏回避矛盾的虚假的伪现实主义之作。而且，即使是初步获得真实性品格的小说，也还有一个如何深化如何发展的问题。摆在当时一切现实主义小说家面前的严峻考验依然是，作为一个真正的现实主义的作家，有无直面人生关注现实的勇气与真诚，有无对现实保持评判态度的精神？

看来，新现实主义，作为认识、把握、反映世界的一种方式，作为创作主体的作家对待现实所采取的一种态度，它特别要求作家具备和遵循这样的品格：直面人生关注现实的勇气和真诚，按照实际生活本来面貌和应该的面貌真实地反映生活。它饱含着作家强烈的主观的感知和印象。

正是1987年至1988年文坛所出现的一批小说作者，以他们的充满生气的新作，表明了他们具备了这种品格，也表明了新现实主义小说的不可阻挡的势头。

这些作家们的直面人生关注现实的勇气和评判锋芒，首先表现为对生活中原生现象的大胆剥离和深入解剖。应当说，在新现实主义小说中，作家的主体性非但没有受到抑制，反而大大得到加强。作家不再是工具，不再是随风摆动的顺风旗，也不再是生活原型的简单复制机。

比之新时期伤痕文学阶段，这种剥离和解剖的写法，又分明具有两个特点：第一，新现实主义小说不满足描述血淋淋的表面生活场景，而将笔触深入到隐匿于人性深处的诸种丑恶，描写灵魂深处的人性与兽性的交锋，从而在较深的层次上揭示生活的真谛。他们的创作很少风花雪月小桥流水的外景描绘，更多的倒是人生内在的烦恼，社会斑驳陆离的风景线，以及各种灵魂和命运的大搏斗。

应当说，早在1986年前后，一些作家的小说创作已经出现了这种倾向的端倪。如朱苏进的《第三只眼》《欲飞》都曾接触到人的灵魂深处的隐私和特殊情况下人性的扭曲，周梅森的《军歌》《黑坟》就曾经把人物置于生与死的临界线上加以人性拷问的，而贾平凹的《黑氏》《天狗》，以及王安忆的"三恋"都着力探索了人性的特殊领域：感情与性欲的冲突，人性的变异与扭曲。

这种势头发展到1987年到1988年，便出现了刘恒的《白涡》《伏羲伏羲》，以及乔瑜的《少将》等作品的问世。《白涡》和《伏羲伏羲》，一个取材于城市知识分子的婚外恋，一个以农村一角正常人性遭摧残压抑而导致一场催人肺腑的悲剧故事为题材，其主旨都在于呼唤、张扬一种健康的人性、道德。而《少将》则以酣畅淋漓的笔墨，"通过一个从农村参军的青年王满山荒唐可笑的经历，揭示了'文革'十年悲剧性的根源是愚昧加狂妄的结果。作品用悲喜杂陈的表达形式，塑造了王满山这个愚顽而又不甘困顿的'战士'形象"（缪俊杰）。

其次，作者宁愿将善良与丑恶、真诚与虚伪、光明与黑暗、悲剧与喜剧等杂糅交织在一起，将倾向性隐藏模糊于字里行间，也不愿像某些伪现实主义作品那样，为了突出一定的倾向性，而抛弃生活的无比丰富性、生动性，从而使新现实主义小说的人物形象显得较为丰满，内涵较为厚实。

这方面，刘震云的《新兵连》和乔瑜的《少将》尤可作为代表。这是两篇反映当代部队基层连队生活的作品。长期以来，或许是为了突出文学的宣传、教育作用，我们的军事文学一向都装饰着神圣的光环，作品中的人物大都十分"鲜明"而又简单，几乎成了作者演绎某种现成概念的工具，而作者的政治倾向、爱憎与否，也大体较为明朗。《新兵连》和《少将》的创作几乎改变了军事文学在塑造人物上的一些陈旧观念，使得当代军人回到了七情六欲的人间，也使读者看到了部队生活的某种真实状况。无论是《新兵连》中的"元首"，还是《少将》中的"少将"，或是他们的战友，都是些杂糅着诚实与狡诈、善良与丑恶的多面体形象。他们都各自为着一些良好而又卑微的愿望而演出了一场场令人可笑而又心酸的悲喜剧。

当然，关注现实的勇气，正视生活的真诚，并非新现实小说的独有品格。

某些现代派的小说也不见得都是淡化生活、脱离现实的。只不过，在现代派的小说里，关注现实的精神，常常表现为幽默的调侃，玩世不恭的反讽语调，表现为曲折隐晦的方式。而在新现实小说里，这种创作精神，显然要直接、浓烈得多。

看来，对于中国现实主义小说家来说，遵循按照生活的本来面貌描写生活的原则固然十分重要，但更重要的还应当是直面人生、关注现实的勇气和真诚，是挚爱生活的激情和对生活的评判精神。作家对生活的态度与作家的良知，在新现实主义小说家那里本应是统一的。

四

既然，如前所述，新现实主义小说是新时期改革开放大背景下，各种社会思潮、各种学说交相融汇多元互补作用于那些关注现实又具备一定外国现代派文学素养的作家们的结果，那么，一旦新现实主义小说形成势头之后，反转来它的艺术表现方法便有可能构成新现实主义小说的最明显的艺术特色，并成为评判每一篇小说审美价值的重要组成部分。

无疑，作为现实主义的一种新的形态，其艺术表现形式及技法的新的发展与创造，自然是沿着它自身的基本特点——再现生活的本来面貌——衍化而来的。它也保留着现实主义的真实性的基本品格。那些意识流的大量运用，那些荒诞变形的手法的普遍采用，在这些作品中是较为少见的。现实主义需要自我调节和自我更新，但这种调节和更新，需要在保持自身基本原则、精神的前提下，方能发展自我，创造新我。

新现实主义小说在艺术表现技法上的"新"的创造与发展主要在于描写形态和叙述形态的变化上。

自打19世纪80年代马恩在总结批判现实主义创作经验时为现实主义作了一段经典性论述——典型环境中的典型人物——之后，其间经过苏联20世纪30年代提出社会主义现实主义，一直延续到中国80年代，始终把这一论断奉为现实主义的最高典范。可是，随着时间的延续，马恩的论断与当时创作的实际之间，以及近几十年来的创作实践与马恩当时的论断之间，毕竟已经出现了某种剥离的情形。或者因为把典型简单化地解释为"本质论""光明为主论"，而导致创作陷入一个阶级一个典型的泥淖，从而扼杀了文学创作的勃勃生机和无限创造性。

而在新时期新现实主义小说里，人物描写和细节描写，则呈现出另一番情形。

这些作者似乎并有把全部精力和笔力用于精心塑造人物典型，环境与背景描写也相应有所淡化，而更注重于描写生活的原生形态，力图摄取生活的原色原汁，宁可保留生活中毛茸茸、活生生的鲜活形态和作者非理性的生动感觉，也决不愿按照某种理念、教条去搞什么提纯、净化，或者人为的美化、丑化。因而，新现实主义小说比之以往的任何时期的现实主义小说，主题和内涵更能呈现出多义性、多层次性。

至于新现实主义小说的细节描写，则很明显地呈现出两极分化的趋向。一是尽量保留生活的原生形态，避免刀砍斧削或人为加工痕迹，力图追求一种自然朴拙之美；另一种形态是并不追求外貌的逼真形似，而从一个人物的感觉形象延伸出去，对局部细节作放大变形的描写，给予读者以强烈而又鲜明的印象。前者如《烦恼人生》中主人公一天的生活经历，《风景》中棚户区人们的生活习惯，其中许多细部描写竟是那么逼近生活原貌。后者如《伏羲伏羲》中杨天青死时对阳物的夸张描写，就多少显得有些怪诞而突出，给人留下深刻的难以磨灭的感觉和印象。

除了典型人物和典型细节，新现实主义小说又把典型拓展到典型情绪、典型心理等方面。这样便大大丰富了现实主义的表现领域和表现技法。往昔的现实主义，或精心于编织典型的故事情节，或着意于再现典型环境中的典型人物性格，而新现实主义小说往往突破往昔现实主义小说的传统技法，力求把人物置于社会的、政治的、历史的、道德的、心理的、情绪的等方面的全面观照之中，而且相比之下，新现实主义在对描写对象的主客观观照中，又尤其注重对人自身的观照，对人的内心情绪和心理的观照。在这方面新近涌现的作家叶兆言和刘恒的创作尤能作为代表。关于典型的心理描写，刘恒的名篇《伏羲伏羲》中对杨天青临死前的心理状态的描画，早为读者和评论界所熟知所称道，这里自无须多言。倒是另一青年作家叶兆言及其代表作《枣树的故事》颇值得一说。从叶兆言《枣树的故事》一作中，我们即可看出，他对传统现实主义创作技法的突破之一，便是不再拘泥于再现典型环境中的典型性格，而更注重对人物的典型情绪的捕捉与剖析。《枣树的故事》本是一个围绕主人公岫云的一生遭际的长而又长的故事，但作者并不想去描述人物性格发展的历史，而以"典型情绪"作为连接岫云一生遭际的纽带，从而展示了在特殊年代里人性的复杂性和历史的复杂性。

在现实主义小说描写中，十分注重人物描写的同时，也一向并不忽略作品中的景物描写。精彩的景物、环境描写总是与作品主题与人物与故事情节紧密相关，甚至起着一石三鸟的作用的。而新现实主义小说里的景物描写，大都非常简洁，极少可有可无的笔墨，在有些作品里几乎接近于零。而在另一些作品里，凡写到的景物则与人物情绪贴得很近，成为人的感觉的对应物，这样，静止的景物也便有了感情有了生命活力，成为了审美对象。如果说，传统现实主义小说的景物描写主要是沿着人物性格的去向而律动的，那么，新现实主义小说里的景物描绘，则往往在人物视知觉的统摄下，成了情绪的对应物。譬如，大凡看过莫言的小说《红高粱》（特别是电影《红高粱》）的读者、观众，几乎无不为"红高粱"所映照跃动的红色的世界，及其所象征的民族精神所感染震慑，而造成这一艺术效果的重要方面，便是莫言借助于"红高粱"的景物描写，创造了一种精神和情绪的符号语码，一种难以企及的氛围境界，一种流贯全篇的整体象征。再有，像肖亦农在《红橄榄》里所屡屡出现的颇为壮观的黄河激浪、红柳、风帆，显然已完全成为作者的情绪方程式，它有力地应和着作品的低缓缠绵情调。

与描写形态的变化相比，新现实主义小说在叙述形态上的变化似乎更大一些。

无论是中国古典小说有头有尾的叙述方式，还是中国"五四"新小说把情节当作人物性格发展史的叙述形态，在叙述的技术层面上都呈现出共同的简单化单一化的形态。在现实主义小说中，叙述方式已成为最稳定最凝固的艺术形式。

在1985年前后先锋小说的冲击下，一些年轻的小说作者率先吸取西方现代派小说的某些经验，推动了叙述形态的急剧变革。

这种变革首先表现在叙述视角的扩展。在过去常用的全知视角的基础上，又出现了散点透视，视角的转换等各种视角。如果说，刘恒常喜欢用散点透视的技法叙述故事描写人物，那么，叶兆言似乎比较擅长打乱故事的顺时性程式，不断地转换人称视角，创造一种新的叙述形态。《枣树的故事》的成功之处之一，正是采用了这种多视角。至于洪峰，人们一般把他视为新潮小说的代表作家。其实，偶尔他也写些新写实小说。他的近作《重返家园》就是这样的作品。洪峰在这篇作品中，也采用的是叙述者、作者、人物组接在一起的交叉视角。他把故事情节链拆散，加以重新组合，甚至将旁枝逸出的故事也嵌入情节线中，以切割情节来表述多元的视角。

其次是叙述语调、语态的变化。一些新现实主义小说常常打破过去小说中的热情外溢，理念太强的语调，而呈现出少有的冷静、从容，间或带有戏谑、幽默、调侃的意味。还有些作品一反因果逻辑链式情节的模式，而以散文化的笔调从容不迫地描述内容上有联系，结构上又可独立成章的松散故事。前者可以方方的《风景》《白雾》作为典型例证。《风景》的冷静从容而又略带幽默的叙事语态早已吸引了读者和评论界的注意，而《白雾》则全然通篇是反讽、戏谑的语调，于不动声色的叙述描写中间或也流露出作者对作品中的那颠倒的世界的激情和嘲讽。后者如李锐《厚土》短章等。

看来，新现实主义小说与先锋派小说的区别，主要并不在有无故事性，而在怎样构筑故事。现代派作品中固然也有一部分不讲究故事性，常以意识流手法，完全打碎事件的发展进程，读来显得扑朔迷离、神秘恍惚，但新近以来也有一部分小说呈现出故事回归的趋向（如叶兆言、余华等人的作品）。尽管如此，我们仍旧能够大体找出新现实主义小说与先锋派小说所构筑的故事之间的区别所在：先锋派小说大都采取的是"无背景"或"弱背景"叙述，而新现实主义小说的故事却大体采用的是淡化环境与背景的描述，至于作品中人物间的关系则大体尚能了然。比如，刘恒、刘震云、方方与余华、洪峰一样都注重叙述故事，刘恒等人的故事与余华等人的故事就很不一样，前者的故事进程和故事背景，比起传统现实主义小说来，虽略感模糊，但终究还能分辨出故事的环境、人物关系；而后者的故事却大抵显得扑朔迷离，既不易看清背景和人物关系，作品题旨也较为隐晦。

新现实主义小说的创作正在形成一个引人注目的势头，并日渐显示了现实主义的强大生命力。我们有理由相信，新现实主义小说在近期内当会取得更为辉煌的成就。

原载《小说评论》1989 年第 6 期

也来说说"新写实"

——兼评刘恒、李锐的部分作品

古　卤

　　《钟山》杂志一九八九年开始推出"新写实小说大联展",像不久前谢幕的"中国潮"报告文学征文一样搞"挂牌经营"。文坛太疲软太寂寞于是总需寻求"热点",轰的一声炸满天下是难了,但"热"一"热"又何尝不能?或许由此而"风骚领三年"也未可知。据悉各路文坛骁将正奋笔欲试,有些已有作品"挂牌"问世。

　　话题似应从刘恒、李锐这两位"实"家说起。在"各说各的,各捧各的,各骂各的"的时风之下,突然冒出这两位叫个个刮目的角儿:欲"新"者曰其"新",欲"旧"者曰其"旧",而言之凿凿,都少不得一个字——实。所谓"新写实小说",或许就这么名震起来。

　　问题是刘、李二位究竟提供了什么?

　　如果从这二位的作品中得到了哪怕是一丁点新的"第一次"的感受,就宁可从这一丁点感受出发而别去翻陈年账簿。何况我们得到的绝不是一丁点儿。刘恒的《狗日的粮食》《伏羲伏羲》,读来犹如练气功时发功一样不能自己,李锐的《厚土》系列,不说篇篇玑珠,至少一多半叫人晃眼。

　　新鲜感也许首先在于它的实写。小说这两年"玩"得花了,冷不丁冒出这路实笃笃考人生、平淡淡描生活的主儿，倒见得稀罕了。小说世界原本多元，即便是花拳绣腿，只要耍得漂亮，有绝活，也不能说一点没意思；但给人"实"感的东西，动真格，存真性情，那就像黄河古道上的纤夫，更令人尊敬而倾心。从这点论，新写实小说的惹人刮目，表明"实"感作为小说世界的基本价值取向仍然稳定不移。

但有"实"感的东西就必是"向现实主义回归"吗？我不知道"回归"这字眼究竟意味着什么，它的背后大概少不得是"中心""主流""正宗"之类意识和潜意识吧？其实，承认小说世界的多元性，就没有什么"回归"可言。文学的发展与其视为恒定两极之间的"钟摆"，毋宁看作由新范畴带来的阶梯式上升。刘恒、李锐们的小说，就其独创性而言，毋宁说是变革了传统现实主义从而提供了新的写实样式（模式）。"新写实小说"正是这一新样式的概括性范畴，它同样属于近年来小说变革与新潮的果实，正如一批所谓"现代神话小说"提供了新的非写实样式（模式）一样。

需要仔细界定的是它的写实特征。既然是"新"写实就意味着它有新的写实法则。什么是"实"？对小说家而言，只有两种"实"：经验的真实和体验的真实。这两种"实"可以是直接合一的，也可以是在现象上不合一的。人一觉醒来变成大甲虫，在体验中可以是真实的，在经验中却绝不会发生；但瘿袋鲜亮鲜亮地吊在脖子上（《狗日的粮食》），却不仅提供了某种体验（生存"包袱"）的真实，而且在经验中也可以是实在的（甲状腺病）。所谓"写实"，指的便是体验的真实与经验的真实的直接合一，前者可以直接对位于后者而不发生悖谬。除此之外，"写实"没有别的意义。刘恒、李锐的所谓新写实小说仅止是在这一点上成为"写实"的文本，而与那些纯然变形的、象征的、怪诞的、神话的等等非写实文本相区别。

"经验真实"无疑是新写实小说作为前提加以考虑的。这当然就限制了主观性在小说体验世界中的纵横乱窜。对于习惯于在小说中寻找、认同、接受生活经验的读者来说，这种限制自然缩短了文本与阅读的距离。同时小说也一点打不得马虎眼儿。但是，"经验真实"却绝对不是传统现实主义所理解的"现实"，后者是纯然外在于主体的绝对客体，故而讲的是"反映"和"摹写"；

前者却是主体所把握的相对客体，故而只是对象化的存在，本身有"生成"因素。而新写实小说最重视的就是这一"生成"性。以李锐的《厚土》而言，它的那个副题——"吕梁山印象"就是极为用心极为恰切的。各篇叙述视角大半都出于"他"，山、水、人、物、情、态都点染着"他"的感觉，为"他"所造化。"下午的阳光被漫山遍野的黄土揉碎了，而后，又慈祥地铺展开来。你忽然就觉得，下沉的太阳不是坠向西山，而是落进了她那双昏花的老眼。"（《合坟》）——这是体验（审美）的世界吗？是的。但它又是经验（实在）的世界，只要你也用"他"的生成方式，那么，你在吕梁山也能实际地经验到这种"印象"。《厚土》这路小说的魅力就在这里：它把它的体验世界（小说）当作你的经验方式还给你，你于是实际地得到了别一种生活法。（比较一下：读非写实小说所得到的体验，能还原为这种效果吗？恐怕只能纵横在想象和幻觉里。）

　　重视"生成"性的另一面便是强调选择。生成这一种而不是那一种经验便意味着选择。生活之经验原本极其芜杂，新写实小说干的是一种还原本真态的选择。在这一点上它与传统现实主义小说原则恰恰构成对比。新写实小说的"还原"选择不承认外于或者高于现象的本质，也完全摈斥对于经验现实的理性本位态度。在它看来，生活的经验现实恰恰是被种种既定的理性——它凝结为种种"文化"规约和模式——而弄得芜杂混乱，失去了本真状态。相反，本真的经验对象却是不带任何"文化"（理性、意义、本质之类）附加的原生态，也可以说是人以赤裸的、童真的、纯感觉的方式所经验的那种东西。刘恒、李锐们的新写实之作，我以为最基本的特征就在这里。

　　以《伏羲伏羲》而论，为了呈现"性"的经验的本真状态，它至少在三个层面上作了某种"还原"：第一，通过淡写抗日——土改——公社化——"文革"的变迁，而消解经验中的政治附加；第二，通过叔、婶、侄之间的三角冲突，而消解经验中的伦理道德附加；第三，通过杨天青裸死后一群孩童的"本儿"之论，而消解经验中的时间（历史）附加。（顺便说一下，"时间"是人在实际经验中最难超越的理性文化尺度，新写实小说在这方面与非写实小说殊途同归只不过处理得更为不易。）这样，小说就创造了一种可能使我们暂且——只是暂且——超脱一切既定的"文化"规约来看一看"性"究竟是怎么回事。我们活了这么久有没有如此"本真"地审视过造化赋予人的那种东西呢？我们在早常经验中不是太受理性文化所规约以至弄到竟不知"性"为何物了吗？另一方面，用不着刘恒在政治、伦理、道德、历史诸"文化"层面上直接站出来指说——"性"经验的本真态呈现已足以让我们悟及"人"与"文化"之间具有怎样源远流长、别无选择的矛盾和冲突了！"人"的悲剧是人自身铸就的，除非人不复拥有自身的文明。

这里有一个颇为有趣的现象：新写实小说专事"消解"诸理性文化之附加却反而在这些层面上引起了审美的振荡——刘恒、李锐的小说不是就引发了许多忧患连连寻根究底乃至痛心疾首的阅读反应么？（刘恒的作品甚至已被称为"文化小说"了。）小说怎么写真是大可揣摩。在此不妨只说一点：新写实小说的阅读者群已不仅止是传统现实主义范畴（趣味）中人了；"本质""典型""文化""意义"之类已经不能作为小说的先验定在判断而迫人就范，相反，无论体验真实还是经验真实都只存在于读者的创造性解读（生成）之中。

"分析"的破坏与构成

——有关《虚证》的阅读对话

晓华　汪政

　　■《虚证》发表已一年有余了，据刘恒自己讲，这是他最得意的作品，可惜除了几位评论家在综论里提到外，好像没人专门讨论。我是最近才读到的，读后震动很大。

　　□你有没有细想想，为什么会给你震动？这震动的意义是什么？我想你是感染了作品的悲剧气氛，是主人公郭普云的死震动了你，死总是容易打动人的，而且，郭普云是死于自杀，从外观上讲，是无外在迫力的纯粹的自杀。看到一个人在不具备死的环境下却从容而固执地走向死亡，对人的心灵可能会产生更大的震撼吧！但郭普云的自杀却又缺乏内在的理性精神，他的自杀显然比不上川端、三岛由纪夫、叶赛宁、茨威格和芥川龙之介等人，没有崇高感，甚至没有引起怜惜的价值，是卑微者的死，我看不到他对世事的洞见，也看不到他的信念，我看到的只是一个平庸者在夸大了自己的不幸后的自戕，而这种不幸是很普通的，这只能证明他的软弱。自杀历来是勇敢者的所为，同时也是弱者的最后退守，世界对任何人都是公平的，但所显示的意义却不一样，勇敢者看透了世界的混乱、无序和意义，以死去证明自己意义的完满和独立；弱者的对立关系是自我的对立，他无法战胜自己，他的自杀除了说明自己的无能为力并不与世界发生什么关系。你是否认为郭普云的死是无意义的死呢？

■我的震动可能跟郭普云的死有关，顺着你的思路讨论下去也许会纠缠不清，我有个简单的想法，世界上毕竟普通人居多，把普通人的死归为无意义是黑格尔的风格，这是不是太残酷了？世界的意义以及个体的生存价值总是相对的。现在有人在提什么人生的终极价值，作为一个中国人，就觉得哪地方不对头，价值是一种关系吧？我与对象没有关系，就说不上它对我的价值，相反，某对象在别人眼里可能毫无价值可言，但因为它与我有关，而且至关重要，那么对我讲就是有价值的。尊重个体的这种判断，我以为是起码的人道主义，起码，普遍公理和个体价值应该是共存的，川端的自杀负载着人类的苦难，自然是有意义的，郭普云的无名个体的自杀就没有意义了？过去，我们费了好大的劲基本上解决了个体生命的平等问题，现在，是不是需要论证一下个体死亡的平等问题呢？后者的理论难度要比前者大得多。

□我跟你的观点是有点不同，但你好像更接近刘恒一些，对一个普通人的无重大价值和冲突的死说上近六万字，这本身不就是一个态度吗？我很惊讶于他的耐心，他企图把郭普云的自杀说清楚，但好像最终都未能说清楚。

■这不可能说清楚，它首先说明了人的复杂性，说明了个体间的差异和个体的不可重复。自杀的心理机制由于受一些生理机制如神经系统的控制，有一些相似性，但引发这些机制的现象原因以及个体的其他具体心理机制（如性格、情感、思维……）则是千差万别的。《虚证》的叙事人说："多么好的朋友，心里总有彼此难达的地方。"这是对的，又说："你不可能透彻地清理这种矛盾，除非你有勇气担当同样的角色。"这句话如果理解为个体之间取得完全的雷同的话，也是对的，但这显然是不可能的。刘恒是企图说出些有价值的材料的，比如性格、童年、经历、家庭原因、事业的失败、考试的落榜、性功能障碍、自渎的负担、意外的事故等等，不过，我以为这都是小说家的铺张和故事，我感到重要的是作品中刘恒用大号字标出的"他的家伙不好使"这句话。这些话刘恒本可以不说，但他还是忍不住说了出来，很醒目地说了出来，它如冰山之尖猛地从平静辽阔的汪洋中豁然而出，让人惊讶于它深藏不出的庞大的水底世界，那是刘恒的隐喻世界吧？

□是的，不过这样的理解是不是太可怕了，刘恒显然在对我们活着的所有人提出警策，我们是不是都如郭普云一样到了走投无路的时刻？联想到莫言在"红高粱家族"中的思想，真让人不寒而栗。莫言说我们是一群"可怜的、孱弱的、猜忌的、偏执的、被毒酒迷幻了灵魂的孩子"，说穿了，我们只配自杀，郭普云只不过是我们的镜像而已！刘恒的整体艺术世界好像也正是表达了相同的文化观念，《狗日的粮食》使我们失去生存的依托，《伏羲伏羲》则揭露了我们生殖文化的无序和错位，而《白涡》等作品则表明了我们内心精神的空虚和懦弱……刘恒的发问很精彩，他不问："谁的家伙不好使？"而是问："谁的家伙好使？"从一般提问的规律看，总是对相对较少的对象发问，刘恒的提问方式表明了他的意向……

■是的，而且，他这句话实际是一个潜在的反问：郭普云的家伙不好使，那么，难道你们的家伙好使？我们本来都站在优越的地位半是嘲弄半是怜惜地看着郭普云，忽然被这一句弄得很尴尬很沮丧，就好似果戈理的戏剧结尾对开怀大笑的观众所说的："笑你们自己吧！"——好了，我们换一个角度讨论好不好？这样说下去太累人了。从小说形态上看看《虚证》或许更有兴味更轻松些。《虚证》的特点不少人已看出来了，说它是心理分析式的。但不能不停留在这种共性的分类归纳和命名上。刘恒的这篇东西没有中心事件（这些中心事件在张贤亮和王安忆那儿是性意识，在莫言那儿是快乐原则，在余华那儿是死亡，在残雪那儿是梦……），完全是一些平常的日常小事，看上去似乎没有典型意义，但正是这日常的非典型的事件，语言和行为才摆脱了精神分析心理学的心理学和精神病学的科学特征而被文学化了。事实上讲，通过对这些小事的叙述以期达到入人内心的效果要比通过一些典型的中心事件来得更困难些，所以，我看好《虚证》。

□这一点需要好好阐述一下。精神分析或心理分析在它还是一门科学的阶段，它当然就必须具备科学的一般的性格，就是讲究理性，寻找和建立范型，并力求获得精确的哪怕是自以为确切的结论，你上面提到的刘恒《虚证》以前的大多数作品都在吸收精神分析成果的同时受到了它科学性的影响，张贤亮、余华尤甚，张贤亮《男人的一半是女人》答案就是唯一的，性功能的压抑、丧失和重新唤起具有临床意义。余华前些时期的创作，我们曾称之为"精神病时期"，如《一九八六年》《现实一种》《四月八日事件》《河边的错误》等等，分别写了迫害狂和妄想症等精神病人格，基本上也合于精神病学的一般规律。刘恒的《虚证》不同，在一开始，他也摆出一副心理分析的架势，并且决心相当大，他认为在郭普云表面生活下有更为深层的决定着郭普云生活道路的选择的东西，他说："我得找到它们。"然而，太难了，生活和人物是那样复杂，什么都可以导致郭普云走上自杀的道路，但什么看上去又都缺乏导致自杀的必然的东西。造成心理分析的错觉的是郭普云已经自杀了这一事实性的前提，正因为有了这一前提，回忆郭普云的生活，他的言行举止才有了意味深长的意义，这实际上是一种事后诸葛亮的做法，关键是，叙事人以及生活在郭普云周围的许多人都无一能预料到郭普云会自杀，哪怕他一而再再而三地喋喋不休地申诉他非死不可，我以为这里有一个自我颠覆自我解构在里面，也就是说，作者本想写一篇心理分析式的小说，但结果却写成了一篇反心理分析的小说。

■对，正是如此。这就是我想说的作者说不清郭普云的死因的又一意义。可以把《虚证》的开头和结尾对比一下，一开始叙事人多么认真，信心十足，可当他发现事情是那么难之后，他恍悟了，尤其是当他模仿郭普云的行踪去体验郭普云赴死的内心世界时，他发现自己是在干一桩多么愚蠢的事，严肃的心理追踪由此化为一场闹剧，他站在死者的碑前这样坦白道："我没有一点儿沉思默想的欲望，也失去了为死人设想点什么的兴致，我饿了，我乏了……"这些话出现在作品的结尾，这个位置使它丧失了挽回的希望，先前的一切一下子都失去了分量，成了叙事人在平面上完成了一个圆圈的智力游戏。

□不过，刘恒的《虚证》又让人觉得它比起其他心理分析小说来又更像一篇心理分析作品。它在内部实现了对心理分析小说的颠覆，但它在外观上却有十足的心理分析味儿，这好像是个悖论。

■是这样。小说对心理分析的借鉴上留给人们明确的印象的是把该学科的某些科学结论转化为表现形式，比如潜意识问题、梦的问题和自省内省的问题。概括地讲，大致有如下情形，一是通过穿插和切入把转述语言改为呈现语言，以表达人物即时性的心理状态甚至无法进入自觉层次的潜意识，当然也包括大量的联想、感觉和幻觉；第二种情形是梦幻结构；第三种情形是自诉式的内省结构，心理分析小说一般喜欢用第一人称叙事手法，这可能因为第一人称能给人以更真实的感觉，因为了解心理一般对自己比较清楚，自己心里想什么是知道的，但别人心里怎么样就不得而知了，尤其是现代小说对全知视角的废置后，对他人心理的呈现就更受怀疑。有了这个简单的背景，我们再来看《虚证》，就能发现它的独特性来。它没有采取呈现的手法，所以，人物的思想包括梦幻都是不可见的，它也没有采取自省的第一人称叙事体式，这对一篇心理分析小说来讲，无疑是冒险的。

　　□所以，我说《虚证》更像一篇心理分析小说。你刚才谈的那些中国心理分析小说形态实际并不是严格的心理分析，它缺乏最基本的主客观界限，刘恒在这个问题上也不是一开始就处理得很好的，在《虚证》之前，刘恒还有一篇叫响的作品《白涡》，我从这篇也可以称之为心理分析小说的作品中体会到了刘恒的艰难，为了保持分析对象的客观和自足，他采用了第三人称，但这样一来，人物就远他而去了，不好分析了，所以，《白涡》只能基本上以行动为主干，心理分析的部分是一些揣测和评价，或者说，是一些描述。有人说，《白涡》写得好，有分寸感，这就看你从哪个角度了，从心理分析讲，就让人感到束缚。

　　■是的，心理分析需要分析者，同时需要分析对象，这两者都不可缺少，同时也不宜合而为一，自省对心理洞察自然清楚，但对象性不明显，主观情绪会影响对象的明晰性，掩盖些什么，添加些什么，具体到小说叙事形态中，实际上是一个叙事人的问题。你说《白涡》显得局促，不就是因为《白涡》少了个叙事人吗？少了一个显形叙事人，这个叙事人就是分析者。

　　□《虚证》就有了，那就是"我"，你刚才说《虚证》未采用第一人称的叙事方法，是不对的，或许，你大概是从分析对象郭普云的角度这样讲，第一人称的自省分析是分析与对象同一的，同一于第一人称里，而郭普云在分析者"我"看来，始终是个第三者，这样理解对不对？刘恒叙事人兼分析者的采用可能受到公案小说的启发，分析者不就像个侦探吗？

■可能吧。这样就形成了《虚证》有意味的叙述体式，叙事人因不是分析对象，他便从故事中超脱出来，成了旁观者，冷静而客观，小说有了两套语言系统，一是"我"的分析系统，这个系统中包括对人物（分析对象）的分析、评价，也有自己的独白，而这些独白构成了独立于故事的价值观念，它组成了一个完整的精神分析者的世界；第二个语言系统则是以郭普云为中心组成的故事系统，也是独立的封闭的，他的行为、思想有自己的逻辑，不受叙事人的干扰，两套语言通过叙事人与人物的交流交织在一起从而有机地共处于一个大的语言系统中，但这种关系如我们前面已经讨论过的是相当松散的，相互不得进入的，郭普云始终关闭着通向世界的通道，包括对叙事人，这样两大系统一直处于寻找与逃避的状态之中，弹性很大，这是一种饶有兴味的特别的对话。

这的确是值得探讨的小说形态，也可以称之为一种"复调"吧。由于刘恒采取了这样的体式，并赋予叙事人以显在的地位和心理分析者的角度，脱开了故事的缠绕，所以就诞生出有别于《伏羲伏羲》《杀》《力气》等作品的叙述语言风格，这种风格萌芽于《白涡》，但成熟于《虚证》，在《伏羲伏羲》等作品中，刘恒的叙述语言是躁动的、情绪的、阳刚的、粗线条的，而《虚证》则显得冷静、细腻和理智，非常细致，这正是"分析"性的语言，像解剖刀一样。看惯了他的《伏羲伏羲》之类，读到《虚证》，真判若两人，让人觉得特别清新别致。

■一个作家能同时拥有两套叙述语言，确是不容易的事，这需要创造力，但更需要一种自制力，语言的自制力，以便能保持语体的纯正，所谓井水不犯河水，这对同一个发话人来讲，难度之大难以想象——这好像是刘恒提供给我们的新鲜的课题。

原载《文学自由谈》1989 年第 6 期

两个世界两块心

——读刘恒近作《两块心》

程国政

　　的确，刘恒是个写贫困农村生活的惯手，他的一系列小说都可算这一类型，作家是带着沉重的历史意识与崇高的道德责任感去描写、去体察的，写出了农村对粮食的困惑，对性的困惑，对人自身的困惑。刘恒说他想笑，但像有些论者所说，他笑得不轻松，他身上的包袱太沉重了。他太认真、太负责任了。不过，从《两块心》中，我们既可感受到这份沉重，但更多的则是感受到新农民的精神追求的可喜亮光，尽管这亮光能否成为一片偌大的光明在刘氏的小说世界中还是一个未知数。

一

　　总的来说，《两块心》还是个故事，一个以乔文政的一段经历为中心的比较简单的故事，但故事中反映出的各种思想是相当丰富的、耐人寻味的。如果乔文政心安理得地守着他那份责任田，守着他祖先留下的"石墙环绕的院落"，守着他娇嫩结实的俊女人，他的生活是相当平静的，也是相当富足和幸福的，安全、和平、静谧，令人羡慕的庄稼人生活。他在人生的某些关节上，确乎比许多人幸运，但是，他的老同学郭尚真在那个骄阳的中午的出现，把他的和平打碎了，这个当年考大学比他少几十分的同学，八年不见竟是乡长的秘书了，居然跟着乡长来视察，视他娘的察，这一下，把"他的思想剥去了一层皮，使他渐渐接近了埋在肉体中却不能体味的伤口"，使"他看见了那个曾经怀有远大抱负的真实的自我"，他的伤口"再一次流血了"，这人生的创伤被深深刺痛了，他纯朴无求的庄稼人心下又滋生一种躁动的为老婆孩子争光的要求，两块心在拼搏、在战斗，这两块心的孰赢孰输就是作家想告诉我们的，也是作家这颗不安分的心的搏斗历程。

是的，郭尚真的出现把那个失败凄惨的秋天又拖到了发酵缸。想当年，他何尝不是胸藏鸿鹄，可是一跤栽倒就又把他扔到了老槐峪。而郭尚真种了三年地，写了三年诗，出息了，当上了广播站的副站长，当上了乡长的秘书，居然随着乡长到他家乡来视察，他乔文政一下子怎能不心灰意懒！当老同学为他谋到了粮站临时工这个差事，他感到了庄稼人的那份温暖，那份老同学毕竟是老同学的真诚，一块纯净而透明的心，但这颗庄稼人的纯朴的心是适应不了新的环境的，他的苦干只能换来嘲弄与欺侮，那七千斤种子把他"满腔的大小抱负"一个大浪就流干了，当他觉察到是别人下了套儿让我钻时，一切都晚了，这颗农民式的心与外界争生存时，第一个回合彻底失败了。他必须学会生存，学会适应环境，但这是痛苦的，是艰难的。他乔文政毕竟是农民的儿子，是从庄稼地里出来的，脑子里有的只是与庄稼的那份真诚，那种人勤地不懒的直线式思维方式，对人生、世相的七拐八弯，人情的冷与暖一下子明白不过来，所以他心中的农民式的自卑与委琐也极易暴露出来，只能徒然羡慕老同学的老练与志向远大。然而当他目睹了电话机房里那一幕，他感到"只要心平气和地正视卑微，卑微便算不了什么"。当他走近粮栈大门再度品尝那番痛苦时，却发现它完全淡化了，轻盈了，反而认识到自己在挫折面前是"强作呻吟"，他无法容忍这种呻吟，因为他尽管知道郭尚真与电话员的一幕与他的遭遇毫不相干，但是实际上他已参悟出人的心都是由两半拼凑而成的，他的老同学平时在他面前的所作所为只是他的一半而已，他还有另一半，他为人处世的另一半，他那不愿告人的另一半，这一看透亦开始顺利地将乔文政的心裂成两块，那块农民式的心藏在了心底，而那块顺应环境，驾驭人生，驾驶理想风帆出征的心渐渐占了上风，他乔文政"触摸了人生的力量""慷慨大度得多了"，他悟出了人生的真谛，这是作者告诉我们的，当低头处得低头。

乔文政走出老槐峪后的生存环境，毫不留情地将他撕成了两半，灵与肉的两半，这涅槃是痛苦的，但再生却是幸福的，被撕成了两半的心顺利地驾驭了环境，他乔文政从环境的奴隶变成了主人，以后他觉得"复杂的人生在温习中变得越来越单纯了"，他可以轻松地说出老同学上吊那天"我给你挽绳子扣儿"的话；他在郭尚真叹息时能对他观察入微，而以前这对他来说则是高深莫测、玄奥难解的；他能在郭尚真出了风流案之后，恰如其分地迅速处理完这件棘手的事，在郭四面楚歌的情况下，迅速而又稳健地做了他乔文政所做的一切，在出任服装厂厂长和承包人时，能准确而及时地也是十分利落而痛快地把郭尚真一下子彻底打倒，甚至能一下击中赵乡长的痛处，他乔文政出息了，从郭尚真的一个走卒一个口实一下子成了环境的主人，不愁吃穿的乔文政要为他的老婆孩子和自己争光了。他的老同学郭尚真最后丢下了一句耐人寻味的话："乔文政，真看不透呀！"两个老同学的两颗心彻底疏远成两块心了，他乔文政的一颗心也分裂成难以缝合的两块。好事？坏事？

刘恒
研究资料

二

我们的眼光稍微往后退几年，回到1985年，那年刘恒还在骂狗日的粮食，他感到洪水峪的乡亲为粮食压弯了腰，甚至丢了性命的那份艰难与不堪，老一辈为了粮食甚至退化到连动物都不如的地步，小字辈中的小豆因能眼疾手快地捡到粮食就被长者们认为出息了。牛玉秋在《刘恒：对人的存在与发展的思索》中提到："当生命存在的基本条件出现问题时，人生意义的因果链条便会发生逆转，于是，人为了活着，必须想方法弄到吃的；为了弄到吃的，人又必须付出他几乎全部的精力和智慧，从而使得吃仿佛成了生存的唯一目的。"的确，当人的生存的最基本条件不能满足时，他无法进行基本的价值判断，更不可能进入更高层次的价值层面，他们的价值体系不可避免地要发生混乱而陷入窘境，刘恒是带着沉重的叹息来描述这种混乱的，是的，粮食，人类赖以生存的不可或缺的东西，是好东西，粮食这东西把人类弄得精疲力尽，这份生存的艰辛，这艰辛后面更深层的东西，狗日的。

如果说粮食是人类生存的第一需要的话，那么性，也是人的一个不可或缺的生存需要，更重要的是，它是维持人类生存发展的重要手段，是维护社会稳定的一个重要因素，是道德价值体系上的一个重要砝码。正因为如此，小地主杨金山在快五十的年纪仍用驴子驮回一个繁衍的机器，为他造孩子，然而他始终未能争到那份本属于他的骄傲，而把这份荣耀不明不白想让给了天青，他的侄子。天青获得了这份荣耀，然而他无法见人。在这里性出现了严重错乱，做妻子偏不能给丈夫完成繁衍的重任，做婶子的偏又成了妻，弄得天青只能背地里骂陈年的名谱，是的，可恶的名谱，可恶的历史，失去的和拥有的都是一片空白，一片死寂的空白，什么也没有得到的王菊豆只能含混地喊出"我那苦命的汉子"这样的话来。

当人的正当需要、基本的生存条件得不到满足时，价值判断无疑是要出现紊乱的，作家正是带着这份沉重与真诚在追踪洪水峪的人们的生活，对那里的人们，亦是对广大农民的生存进行庄严而痛苦的思考，这种思考终于在《两块心》中透出了亮光，在"仓廪实""衣食足"之后的洪水峪、老槐峪的农民开始了新的追求，如果说《狗日的粮食》与《伏羲伏羲》是在寻找生存的条件的话，那么《两块心》则是为生存拓展新的疆域，这就是乔文政给我们展示的故事。是的，涅槃是痛苦的，从祖祖辈辈所熟悉、以诚相待的那片土地的真诚去开拓新的世界，乔文政一开始就栽了个大跟头，旧有的思维模式全然没有用了，一颗纯朴的农民心必须裂变，再生。乔文政首先必须学会忍受那份寂寞与牵挂的痛苦，这还容易做到，难的则是与工作人打交道时的方式，那种含蓄与委婉，这背后的油滑与自私、势利。当乔文政不适应时，他迷惘，觉得老朋友郭尚真是那样无情、冷漠，当他领略了那个神秘的夜，悟出"人是没有指望的。人所能指望的只有自己"的道理之后，他敏捷的思维开始启动，在郭尚真遇难时，乘虚而入，做了自己该做的事情，他很快飞起来了，人生在他眼里变得简单起来，环境变得得心应手了。他及时而肉麻地拍了两位副厂长的马屁，甚至连"平日显得那么卑微"地给女工们加开水的事，他都觉得"暖壶里像是满满当当全是无尽的尊严了"。他在乡长办公室里那一句"尚真，你先出去一下"的话，标志着他的成熟，标志着他掌握了许多他侍弄庄稼时不曾明白的道理，标志着他的"工作心"把"农民心"挤到了可怜的墙角。是喜？是忧？他只听到遥远的叫声，那叫声是微弱的，"我的鞋，我的鞋"，一个忧伤的声音，两片流血的心。需要指出的是，乔文政的这份追求能否获得成功，他能否为他的妻子争得那份荣耀，仍是个悬而未决的问题。这个问题作家留给了我们，也为他自己留下了创作的楔子。作为善良的读者，我们真心希望洪水峪的、老槐峪的朴实人们走出来，看看外边世界，开拓新的疆域，不管在前进的途中遇到多大的困难和挫折，我们正是以这样的期望等待着刘恒君。

三

　　人是无法选择自己生存的环境的，当他一生下来就被固定在家庭、家族和社会大网的某一点上，他能做的就是去适应环境，或是去改造生存的环境。从一种生存环境到另一种生存环境，对整个社会来说仍未改变其生存大环境，他所要做的仍首先是适应。假如不适应，那只能处处碰壁，处处被环境作弄。乔文政的祖先为他提供了一个对于他来说还算安全的生存环境，安全得激不起一点浪花，只要他真心地待土地，好好地爱他的女人和儿子，他的庄稼生活是令人羡慕的，他也是幸福的，他的妻是爱他的，他的儿子是可爱的，乔文政一颗平凡的心，此时是安静而真诚的，在这种这环境中，他是自在的，一颗憨厚敦实的庄稼人的心。

　　老同学郭尚真的出现，打破了他的这种平静，把他领到了一个新的生存环境，一个变动的、复杂的、与各种不同的人打交道的环境，在这种环境中，他那种本平凡而平静的心，无法平静下来。他要生存下去，首先必须顺应环境，然后才能求得发展，这就需要有适应新环境的思维和处世方式，那种农民式的率真、素朴与粗鲁是行不通的。不是吗？当他做了合同工，似乎是承受了好大的恩惠，"做起活来准时而不借力气"，想用苦干来报恩，求得表扬，可得到的却是"粮栈里的旁人动不动就拿眼斜他"，他这种天真而纯朴的农民心在"工作人"的环境中是被人认为有野心的。当郭尚真警告他"这里人事非常复杂"，要他不要以为这和在承包地里干活时一样单纯，不要扯上他这小卒子郭某，乔文政还天真地以为提郭的名字能给自己提气，这就为他以后重重的一跤种下了祸根，这一跤非摔不可的，不是那七千斤种子，一定会是另外的事。他乔文政把工作人当成庄稼侍候是行不通的，工作人讲究的是含蓄、委婉，不能直来直去，不能好出风头。

不过乔文政没有被这一跤摔完，他终于心安理得地先做了环境的奴隶，当他领略了那神秘的夜、触摸了人生的力量以后，他认真地"磨炼人生赖以巩固和发展的一种能力"，搜肠刮肚地把检讨写了三遍，"在幸灾乐祸的同事们面前低声地读检查，就像聆听另一位高深莫测的伟人在低语"，虔诚得近乎乞怜。这颗纯朴的心硬生生地被撕裂了，裂成了两块（在乔文政的背后，刘恒那近乎嘲弄的严肃），把他乔文政像条鱼一样拖上案板，任人分割。

这种磨炼、温习使人生变得简单了，使他丢掉了刚进粮栈的蠢动。他明白了郭尚真每月给他的八十元演的是曲双簧，明白了当你轻视一个人时，应采取的方式，那种"自然而然的优美的语调"，他明白了，友情是脆弱的。如果说当兽医大闹服装厂，他乔文政在郭尚真大声呼喊时，友情还占了上风的话，那到了郭四面楚歌，辞去厂长职务，由他接替时，友情已荡然无存了，他乔文政首先考虑到的是自己，他成熟了，成了环境的主人，他的心彻底撕裂了，成了流血的两半。

在基本生存意义上也就是物质意义上生存的人，只是平面的人，立体意义上的人的特征在精神领域中能充分施展其才能，智慧得到充分的开发。换个面说也就是，当人的物质需要得到满足后，精神上的、人格上的需要就上升到显著的位置。作者诉诸我们的实际就是这样一个道理。只有精神领域中有所作为，人作为一个人才会丰满起来。当一个人从物质世界走向精神的智慧的世界时，他不可避免地要丢掉一些旧的东西，获得一些新的东西。这个过程不是一帆风顺的，有时甚至是很痛苦的，刘恒君在诉说乔文政这个过程时，冠以"两块心"，就表示了这种痛苦与不安。作者希望乔文政走向新的世界，可他又没有办法留住他在物质世界中的那些可贵的品质。

对于乔文政来说，这种精神追求领域中人格的成熟也许是可喜的，在由人构成的生存空间中争得像他这样的地位，确实不易。但对庄稼汉的乔文政来说，则是可悲的，深深的可悲，纯朴的没有了，多了奸与油。对于读者来说，这心是流血的。瞧，他乔文政从郭尚真那里学来的话，讲得比郭还地道，"尚真你先出去一下"，他这轻轻的一击，彻底打掉了老同学的轻蔑，"你出去一厂，我跟乡长说点别的"，他还一刀戳到了赵乡长的命脉上，使他宽宽额头上淌汗了。乔义政出息了，可喜可悲地出息。我们希望洪水峪、老槐峪的人们更多的出息，但我们祝愿他们在出息的同时多保存一些庄稼人的率直与真诚，少一些"工作人"的油滑与势利。

原载《当代作家评论》1990 年第 1 期

刘恒
研究资料

勘探者与勘探者的故事

——刘恒及其小说世界

吴 方

一

到了1989年上半年，刘恒发出小说拢共已有十二年的历史。一个还算年轻的作者（他出于1954年），这个数字不算少。可是当1986年《狗日的粮食》引起注意之前，谁知道有个潜力不小的刘恒，日后会有一番表现：现在说起来，他的路数不孬，以后如何也很难预测。文学之路，曲直宽窄，似乎一半在机缘，一半在人为。

先说"人为"。想把小说写好，发表出来，能得到积极的回应，这是常情，除了图赚钱而滥造，无须多说。怎么写？这在刘恒恐怕有两个东西。一个是找别人没有而自己可以有的东西，如题材、气质、经验及对经验的组织。另一个是能引起人注意、印象不俗的东西。总之，个性可贵，又往往需要磨几磨，熬几熬才行。刘恒不是一出马就获成功的人。比如他的第一部中篇《狼窝》，发表于1985年第1期的《莽原》，回头看，所取的素材（山区乡民的生活和心理状态）、主题（欲望以及挣扎）、讲故事的方式，已经看得出他后两年创作趋向的端倪，但前后比较，似乎成色还不够地道。虽然创作境界之渐变，由一重入另一重，三言两语说不透，还是可以感觉，似乎泼实、厚重、内在的紧张一直是刘恒小说的某种色彩，只是犹有某种气脉尚未捉到。当时有贾平凹、郑义、韩少功的小说正为人所瞩目，相比之下，刘恒的小说在超越故事本身的容量这一点来说，也还缺点儿什么。

现在说起来轻巧，有几篇作品摆在那儿，让人刮目相看，有的获了奖，被评论界看好，有两部还拍了电影（《黑的雪》即《本命年》，《伏羲伏羲》拍成了《菊豆》），据说气象不俗。刘恒的甘苦在他自家肚子里，说一句"苍天不负有心人"也落套。转而想，他熬不出来又会怎样呢？说是不该以成败论英雄，往往仍不免如此，好在刘恒还算有运气。

成功与机缘有关系。我们回味文学走过来的十年，大致如清人叶燮论诗的话："且夫风雅有正变……惟正有渐衰，故变能启盛。"小说大概是"变"动挺大的一个领域。尤其是1985年之后大家公认小说的"写什么"与"怎样写"开始有了一个"多元"的格局，启盛之变头绪不少，根本又不外乎以小说的眼光看世界，态度与"看"的方式都不再为先前的模式所限制，沉淀下来，不难感到小说经验的拓展。比如说小说的故事及其讲述有可能成为文化隐喻的话语，或者成为关于存在状态、意义、价值探索的载体，诸如此类，显然使作家和读者会意识到，主体的自我体验固然重要，而这一主体同对象主体的关系是需要而且可以调整的。在这种思维活跃的态势中，出现一种广泛"问题"的语境，影响到刘恒的小说，便容易理解其中出现的"勘探者"的形象，如何使叙述中的"内在紧张"加深了，甚至构成无法化解的悲剧。还有其中的精神分析活动与事件，人物命运的关系，都给人以较强烈的印象。他恐怕已深深卷入了当代小说经验的运动中。

然而从另一方面——形式来看，刘恒依然是"写实"的，或者说这没有因玩花样而疏远大多数读者的嫌疑。相反，在小说新潮纷起，技术操作倾向多少有些摩登时，"正因写实转成新鲜"也很自然。同时，这种"写实"带有探索的印记，也是对主体对象关系的一种新把握。有人将刘恒创作归入"新写实"，大概缘于此。我看下围棋布局有"取外势"与"占实地"两种策略，联想到刘恒近年小说的有成，也许同这两种策略都有些关系。"外势"涉及个我创作与时代文化心理氛围及小说经验变动的关联，也涉及"超出故事容量以外"的东西；"实地"，即指对现实本身作勘探，也有在传统表达方式中寻求创造性转化的意思。

二

《狗日的粮食》或许标志刘恒由徘徊进入脱颖而出的状态。读这篇不长的小说，似乎能感到某种"朴素的真实"的魅力。真实，像是人们读小说时惯用的经验判断，但对于有魅力的小说而言，关键不在于真实不真实，而在于有怎样的真实，是否能对既有的真实感、既有的经验产生冲击。或者说体验和发现比印证什么更重要，别有况味。

"真实"在《狗日的粮食》，显得另有一番滋味。比如说这件事有点儿特别——一个光棍汉用二百斤谷子买同一个长瘿袋脖儿的丑女人。接下来两口子过日子好像又没什么特别——解决性的需要、吃的需要、养孩子、勉强地活下来，考虑"明日个吃啥"。但那女人的性格又比较特别——比众生相的一般状态有更强的生存本能欲望。为了这个，可以是刁蛮泼恶的母虎，又比男人多着胆量和本事，不计廉耻，不要脸面，说是苦日子逼的也罢，是劣根也罢，又足以见真率情性，活得全无遮掩。读罢不妨细想，那事那人又还不算很特别，既然严酷的"生存"土壤上能长出粗鄙的灵性的活。比如说曹杏花忒恶，但她有她的道理，即把生存本能问题看作是先于善恶的，这里被强调着一种基本的无从选择的状态，即对象主体的自在状态。那女人的自杀，看来像是情节设拟中的出奇之笔，来得比较特别：她本来一切的努力都在求生存，却因为丢失粮证而自动放弃了生存，这很有些嘲谑意味，人似乎绕在里面了，目的与手段颠了个儿（究竟有粮食是为了活着还是活着为了有粮食？）。对粮食的欲望绷到一定的紧张程度就变成恐惧，人被一种可怜的欲望而俘虏，一旦欲望对象恍惚远去，便如失去主心骨一般，自我便垮下来。曹杏花之由强变弱，对粮食——命根儿的由爱而恨，爱恨难言，原也并非出奇的。

一种由"特别——寻常"交错闪现叠置的陈述结构，也许可以看作刘恒写实的主要方式，有助于产生叙事张力与意义隐含的张力，尽管故事也就是把一些断片串了下来而已。描写具有特别意味的人情物事，大概从"寻根"小说以后便重新被注意到。但这种"特别"，不该仅仅当作猎奇，或者是寓教训于"高于生活"的形象，实际上它们对我们既成的经验，对生活的理解常规以及文化态度、心理定势，多少构成一种冲击、触动。而"特别"又处在某种可以理解的历史情境中，与生活的真实背景有着联系，联系酝酿着诸般小至个人大至时代的悲剧、喜剧。特别与一般之间或明或晦的关系，往往像是在做"谜"，谜面如此这般，而解谜往往要人琢磨，一时还思量不透。其实一下子就能解出倒没意思，这意思中就有超出故事容量本身的意义。刘恒的写实也像是在设谜，谜是一种体验与思索的动力形式。这样，在《狗日的粮食》《伏羲伏羲》中，真实不必被当作摆在人生哪个地方的一种东西，随着陈述，变成一种关联着现象的理解活动，在这种活动中有经验的提升、再造。

刘恒还是写实的路子，《白涡》《虚证》《黑的雪》由农村生活题材一脚迈出来，也还是一个劲头儿。但这并不证明老皇历一定好，与"描红模子"式的写实不同，其间该有些异质性的因素加入。有一种说法试图说明变化的特点，叫作"还原"，指谓借助"还原"的意向，写实小说呈现与先前不同的风貌，或者因此而呈现曾被回避、粉饰的某种生活真相，或者有着朴素平常的状态，或者剖露出内在的紧张、非理想因素，等等。总之是在以对生活的认识深入为参照来重塑不同于先前的小说经验。比如小说故事，人物呀，场景呀，事件呀，很可能难以诉诸常规经验的演绎，里边会牵扯到历史、文化、社会心理以及结构、价值、"看不见的手"什么的考虑，说不定还弄得挺复杂，难以梳理，小说也弄得沉甸甸的。也许刘恒的写实也落到了这种情况里。

但是，"还原"的说法有个毛病。比如说还原总近于一种分析，即把状态分析到原初限度的层次上去。例如《狗日的粮食》中写曹杏花，可以落到对"欲望"的考察上去，《伏羲伏羲》故事的原初动机也在于偷情侄婶有原初的"性欲望"。但"欲望"又总是和一定的历史情境相关联的，若解释这个其实又很复杂，至少较难说清。合理的欲望为什么变得不合理，人物为什么无从选择，合理不合理又怎么判定，也就是说，还原下去终究又难免还原到"不可还原"的地方，以至于往往内在着矛盾无法解决的境况。理性分析与道德判断都显得无力了，是非、因果、善恶、美丑都很难非此即彼地加以说明。但也许这种不理想状态，正是写实的重新触及到的、意欲加以观照、把握的生活的形式本身。它很矛盾，正如我们对曹杏花、杨天青、王菊豆们的遭遇有些同情，同时又只能面对不是发自作者而是发自历史生活本身的嘲讽。写实写到了"实"中的悲剧，同时写实本身也像是人类理解自身的悲剧了。

实际上刘恒小说在写实路子上发展的意义更主要的在于将一种难以还原的经验，借助故事陈述，加诸既成的经验之上，带有在破坏中重组的态度。如果说，这也还算一种"还原"的话，那就是寻求一种不能用简单的、逻辑定义来主导表达的基本态度的方式，寻求表现现实生活的先逻辑状态。在这个意义上，刘恒笔下特别的"生"、特别的"死"及其叙述关联，似乎是经验陈述中暗含了"反经验"的倾向。这也是个矛盾。但经验靠不住的感觉确实存在着，他笔下人物遭遇到的那种难以解脱的困境就隐喻了这种感觉，由此也可以感到小说中疑问式深层话语顽强而始终的存在，似乎一面在逃避观念的控制，也在逃避经验的陈腐统治。例如他常常狠心地安排他的人物走向死亡（自杀），为什么一定要有自杀？这当然很难回答，但为什么不该或不允许人自杀？这也很难回答。"死"的经验无法诉明，走向死亡，有可经验和思考的东西，但死亡本身终究又是超验的。"死"的反复出现，大约也意味着，真实可能存在于经验之外、意识之下。

简单说，刘恒的写实，并非如有论者概括的，仅仅是经验真实再加上体验真实，他"自己的东西"在于还不露声色地研究"真实"以至于同一般特有的真实观较劲，结果把别一种真实揳入人们的真实感。

三

一般来说，写实的风格有赖于叙述者在一定程度上隐蔽，好体现客观化的效果。在刘恒那里却不大这样。他的小说让人感到叙述主体与对象主体是一样地凸现，这往往带来更鲜明的讲述色彩。换句话说，刘恒在讲故事的同时在释放一种创作意志冲动。借西方一位批评家的话说："生活过了的经验只能被理解为意志创作冲动的表露。在这里，艺术创作和实际经验这两个方面相互衔接和重叠。"看来，创作意志冲动的介入，会赋予所表现的实在以某种被宣叙的效果，或者说传奇式的、浪漫的、诗意般的色彩。刘恒总是抓住自由抒写的可能性，来刻画主题，这成了他叙事的"另一手活"，似乎"浪漫"与"写实"倒也可以共处。如这样的讲述已很难说是本分的写实（《伏羲伏羲》中侄子与年轻婶子的第一次结合）：

> 遥远的杨天青也在叫着，于灿烂的升腾中。似乎有更大的痛苦，嗓音也因之更为高亢。像一个暴虐地杀人或者绝望地被杀的角色，他动用了不曾动用的男人的伟力，以巨大的叫声做了搏战的号角。
> "婶子，婶子……"
> 这是起始的不伦不类的语句。
> "菊豆！我那亲亲的菊豆……"
> 中途就渐渐地入了港。
> "我那亲亲的小母鸽子哎！"
> 收束的巅峰上终于有了确切的认识和表白。
> 太阳在山坡上流水，金色的棒子地里两只大蟒绕成了交错的一团，又徐徐地滑进了草丛，鸣叫着，扑楞着，颠倒着，更似两只白色的丰满的大鸟，以不懈的挣扎做起飞的预备，要展翅刺上云端。

近于"赋"的笔法，言之不足则长言之，咏叹之，乍一看是渲染的、煽情的，其实又与情境在根本上的不稳定以及潜在的困厄、危险构成强烈对比。总的看，刘恒采用粗放的描写和讲述造成内含矛盾的、差异对比的语言形象，便使创作摆脱了一般模仿的风格，体现着面对现象，有一股骚动不安的意识，只有在寻找某种变形的方式时，才足以表达对存在境况的勘探。其实不是为了印证什么，终究还是质疑着我们的文化心理秩序。

在这一点上，刘恒与莫言、与张承志没有什么不同，甚至与王朔的调侃式反叛有相通之处，只是没有莫言那种超现实的奇思异想，张承志那种雄浑、辉煌、对理想的执着，刘恒的痞劲儿也赶不上王朔，他的故事总是更沉重一些。但刘恒的描写显然不泥于一般的模仿再现，他可以讲得恣肆酣畅，把原本是日常的非典型的人和事情讲得怪道、特别，仿佛人的本能欲望、躁动的灵魂却在霎时挣脱了我们的文化观念所造成的不觉的隔膜，赤裸裸地表演起来。它们本不该被压抑、被漠视，虽然看起来近于丑态、病态，是盲然的不由己的野性，有着污浊与快乐的奇特混合气息，但刘恒一旦把它们讲述出来，便像是向小说的纸页吹进了"生命的气息"。从文雅的眼光去看，他写到的俗人俗事多为畸人畸事。"畸"有不好的意思，也是"出格""走板"，有形象上的丑、怪、倔、猛、拙，行状上的淫、邪、恶、诈、龌龊、亢奋。但却也有"见真格"的一面，有力量、生气、血性。因为我们读小说，并非一定要把脑筋拴在价值判断上，实际上刘恒的小说喜欢运用传奇式的描述、寓有戳破文化心理常规的意向，好像从实在中离间出来，乃是为了换一种态度来体味实在，体味到自身并没有多少优越感可以骄傲。优越感不过是灰色生活与萎缩生命的一种虚伪的文化外衣，掩盖着人们生活中同样存在着的迷茫和错位，内心的空虚和怯懦、生存的无依与挣扎，不能掌握命运的悲哀以及自以为是、自欺欺人的可笑，等等。至少刘恒不想掩盖什么，他的讲述带有揭发的性质。他笔下的生灵大多独来独往，不假模假式，矫揉造作，除了《白涡》中的周兆洛，而这个周兆洛比较更没有人味儿。于是，畸人畸事，包括关于粮食、力气、金钱、传宗接代的东西，关于欲望、热情、耻辱、悔疚、恐惧、死亡，关于人与生俱来的物质和精神的问题，都可以看作是有独特文化意义的隐喻世界。传奇的写法看起来更像一种"揭发"的策略，不是添油加醋、投人趣味之好，而是偏与人们的习惯言行那一套不对付，从而更有效地观照生活和人本身，"丑大"的意象或者"不理想状态"，总是不合于主流意识和趣味，甚至是"反趣味"的。

这种"反"主要体现在语言上的肆无忌惮，打破假正经，去除所谓确定的意义、真理，使生活显得像是被从内里翻出，显露其具体的往往是复义性的实相。若举个简单的例子，"狗日的粮食"这句咒语，是不是就有这样反常规的意味？

自然，所谓"肆无忌惮"，只不过是就描写的自由活动而言，它不可能无限制。无限制就会由缺而滥，就会为游戏而游戏，成为虚浮的感情神话。实际上，对于刘恒来说，如果把他在小说中反复表达的历史质疑、文化观念质疑贯彻下来，畸人畸事及其不拘束的讲述，便不免还要受到现实及其对人的心理作用的遏制。也正是如此，《狗日的粮食》中的曹杏花的最后归宿还不是一个无情的嘲弄；《力气》中的杨天臣威猛一世，临死还不是哀叹："力气哩……我那力气哩！"他也是自杀的，死得都不轰轰烈烈，都有些窝囊，也如《伏羲伏羲》中的杨天青，风流归风流，孽债归孽债，到了还是抗不过命。刘恒好像是先把生命气息吹进那些躯壳中去，然后再残酷地任他们毁灭掉，这显然构成了另一重悲剧性的隐喻。看起来，恰恰像是又制造了一个难以解脱的悖论情境：传奇与反传奇、浪漫与反浪漫。是不是自我解构式的开放？

四

直到现在，小说已有数百年历史，现代小说更是崛起有年，小说的定义却还没有公认允当的说法。有个说法称"小说是对存在的勘探"，虽然肯定不科学不周至，也不妨当作一个好见解。因为这至少意味着小说可以不做"精神的简单再生产"，它面对世界和自我，有一种对存在的浅在内容和可能性的寻求，这寻求总是一个过程，过程把人们拖拽进来，至于究竟找到了金子还是别的什么，倒不很重要。

我觉得刘恒也在企图扮充一个勘探者的角色。虽然费了许多笔墨来报道某种历史生活，但每一次"聚焦"，也都意味着人物的状态、困境及其与历史情境的关系，有个"究竟何以如此"的疑问，似乎那一切都是因了这疑问这勘探，才变得几非等闲。这种勘探倾向，到了《白涡》《黑的雪》《虚证》，更为明显。似乎是由对行动的关注转向内心精神分析了。这也很自然，因为刘恒实际上不能不意识到，在他的行动性很强、戏剧性也很浓的小说里，行动往往避免不了自相矛盾的特点，到了不能搞明白自己是怎么一回事。那么，如果在行动中无法捉住自我，到哪儿才捉住它呢？是否可以通过一个行动着的可视的世界，去关注不可视的内心生活呢？是否可以赋予小说的心理分析的内容呢？

这个可能意味着对历史报道式文体的某种超越。

不过刘恒走得并不十分远，他那里仍然少有对潜意识的直接刻画（如转述大量的联想和幻觉），也没有将小说转换为梦幻结构或内省的碎片，性心理问题在几篇小说中都触及了，却并未发展为集中的探讨。弗洛伊德的影子也进入了他的世界，比如《虚证》中主人公性障碍对其命运的影响，《黑的雪》中李慧泉性意识压抑和混乱，但弗洛伊德没能大施身手，不过仅此而已。总之精神分析可以给他那直线性的叙述增加一个难度。如果逆向追溯，讲述中的人物遭际好像是在还原到人生理和心理的原始欲望上去，如"食色"。实际上由于还原有其不可还原性，对精神分析来说已存在阐释的死角、盲点，更主要的问题就成了存在的原初选择与历史宿命的矛盾问题。对矛盾的透视，显现了若干被勘探者的问题：存在的真伪是怎么回事？生活的意义是什么？是活着还是死去？等等。问题当然不可能在小说中获得解决，但深思的疑问正不妨成为小说赖以超越故事容量的基础。

相比而言，《白涡》的分量单薄一些。这个婚外恋的故事有两条脉络，一条是婚外恋情的发生发展及其可能性，一条是对主人公心理动机和反应的揣测。实际上后一条脉络比较单薄，这可能同叙述者难以进入对象的内心世界有关。或者说叙述者打算把周兆洛这个兼有情人与骗子双重身份的爱欲者当作标本加以解剖，但同时又已预设解剖将有难以解剖的难度。所以他虽然尽量揭露了周兆洛的自私和伪装，也承认生活会永远大于分析。也许谁也不能清楚地说明爱是什么，冒险和怯懦是怎样的关系，货真价实的虚伪竟像是最合适的选择，那是"双重的、捉摸不定也无从揭露的虚伪"。《黑的雪》本身标明是一部探索性的精神分析作品，其意脉体现在主人公李慧泉（一个社会弃儿）对周围世界与自我关系的分析。这一分析带有冷峻、嘲弄的色彩。这本来像是一个浪子回归的模式，但他已经在精神上无法回归，青春期骚动已经成为难以克服的心理障碍。也许他只能处在失去精神家园的流浪漂浮之中，他找不到自我、爱情、真诚，无所凭依，也无法填充那种虚空的感觉。痛苦只能说是由于执着于寻找生活的意义所致，才会感觉到自己是个无可救药的失败者。人们会为他失去选择能力所震动，但可能会为自己相似的处境所震动吗？

精神分析的旨趣更明显地出现于《虚证》。因为主人公郭普云完全是出乎人们意料也就是没有明显理由而自杀的，这把"我"不由得地卷入了"案情凋查——精神分析"的活动中。这篇回叙的小说是由"我"的现在时勘察与人物生活逝片的过去时"闪回"叠置而成。然而没有述出结论，一方面，能搞清的证据本身并不具有充足的价值，另一方面不能搞清的又将是永远不能搞清的。不过这已经足以令人体味人被抛入存在的种种滋味。作为一个失败者，郭普云选择了死，无法断言他是弱者还是勇者。"我"只是倾听着、寻思着一个普通灵魂的悲剧声音，最后是以调查的失败告终，一切都遭到了嘲讽，那是存在本身的阔大无边的嘲讽。但《虚证》的自嘲毕竟特别敏锐、冷静地显现了这样一种勘探角度所勘探到的东西——那东西竟是"无法勘探清楚"。

　　这又是一个悖论：精神分析的结论正是反精神分析。相对的社会的历史的心理的分析自有其意义，但最后对于存在所终不能免的思考和无法透彻地思考（包括历史的巨大宿命感与人对其的反抗），导致"终极悖论"。刘恒笔下的人物大都以某种方式退出了世界，这也许不是偶然的。

　　刘恒创作给我一忒难以整理的印象，它们好读但不好说。当然每一篇作品的意义所指可以是多方面的，但给我印象更深者，则是其故事内在紧张往往象征式地联系着对存在的主体味。其小说不是生活的拷贝，而是内在于现实又超越的现实的另一种生成。这里存在着悖论不能得到解决的境况，有着贴近与距离、同情与嘲讽、确证与质疑的矛盾并存。好像倒也不是坏事情。说话者与态度的多重性，即所谓"交替构成模式"，有助于提高小说的意义浓度和讲述的质感。关于叙事方式，还是留着再想想罢。

原载《当代作家评论》1990 年第 3 期

死亡的宿命

——刘恒小说创作的策略

李以建

　　自《狗日的粮食》问世后，死亡——这令人类畏惧而困惑的幽灵就同青年作家刘恒手中之笔结下不解之缘，在他陆续发表的十几篇小说中，除了中篇小说《白涡》外，几乎篇篇都无法回避地触及死亡。在刘恒的笔下，死亡，时而展露出无望的苦楚，时而勾勒出罪恶的狰狞，时而显现出超脱的慰藉。它时隐时显，或明或暗，总占有一席不容忽视的位置。它不仅作为作家营建小说构架的不可或缺的支撑点，而且成为人物命运的必然归宿。

　　如此执迷于死亡的精心安排和刻意描写，这在新时期文坛上不算鲜见。有人以此作出轻率的裁决，认为这是作家的某种消极悲观的变态心理所致。显然，类似的批评话语出自那些满脑子储满固有恒等公式的人的口中，并不足以为怪，但它毕竟失之偏颇，犹如走火入魔的气功爱好者自以为能透视人体而发出的梦呓。倘若我们将死亡置于生/死的二项对立中看，这死亡的淋漓尽致的表现，恰恰是源于对生存的渴望和热爱。透过这众多的死亡，正表现出刘恒敢于直面人生现实的勇气，对人类与生活炽热的爱。确实，小说中每一人物的死亡，都或浓或淡地抹上一层宿命的色彩，而这死亡的宿命，与其说是作家刻意标新立异，不如说是作家别无他择的一种小说创作的策略。因为唯有如此，他才能隐藏在那些密密麻麻的写实的字句背后，较艺术地传达出作家自身对人生的思考和道德评判。

一

　　死亡，这是每个人都必将面临的一种无法回避的选择。作为自然的死亡，尽管这是一种被动的选择，但却是大自然运行规律的必然。当人的肉体和精神在经历了诞生—萌芽—成长—成熟—老化—消亡这一系列的生命运作过程后，死亡在生命的终点画上了句号。用俗话来说，即安享天年，寿终正寝。与此相反，非自然的死亡则意味着人的肉体和精神并未走完这生命运作的完整过程，而是在某一特定的阶段产生中断，死亡的提前降临造成生命的结束。非自然死亡既可以是一种主动的选择，也可以是一种被动的选择。主动的选择即自杀，被动的选择即他杀。这里所谓"他杀"并非法律用语，"他"也并不仅仅局限于作为第三人称的他，还应当包括意外的横祸和疾病等的"它"。

　　以此观之，在刘恒小说的人物世界里，自然死亡的现象几乎等于零。如果苛求的读者要将《四条汉子》那刚登场就咽气的老伍奎列入此范围，那么这位60多岁患食道癌而死去的次要角色，大约也仅能十分勉强地算为唯一的一个。相较而言，非自然死亡的现象则俯拾皆是，令人怵目。《狗日的粮食》的"瘿袋"，因丢失粮证，断绝了全家的生计，痛不欲生而吞服苦杏仁儿自尽；《力气》那位顶天立地的壮汉杨天臣最后用麻绳勒死自己，踏上死亡之途；《虚证》的郭普云投水自戕，以此结束了自己年青的生命；《伏羲伏羲》的杨天青，一头扎在大水缸里自溺身亡。以上的人物都是主动地选择死亡道路的，属于自杀。而属于"他杀"的则甚众：《杀》的大保被立秋抄起铁锹劈得脑袋开花，而立秋也因此而被枪毙；《黑的雪》的李慧泉遭拦路抢劫而被歹徒刀刺死；《陡坡》的二道，黑夜回家，在大陡坡上翻车，从路边崖壁上跌死在河滩；《连环套》的炮工三更，窑塌丧命；《力气》中杨天臣的前妻则是被日本鬼子活活地烧死的。

　　或许细心的读者会指出，《伏羲伏羲》中的杨金山该归于哪一类呢？在

刘恒
研究资料

此，有必要说明的是，从事文学的批评并不等于进行自然科学实验的甄别和鉴定。从某种意义上说，当一个人在肉体和精神上丧失了生存的基本能力时，就意味着他已跨入地狱之门。从表面上看，《伏羲伏羲》的杨金山之死如同自然死亡，而实际上，当他在归家途中"中了风"得了无药可治的瘫症时，虽肉体与精神尚未泯灭，但已形同废人了。如果说，上述的小说人物的死亡都是作为一种显在的描写；那么，作为另一种隐在的死亡描写，则是《萝卜套》的窑主韩德培和《连环套》的炮工兴来。前者坠崖身残，变成行尸走肉似的白痴；后者在煤窑塌方事故后，落得终身残废，"人傻了"，"不记事了"。他们虽生犹死，正道出显在与隐在实即貌异神同，只是作家力图取用多样的方式来表达同一内涵的一种小说创作的策略。

进一步看，在刘恒的笔下，同属于非自然死亡的自杀与他杀，在许多场合下也并非泾渭分明，而往往是混淆不清的。在此仅择《虚证》和《黑的雪》作析。《虚证》的郭普云之死，确属自杀。这一方面是他自身性格的悲剧所导致（详见拙作《命运的怪圈——刘恒笔下的小人物》），另一方面则是应当由生活在郭普云周围的众多的"他"来承担的。小说的整体结构看似寻常，好像是漫不经心地将许多情节随意地组合在一起，然而就在这近似散漫而不经意地组构中，却可以看出作者的苦心经营。尤其是小说的开头与结尾，二者构成一种强烈的反讽。《虚证》的开头，以稍带揶揄的语调简略描述了逻辑学教员在课堂上点名的场景，郭普云的"自然除名"引来的是一片"奇怪的笑声"，这笑声固然"已经不能对他构成任何伤害"，却依然"像鞭子一样抽打"着"他无血无肉的身躯"。恰如作者借叙述者的"我"后来所说的："人与人的隔膜就像头生在脖子上、脚长在腿上一样简单。这个道理由郭普云再次证实了。"而小说在接近尾声时，则是极为详尽地摘录了郭普云的遗书六封。在这些信件里，更多的是自责与表白，对周围人却没有丝毫的怨恨，就连生活中最琐碎最细微的事，他都替别人考虑周到。这种关心他人和他人的冷漠形成反讽，正点破了郭普云的死并不仅仅是一种自杀，而且也是"他杀"的。作者在小说的字面上写出了郭普云的自杀，而在这字面的内里却分明也控诉了"他杀"的罪恶。所以，自杀与他杀的无法截然分开，不啻是作者的一种精心预谋。

耐人寻味的是《黑的雪》中李慧泉之死。从更广义的"他杀"来看，李慧泉也是一个死于众多"他"之手的无辜者。且不说最后出场的那两名行凶歹徒，就小说中出现的人物而言：作为生死之交的方叉子，是一次又一次地将李慧泉推入犯罪的深渊；唯一的"朋友"刷子，则是不断地哄骗他，为了能拿到更多的钱；大胡子崔永利，想方设法结识他，目的在于利用他推销赃货与贩卖黄色录像带，即使是从小一起长大的罗小芬，也无非是有事才登三宝殿；而罗大妈在怜悯关心他的同时，也在背里议论贬斥他。歌手赵雅秋，不仅仅是他作为异性求爱的对象，更是他内心对生活的一种希望象征。他奉她为神，视为自己保护的对象，可是他的希望破灭了，"那个在他心里主宰了那么多日子的纯真的女孩儿消失了"，戏到终场，他看到的是"一张永远不卸妆的脸"。唯一能给予他人间温暖与爱的人，是那养父与养母，而当李慧泉在小说中登场时，他们都只有资格出现在墙上的照片里；还有那位劳改队的教导员，他的存在多少推延了李慧泉的生命之旅，可他却并不生活在李慧泉的身边，而必须忠实地留在劳改队里。李慧泉这个仅具有小学文化程度的失足青年，当他再次步入社会依靠自立来谋生时，他希求获得人间的爱与温暖，哪怕是一点的理解，可人生的现实却无情地击碎了他的幻想，因而他在最后无不怨愤地认定："别人都为别人活着。他为他活着。人都为自己活着！"

作者有意识地在小说的尾声里安排了李慧泉的死，随着主人翁的倒下，小说也宣告结束。这使小说的整体结构颇具传统式的有头有尾的完整，并且赋予李慧泉之死富有某种象征意蕴。诚然如此，但由于李慧泉之死所承负的象征意蕴过于沉重，致使这死亡场面的再现有多余之嫌。因为，在小说情节的推进过程中，作者曾预设下了李慧泉自身存有一定程度的自杀倾向——欲弃生求死的念头。当他第一次从罗小芬嘴里探知自己的身世时，小说里就描写了："他模仿中弹牺牲，跌在土堆上半天不起来。他觉得牺牲给了他一种十分舒服的感觉。""他那时期已经开始认为自己是多余的。"在李慧泉上初一时，缠绕在他脑子里的那些"数不清的愚蠢问题"中，死亡占有突出的位置。他"使这些分散的念头联系起来的，是死亡。如果人人都将死去，那么自己早晚也会死的。他第一次郑重其事地考虑这个问题，立即摆脱不掉了。他长时间地陷入恐惧之中"。当李慧泉劳教期满获释后，这位被人遗弃的孤儿已经25岁，面对无望的生活现实，他依然想到当初"他根本就没必要离开电缆沟，他应该撇开人世的烦恼永远地睡在那儿"。如果说，《虚证》的郭普云是以死来寻找解脱自己的避难所，那么，《黑的雪》的李慧泉心灵里岂不同样笼罩着自杀的阴影吗？或许作者在小说创作过程中，当他面对自杀和他杀二者均可的选择时，他宁可放弃曾精心铺埋下的种种自杀的预设，让笔下的主人翁最终惨死于飞来横祸。一则，也许他不愿意重复《虚证》的老路子；二则，他认为自杀将同李慧泉的性格发展产生尖锐的冲突矛盾。当然，得出这种结论更多是来自一种推测。但是，不可否认，主人翁的结局和小说中出现的种种预设已经使他杀与自杀混淆不清了。

　　我以为，实际上小说的尾声是否出现已无关紧要。因为当李慧泉同赵雅秋在京门饭店最后一次见面遭到拒绝时，他心灵上仅存的一星对生活希冀的火花就被完全扑灭了。此时的他，心既已死，唯徒余躯壳，亦是名存实亡。诚如哲学家加缪在《西西弗的神话》中指出的："一个无所希望并意识到存在的人就不再属于未来了。"因而，从更高的意义上说，即使尾声中不交代李慧泉之死的具体的方式，小说已十分清晰地告诉读者，等待着李慧泉的结局是死亡。那两位最末登场的年青行凶歹徒，只是扮演了无足轻重的"外在的"他杀角色，而李慧泉在此之前早已被"内在的"众多的"他"送上了断头台。我无意于过分苛刻地挑剔作者，只是要指出，之所以作者要写这尾声，并将其作为小说整体构成的一部分，其目的是力图通过它来更明晰也更完整地传达出作者的某种判断和评价。显然，李慧泉之死，尤其是这多少属于多余的尾声，恰是作者小说创作的一种策略的选择和体现。

二

　　生与死，构成一种二项对立。二者可做某种相互替换，如常言所谓：生如死，死如生，或生不如死，虽死犹生，等等。同时二者之间的关系极为错综复杂，如弃生求死，避死觅生等。所以，欲探究死，就无法撇开生的剖析；换而言之，要进一步挖掘刘恒小说人物的死亡之谜，就有必要对这些人物的生存状态来番考察。

古人的话言简意赅，"饮食男女"，一语道破天机。在这里，"食"与"性"既是名词，也是动词。食与性，既是人类生存的最基本需求，也是人类的本能行为，二者是维持生命和延续生命的两大支柱。这在中篇小说《伏羲伏羲》的篇末作者自撰的"无关语录三则"里写得很明白：

> 本者，人之本也。又本者，通根，意即男根也！以本儿本儿命之阳具者奇，命之以谷禾者大奇。食色并托一物，此幽思发乎者谓之佳才，可乎？

有人曾误以为，这三则语录是摘自确有的名著经典。其实不然，仅就那三位中外名人的姓名来看，即可知纯属作者的杜撰虚构。其一，（波）胡梭巴道夫斯基院士，"胡梭巴道"即"胡说八道"；其二，清朝嘉庆丙辰举人吴友吾，"吴友"意"无有"；其三，（日）新口侃一郎博士，"新口侃"谓"信口侃"。这颇具匠心的"无关语录三则"作为小说《伏羲伏羲》的本文构成之一，使整篇小说顿然生辉，富有后现代主义的意味。总之，上述所引的这则话语，实为刘恒的创作自白，也可以说，这是刘恒在迄今为止发表的全部小说中始终不渝地探讨和表现的两个问题。综观刘恒小说，食与性是构成他全部小说的两大块面，而一切人物死亡都源于此。

《狗日的粮食》小说本文刻意地将历史年代的明晰面目化为隐退模糊的背景，从而将"粮食"凸现出来。它"在这一做一吃之间找到了联系"，揭示出人类的一种恶性循环的怪圈：性由食而生，食因性而尽，食尽性亦尽。当初，"瘿袋"被视为物一样，是用二百斤谷子的代价换来的，从此杨天宽结束了他单身独居的生活。日出而作，日入而息。在短短的时间内，这个家庭就"两谷夹四豆，人丁兴旺"起来。随之出现的是一家八张嘴，"可一旦睡下来，搲一坑瘿肚子，天宽和女人就剩下叹息"。食物的锐减，这一对男女也变得"清心寡欲，与女人贴肉的事算淡了"。最后，"瘿袋"因粮本丢失而寻死自尽。

不难看到，粮食使人类得以生存与繁衍，而人类无节制的繁殖又造成粮食的危机，粮食的匮乏还导致性能力的衰竭。因此，当食与性这人的生存的最基本需求消失时，死亡自然就降临了。

小说的篇名意蕴深藉。它在小说里出现时是："狗日的……粮食！"这"狗日的"具有动词的性质，可以说，在此呈主动态。而"粮食"则有二层含义，既指食，此字面义；又指性，此引申义。小说中曾写道："孩子们的名字都好，都是粮食。"孩子是性的产物。因而，这句话既是对食的诅咒，也是对性的诅咒。作为小说篇名时，标点符号的消失，使其更深层。此时，"狗日的"已成为一种修饰性的定语，而整个"狗日的粮食"则呈被动态。"狗日的"属口语化的粗俗俚语，"粮食"却是规范化的书面语。前者为野蛮的表现，后者为文明的象征。在这里，文明被野蛮所奸污，野蛮与文明的结合，就孕育着畸形的产物，那就是小说揭示的人类的一种恶性循环的怪圈。

如果说，《狗日的粮食》更偏重于写食；那么，可谓刘恒小说中的中篇力作《伏羲伏羲》则注目于写性。刘恒曾谈到，这部中篇小说的题目原拟用"本儿本儿"，后来考虑到，一方面，"本儿本儿"易引起读者的误解，甚至望文生义而不知所云；另一方面，"本儿本儿"未免过于粗鄙了些，所以在发表时就改成现在的篇名《伏羲伏羲》。这篇小说写了两个男人和一个女人之间的恩怨瓜葛，一切都围绕着性展开，生死亲仇皆源于性。性，作为人类生存的最基本需求之一，本是中性的。可是，当它置于特定的历史社会时，就成为统治阶级的意识形态的产物，甚至成为一种对人性施暴的权力。在这里，被异化的性能导致恶，而恶将扼杀正常的性。在以宗法血缘关系和森严的等级制度为基础的中国旧社会，传宗接代被奉为性的目的和最高宗旨，这是传统思想对性的界定与规范。洪水峪的小地主杨金山就是其具体化身。杨金山娶菊豆为妻，"目的是顺利地制造一个健康的后代"。因而菊豆只是"任他犁任他种"的"地"，是随心使唤的牲口。当他无法得到"一个血亲骨肉"的儿子时，就将不能生育的罪责归咎于菊豆，以此怀着一种仇恨的心理恶毒地百般折磨她。小说巧妙地让杨金山处于丧失生育能力的尴尬境地，不无辛辣地嘲讽了被异化的性是失去正常能力的性，也就是说，性的异化即性无能。愈是暴露出性的无能，他愈是仇恨正常的性，这个变态的性虐待狂是传统社会暴力象征。

与此相反，杨天青是正常的性的代表。他无法抑制自身性的骚动和需求，坠入与婶子菊豆的性爱关系中难以自拔。对于传统思想而言，这是一种乱伦，一种僭越，一种大胆的反叛，因而社会与道德都不允许他名正言顺地拥有菊豆为妻，也不允许二者发生性爱关系，更不允许他拥有自己的亲生儿子，他只能眼睁睁地让亲生儿子称自己为"哥哥"。从菊豆回亲妹子家一去不返后，他的正常的性需求遭到扼杀；他要让杨天白知道自己是他的亲生父亲，反被杨天白踹了一脚，他力图获得另一种性的证明时，却遭到彻底的否定。至此，他正常的性已被泯灭丧尽，他的生命也宣告结束了。如果说，作者写了杨天青的死是对传统道德观念的无情抨击和批判；那么，把杨金山置于死地则是来自作者自身的道德评判。所以，死亡只是作家小说创作中选择的策略，食与性才是作家要探究的真正对象。换句话说，他在小说中写死，其目的是要表现生。

从另一角度看，在以男性为中心的传统社会里，女性只是属于男性所拥有的一种物。"父亲"是社会权力的象征。杨金山当上了父亲，拥有了妻子和儿子，然而他仅仅在名分上把持有这个位置，他的妻子菊豆并非仅属于他所有，儿子天白更不是他亲生的儿子，因此，杨金山是虽有"父"之名，却无"父"之实。尤为深刻的是，杨金山得瘫症后直到咽气，他是不死不活地存在着，也可以说，他是虽生犹死的。他只能面对妻子归属他人和非亲生儿子降世而徒唤奈何，尽管他依然作为"父亲"——社会权力的象征出现，但杨天青的叛逆行为已宣告这种社会权力的必然崩溃与趋于灭亡。相较之下，杨天青则是有"父"之实，却无"父"之名。即使杨金山离开人世，他作为"父亲"的幽灵依然围绕着活人的脑子，而杨天青则始终无法获得这名分。这实即意味着，只要社会传统未被彻底推翻，传统思想的道德观念尚未消除殆尽，作为"异己"代表的杨天青就无法真心获得社会的权力，无法占据社会权力结构的中心，他只能一直处于遭贬斥与压抑的社会权力结构的边缘地带。

当人类发展到一定阶段时，基于食与性的最基本需求之上派生出一系列的为满足人的愿望的其他需求，金钱和权力就是其中的两种。在刘恒小说的人物世界里，因金钱和权力而丧生的亦不乏例。作者在娓娓道来的引人入胜的故事中，精心安排那看似写实的情节构架，巧妙而又无情地将这些人物推入死亡的深渊。在这里，金钱和权力是罪恶的根源，它导致人的道德沦丧和走上犯罪的道路，而任何一个一心攫取金钱和权力的人，都终将遭累于金钱和权力，其极致是死亡。

最明显的例子是《陡坡》。游手好闲的田二道想发家致富，可又不想靠正当的劳动去获取财富。他只跟随舅舅学了点最初级的修车手艺，就自立门面，为了招揽更多的生意，在夜里将图钉、碎钢屑偷偷地撒在陡坡的路面上，使过往的车辆扎破轮胎，这样他可以达到挣更多钱的目的。他靠碎钢屑挣到钱，最后也因这碎钢屑而命丧黄泉。二道之死颇值推敲。这问题不妨换种角度来看，从小说人物的性格发展和行为来看，死亡未必是他的结局。倘若小说不写二道的死，固然会趋于平淡而无大起伏，但写二道的死，难道仅仅是作者出于叙事结构上的艺术安排的考虑，即为了追求一种艺术的效果？实则不然。作者在命笔之前就已宣判了二道的死刑。小说取名《陡坡》，此为二道修车的地点。同时，它也是一个明显易解的象征，意为人生道路上的陡坡。在作者看来，贪财的二道通过损人利己的不道德手段来养肥自己，完全是玩火自焚，他注定会在人生道路的陡坡上翻车的。所谓多行不义必自毙，正是二道的下场。显然，二道之死是作者出自自身的道德评判早已预设下的归宿。

《萝卜套》窑主韩德培，出外打猎，从山崖岩壁上翻跌下来，成为一堆无用的肉躯。从表面上看，这纯属偶然性的意外的灾祸；就内里来说，这场灾祸则是作者的蓄谋所致。探其根由，因为当韩德培当上窑主后，他不仅拥有权力，而且拥有金钱，而金钱和权力又使他背离了一种为人的起码的道德准则。他盛气凌人，不可一世，视窑工为奴仆，随心所欲地打骂使唤，乃至霸占他人之妻。因而，他终成废人，这亦是作者所使然。《杀》的大保死得更惨。一开始，他身处困境，几经挣扎，凭借自己的顽强拼命和灵活手腕，终于站稳脚跟，当上了窑主。此时，同情是在大保身上。当立秋进城惨遭失败，几近无处觅生时，他打道回府欲重返北下窑当窑工，可大保因昔日结怨而执意不允，纵然立秋当面下跪求饶也无济于事。于是，道德的天平发生了倾斜，大保被列入"不仁义"的行列中，他的死期也到了。而立秋之死，不仅仅因他犯了杀人之罪，而且还因他早先同样做了"不仁义"的事。他耍心计，撤股金，险些毁坏开窑挖煤的计划。他妒嫉大保，也眼红他人的金钱和权力，因而他成了死因并非偶然。不难看到，酿成立秋和大保的争斗仇杀，乃是罪恶之源的金钱和权力。

刘恒小说中死亡的频频曝光，并非出于一种偶然。在此，我要再次强调的是，我无意否定或贬损小说的价值与意义，也并非要指出这死亡是否符合真实，或是否可能发生，我要破解的是作者的一种创作策略之谜。因为搁开其他不提，仅就刘恒择取这些素材从事虚构的叙事作品，死亡也是出于自身的道德评判的一种有意识选择。他的意图十分明显，要以此来警醒那些仍耽溺于金钱和权力之梦的人。这就像牧师总是拈取行善的故事来劝诫教徒，大人乐于言说鬼怪故事来吓唬顽皮的小孩一样。刘恒在《永恒的局限》（《青年文学》1988年第4期）里，曾以风趣调侃的口吻谈道："《四条汉子》来源于我的亲戚。亲戚们是我任意摆布的模特儿，动笔之前他们始终在我脑海里走来走去。我把他们当作材料，一旦动笔就六亲不认了。六亲不认是恶德，在艺术上可能是美德。只要自己写得高兴，需要宰谁就宰谁，为了艺术谁也没有逃避宰割的权利。"确实，死亡是刘恒小说创作的艺术选择，而这艺术选择也同他的道德评判无法截然分开。正由于此，在小说中作者的矛盾和困惑也无法全然消隐。他痛心于金钱和权力造成的罪恶和人性的堕落，却也清醒地看到现实中的某种难以改变的冷酷。尽管他在小说中能登上终审裁决的法官的宝座，但由于这种道德评判的过分介入，从某种程度上使这几篇小说减损了魅力。一方面，死亡都或多或少地蒙上一层宿命的色彩。小说人物的死亡，仿佛是冥冥之中的命运主宰在操纵和安排着人生的进程，命定的归宿无非昭示出：多行不义必自毙。虽然这是人们善良的愿望和祈求，以此告诫自己和他人，但它却是常遭到历史与现实无情嘲弄的"善有善报，恶有恶报"的轮回报应说的变种。另一方面，尽管小说里极力抹去多余的议论和枯燥的说理，然而"寓教于乐"的"教化"意味仍充溢全篇。尤其是借人物的死亡来达到目的，宿命的渲染反倒削弱了小说批判现实的艺术魅力，从某种意义上说，这几篇小说可以称为一种回避的艺术。

三

老作家林斤澜在一次作品讨论会上曾颇有感慨地说：大凡从事写作的人，都有一种交运，有的人伏案埋首数十年，依旧寂寂无闻，有的人则以一二篇作品，红透文坛。这不能说不是事实。除了作品本身外，还和历史的契机、文坛的机遇等诸多因素有关。但常言老话也有道理：是金子就不会永远被埋没。刘恒持笔创作已长达十余年，可他成为文坛上引人注目的人物却是近两年的事。在此之前，他默默耕耘，虽有收获，但也被淹没在成百上千的作家队伍里，如一名不起眼的小兵艰难地跟随队伍缓缓前行。自《狗日的粮食》发表后，他大有"一发不可收拾"之势，在短短的三年里又连续写就十几篇小说，颇受批评界的青睐。刘恒在《断魂枪》（《小说选刊》1988年第11期）中谈道："小说写了十几年，出乎意料地听到了一些悦耳的声音。毕竟孤寂得久了，连意料之中的批评也带着新奇的温暖，听着那么舒服。"

经过长期的积累和磨炼，一旦跳出昔日的困顿境地，刘恒似乎一直处于文思敏捷的最佳创作状态。他的一篇篇小说接踵发表，有时几近于难以辨认出其间隔的时间长度。尽管如此，若细加分析，仍可窥探出小说中死亡的宿命的变化，这种变化甚至促使小说的叙事模式产生变革。姑且将其分为两个阶段，第一阶段为《狗日的粮食》《萝卜套》《陡坡》《杀》《白涡》等；第二阶段为《虚证》《黑的雪》《伏羲伏羲》《四条汉子》《连环套》以及新近发表的《逍遥颂》。两个阶段的中间过渡地带则是中篇小说《力气》。

某种程度上说，《力气》可谓老枝吐新绿。它既存留第一阶段的明显痕迹，又孕育出第二阶段的萌芽。这篇小说叙事结构，有头有尾，十分完整，平铺直叙犹如撰写一部编年史式的人物传记。它演播了杨天臣一生的经历，从呱呱落地到闭目离世。杨天臣是个本分的庄稼人，耿直刚强，嫉恶如仇，他的一生行为举止都与那"力气愣壮"有关。值得注意的是，杨天臣的死是自杀，但死亡既不沾食与性之边，也未染金钱和权力之色，更不是《虚证》郭普云那样寻求回避现实的逃遁。当他发现"力气"已从自己身上消失，他成了无用之人，反而拖累别人时，他用仅存的"力气"自己结束了生命。这种自杀，是人物性格合理发展所致，它体现出视死如归的无畏精神，可以说，它是生命的自我完成。而与第一阶段小说中的死亡相比，固有的宿命迷雾已逐渐消失。更应看到，这篇小说在语言上的大胆尝试。确如作家林斤澜所言，作者全力倾注于小说语言的变化上，可"力气却用过了些"。小说中处处可见的刀刻斧凿的痕迹，表明刘恒不满于已有的创作经验，力图在语言上作出新的冒险。对字句模式的矫枉过正，使小说显得拗口生涩，可是语言的突破，却带来第二阶段小说叙事模式的变革。因为，此时的刘恒不再是循规蹈矩的现实主义者，他打破了固有的窠臼，即使"力气却用过了些"，但当他从偏离太远的地方返回时，他不是退缩回老路上，而是站立在新的起点上。

如果说，在第一阶段的小说中，作者选择死亡的宿命来解决创作中的困难时，其道德评判更多掺杂着传统思想观念，如多行不义必自毙，以及对金钱和权力的全盘否定，那么，在第二阶段的小说中，死亡的宿命仍是小说创作的策略，然而其道德评判里传统思想观念所占的成分大大减少，中心的移置表现在小说的矛头直指传统思想观念。

《连环套》迥然不同于《杀》《萝卜套》等。小说同样写农村的开窑挖煤，写窑工、窑主，以及金钱和权力，然而，在《连环套》里金钱和权力不再是罪恶的根源。窑主金标，发家致富，拥有金钱和权力，这没有诱发他做出"不仁义"的事。他业毁家败，几近走投无路、痛不欲生的原因是他"惕于亲戚，毁于亲戚"。小说的主场戏有二：其一，小舅子三更和表弟兴来争当"炮工"。双方的来人均是最高代表，兴来的父亲——金标的姑父，此为父室家族；三更的父亲——金标的岳父，此为妻系家族。二者明枪暗箭，唇争舌斗，演出一场惊心动魄的游说大战。决定谁当炮工的大权本属窑主金标，但他"惕于亲戚"，反成了受两面夹攻的受气包，似乎窑主的大权却操在他人手中，金标唯有夹缝中求生。其二，对窑场事故的处理。双方置死伤者不顾，为索赔补偿闹得人仰马翻，逼使金标宁可藏身拘留所，也不愿返回家门。金标"毁于亲戚"，不仅倾家荡产，而且觅生无门。小说中的窑场死人，看似意外偶然，实属必然。因为金标慑于双方家族的威逼，雇下了两位并不具有炮工的手艺与水平的亲戚，早已埋下灾祸的种子，悲剧的发生只是迟早的事。作者没有随意给人物贴上"恶行"的标签，也没有让人物无缘无故地身坠崖壁，而是将他置于宗亲家族这张无形的网中，展示出主人公逐渐被众多的"他"所吞噬的过程。这置人于死地的"连环套"并非金钱和权力，而是根深蒂固地残存在社会和人心里的那种深受传统思想观念荼毒的人际关系。同样，在《伏羲伏羲》中，性没有被视为酿就罪恶和泯灭人性的根源，杨天青的死是因为传统社会和道德观念的"吃人"。

刘恒在《断魂枪》里写道："有一种力量是决意要让小说来也这么干的，使每人据守了一个腔调，唱至永远，这顺从和拘谨竟幻为成熟的标志，叫作风格了。风格的牌坊上似乎应当大书两字——贞操。……如有必要，我不拒绝狗似的狂吠，哪怕在美丽的贞操牌坊上喷一摊狗血。"随着刘恒的道德批判产生变化，其反传统的因素也渗入语言和风格的求变中，这一切都促使小说的叙述模式发生了大变革。第二阶段的小说不再囿于第一阶段那种写实的固有模式，它更多地融入现代人的反传统因素。其中尤以《虚证》和《伏羲伏羲》为最。

《虚证》以第一人称的"我"充当叙事者，"我"则是以局外旁观者的身份出现，仿佛像一个善于思考的分析的人，在不断搜集各方事实材料中，要解开郭普云死亡之谜。小说从各个角度围绕包抄，显得错综复杂，扑朔迷离，而最终仍无确切的解答。恰如小说篇名一样，这些"我"所收集并加以剖析的来自郭普云身外的事实和依据，都只是一种虚证。作为局外的人，是永远无法探明人物真实的内心世界的。可是，小说在临近尾声时却摘录了遗书六则，这似乎为读者直探心源找到了一种实证。其实不然。从表面上看，既有虚证亦有实证，虚证和实证交叠在一起，也就从外到里，从众人眼中的郭普云的行为举止到他自我内心的隐私秘密，将其死亡之谜解开了。然而，从深层看，这实证仍是虚证，郭普云之死永远是令人困惑的谜。因为遗书六则，郭普云总在谈论自己该承担的责任，想到的都是别人今后的事，对自己何以选择自杀，依然只字不提。这使小说产生两种效果：一方面，有虚证而无实证，读者面前没有现成的答案，必须在这一切的虚证中去寻求答案。此时，读者不是被动的，恰是主动的，答案在读者手中。小说开拓了读者的想象天地。人们可以从不同角度去阐释这死亡，从中获取经验和启迪。另一方面，将信件——实证变成虚证，是对传统审美心理模式的大胆挑战。以信件的方式来写小说，这是自十八世纪以来常用的手法，它曾一度风靡世界文坛。由于信件总被人看成是一种自我的表白和吐诉，能以第一人称来直接展示内心的真实想法和情感的微妙变化，因而小说常常利用信件的方式来剖析和表现人物的内心活动。《虚证》则反其道而行之，信件仍是虚证，它依然是人物对自己内心回避现实的掩饰，是一种虚构的自我坦露。从某种意义上说，语言在表达心灵自我时显得苍白无力，颇近于"不是我说语言，而是语言说我"的意味。

在突破传统的叙事模式上，《伏羲伏羲》走得更远。这篇小说貌似恪守众人皆用的叙事模式，实即打破固有的原则，尤其是篇末的"无关语录三则"，它作为本文整体的构成之一，使小说顿然生辉，富有后现代主义的倾向。《伏羲伏羲》写两男和一女的故事是采用写实的手法，它的表达机能十分清晰，具有一种整体的和谐，并遵循固有的准则追求客观再现的目的。而"无关语录三则"的加入则打破了这固有模式的平衡，具有反和谐、反平衡的力量。因为它并非可有可无的本文之外的注释和附录，它是本文整体的一部分，是不可或缺，也无法割裂的。

"无关语录三则"是以貌似科学和历史的本文面目出现的。第一则，引自《人类的支柱》，属富有诗意的哲学理论著述的片断；第二则，来自《西山笔记·卷五》，属中国古代的笔记小说；第三则，摘录《种族的尴尬》，属比较人类学领域。表面上看，它们是以非虚构的科学历史本文同虚构的小说现实本文结合在一起，科学历史是为了阐释和证明现实，虚构的小说现实从而具有一种确定的现实性。然而，细加分析，"无关语录三则"纯属虚构。除了前面曾论及作者的虚构外，还应看到，这三则实为虚构的非科学历史的本文。第一则，称人的性器官为"人类的支柱"，强调"它"的"有效性及其永恒的力度"，这不是实证的科学论断，而是带有讽刺幽默的形象的想象。第二则，且不说文言文本身的故意露出破绽，仅就笔记小说属野史而非正史而言，它不隶属经典，亦不容于正统思想。这里虚构的非历史本文是以非正统来反叛的。第三则，"以三条腿走路的种族"更是荒诞的夸张变形。总之，将虚构的非科学历史本文同虚构的小说现实结为一体，二者之间不存在阐释和证明的关系，

刘恒 研究资料

也就是说，"无关语录三则"并不是故事的注脚或附录。它们共处于小说本文中，形成杂多的统一，显出真正的复杂和矛盾。这种复杂和矛盾的活力来自小说自身存在的冲突———一种对立的矛盾和移动，从而使小说具有一种不定性。这种不定性，一方面与叙事文学的虚构形成默契，另一方面又同生活现实里存在的不定性相吻合。

同时，科学历史的本文和小说现实的本文同属虚构，这是对科学、历史和现实符码的一种解构。在经过重新组合后，历史、科学和现实之间都产生一种新的关系。就小说而言，它打破了固有的叙事模式和既定的小说创作准则，从而赋予小说新的诠释的可能性和自由度。

原载《当代作家评论》1990 年第 4 期

人之境况

——刘恒及其小说

吴澧波

一

毫无疑问，"新写实主义"名下的作家为当代小说的发展的确提供了新的美学质素。从他们创作之初至今的整体风貌看，他们应当称作吸收了现代主义或后现代主义小说观念的开放的现实主义作家，其共同主题是人在命运面前的无极之悲；其共同表现对象是必然历史链条上偶然而琐屑的个人；其共同的艺术旨归是对传统现实主义中个人英雄形象的放弃和对人的崇高色彩的贬抑，其共同的文学理想是以人道主义为核心的个体生存的基本满足与权利实现，在语言上则是强调叙事者对组织故事（或事件）的决定性作用。他们的创作实绩表明，"新写实主义"已成为当代中国文坛的一支显目的力量。

刘恒就是其中之一，他的作品相当程度上表现了"新写实主义"小说的基本特征。

刘恒的小说创作始于1977年，这年正是辉煌的中国当代新时期文学的起点。但刘恒在这个辉煌的起点上却显得很寂寥。他黯淡了近十年。1985年他写下第一部中篇《狼窝》即获莽原文学奖，显示了饱满的创作后劲。但当时过分繁荣的文学景象分散了批评家们对他的注意力。大体上按现实主义路径操作且尚未见出完全成熟的刘恒不被垂青在当时有其必然性，那时反现实主义倾向颇有市场，尽管这种倾向往往可能把珍珠埋在垃圾里。

1986年，刘恒的短篇小说《狗日的粮食》在该年度大型文学期刊《中国》第9期上发表，并荣获该年度全国优秀短篇小说奖。与《狼窝》的发表时间仅隔一年，我们看到的已是一个趋于成熟的作家。刘恒深恸悲怆的艺术气质，悲天悯人的小说风格，在探索人的精神悲剧这一主题下，以这个短篇为真正起点开始展开。继而刘恒写下了他的最有影响的佳作《杀》（短篇）、《白涡》（中篇）、《伏羲伏羲》（中篇）、《黑的雪》（长篇）、《东南西北风》（中篇）等。

刘恒的创作在1989年发生了变化。但求变的尝试并不成功。刘恒为祭悼"文革"的长篇《逍遥颂》参加"新写实主义"浪潮小说大联展，为该主义壮色。但令人失望的是，刘恒自鸣得意的创新却是一次地道的艺术背叛，他跑到黑色幽默的领地里玩起走火入魔的游戏来了。这种现代主义新潮手法在严格的现实主义作家刘恒手里玩得既累又硬且隔，因为我们感觉到作家的理性认识、文化积累、历史观念、艺术功力还没有熟透到能以自由的感性呈现方式去整体驾驭和涵括他意识到的那个巨大而丰富的人生社会课题。刘恒，现代主义不太适合他的艺术个性，但他在开放的现实主义那里有海阔天高的自由王国。

刘恒迄今为止的作品不外乎有两大类，一类是写农村人的活法，一类是写城市人的活法，重在精神、道德、文化意义的表现。但其中的艺术形象的内蕴远非这么单纯，每一个形象几乎都有由存在到毁灭的动荡经历，都有人格层次的剥露，都有内心交战的碰撞。作家对人的生存本相、生命的原创力、生命的根——食、性、力倾注了炽烈而严肃的关怀，从历史延续的流程中人与文化的冲突、人与道德的冲突、人与环境的冲突、人与人的冲突、人与自身的冲突中感悟到人的悲凉无力的境况和可能配有的命运。他怜悯的主人公几乎都在重复着一句话：人活得很累很苦很丑也很没意思，人的全部挣扎与反抗都超越不了一种命定的东西，但只要生活还肯给人些许慰藉，人就愿意延续下去。刘恒的深刻与局限都表现于此。美国现代主义小说大师福克纳说过，值得艺术家痛苦和流汗的唯一题材，乃是与生命本身发生冲突的人心。

刘恒之恒也在于此。

二

刘恒对农民的命运有一种莫可奈何的关怀和深刻的体验。他的农村小说之所以饱蓄艺术张力，极富生活质感，使读者对那些躬耕不辍的大地之子无尽的灾难产生切肤之痛，原因就在于，他能够非常敏锐地摆脱一些似是而非的社会因果关系，让笔触切中生命的核心，揭橥出真正左右农民生活命运的原始物质力量：食（物质）、性（爱情）、力（能力）等；同时他也善于从农民与社会经济的关系及其细微变化中，找到人心变化和人心冲突赖以发生的依据。在事件的运行中把握某一瞬间对后果的关键意义，在近乎无事的状态下捕捉命运转折的契机，是刘恒结撰小说的突出能力。

《狗日的粮食》把"粮食"如何左右农民的命运，又是如何塑造人的精神状态的神秘力量写得沉重无情。年轻力壮的洪水峪庄稼人杨天宽用二百石东挪西借的粮食，在人贩那里换了一个性情泼辣、相貌丑陋还长了一个瘿袋的女人以续子嗣。后来"人民公社"时期，女人因丢了"粮本本"而自寻短见，终于把中国农民一辈子始于粮食又终于粮食的"命"演得凄惨而又真切，这篇小说的第一个意义层面随之凸出。杨天宽也算是一条好汉，但在丑女人面前却讲不起三句硬话。饥馑岁月一家八口全仗婆娘才活下来呀。但是忽一日，软了大半辈子的天宽居然变了个人，无情地揍了女人一顿，而强了一生的女人终于软得连生的力气也丧尽，原因只有一个那就是女人把一家人的命根子"粮食本本"丢了。人的精神状态终因粮食的得失或强悍或委顿，这是这篇小说的第二个意义层面。中国人向来相信"民以食为天"这个朴素真理，"天"的人间化与世俗化即是"命"，短了"食"就短了"命"，"命"不富贵的时候哪里还有什么精神富贵呢？——中国农民千百年的萎靡不振实在是有它的根由的。

《伏羲伏羲》是一个包含着最合理性的乱伦故事。一个美丽健康的劳动

143

刘恒
研究资料

妇女在饱受一个近乎废人的枯朽老头十多年性虐待后，终于反抗，与老头的侄子有了精神与肉体的联系。这是顺理成章的事，题材算不上新鲜，主题也只是有限的深刻——人道行为与道德观念的对立，属于中国畸形社会中常见的那类悲剧。给人印象深刻的是整个爱情演进过程的心理雕琢。作者十分精细地找到了处在那个经济地位和家庭关系中的年轻农民的性感觉，这个感觉当然渗透了一种文化观念和社会意识，否则精细一说无从谈起。精力旺盛的杨天青在同情心的鼓舞下突破道德防线，与婶婶的挣扎求助相呼应，终于在春天的山地里野合。接踵而至的是他们的野合之子杨天白的出生，瘫痪绝望的老地主对奸性的察觉，这一事实本身就足以给一直处在偷性状态的男女造成既欲挑战又没有伦理纲常支持，既不能收敛又不敢放纵的尴尬与窘迫；折磨一直延续到杨天白成人，老地主已经死去，但他生前安排好的家庭尊卑长幼秩序却在不知情的乡人交口称赞声中维持下来，杨天白仍然是杨天青的"弟弟"而不是儿子，随着天青与菊豆第二个儿子杨天黄的降临人世，一切都包藏不住，在杨天白的屈辱、鄙视的眼中，杨天青感到罪恶深重，投水缸自戕。故事全过程的心理刻画丝丝入扣，作者在制造持续的心理紧张方面，表现出纵横捭阖的艺术才能。

《力气》是写农民生存的另一根柱子。它的题旨和艺术得失，刘恒自己的几句话已经点破："写完《狗日的粮食》之后脑子里终于埋伏着一条感觉，顺着这感觉的绳子往浑沌处爬，想寻找农民赖以生存的那根柱子，粮食算一根，再找到了力气，发现力气对劳心者和对于劳力者是有区别的。又发现哪怕劳心者浮上塔尖，在塔基上垫着的还是那层'力气'，力气绝了就全完了，于是写了《力气》。"

刘恒写农民的食色力，并没有掉进纯粹表现感性生命的泥淖里，相反，他的大多数作品是着眼于社会与现实的。这里有艰苦创业打下的根基一夜之间毁于他人妒忌与暗算，也毁于自己有限的狡黠的悲哀（《狼窝》）；有暴发户欺男霸女应得的报应（《萝卜套》）；有被生存竞争淘汰出局而走向精神瓦解者杀人的毒绝（《杀》）；有为中饱私囊巧布陷阵但最终自食其果者的愚妄（《陡坡》）；有骨肉同胞为各自利益同室操戈的闹剧（《四条汉子》）；有麻将场上利令智昏、家破人亡的悲剧（《东南西北风》）；有人遭横祸后的众叛亲离（《连环套》）；还有环境挤迫下的人性畸变与人情隔膜（《两块心》），小小的京西山地成了世界风云变幻、命运升降沉浮的大舞台。

刘恒的清醒敏锐处就在于抓往了繁荣中运动着的罪恶，写出了残留在人心中的迷陷与恶性的及它毁灭人的可怕力量。刘恒过多地表现人在真假莫辨的关系中身临绝境的执迷不悟，写横灾惨祸的猝不及防，写否泰哀荣的顷刻转换。实质上都是写"物"对人的钳制与嘲弄，其目的是呼告人们警觉起来。他坚信这是一个艺术家所必须担负的道义。在艺术与道德的一致性上，福克纳有一番洞见，他说，"有时人需要被提醒罪恶的存在，需要去改正，去变革，他不应该永远只记得善与美"。这就是文学的力量！

三

当代中国真正具有哲学家气质的小说家还未出现，但小说中对人生哲理的思考却越来越成为一种带集体性的趋向。刘恒的小说中就有一些形而上的追求。他无论用哪一个题材、哪一个角度、哪一个层面、哪一种方式去讲故事，几乎都奔向一个目标，那就是消解人存在的崇高意义。刘恒的小说要告诉我们这样一个事实：人从根本上都是那个称作"命运"之神的玩物，无论你怎样把自己想象成一种有目的、有意志、有血性、有尊严的动物，其实生活中任何一个偶然事件就可以成全你也可以打垮你。因此人一思考，上帝就发笑，这就是人的无极之悲。

刘恒关于城市人生活的小说，尤其长篇小说《黑的雪》，强化突出了作者对人的这种看法。

长篇小说《黑的雪》是刘恒为现代都市的精神流浪者唱出的一支伤感的挽歌。李慧泉这个形象的精神气质虽然被作者过分文人化了（他的悲剧意识和个人意识不仅在那些无文化的个体户中鲜见，即使在知识分子阶层其实也不多见），但他的命运遭遇却相当程度上代表了一种很普遍的社会现象。这个被养父母从北京站铁道边的阴沟里捡来的野种，从上学到就业，从劳教释放到再就业，直至精神覆灭的全过程用三个字就可概括：被抛弃。他劳教出狱后有过非常强烈的自新念头，虽然身体已经解放，但思想和感觉上仍在接受某种强制，"走到哪儿都有教训他的人，谁都想指着他鼻子告诉他应该怎么做和不应该怎么做，谁都想让他处处表现出低人一等，好让他们为自己的高大干净而快活"，人们貌似关心他、骨子里却鄙视他，巧妙地把希望之门关上了。父母死了，他想寻儿时的朋友，一个骑摩托撞死了，一个被判了无期徒刑，"心里话没处说，全得憋成屎拉出去"。给这个孤儿致命一击的是，他倾注了全部纯真与热情的歌女赵雅秋，看来天使般单纯可爱，纤柔文弱，但却过于老成世故地践踏了他的感情，他只能把这个唇边长着美丽的绒毛的清纯少女埋葬在梦中，他终于明白"他的孤独顶不上歌词中的一句歌词，歌词有人懂，他的孤独没人能懂"，他属于那种不配进入任何阶层、可以被任何人轻视和欺骗而无人保护的那种人。生活逼"他信的是一个他不怎么熟悉的东西，命运"，让他感到"生活不肯变化时，人的努力都是徒劳的"。他终于无心也无力经营他的小衣摊了，在一个大雪飞扬的夜晚找到了最后的停泊地。

如果说《黑的雪》对那些既没有贬入地狱，又没有得到拯救的精神流浪者还有强烈的同情心的话，那么在《教育诗》中我们只能听到作者的悲鸣与呜咽了。城市生活虽然短暂，但一个从大山里走来的质朴少年却身不由己地掉进了莫可名状的城市悲剧中。长辈们眼中"那个负着一大包行李蹒跚地踏入城市的少年已经不存在了，甚至那个躺在秋雨里排解愁肠的人已经不存在了，岁月淹没了他，进而使他飘忽进来，成了一个无须长辈惦念而成熟的人。无论清晨和黄昏，城市各处便走满了这样的身躯和一张张年轻而又苍老的脸，各自的目光已经穿不透彼此的面孔，一张张面孔把真实留在了独处的陋室，留在了只身独赴的情感与思想的无边原野。太阳仍在日复一日地照耀，而一切都隐到阴影里去了"。面对生活的铁律，面对濯洗一切淘汰一切的生命之暗流，所谓"教育"只不过像一些电光似的东西轻轻划过沉闷的夜晚，不曾唤醒任何沉睡在各种状态下的生灵，老父亲的呵斥打骂以及最后近乎哀求的叹息，远不如一场温柔如丝、继而又随风远去的爱情让人认准生活的法则与冷酷，"教育"永远无力改变一代人被迫选择的生活方式。

刘恒，对于你提供的这些现代生活启示，我们还能说些什么呢！

原载《云梦学刊》1990 年第 4 期

刘恒
研究资料

《逍遥颂》的语义世界

李少勇

刘恒的长篇新作《逍遥颂》（载《钟山》一九八九年第五期）一下子便抓住了我。当我从神经战栗的阅读快感中挣脱出来后，清醒而又不无少许妒嫉地意识到：刘恒又一次获得了成功。他创造出了又一个精美的叙述系统。

长篇小说除了结构方面的特征之外，还有一个重要特征即内涵的博大精深。小说家各有自己的独特技巧来实现这一目标。刘恒在《逍遥颂》的创作中选择了加深语义内涵而达到博大精神的创造途径。你固然可以在小说中找到一些惊险曲折的情节要素，但其精神特质却表现在另外一些方面，即独特物质语码的选择和组合。压抑与反压抑，可以说是《逍遥颂》的内在精神线索和生命律动的主要内驱力。在这个精美的叙述系统的生成发展过程中，有着一种独特的精神语法在起作用。抛开这一点来解读这部小说，将会无所适从。

我们知道，一个好的叙述体故事，其成功的首要条件就是一开始便令人产生一种将要发生点什么的幻觉，而且这种幻觉必须是具备非常强烈的吸引力的。做到这一点殊非易事，因而就往往显得十分可贵。《逍遥颂》作者的艺术功力，正是在小说的一开头便鲜明地显示了出来。"宣传部长"离开三一九去厕所解手，对准扔在小便池里的厕所门封条撒尿。接着又是"总司令""宣传部长""外交部长""作战部长"——亮相。这一来，先产生了令人困扰的悬念。这些特殊语词在这里已经超越了它们在日常语言中的一般指称意义，而具备了另外一些特质。显然，由于它们的变异，首先在读者心理中造成了一种疑问和渴欲知道下文的悬念。幻觉自然而然地出现了，你不得不认真往下去读它，以便在阅读过程中逐步印证自己的幻念。小说本文也因此具备了一个好故事所必须具备的首要条件。

这样的开头不仅引发人们的奇妙幻觉，也为整个作品的基调打下了基础。那就是，小说一开始便展示出了一幅充满内在和外在的双重压抑的精神画面。几位"司令""部长"们的生存环境，是一座暗无天日的教学大楼。走道已经封闭，窗子也被他们用墨汁糊住了。几个人在焦灼难耐中神经质地等待着另一个人的到来。那个人也许将被任命为他们的后勤部长。稍为细心推究，我们就不难发现，这故事发生在文革初期"停课闹革命"的历史阶段。特殊的社会历史环境造就了特殊的人物和故事。普遍的压抑使小说的少年主人公们一个个失去了应有的纯真和活泼，而变成了一群互相猜忌、钩心斗角的势利之徒。生存，更好地生存成了他们共同的心理趋向，压抑与反压抑则是这种生存困境中的人生主旋律。

人类社会发展的历史本来就是压抑与反压抑的相互生成与撞击过程。这一点，从各个民族的早期神话中已经可以找到充分的例证了。每个民族的早期神话中，都叙述到人类曾经有过一个历史的黄金时代，后来突然失去了这个时代（失乐园）。于是便只好在孤独中寻找和重造这种黄金时代。失乐园后的孤独对人类身心的压抑是至为深重的。解脱孤独与压抑的有效办法，是人类通过辛勤的劳作，创造出能够陪伴自己并与自己共同反抗孤独压抑的文化载体。在《逍遥颂》的叙述世界里，同样存在着这样一个寻找与创造的主题。环境的沉寂与幽暗是不堪忍受的，对于几个涉世极浅的幼稚少年来说尤其如此。于是创生的艰难也更为突出。好在人类有着先天的智慧，凭借自己的智慧，人们创造出了不同的反压抑的方式，努力去解脱困扰。"总司令"抱着一本描写公爵与小姐恋爱的、没头没尾的小说，没完没了地读，神魂颠倒地想，全身心沉浸在故事的氛围中，"外交部长"总在借机找人吵架，以泄单靠肛门排泄不了的郁懑，"副司令"一有机会便把"总司令"在想象中枪毙一回，而"作战部长"

则一心一意要从黑暗出辨别出鸽子交配时的一切动作细节……有了这些动作行为，他们至少还不会被孤独和压抑吞没。虽然他们并未意识到这就是对压抑的反抗，但已经无意中拯救了自己。

人类所面临的压抑是多种多样的，除了孤独的压抑之外，还有社会的压抑，生理与心理的压抑。这些压抑一重比一重深刻，仿佛一个循环往复的神秘链条，制约着人类的生存和发展。人一旦通过各种方式和途径解脱了它们的困扰，就会获得发展与进步，升华到一种新的生存境界。而如果反压抑失败，则有可能退化为非人——非正常人。从某种意义上我们可以说，这些多层面的压抑是造物对人类生存能力和智慧进行考验的特殊形式。人必须面对这些考验，避无可避。刘恒正是理解了这种生命世界的真谛，从而展示出了人的抗争与分化、发展。

社会压抑的主要方式，是剥夺人的基本需求，从而造成人的心理恐惧与空虚。第三思潮心理学家马斯洛认为，驱使人类的是若干始终不变的、遗传的、本能的需要。这些需要包括生存需要、安全需要、归属与爱的需要等。安全需要的被剥夺，是《逍遥颂》的世界里社会压抑的第一个层面。小说的少年主人公们像一群被困在危机四伏的笼子里的老鼠，紧张与恐惧到了极点。环境的黑暗使他们恐惧，一点风吹草动也使他们惶惶不安，而楼道里突然响起的陌生的脚步声更使他们如末日临头一般，尽管有着无比崇高的狂热信仰也无济于事。他们失去了最基本的安全感。疯狂的时代环境造就了这样一群疯狂的人，他们互相攻击，互相搏斗，最终全都元气大伤，一个个精神到了崩溃的边缘。极度的精神压抑激发起了潜藏身体内部的生存本能和攻击本能。人人似饿狼一般窥视着同伴，准备突然一击置对方于死地。一部分人转化成了新的压抑力量的载体。当"总司令""外交部长"们首先摆脱了环境的沉重压抑后，马上逼着新来的"后勤部长"去钻几丈深黑暗恐怖的垃圾孔。"后勤部长"钻下去以后，他们又往他头上倒墨汁，甚至撒尿，变成了邪恶的化身。"作战部长"被困在厕所里出不来了，在臭气弥漫的狭小空间里被深刻的恐惧与悲哀攫住。"后勤部长"从垃圾孔中爬出后，又被命令深夜到鬼影幢幢的各层楼道和教室巡察。他被卡在一个教室里的桌椅夹缝中，阴影中似乎有许多张着血盆大口的恶魔准备攫人而噬。本来就十分胆小的"后勤部长"在安全需要被剥夺后又陷入了归属感被剥夺的新的压抑之中。他几乎要彻底绝望了。正在这时，他发现了从三楼厕所掉下来陷入同样困境的"作战部长"。他帮助"作战部长"解脱了困境，作战部长却以往他头上撒尿报答他。无法解脱了，他采取了一种别致的解脱恐惧与压抑的方法，不再行动，不再思想，一切听之任之了。也许，这是一种人类智慧的反映，所谓无为而无不为吧。

严酷的社会环境不仅对人类心理产生着深刻的压抑，而且对人的生理也是一种带有某种摧残性质的压抑。这种残酷的压抑的结果之一，是造成人们的生理心理变态，性变态是其中极典型的一个例子。

在《逍遥颂》中，刘恒为我们展示了一幅在各种外在压抑下性变态的景象。面对极为严酷的生存困境，小说的几个少年主人公不同程度地形成某种变态心理行为。"总司令"感到了黑暗环境的压抑，同时也感到了部下中逐渐滋生的危险的反叛情绪的压抑。他没有足够的能力和信心解脱这种令人窒息的压抑，于是只有逃避。他的逃避是把思想和情绪转注到阅读爱情故事的快感中去。然而他没有意识到，这样的逃避仍然是一个陷阱，一个更危险的陷阱。他在公爵与小姐的情爱氛围中被激发起了更原始也更难控驭的性的冲动，越陷越深，不能自拔。错误的反压抑方式导致了他最后的人格泯灭。当那位陌生女子进入他们的领地以后，他不顾一切地与她苟合，而抛弃了此前的一切骄傲与荣耀，成了变态性欲的第一个牺牲品。

"副司令"野心勃勃而难以实现，也被沉重的压抑激发起了原始的性欲。他找不到发泄的对象，只有手淫，在手淫的虚幻的快感中自我麻醉，自我淹没于可怕的情欲之海中。

在这一片压抑与沉沦的荒漠之中，也许只有一个"后勤部长"还保持着一点灵魂清醒。他用一种看来十分消极的方式反抗着黑暗的环境和卑琐的内心的双重压抑。当被困于黑暗的桌椅夹缝中求助无望时，他听之任之，不存任何妄动的企图，在极度的冷静与沉默中避免了将被恐惧与孤独吞噬的厄运，在内战一触即发的危难关头，他自愿喝下别人的尿液，缓解了他们"赤卫军"内部的紧张矛盾，从而避免了内部的倾轧和组织的过早瓦解。从某种意义上说，"后

151

刘恒
研究资料

勤部长"可以算作面临沉重压抑的荒漠世界里的一朵孤独而柔韧的理性之花。

为了加深小说内涵的深刻性，刘恒选择了一种与压抑与反压抑的主题有着极深刻的内在逻辑关联的语言形式。维特根斯坦曾经指出，一切语言都镶嵌在一定的文化背景中。我们从《逍遥颂》中看到的语言，正如那个时代的精神文化的极度匮乏一般，是一种极端苍白贫乏的语言。这种语言的语码极为有限，大致范围不会超出"文革"时期城市青少年习用的口语和书面语。然而就是这样的贫乏语法，经过作者的巧妙重组，一下子放射出了神奇的光辉。你不仅能够透过它的简约的形式外观，窥见到当时人们的特殊心理世界，而且能够迅速地联想到一种独特的内在逻辑结构。语言的贫乏透射着主人公们心灵世界的苍白空虚，也使整个小说的叙事与对话，情节与故事，完整地统一在高度个性化了的语言程序之中，并且与压抑与反压抑的矛盾主旋律有着一种隐秘的内在关联与和谐。正是在这样的语言选择与重组中，刘恒创造了自己的独特语言世界。

往事不堪回首。但伟大导师列宁说过，忘记过去就意味着背叛。当我们读罢《逍遥颂》，再回顾那段不堪回首的十年动乱历史，作者给我们的启示，可说是别的任何东西所不能替代的。那就是，人，无论处在什么样的生存困境中，面对着什么样的沉重压抑，只要他还在激烈地或默默地反抗，还在内心深处保留着那么一点理性的光辉，那么，他就永远不会陷入彻底的沉沦。

所以，我们感谢刘恒。

原载《小说评论》1991 年第 1 期

最后的寓言

——刘恒的《苍河白日梦》读解

张颐武

　　刘恒的《苍河白日梦》是这个作家进入电影界并成为大众传媒所关注的"明星"式的人物之后写出的长篇小说，也是他提供给我们这个复杂难解的"后新时期"文化的新的洞见与沉思。我们突然发现，在这个作家编织过的无数个电影故事在我们周围衍生和播散的时候，当他的名字印在无数个由大明星主演的电影的海报上的时候，当这个作家和张艺谋、巩俐、李雪健这样的传媒中的新偶像一起出现在"周末版"上时候，他用《苍河白日梦》显示了自己的另一面，这是无法被大众传媒和文化机器所书写的一面，也是他作为一个第三世界作家的无法被淹没和吞噬的独特一面。在这里，有无法被电影的场景和对话所"复制"的东西，有刘恒自己对汉语的独特的敏感和打破我们所熟悉的传奇故事的封闭性的东西。它们搅动着这个本文，把它置于我们面前，使我们无法平静。当然，这个故事也很可能再一次被电影所"重写"，在这种"重写"的过程中再一次变成了一个"中国"这个无所指的能指的代码，再一次成为东西方观众用目光加以消费之物。但无论如何，它目前留给我们的"踪迹"已被我们所发现，已被我们所注视。作为一个中国的文学批评者，我们似乎应该在东西方共同的"传媒英雄"张艺谋之前发现这个本文，用我们自己的方式对之进行"重写",用这种重写来释放这个本文所具有的可能性。这在张艺谋如走马灯般地把中国作家用汉语写成的本文变为一种国际化的文化工业的最成功的新产品的时代中,似乎变得更为迫切了。因为正是张艺谋透过自己天才式改编,使这些中国的本文变成了一种文化的"奇观",一种被观看的"他者",一种悄然无声的异己之物。于是,我愿意悄然地"盗用"刘恒的这个本文来写新的故事,这是一个肯定不会有传奇般的成功的故事。但它却会使我在书写这个故事的同时被它所书写。

在《苍河白日梦》中,我们看到的是一个百岁老人对着一个匿名的听众讲述他的经历,这部小说的开头处有两句题记是让人难忘的:

> 孩子,我的故事讲完了。
> ——老者
>
> 老人家,我拿它怎么办呢?
> ——作者L

这里小说的作者不知道把他的故事"怎么办"。但我的困惑是,我作为一个批评者,又将拿这个故事"怎么办"呢?它还依然会在这个世界上漂流、衍生,我会改变和添加这个故事吗?这个故事的我所不相识的读者们会为我的说法而改变对这个故事的看法吗?

《苍河白日梦》有一个奇特而古怪的讲述方式。这个本文分为两部,这两部都有自己的标题。第一部的标题是"1992年3月",第二部的标题是"1992年3月至4月"。这里出现的是我们这个时代,讲述的仿佛是一个今天的故事。这两个标题提示我们,这是一个与今天的语言/生存状态同在的故事,一个属于我们的故事。刘恒用这两个标题将我们移入了一个"共时"性的空间,这好像是"新写实"主义小说所常用的表意策略,喻示着这个小说与我们自己的文化处境间的不可分离的联系,也就是以这两个直接标志时间的代码引起对这部小说是对我们目前的文化空间的书写的联想。但由这样的标题所引出的小说的正文却令人惊异地对这标题进行了别出心裁的戏谑和嘲讽。在每一小节的开头处都有"某月某日录"的标题，而这里所录下的不是当代人的生存，而是一个100岁的老人的回忆，是一个无言的倾听者在记下这个老人的讲述。这个老人的回忆引出了100年的历程，这是生命在自己将要终结时对过往岁月的唤醒，也是将百年中国的沧桑在老人的回忆中被"重述"的历程，这"重述"开始时刻，有一段老人的自语是引人注目的：

> 这世上跟我同岁的人还有几个？我是九二年生人。九二年，你算算吧。他们和她们都在土里烂成了泥，不小心让人挖一块骨头出来，都给当成羊骨头和猪骨头，没有再拿他们当人。我该知足了。多嘴多舌不是好兆，老人多嘴多舌就是活不长了，那是老天爷在催他的命呢！

这个老人要讲述自己和自己时代的故事。他要穿越生/死的界限，概括百年的沧桑岁月。但小说里却仅仅选取了他的漫长生活中的一个片断，一个有关他自己的青春时代的故事。这个故事仅仅是有关他干活的曹府和曹府的二少爷的故事。小说的结尾处是他的二少爷被杀，他则"走了，去美丽的远方了，不回来了"。他和曹府的瓜葛结束，小说的叙事也就结束了。在这里，小说有一个引人注目的矛盾。100年的岁月为"时间"的展示提供了最好的契机，为巨型的长河小说式的完整的历史叙事提供了前提，而"×月×日录"的叙事构架也为时间感的确立提供了前提。这个在"1992年3月至4月"间讲述的故事却仅仅是他的一生中的插曲和片断，而非"整体性"的个人经历。这个故事中的"老人"的欲望是讲述100年的生活史，但他所讲述的却是在"曹府"这特定的空间中的一个横断的截面。百年沧桑的"时间"的故事突然被转换成有关"曹府"的"空间"的故事。这个"空间"的故事也就一变而为对"时间"的寓言化的书写、100年的经历被压缩在"曹府"的经历之中，"时间"被空间化了。老人一生所经历的重大事件在这里被刻意地淹没不显，现代与当代历史中值得被铭记的一切都没有机会走入这个本文。这里的故事好像多少有些不着边际。二少爷的火柴厂的建造和他的死亡都并没有明确的与"正史"相重叠和对照的成分。如果说这就是"历史"的话，那它只能是一段"稗史"或"野史"，是没有机会参与权威性的历史话语的建构的奇异之初。这个将时间空间化的故事也就喻示了"后新时期"文化对"新时期"小说叙事的基本策略的最终超越，也构成了对"五四"以来中国"现代性"小说思考和选择的最终超越。

新时期的小说就其对时间/空间的关注和思考而言，呈现出两种不同的形态。一种是对"五四"以后的"现代性"的文化的确定的时间表述，也就是以对历史的确切的、追索式地探索20世纪的中国"现代性"的历史，思考20世纪中国历史的许多重大事件。在这里，"时间"是一个不可逆的、确切可靠的过程，是度量我们的生存的可靠的依据。我们的文学本文总是立足于对"现代性"的历史做与正统历史话语相类比的叙述。"时间"具有着无可争议的权威和无可争议的力量。这在"伤痕文学""反思文学"及"新诗潮"等不同的文学潮流中均有充分的表现。"五四""文化大革命""反右""新时期"之类重大历史事件的标志不断地居于本文的中心地位，这些对"时间"的表述支配着本文的运作。新/旧、文明/愚昧、光明/黑暗等二元对立均在对"时间"的描述中获得了神话式的编码。我们可以发现，在像高晓声的《李顺大造屋》、王蒙的《蝴蝶》、张炜的《古船》、张洁的《只有一个太阳》这样的"新时期"文学的经典本文中，"时间"的量度具有着何等不可比拟的中心作用。"时间"支配故事的进展，控制人物代码的编码方式，给予当代的中国文化以自己的"谱系"。"时间"是焦虑和思考的中心。与这一对"时间"的表述相对立的，是对传统和"前现代"的中国的叙述。在这种叙述中，"时间"失掉了意义，它变为了静止的东西，变成了不存在的东西。这里只有空间存在，它是永恒的，不变的，不经历破坏与再生。它是与"现代性"相对立的沉睡时刻。小说写作变成了一个隐喻，变成了一个空间的静止性的象征。"寻根"小说就是最明显的例子。"根"的隐喻并不明确地指向某一个历史时刻，而是一个永恒的、含混的、无时间性的"过去"。在王安忆的《小鲍庄》、韩少功的《爸爸爸》和郑万隆的《异乡异闻》中，"中国"的历史和传统不是依靠时间的量度存在的，而是变成了对空间本身的探索，变成了超出时间界限的永恒。这里的两种不同的处理时间/空间的策略其实暗示着以往的"中国"乃是静止的、不变的空间，而"时间"的一去不返的向前运动则是从"现代"开始的。"现代性"赋予了我们时间感。于是，在"新时期"的本文中，静止的空间与现代性的时间之碰撞变成了一个经典的文化编码方式，我们的"新时期"文化也由此设置了自己的"伟大的叙事"，也由此激发了巨大创造和书写的热情和对"主体"的不断变化的追索。

这种对"时间"的"现代性"的认识是一种西方式的价值观念和意识形态，是西方现代话语形构的主要部分。它从不是天然存在的，而是与当代中国文化的第三世界文化特点相关联的，是文化的神话的一部分。法国文化批评家迪波曾指出："只要农业生产是人类活动的中心，那社会就仍在循环式的时间基础之上，孕育出传统中那种综合式的力量，把所有的运动活动串连捆绑在一起。可是，中产阶级式的时间是一去不复返式的。中产阶级所建立的经济体系及生产活动，已不再依靠循环式的季节与时间。这种中产式的时间，已经放射到全球各个角落。"[1]这种"时间观"是现代性话语的关键和核心。《苍河白日梦》却对这种时间观加以解构，将这种时间观加以空间化的重述。刘恒不再信仰时间的一去不返的前进，也不再以正史的事件和潮流编码他的故事，而是在曹府的故事中瞄准了"现代性"本身。刘恒没有引出现代/传统对立，没有试图由运动的时间中批判静止的传统，没有简单地将"现代"归入"好"或"善"，传统归入"恶"或"坏"的道德谱系中。或者说，刘恒采取了"后现代"的方式去重述"现代"的故事。在这个本文中，时间和历史不再是不可侵犯的神圣之物，它只是一个百岁老人不着边际的东拼西凑的叙述。在这种叙述中，"现代"的百年史变成了空间化的文化活剧。"时间"只是在现在的空间中（1992年3月至4月）被讲述的模糊不清的过去的空间。老人的故事无非隐喻着我们与"现代性"的历史叙述间的深刻的断裂。历史转化为旧照片式的"形象"，变为传说和轶事而存在了。它无意重构一段曾是现在的过去的历史，而是对历史的零散化和边缘化的编码。正是通过这样的表述策略，刘恒在《苍河

---

① 王逢振等编：《最新西方文论选》，漓江出版社1991年版，第118页。

白日梦》中对"现代性"本身进行了尖锐的追问，他透过对叙事方式的变形去思索"现代"的伟大神话。

《苍河白日梦》中"曹府"的故事在开端时刻出现了两个事件。一是二少爷请来了洋人大路准备在苍河这一封闭的地区开办自己的火柴厂；二是二少爷曹光汉的结婚引出了他的妻子郑玉楠。二少爷是留过洋，接受过西方话语洗礼的"现代性"的知识分子，是一个"五四"以来中国小说本文中经常出现的神话式的人物的新的代码。这些人物都是在"现代性"的教育和训练之后，回到了静止的传统中，他们品行高尚，富于拯救的激情，但往往失败于传统话语的强大压力。这样的外来者几乎已成为"五四"以来中国小说之最重要的"原型"。在"五四"时代，他是一个返乡的财主的儿子；在抗战时期，他是一个路过的革命军人；在土改和合作化时期，他是一个工作队员；在"文化大革命"时期，他是一个下乡知青。这个人物宣谕"文明"，传播知识，改变别人的生活成了他唯一可行的工作。他被认为拥有智慧和力量。他被涂上了迷人的神话般的光晕，他是一个追求完整性的"主体"，他抗拒传统的权威话语而诉说为民众尚不知晓的"属于他们自己的真理"，二少爷曹光汉具有这个"原型"的几乎一切特征。他具有现代的意识，回家时一下船看到饥民时马上就追问他家中是否已经赈济。听说家里每初一、十五施粥时，他马上说："要吃大家一块吃。"使这个叙事者发现"他还是过去那个莫名其妙的人"。同时，他也果决地割掉了象征着旧秩序的辫子：

> 二少爷没有辫子了！
> 我一直以为他的辫子盘在礼帽里。他往母亲怀里扎的时候，礼帽滚到地上，咕噜噜像滚着一颗头。不满皇朝的人才这么干。二少爷想造反么？
> 曹张氏一直在哭。
> 曹老爷不言不语，像睡着了。

这里所产生的惊悚是中国现当代文学中一再出现的，是一个几乎带经典性的惊悚。没有辫子也就割断了与传统中国的象征性的联系，也是现代/传统二元对立的最直接的呈示，也宣告静止的、安宁的空间从此结束，而"现代性"的历史时间及其不可逆的命运已经开始。

二少爷的宏愿是在这条悄然无声的苍河上建一个火柴厂。他请来了洋技师大路，运来了成套的机器设备。这里的"火柴厂"是一个非常明显的隐喻，它指向了燃烧、光明和希望，它使我们联想到"现代性"话语中最经典的原型窃火者普罗米修斯和高尔基笔下的青年丹柯。它意味着对沉睡者的唤醒，意味着一个无可争议的"开端"或"始源"。这是二少爷的希望和寄托所在。但另一个"开始"却被他的家族强加于他，他拒绝婚姻，但家族却把一个名叫郑玉楠的女人交给他，而家族赋予的婚姻无疑是一次传统的成年礼。对中国的"现代性"话语来说，传统的婚姻构成了对个人自由的直接的压抑性实践。在巴金的《家》这样的本文中，婚姻的锁链乃是恐怖的和反人性的，是苦难和无望的开端。婚姻构成的威胁是中国现代性话语中的最大的焦虑之一，也被置于一个神话式的位置上。它意味着无形的、隐秘的控制，意味着传统话语的权威的温情脉脉的认证，它仿佛是消解个人的激进反抗的最有效的方式。这是"现代性"话语所制造的经典性的文化神话。在这里，刘恒以对现代的经典话语的指涉"重写"了这个故事。它既是对"五四"以来的经典本文的重复，又是对它的颠覆。二少爷拒绝婚姻的束缚，但他依然走进了这个婚姻。但刘恒却令人惊悚地将这个故事转向了欲望和精神分析的领域。二少爷是一个性无能者。他进入了婚姻，但婚姻却背叛了他。他请来的洋人大路和他的妻子有了关系，而他的"火柴公社"却依然是一个梦想般的神话，它造不出火柴，造出了火柴也是不合用的。在这里，二少爷受到了双重的嘲弄。他唤醒别人，自己却陷于尴尬和不知所措的地位。他渴望知识/权力，渴望着无穷的"伟大叙事"和能指给予他和他的世界以命名和重组的机遇，但一切却总是归于幻灭。这个名叫"耳朵"的倾听者眼中的二少爷是一种彻底失败的象征。他的性的无能是与他的事业的失败相联系的。伟大的唤醒者并未能传播美好的文化福音，他在开端时刻就已充满着不祥的危机和无穷尽的焦虑。

在这里，我感兴趣的是这个故事的讲述者的位置。这个"耳朵"既是窃听者又是偷窥者，他无力也无意构成首尾一贯的、连续而完整的整体性的故事，他只是在讲述着他听到和看到的东西，那些不在正史的叙述之内的"潜历史"。他所释放的是文人、作家或正统的讲述者所无视的一切。他的无知却赋予了他神秘的洞见，让他无情地击碎了任何神话和幻想，他穿行于曹府的各个角落，探知了被掩在深处的一切。他的锐利戳破了启蒙神话的最后的屏障，他有一段对二少爷的分析是非常残酷的但却抓住了事情的中心：

> 他硬不了。他生来就是软人。他要硬就在外边闯荡，缩回榆镇干什么？再说，他要硬朗，就不会关起门来造火柴，早拉杆子当土匪打江山去了！
>
> 那时候有出息的都忙着跟皇帝干仗呢！二少爷想静下心来造火柴，他图什么呢？为救几个穷人扶几个废人，值得吗？他还是为他自己，为给他心里那一个小疙瘩地方落个舒坦！跟他念佛的妈吃药的爹没两样。
>
> 他整天愁，愁天下的大小事情。
>
> 真做起来，能把吃饭的筷子捅鼻子眼里！
>
> 也难怪他喜欢张罗废人。
>
> 他自己就是个废人。
>
> 不过，他的心眼可是太好啦！
>
> 洋人的眼神儿都不对了。
>
> 他老婆的眼神儿也有问题了。
>
> 他还公社公社公社！！

这里有无比的尖刻，他把二少爷的特征做了敏锐的描述，他把"火柴公社"和"婚姻"这两个寓言性的事件的象征涵义加以点明。这里所呈示的是"现代性"神话的幻觉的性质。"现代性"缺少行动的能力，理性的幻觉使人无欲望和力量。拯救者/废人的不同的指称却最好地揭示了二少爷的矛盾与困境。在这里，刘恒的反思直接指出了中国现代性思想的核心，作为"主体"代码的二少爷曹光汉沉溺在幻想的世界里，他不能了解世界，也不能改造世界，他是一个无望的希望者，这是对"现代性"的原型人物的无情的解构，这是一个世俗的100岁的人提出的质疑。故事的讲述者撕裂了元叙事的完整性，也使绵延百年的幻觉无处存身。这个讲述者将"五四"以来我们所创造的"知识分子"的拯救神话归结为"他还是为他自己，为给他心里那一个小疙瘩地方落个舒坦"。这是非常有趣的说法。知识分子"说"出真理，是真理和民众代言人的话语，其实是对知识/权力共生关系的确认，是对自身话语中心位置的狂热自恋。这里有一个片断是非常有趣的。这位自我定位为"启蒙者"的二少爷，一方面承认一切人的平等和尊严，但另一方面，又对"耳朵"行使着"主人"的权力。他发现自己的秘密被人探察之后，就痛打"耳朵"发泄不满和愤怒。在痛打中，他把"耳朵"称为"狗"。这是对"耳朵"的重新命名。"耳朵"不是人而是"狗"，他的指称的能指被改变了，于是，他的被打也有了自己的合法性。这似乎是启蒙的"现代性"话语的尖锐矛盾，它认定人人都有尊严，都是平等的"主体"，但又将知识分子变成某种特选的真理代言人，只有他们才能启人之"蒙"。二少爷用"狗"的能指将"耳朵"放逐在人的话语之外，他也就有机会对他行使身体/语言的权力，他话语中对耳朵的重写，使权力取得了自己的合法性。而耳朵正是从这里发现了"新"的一切的幻觉性质，也就用边缘化的"潜历史"的能量的释放质疑了"现代性"本身。

当然，二少爷代表的"新"的幻觉性质并不证明旧的一切的合理性。在"耳朵"眼中，那个不停进补的怪异的老爷，精明的大少爷，最后杀死追求革命的二少爷的权力机器都具有一种不可理喻的怪诞的性质。它与现代性话语的对立其实是双方互相界定互相创造的结果。有了二少爷，旧话语的危机才可能显现，旧话语才会如此焦虑和不安。而只有有了旧话语的存在，二少爷的疯狂和焦虑才有对象，他的激进的反抗才有意义。这里将曹光汉称为"二少爷"，就把他归入了文化的谱系之中。大少爷是家族尊严的捍卫者，二少爷是叛逆者，他们其实属于一个共同的结构之中，他们都是我们文化的儿子。而这个二少爷/大少爷的二元对立正是"现代性"自我显现的表征。这两种话语的对立最终表现为暴力。二少爷的反抗变得越来越激进，他成了一个密谋者，一个试图造炸弹的人。他最终被权力机器所吞噬。"问他想干什么，他说想炸人。

问他想炸谁，他说想炸本府的知府，本省的总督，还想炸本朝的皇上。最后他说，他想炸一切该炸的人，他要把他们清理掉，把他们送到天上去。"他再次传播了反抗的福音，但却还没有掷出一个炸弹，他走向了死亡，他还没有干成一件事。这一切变成了嘲弄。

这里出现了另一件暴力事件是有关洋人大路和少奶奶的。他们生了一个名义上二少爷的儿子，这个幼儿被命名为"曹子春"，这件家庭的丑闻使大路被无情地杀死了，而这个被称为"曹子春"的孩子也被抛弃了。这两个暴力的事件是"开始"的两个事件的灾难性的回应。是私生活/公共生活中的"现代性"的困境的象征。对于"耳朵"来说，这个结局似乎已经是全部生活的结尾了，他不必再去叙述他自己的这之后的生活了，时间在这两个暴力的事件中"说"出了自己的一切。刘恒也用这种方式书写了"现代性"话语的"最后的寓言"，他给"五四"以来有关的寓言以一个解构式的"重写"，也就最终超出了"现代性"的门槛，跨入了一个文化的新阶段。

这个用两件事开始叙述，又以两个暴力事件结束的故事里，"起点"和"终结"在"现代性"话语中的伟大的意义悄然结束了。这里的起点不是神圣的，终结也不是神圣的，刘恒也就由此解构了"现代性"的时间神话，而在这个神话中创造的主体的幻想，也如二少爷那沿着苍河漂流的尸体一样，消逝在刘恒的故事之中，无处寻觅。

刘恒的这部小说构成了对"现代性"文化及其在"新时期"的表征的全面的质疑，这是一个"后新时期"文化的重要本文。它有一个具有象征意义的结尾，这个结尾似乎婉转地点明了这部小说的题旨。在小说结尾时，这个故事的讲述者，那个百岁的老人在不停地抱怨，他抱怨他自己的生命正在老去，正在分崩离析。他把自己比作一架找不到机场的飞机。他已经明确地预感到生命已将要终结。但这个结尾紧跟着过去的故事中他获得了自由的时刻。这里一个过去的空间突然被转向了现在的空间。老人那时和五玲儿的生命的狂欢和嬉戏到如今已成为一个永不回归的旧梦。这个急促、突然的逆转对整部小说构成了强有力的冲击。本文的最后几句是震撼人心的：

我很糟心。

我的飞机没油了。

孩子！

我的飞机没油了。

没——油——了！没——啦！

　　这架没油的飞机不会再飞翔太久了。这个百岁的老人的故事已走到了最后。这是何等意味深长的一笔！它喻示了"现代性"的文化的力量已走向了自己的终结，也喻示着我们的写作和生活也跨过了一段重要的历史。刘恒的思考穿透了"现代性"的核心，所谓"现代性"，按利奥塔德的说法，是一种文化的代码，"以'现代'一词来指称那些科学，那些把自己的合法性建立在一种特殊的无话语之上的科学。这种无话语毫不隐讳地诉诸一些伟大的叙事，如精神辩证法、意义的解释、理性主体或劳动主体的解放、或财富的创造。"（《后现代状况》第ⅩⅩⅥ页）这些"伟大的叙事"的背后是对主体的确认和肯定，是对"人"的力量的确认和肯定，是对整体性的肯定。而这一切都在新时期文化中居于中心的位置。"新时期"文化正是"五四"以来的"现代性"话语获得最明晰的表现的文化，而知识分子在文化中也受到了重新肯定，他们作为话语的"发出者"的功能得到了更充分的表现。他们不断地提供对文化的反思，也不断为当代意识形态的合法性提供依据。从"新时期"文学的写作中，我们可以看到这种对文化发展的不间断的承诺和对现代性价值的强烈肯定，"现代性"已不再被看作经济的增长或生产力发展的或一状态的描述，而是"新时期"文化的主能指，正因为如此，当季红真用"文明与愚昧"的冲突的观念在描述80年代初中国文学的主题时，就受到了人们的普遍认同。而有关"主体"的热烈的讨论也一直笼罩着整个新时期，"主体"在这里也已不再被置于语言和文化结构之中，它变成了自身的起点和归宿，变成了现代性价值的根本性的共生体。而从"主体"出发所建构的有关"重写文学史"，有关"超稳定系统"等伟大的叙事也已成为当代汉语文化的核心。这里出现的是第三世界民族强烈的"现代性"焦虑，而"实验文学""后新诗潮"等文学运动，虽然对主体等观念提出了疑问，但其对"作者"的独创性的公开追求正是"主体"的神话的最好的显现。这种对"新"的狂热追求体现了"现代性"的特征。正如詹姆逊所言："现代主义作家在心理上的一种新发现是一种即将来临的变化，他们所记录和欢呼的是心理中一种苏醒的感觉，一种令人惊喜的新生的感觉、一种梦想不到的转变。这里我想简略指出的是：在现代主义经典作品中那种看起来好像是纯粹主观的'内心转变'实际上从来不是纯心理的：它总是包含了世界本身的转变和即将来临的乌托邦的感觉。"①正是通过这样的不断的探索，知识分子在伟大的叙事中建构了新的文化神话。

进入"后新时期"以来，当代汉语文化经历了深刻的转型。我们进入了一个以大众传媒和商品化为中心的多元话语的形成时期。在这里，知识分子的话语中心位置及现代性的价值开始受到了质疑。那种对时间的狂热的寻求开始被电子游戏机一代的空间化的消费文化所取代。在理论和文学领域中，伟大叙事的完整性也被"解构"的潮流所冲击。我们已经进入了一个重新审视"现代性"和知识分子的神话的时刻。无论从《渴望》《爱你没商量》《编辑部的故事》这样的流行肥皂剧，还是梁凤仪、周励式的流行小说，或是王朔式的新文化偶像，都对原有的有关"现代性"和主体的伟大叙事提出了质疑。一种来自消费文化的和后现代性的质疑。正像一位论者所明确提出的："到了我们彻底抛弃这些过于热衷意识形态和乌托邦的激情的时候了。我们也不需要任何新的意识形态与乌托邦，只要一步一步走向我们的目标，争取人民的幸福生活。"②这种新的话语正在取代有关"现代性"的超越性的终极价值。

刘恒的《苍河白日梦》则以一个寓言的方式对"现代性"的话语提出了深刻的质疑。他的本文指涉了中国现代和当代文学中有关"现代性"的众多本文，但他通过对"二少爷"的书写，给了这种现代性的话语及知识分子的话语中心位置尖锐的批判。这个本文最好地象征着现代性话语的全面终结，也最好

① 深圳大学比较文学研究所编：《比较文学讲演录》，陕西师范大学出版社1987年版，第38页。

② 《读书》1992年第9期，第102页。

地标志了"后新时期"文化的特征。我们突然发现，在20世纪的最后岁月中，作为第三世界文化的中国文化有了走出"现代性"神话的历史契机，而刘恒正用他的故事竖起了一块界碑。

我们目前的问题是，百年的沧桑已经过去，我们会有怎样的未来？

原载《当代作家评论》1993 年第 5 期

刘恒和他的文化隐喻

孙　郁

　　直到现在，还很少有人像刘恒那样，如此耐心地咀嚼着常人难以吞咽的文化禁果。读他的小说，你必须忍受着一种重负的挤压，忍受着残酷之美的折磨。最早读到《伏羲伏羲》时，我就感到了这种异样的冲击力的震动。我那时想，刘恒或许受到了什么伤害，他对人的潜意识的描写，有时大胆到人们无法忍受的地步。但你又不得不承认，他绝不是神经质地或耸人听闻地编造离奇的故事，他写的就是中国人某些原型的东西。无论你接受还是拒绝，刘恒的小说，的确把人的精神世界深层的东西，惊奇地剖示给了当代的读者。

　　我近来找来了他的大量的作品，对其发生了浓厚的兴趣。《白涡》《虚证》《教育诗》《伏羲伏羲》《冬之门》《苍河白日梦》，篇篇都好。刘恒不是那种趋时的作家，他的作品，一直拒绝世俗而又毫无贵族气。许多年来，他一直冷寂地与历史、与当代无数人的灵魂默默地交流。他写知识者、写农民、写古老中国儿女们悲惨的过去。尽管他很少在重复自己，但只要你稍加注意，就可以发现，他实际上表现了逻辑上的某种一致性。他在苦苦地寻找着人的生命与周围世界不和谐的根源，他在一种深切的体验和懵懂里，进入到神奇的，甚至是宿命的状态之中。

　　刘恒的抑郁色调给读者带来了无穷的快感和困顿。从《白涡》到《苍河白日梦》，他深刻地悟到了人的欲望的无限性与行为的有限性的冲突。人几乎无法摆脱这种精神上的宿命。读他的大量作品，可以感到这位作家那颗痛苦的灵魂所给人带来的惊悸。他在作品中绝不仅仅一味地停留在对命运的无奈的慨叹中，实际上，他一直用一种刺人的目光，拷问着人的心灵最隐秘的东西。《白涡》的男主人公行为与心灵的冲突，《伏羲伏羲》中近于变态的性心理的描述，以及《苍河白日梦》中昏暗的生命镜头，给人的压迫感是强烈的。他笔下的人物，说不清楚自己何以被卷入莫名的苦闷里，灵与肉的分裂，情感与道德的冲撞，成为他作品中难以摆脱的暗影。我在读《苍河白日梦》时，越发感到刘恒无法排泄的精神郁闷，历史与生命的时空，被不透明的冷雾占满了。《苍河白日梦》中所有的人，都被拴在一个无奈的绳索上，人们什么事情也干不成，除了梦，除了心灵的骚动，人差不多已失去了一切自主性与能动性。生命的过程被一些鄙琐、无聊所包围。刘恒在写这部长篇小说时，内心是极苦的，有一次他告诉我和另外几位朋友，写《苍河白日梦》时，曾多次难以进行下去，他甚至连跳楼的心都有了。我想，这除了是艺术形式对他的挑战外，更主要的还是精神上的冲突所致吧？苍河上下的人们，被无情的命运之风卷动着，也卷动着刘恒怅惘的心。你在他那里，绝对找不到温馨的笑意，除了失望的痛楚外，几乎别无所有。

刘恒在这里陷入了一种深切的矛盾里。他视野中一切优雅的仪态、神圣的情感，统统在阴郁中消失了。他进入了一种残酷的精神折磨之中。我有时很奇怪，他何以如此不近情理去写人的阴暗的东西，那些超常规的性困扰、龌龊的心理交流、非道德的冲动，竟被他详尽、认真、有韵律地表现出来。刘恒的大量小说，常常进入严酷的隐秘世界里，《伏羲伏羲》对性的描写，比郁达夫和张贤亮要粗鄙得多，但它给人的震撼，却不是单纯的抑郁的美和含蓄的优雅的美所可比拟的。刘恒在他的天地里不断释放着灰冷的情趣，以至让人尴尬不已。在《苍河白日梦》中，老爷喝童子尿、吃胎盘等场景，有时读着，难以入目，可刘恒却通过叙述者"我"，有滋有味地描述着。类似这种场景，我们在其他小说中，经常可以看见。我们的作者，是不是进入了一种失常的状态？是不是有意在审丑中表现生命的另一内涵？他在许多方面，很像郁达夫，但他不

刘恒
研究资料

像郁达夫那么浪漫。郁达夫只是表现了青春期的骚动，而刘恒却看到了与生俱来的生命的困惑。在另一方面，又接近于鲁迅，那种对人生的无情的剖示，和鲁迅的反省一样森冷到让人战栗的程度。残酷、残酷，还是残酷，刘恒把笔下的人物，都赶到了那片洪荒的沙漠上。

但刘恒的矛盾与残酷，并没有使他走上感伤主义的道路，他的细腻与孤独的深层结构，却是具有着当代作家少有的形而上的意象。刘恒并不看重故事自身，而隐藏在生活表象后的那个终极的存在，对他有着特别的意义。他在小说中，一再向人们暗示存在的不可理喻性。《白涡》的价值指向，《教育诗》的深广的象喻，《冬之门》的画外音，是颇带哲学式的诘问的。由于这，刘恒把自己与平庸的作家的距离拉大了。他进入了鲁迅式的精神主题里，存在与消亡，实有与虚妄，意义与空无，在他那里成了永恒的话题。

我一直觉得，了解刘恒的钥匙，恰恰不是那些引起过轰动的作品。如果要真正体味他的世界，不可不读《虚证》。可以说，《虚证》是刘恒目前最有魅力、最富形而上意味的作品。那里才是他真正的世界，那里有他的哲学。《虚证》无论在精神的博大，还是艺术的精湛方面，都可称得上当代小说的杰作。它在韵律和意绪上甚至超过了鲁迅的名篇《孤独者》。主人公郭普云的抑郁之中的死亡和叙述者"我"对死因的追踪，与鲁迅式的拷问，简直太相近了。作者看到了主人公在挫折中绝望的心态，看到了人无法把握自身时的窘境。郭普云不幸的恋爱史，高考的落第，事业上的自卑，导致了他精神的崩溃。除了死还会怎样？郭普云像鲁迅笔下的魏连殳一样，是一个清醒的无奈者。他什么都看得清，可偏偏摆脱不了自身的焦虑。刘恒在设计此篇作品时，一直把主人公走上绝境的心理因素，放到小说的幕后，让读者随着去体味、思索。他既把主人公的苦难昭示给读者，同时又把跨越生死极限的精神痛觉，隐蔽起来。这种悬念造成了神秘的张力，使人感到生与死之间不可理喻的难题。郭普云的悲剧是令人心碎的，但值得回味的不仅仅是郭普云自身，在我看来，叙述者"我"沉闷的旁白，恰恰是最具艺术力量的因素。刘恒完全是以一种审视的目光，挑剔、解析、玩味着对象世界。他在超常规的精神秩序中，试验着人，探究着人的死亡情结。没有什么比死的困境更让人难以琢磨的，刘恒把笔触伸到对人的存在的意义的审问之中。他视野里的人，被自卑、忧郁、绝望所包围。刘恒在小说中，很少把自我的情绪同化在人物那里，"我"一直与对象保持着距离。一面是无边的苦海，一面是冰冷的"我"，这构成了一个互为反差的二元世界。我们的作者永远与主人公保持着距离，正是这种距离感，才使他的作品越发变得冷酷、残忍、惨烈，以至令人窒息。刘恒的生活态度和艺术态度，大概存在于这样一种模式中吧？

不过，刘恒并不像某些非理性作家那样无节制地表达幻象。他在骨子里，是一个清醒的理性主义者。他拥有极细腻的情感，对人的行为细节和心灵深处的感知，是冷静的。读《白涡》等小说，你处处可以感到他的节制，他决不满足于对人的潜意识和非道德化冲动的控制，而是表现出一种较为冷静的人文主义态度。刘恒从不回避"性"的描写，他有时甚至也大胆到常人不敢接受的地步。但他并不贪婪于狠裹的画面描述的快感里，他实际上是在审视着文化现象之一的人的下意识的行为。《虚证》对男主人公性无能的描写，《伏羲伏羲》中扭曲的乡下人性生活，在刘恒的视角里，无不呈现出一种文化的悲剧。对"性"的认识和表现，最可以看出作家的文化态度和修养层次。《金瓶梅》中的大量污秽动作的渲染，决看不到健全的人格态度的渗透，反而倒表现出以男性为主体的世俗社会卑污的文化品位。而刘恒对人的"性"的思索，是交织着现代痛苦的理性主义之声的。《白涡》的主人公在情网中的心灵角斗，恰恰体现出作者对婚外恋这一社会现实入木三分的穿透力，他看到了社会结构与家庭结构，与人性间的偏离和天然的冲突。这是作者与旧时代文人对"性"现象的认识迥然不同的地方。在《苍河白日梦》里，"性"文化的图景是黯淡可怖的，作者从男女主人公的不和谐的、充满痛楚的性生活里，昭示了旧文化下人的生存窘态。刘恒的超常规的描述，是在叙说着他对苍凉世界的无奈感，我从他的半是思考、半是体验里，感受到了他与其他人不同的人生视界。他的不安和悸动，浮现着现代人文主义者最为深刻的精神主题。

刘恒对人的生命之外的世界的描绘，大多出奇地压抑。他的天空，绝少朗照，常常是苦不堪言的郁闷。《冬之门》是作者的一部奇怪的作品，它的调子在刘恒的小说中可以说是很低沉的一部。我第一次读它时，曾惊异地觉得，作者何以选择这样遥远而悲苦的背景来勾勒自己的故事？《冬之门》中的主人公谷世财灰冷的世界，被狰狞、昏暗的气氛所充塞，在爱与无爱之间，在企盼与冷漠之间，在人与非人之间，谷世财痛苦地挣扎着。作者在主人公的生存空间里，看到了太多的不幸，太多的暗影。人的正常的、合理的情感，却以丑陋的、变形的方式呈现出来。生存本身，或许就是一个错误，而一切错误，或许就是生命的真义。在《冬之门》那里，人陷入了近于野蛮的折磨中，作者从人物命运与社会习俗中，看到了存在的不可把握性。对他来说，重要的不是表现生活应当是怎样的问题，而是生活本来是怎样的问题。所有的书生式的幻想，在他那里是看不到的。他写北方的农村，大多是一片荒寂的存在体，在那里，野蛮与禁忌，原始的生命冲动与世俗文化的怪影，无情地折磨着人们。《伏羲伏羲》中的悲剧，正是植根于人性世界的古中国文化与现实人生冲撞的结果。刘恒看到了这样一个事实：旧文化形态下的乡下人，实际上生存在一个无法自救的精神荒原里。世俗精神不仅无法使人真正确立自身，反而在与人性的冲突中，把人推向死灭的大泽中。刘恒不仅否定了世俗文化的可信性，同时也无情地否定了古中国儿女可以确立自身价值的可能性。这种冷静的否定判断，使刘恒作品的分量，变得异常沉重了。

我翻阅着他的大量作品，被他不可理喻的宿命意识困扰着。《伏羲伏羲》最典型地展示了他对人自身的惶惑。在杨天青与王菊豆那里，自然的生命欲求遇到了禁忌的压迫，合情合理的生命冲动，在他们那里却以罪感的形式被囚禁着。当杨天青在自己亲生的儿子和爱人面前无法正式确立他们之间的关系时，你能说出这是文化的悲剧还是人的悲剧？杨天青的生命过程，是一个无我的自戕过程，爱的结果不是幸福，恰恰是罪感的升腾。一种无法解脱的报应，把他和菊豆扔进黑暗的峡谷里。类似这种境遇，在《苍河白日梦》里表现得更为明显。少奶奶与大路的野合，也没有带来自我的欢愉，相反，却把他们逼向更为苦难的道路。《伏羲伏羲》对人的宿命感的揭示还囿于单线条的直观上，但在《苍河白日梦》中，宿命的表现已具有了更深的文化意蕴。这部长篇小说对奴才"耳朵"的表现，在当代小说中是绝无仅有的。通过奴才的视角，我们看到了古中国人心灵最为灰冷的人生图景。奴才"耳朵"的真实、变态的心灵世界，是古中国文化形态下小人物命运的写真。在奴才的身上，系着贵族与贫民间最为典型的精神形态。奴才眼里的高贵者与卑贱者，同样被不可思议的欲念纠缠着。他们的梦幻无论怎样玄妙、美丽，但最终都被绝望所吞噬。《苍河白日梦》是一部意象性极强的作品，在这里，人生的状态被抽象成一个无奈的悲苦，没有什么力量可以改变人的这种窘境。曹光汉从法国留学归来，振兴家乡工业的梦，被现实所粉碎。妻子与友人，家庭与社会，几乎成了自己的陷阱，他最后被绞死的一幕，使人领略到人类的残忍性。而妻子郑玉楠的投河自杀，洋鬼子大路的被害，暗示了厄运的不可抗拒性。二少爷曹光汉曾对奴才"耳朵"说："我是个废物，什么事也做不成。我生来是给人预备着毁掉的玩意儿，摆在世上丢人现眼，做什么用！我想做的事情一件件有多少，哪一件做成了？我算什么东西？要在世上受这个苦？我为旁人操心，是操心了和我一样的废物，长着人脸人牙，全是两条腿儿的畜生！你让我怎么办？畜生横行世上哪儿来的公平，要公平有什么用？没用的东西何必让它搁在世上，我要弄碎了它！我是天下第一个没用的东西。"曹光汉的喟叹，是《苍河白日梦》宿命意识的主旋曲，它的悲观的调子，给作品带来了迷蒙的色泽。刘恒竭力渲染着人生的不可把握性，他用浓彩大墨，写着人生的苦寂。但这种苦寂，不是佛家式的，而是带有半是人文主义，半是悲观主义的审丑咏叹。在《苍河白日梦》里，无论是求长生不老的陈腐幻想，还是积极用世改变生活的变革者，他们行为自身，最终成了自己命运的否定者。在这里，刘恒不自觉地陷入到自虐、自贱、自卑、自嘲的文化讽喻的迷津里，灰暗得深刻，阴冷得透彻，构成了小说扑朔迷离的神秘景观。

正是这种宿命意识，才真正昭示出刘恒作品颇具哲学余韵的风采。但他又不是一个布道者，他的写作企图深深地隐藏在审丑的拷问里。刘恒是什么？他的奇异性在哪儿？是什么决定了他的精神走向？他为什么在小说里不厌其烦地展示着人性丑陋的一幕？全面地梳理他的走向，也许是困难的，但是，有一点至少是清楚的，他是一个文化隐喻的设计者，他把对现实的理解，完全地意象化了。他几乎很少刻意地追求画面的真实，而是精神意念的真实。他关心的不仅是故事自身和现象界的外在过程，他一直在凡人琐事里，体验着理性无法制约的那个情欲的世界。他跨越了一切道德的藩篱，在丑陋的、梦幻般的潜意识里，寻找着支配人行为的那个神秘的原驱力。刘恒也关注文化问题，但他一向缺少一种文化的认同感。无论是文体还是情趣，他远离传统的话语方式，有一种精神的漂泊感。读刘恒小说，必须承受他黑色的肆虐精神对你的骚扰，他把古中国文化温文尔雅、道貌岸然的面具撕去了，一切前定的缘起与结论，在他的世界都受到了空前的嘲弄。在刘恒的视野中，生命的过程，与文化的限定，是对立的。人创造了文化，是为了发展生命，但古文化的许多东西，恰恰是导致人走向悲剧的原因。非理性的生命内驱力，是蔑视文化外表的，人的悲哀就在于，你既是一个有血有肉有生命欲求的生命个体，又是先验文化的载体。先验理性是无法解释和满足人欲的。这是人的悲哀，也是旧文化的悲哀。刘恒作品的深处，弥漫着、散发着这种不可遏制的文化悲观主义。他的深刻性与矛盾性，也正是表现在这里。

认真地品评刘恒是一件十分复杂有趣的事情，他作品给我们带来的命题，已够深奥了。读解其作品，也让我们和作者一样，遇到同样的文化难题：是为了个体的发展而蔑视文化呢，还是恪守既定的文化而克制自我？我们会不会因个性的张扬而跌入无法自救的死谷之中？刘恒没有回答这个问题，但实际上我们的作家，把一个文化的隐喻，暗示给了我们。这也就足够了。

原载《当代作家评论》1994 年第 3 期

"重读""复述"中的超越与重建

——徐坤《如梦如烟》与刘恒《白涡》之比较

黄柏刚

"新生代"作家徐坤，在对男性知识分子的一番审视和调侃之后，近一两年来在创作上悄然转向，开始逐渐呈现女性的生活、女性的生活场景和面目，把视角投射于中青年知识女性的复杂心态。其新近发表的中篇小说《如梦如烟》①以梦幻般的抒情笔调，大胆地把笔触伸向知识女性的性爱心理，借一位年轻女处长佩茹的一次婚外恋的萌生、发展、黯然结束深刻地审视和反思当今知识女性的思想心态与情感生活的现状。

日常生活的单调刻板而又枯燥，家庭生活中丈夫对自己情感欲望的冷淡与漠视，都没能使佩茹那渴望爱与被爱的女性敏感的心粗糙起来。生理心理上的躁动不安，与传统意识铸就的女性只能被动地等待与接受的从属地位之间的落差，使她备受压抑，倍感苦闷。她的下属职员年轻男性马悦的一次细心体贴的关爱，使她萌生出一种朦胧的情愫。她曾竭力退避，但与丈夫在火车上做爱而被女列车员撞破并遭乘警羞辱及罚款之事，使她心理产生了严重的挫败与失落。在女友于薇的帮助下，受新的生活观念和方式的引导，她开始重新振作，

---

① 《小说月报》1997年第6期。

并在经意不经意之间，与马悦发生了一次婚外性行为。当她理智地想到前程及社会游戏规则后，又果断地挥慧剑，斩情丝，把马悦调出了自己的办公室，"办公室的故事"以伤感的结局而告终。

徐坤的这个中篇在主题的探索、艺术表现的技巧上有值得称道与品评之处，但就事论事地讨论它，难以见出其深意。如果我们把视野拉远一点，把它与9年前新写实代表作之一——刘恒的轰动一时的同题材中篇小说《白涡》①进行一番细致深入的比较的话，便能见出许多更有兴味的话题。

《白涡》发表于1988年，在知识圈内曾引起过极大的关注，因为它最先深入婚外性行为者的内心世界，揭示一种复杂的心理状态，道破一种尴尬的生活窘境，因此具有了特殊的意义：早过了不惑之年的研究员周兆路，受到下属美丽的少妇华乃倩的勾引，陷入了情网中。一方面是原始肉欲的诱惑，另一方面是内心道德反思的折磨，正在举棋不定的当口，仕途上发展的美梦（竞争副院长职位）使他痛下决心，要甩掉华乃倩，但华乃倩不甘示弱，登门报复要挟，周兆路如踩钢丝绳一般艰难地寻求着平衡。

《如梦如烟》与《白涡》相比，首先是题材的类同和情节的相似，都表现知识分子的婚外性行为，主人公的结局都是一样，都是"始乱终弃"，都很快在仕途上得到升迁。这两篇小说的结构和相似之处给我们一种启示，不管是80年代末新写实旗帜下的刘恒，还是世纪末"新生代"阵营中的徐坤，对知识分子的心态把握是相同的：不管是寻求情感完善的佩茹，还是偷情放纵于肉欲的周兆路；也不管这种婚外恋性行为如何曼妙动人，荡魂涤魄，在危及仕途人的官宦前景时，都会遭到舍卒保车式的理性的扼杀。不计一切敢爱敢恨已成为一段历史传奇。周兆路与佩茹在不同的年代作出了同样的选择，偶然的巧合中孕育着一种社会的必然。对于她（他）们来说，传统的伦理道德、家庭婚姻已很难成为婚外性行为的障碍与束缚，促使他们调整生活罗盘的是一种相同的理性意识——个人的情感、欲望是无法与社会的秩序、规则相抗衡的，自我价值的实现必须以否定自我欲望的方式来进行。知识分子对异己的社会压力持自觉认

---

① 见《跨世纪文丛·白涡》，长江文艺出版社1992年版。

同与顺应的被动态度，它反映出现代知识分子内心的怯懦、自我的萎缩及人的社会性的恶性膨胀，同时也表明了现代知识分子精神生活的匮乏。

　　同样是对婚外性行为的描写、展示和剖析，一个是新生代的力作，一个是新写实的范本。在仔细阅读比较后我们可以发现，时隔近十年，两位不同性别的作者所塑造的人物形象，特别是女性人物形象是截然不同的，并且透过话语层面所展示的作品意蕴，所表露的性爱道德观念及由此折射出的文化价值体系也是截然对立的，相去不可以道里计。

　　徐坤把一段婚外恋情写得美丽而略带愁怨，重点展示偷情前女性人物形象的性压抑心理及其发展变化过程，对主人公充满理解和同情。佩茹因内在生理心理的触动，向丈夫发出求偶信号，但回报她的是丈夫的漠视与冷遇，她产生了压抑、苦闷与不满："佩茹辗转反侧，松软的鸭绒枕在她黯然的心思里不断发出怄气不满的声响"，"但她还是努力从精神上艰难地把自己拨正到情绪稳定的正常状态，这样艰难地自我调整之后，她的经脉就能基本上保持顺遂通畅。结果第二天例假就顺利来了"。除了家庭的不和谐音，职业的压力也使她必须对自己柔嫩的性别尽量克制，必须以同样的坚硬去与规则的精髓相碰撞。下属马悦在她生病时关怀爱护，使她开始意识到被自己淡忘已久的那个与生俱来的第二性别。作为情感的依托她开始寻求婚外恋情，偶尔的偷情放纵只是一种长期的压抑与苦闷之下的一次能量微弱的爆破。她不满于现状，不甘于现实，在平淡的岁月中渴望着爱与被爱；在被生活粗糙了的感官中仍留着一丝柔嫩的敏感点；在麻木的单位和一地鸡毛的生活中寻求着感情的绿洲，思索着生活的价值与意义。但同时她在情感生活中消极地等待、被动地接受；在婚姻生活中倍感压抑却又对丈夫屈从与忍耐。对与马悦的婚外情的退避和婚外性行为时的掩饰心理，以及把一次并非全心全意的半推半就的云雨之情作为一生最值得珍藏之记忆的患得患失、欲进欲退的复杂心态……所有这些都扼断了此幅爱情图景的继续书写的可能，表明了她对传统女性角色的认同。徐坤强调的是一种内在的体验，比较心灵化。在心灵化过程中偏重精神愉悦。在小说的结尾，徐坤通过一段秋风肃杀的描写，写出佩茹虽已提拔成副局长，但"生活依然干燥着无声无息地贴着地皮随风向前"，一种遗憾及对人性、人之自我为社会秩序所主宰的那份无奈与惆怅溢于笔端。看完小说，我们认识了一位在家庭和社会双重压力下淹没掩饰了自己的女性之美与性别性爱意识的职业女性，看到了一线生活的亮光忽闪于女性性别之后的倏尔远逝，看到了一个女人对人之自我认定的一种努力，看到了一个心思细密、情感丰富、"爱与渴望被爱的神经依旧一如当年敏锐而警醒着的女人"、一个跳脱出了爱情这个温柔陷阱的介于弱女子与女强人之间的职业女性。

同样是基于丈夫的性无能（或性漠视）和正视自己生理心理需求而产生的婚外恋情，在男性作家刘恒的笔下，却表现为不仅性爱行为本身充斥着罪感意识，而且婚外性行为中的女性人物形象也变成了另一番模样。如果说徐坤笔下写出了一个真实的女人，有"怨妇"之感的话，那么刘恒笔下则出现了一个典型的"荡妇"，有"祸水"之感。

华乃倩在小县城当护士时即有不轨之举，后借婚姻为跳板回到北京，又不知通过什么手段考上了研究生，在校期间也极不规矩，分到研究所不久即挑逗勾引上司，并精心策划设计，达到了与有妇之夫通奸的目的。她蔑视自己的丈夫与家庭，深知男人的弱点与心理，在肉欲上贪得无厌。当周兆路出于自私的目的想跳出她一手挖就的陷阱时，她公然登门要挟周兆路"以后寂寞了，我恐怕还会忍不住来找你"。周兆路在殚精竭虑之后虽然当上了副院长，但依然在华乃倩的白色肉体的旋涡中浮沉。一个美丽自私、肉欲淫荡的"荡妇"形象跃然纸上。

两位作家对自己笔下女性人物形象的情感倾向、态度是截然相反的。一个是一种认同理解赞赏的笔调，一个则充斥着一种反感厌恶憎鄙的感觉。这首先在书名中就能见出。《如梦如烟》中透出一种感喟，一种依稀相忆、追随、思念但又无法恍然相从的入骨之憾。《白涡》的白色在小说中都是用于描绘华乃倩的肉体及衣着的，白色的大腿、白色的脖子、白色的肉体、白色的衣服、坤包、高跟鞋，白涡指来自女性肉欲的诱惑勾引使男人不由自主地堕落。女性的原罪意识、祸水感已悄然显露。刘恒的这部作品充满着典型的"厌女症"①式的女性形象描写，流露出强烈的男权主义色彩，并且作品大多是从男性主人公角度切入，视角与内心全是男性的声音。整篇小说虽然取的是全知全能的叙事视角，但对女性形象的内心活动直接呈现和展示极少，主要是行为和外在言语的展示。作家的叙事态度极为巧妙地借这种叙述视角转换表现出来，华乃倩的内心已被深隐，只剩下肉欲淫荡工于心计的外在行为展示。作者特别注重描写或者说只关注华乃倩内心冲突中与周兆路相似的肉欲的一面，而回避她对爱、对情感追求的一面。最终女主人公在男主人公心目中完全成为肉欲的指代，很难说这究竟是人物必然的人生选择，还是作家刻意追求的情感境界？作家的男权意识以极为隐蔽的形式渗透于叙述话语和叙事策略之中。

与这种文学表现的厌女症相联系，是刘恒作品中"菲勒斯中心意识"②的自然流露与表现。周兆路的整个偷情行为过程都为这种"菲勒斯中心意识"秩序和逻辑所支配。为了名利和地位，他对华乃倩"始乱终弃"，像对绊脚石一样毫不留情地一脚踢开。在被勾引、诱惑及卷进肉欲旋涡的过程中，表面看来他处处被动，但他在心理上在骨子里受男权意识的支配，实际是主动地去靠近，积极地去呼应她的欲望与勾引。明知是陷阱，他认为自己能优游自如于其中；明知这是"美人计"，他还是步步为营，并且"将计就计"。他在对弱者林同生的审视中发出感叹，"男子汉在女人面前失去了居高临下的地位，后果是可悲的，他为什么就不能治服她呢？她有什么了不起"，"他是她丈夫。她再漂亮，再风流，也是他的女人，他应该利用一切手段征服她"。再无能懦弱的男人也可对女人随意支配或背信弃义，因为他倚仗着所谓更重要的理想、主义、事业，或者说"天经地义"的男尊女卑、男主女从的传统。再出色再风流的女人也最终只能降服于某个男人，不论白头偕老，还是露水一宿，她都必须

---

①　厌女症（misogyny）是女权主义批评批判男性中心文学常用的一个术语，它指文学中歪曲、贬低妇女的形象，把一切罪过都推到女人头上的情结或主题。

②　菲勒斯中心主义（phallocentrism）：菲勒斯（phallus）在生殖崇拜的古代文化中，被视为生殖力的象征，通常译为阳物或阳物崇拜。在精神分析的话语中，"菲勒斯"一词并不指阴茎这个解剖学上的器官，它是男性权力的象征，决定一切秩序和意义，是通过绝对肯定男性的价值，从而维持其社会特征的一种态度。

在身心上为他"守节"。这究竟是人物不可抑制的男权欲念的倾泻，还是作家的男权心理的坦诚流露？刘恒与中国当代文坛的许多男作家一样，也未能摆脱"男权意识"的缠绕。这个故事不过是菲勒斯中心秩序与权力的一种具体化了的写作，这些人物的思想意识、心理语言所遵循的逻辑，都是深深植根于传统男权文化土壤的，都是"菲勒斯中心"话语的情感宣泄。刘恒所表露的关于男人和女人的概念都直接来自男权文化传统，他头脑中的男权意识之丰厚和坚固令人惊讶。

与刘恒的充满厌女色彩和"菲勒斯中心意识"话语的男权经典文本相比，徐坤的《如梦如烟》表达的则是女性主义的理性思索。作为一位学者型的女作家，徐坤近期创作上的悄然转向已表明她开始了女性主义文学写作的自觉探索。《狗日的足球》通过球场上万口一词骂出的一句脏话"傻比尔"，逼视拷问凸显男权文化对女性的压抑和女人无言的现实；《小青是一条鱼》里的"新生代"女性，虽然新潮，但躲在洋文单词"Fuck you"里的宣泄，表明他们依然生活于男权文化的阴影中而浑然不觉；《游行》中的林格通过对"诗"的、"散文"的和"摇滚"的爱情的体验过程，不仅对当代男权文化进行拆解，同时进行一种不无痛楚的女性自我的探索。徐坤经常借人物之口之心灵表达自己对男权文化的深刻认识及对女性生活现状的思索。她习惯于以生活中见怪不怪的一些小事来寄寓对生活的独特的反思与认识，以小喻大，见微知著，以局部突现整体，以外在事件情景在主人公心灵投射所产生的细微灵敏的感受和变化来剖析、展示小事中所隐蕴的生活本质的真实。在实际生活中，婚外性行为始终难受一夫一妻制的社会形式约束，从来有之，徐坤以这种现象为突破口来表现对女性生活现状的一种思考与认识。

由于传统观念影响，人们对性怀着普遍沉重的罪恶感，因而人们很难坦然而公正地对待人的欲念冲动，尤其是女性的性欲一直为正统文化所不屑与不齿。徐坤的《如梦如烟》摆脱了一般伦理道德观念及男权传统的缠绕，直接表现佩茹内心的性爱心理，性压抑、性苦闷、性冲动，从心灵的颤动到性爱高潮的回味体验，给性这种欲念应有的正当位置，从而对女性的性欲作了正面的描写和叙述。对于传统性爱观念的突破，徐坤不是先锋也非主力，但她对性爱心理的展示是独特的，对性行为的认识和思索也是独特的。徐坤对于人物的心理有时是抒情式的描写，通过比喻和四季景色的自然转换与主人公内心情感心理进行对应式描写，物皆着"我"色，四季轮回、季节更替中那种恒定秩序的无法超越，喻示出人物心态的矛盾变化及人的生活中一种无奈与徒劳的挣扎；有时则直接对人物心理进行一种内心独白式的展示与剖析，使人物的内心活动、行为心理能为读者所知晓所理解所同情，使人们由对佩茹的认识去反思当代女性的生存处境及人生的价值。其叙事态度犹如记下一位女性心路历程的日记。佩茹作为现代职业女性，不仅在紧张快节奏的社会竞争中磨损淡忘着自己的性别意识，同时在家庭生活中也因压抑漠视而粗糙了自己的情爱感觉。小说中有几处细节值得引起读者注意：一是开篇时丈夫对妻子煞费心机发出的求偶信号视而不见，对妻子的辗转反侧充耳不闻，完全漠视妻子的存在及需求；二是在火车上，丈夫因自己的瞬间欲望冲动而不计时间场合与佩茹做爱，招致乘警及女列车员的羞辱。男人对女人的漠视与压制已深入骨髓，女性在性爱中的地位，也从这两个对比性细节中显露无遗。小说中的另一个细节也值得思索，佩茹在与马悦发生性行为时，马悦对佩茹在欢爱中的表现"不敢恭维、拘谨、木讷而又稍显笨拙"，"一股头前引路的创造感被佩茹的纯洁无知无限度地激发起来"。已婚多年的少妇，在欢爱上竟需要一个未婚男子来蒙化，这真是一个绝妙的反讽，其间的深意不是三言两语能说清楚的。男权文化对女性的压制已不再仅仅表现为社会政治、经济地位的不平等，而是渗透于日常生活中的每一个角落，包括婚床。世纪末的中国，男权文化对女性的压抑和束缚并未解除或消失，而是由外在的行为规范转为深层的文化生活方式，转化为性别角色意识的内在规定与自觉认同，这种压制女性的方式更为隐蔽更为巧妙更不易为人所察觉。由外在的行为冲突转化为内心的卑辱、烦恼，这对女性性别意识的挫败是微妙的，也是深重的，是局外人所难以言述和理解的。佩茹后来的婚外性行为或许应该被视为解脱人的中性符码，恢复自己柔嫩性别的一种尝试，是昭示自己女性性别尚存、女性美之尚存的一种佐证，是对男性漠视、压抑女性性爱生理心理欲求的一种报复、一次反抗，是女人表现自我、认定自我的一种努力。并且佩茹最后挥泪斩马谡的结局，表现出徐坤对于"菲勒斯中心意识"的写作秩序与逻辑的一种偏离和悖逆：女性的人生目的与追求并不仅仅是厮守一位异性或一段爱情，她应该既在爱与欲的美好寻求中得到人生意义的升华，同时又要超越传统为女性生活的意义与价值所划定的家庭与性爱的区区一隅。女性并不都只眷恋阳刚俗物，也能参与现代生存游戏的角逐；女性并不都只是被爱被抛弃的角色，她也能主动地去爱或主动地弃爱，这也是女性生活的一种真实。徐坤力图摆脱外在化地展示人欲原欲冲动的文学主题，而是更深刻地把握主体的精神活动，内在化地揭示性爱在人的生活中的意义与价值。这种对女性生活的认识与思考也许并不成熟抑或显得偏颇，但它毕竟是女性新的生活观念、方式的一种表达，是对男权传统文化的一次冲撞和反叛。

通过以上比较，我们可以见出，同样是描写婚外性行为及心理，两位作家所处年代的不同特别是性别的不同使他们对女性形象的塑造、性爱意识及文化价值观念的表达产生了截然的不同。刘恒为传统的男权思想所浸润，对性充满罪感意识，以巧妙的叙述技巧和叙述话语进行厌女症的情感宣泄及"新写实"包装下"菲勒斯中心意识"的大甩卖；徐坤则是在女性主义理论熏陶下为女人的意识正名，以细致入微的心理剖白和生动典型的细节描写揭示女性受压抑的事实，为确立女性的性别主体意识而鼓噪，实现对男权文化意识的批判与超越。他们截然对立的立场在同一题材的写作中得到鲜明的展示：一个是无意识的流露，一个则是理性的追求。

女性主义批评家依利格端主张一种"妇女写作"，在《他者女人的反射镜》一书中对弗洛伊德和西方传统哲学家进行重读和反思时，她同意雅克·德里达的观点："没有能够摆脱父权制象征系统的捷径。但妇女在有意识地重读或复述父权的核心本文时，可以变被动为主动。她可以游戏本文，在这种游戏式的模仿中，她可以保持区别于男性范畴的某种独立性。"①仅仅看到题材的相同与情节相似，会认为偶然的巧合使《如梦如烟》成了《白涡》的现代版，只是男上司对女下属的"始乱终弃"，变成了女上司对男下属的"依依作

---

① 张京媛主编：《当代女性主义文学批评》，北京大学出版社1992年版，第8页。

别"。但如果联系到中国几千年男权文化的统治及当下男权意识依然占据社会主流的背景，再联系当下妇女的生活现状，就会透过表面的类同认识到，在根本不同的两种女性人物形象塑造中蕴含着两种截然对立的文化价值观念。而认识到这一点也就会明白，这种性别错位已不是巧合，而是高扬女性主义文学旗帜的女作家徐坤，对《白涡》类男权经典文本的一种有意识的"重读"与"复述"，并且徐坤成功地这种"重读"与"复述"中达到了对男权文化意识的超越和女性主义意识的文学重建。

原载《湖北民族学院学报》（社会科学版）1998年第2期

刘恒
研究资料

无力而必须承受的生存之重

——刘恒的启蒙叙述

昌　切

一

　　我不相信存在截然不同的前后两个刘恒，即80年代后半期的刘恒与90年代的刘恒，或被看成启蒙者的刘恒与被看成反启蒙者（拆解启蒙话语）的刘恒。我不是说刘恒的创作在90年代毫无变化，变化肯定是难免的，而是说这种变化并不具有实质性，是皮面的，还谈不上脱胎换骨，尚不足以确证现在的这个刘恒已不再是原来我们所熟悉的那个刘恒。原来是启蒙者，现在仍然是启蒙者；原来坚守启蒙的精神立场，现在仍然坚守启蒙的精神立场；原来采用启蒙叙述范型，现在仍然沿用启蒙叙述范型。刘恒在90年代创作的《哀伤自行车》《苍河白日梦》和《贫嘴张大民的幸福生活》，与他作于80年代后半期的《狗日的粮食》《力气》《陡坡》《白涡》《黑的雪》《伏羲伏羲》《逍遥颂》《连环套》和《虚证》一脉相承，仍然坚持以人为思维中心，仍然以密切关注无力而必须承受的生存之重，勘探生存之道，探索人性之谜，揭示无所不在的人生宿命，表现无可逃遁的人的悲剧性命运，进而从中"挖掘人的那种善良"（刘恒语）为宗旨。

　　然而，令人费解的是：为什么偏偏有论者对此视而不见，硬是要把在艺结构和精神内涵上与《伏羲伏羲》一脉相承的《苍河白日梦》"解读"成一个后现代的"消解""启蒙神话"的游戏文本？说《苍河白日梦》中的二少爷是一个接受过西方话语洗礼的"现代性"知识分子，一个经常以不同面目出现在"五四"以来现代小说中的启蒙者形象；说他在家乡办火柴厂是出于"现代性诉求"，"火柴公社"象征燃烧、光明和希望（启蒙），他生产不出合格的火柴象征启蒙的失败……可同样令人费解的是：为什么我所看到的偏偏是一个残酷自虐的性无能者，这个性无能者生产出来的合格的火柴成箱成箱地往外运？我不知道是不是我的眼睛出了毛病。我曾经试着循了"后学"的思路重读刘恒，结果是越读越糊涂不解，越读越感到滑稽可笑。因而就觉得，还是有必要从启蒙叙述的角度切入刘恒的作品，进一步发掘那些隐而未彰的东西，而根本没有必要去考虑"启蒙话语"是不是合乎"后现代"的时宜这种无中生有的假问题。

刘恒的名字无疑是与他极其出色的启蒙叙述连在一起，而启蒙叙述适得其时，正是在80年代波飞浪涌的启蒙思潮中为许多作家所乐于采用的两大叙述范型（另一大叙述范型是艺术本位叙述）之一，也就是说，倘若启蒙叙述范型不曾在80年代的文坛流行，倘若刘恒不是以他在80年代后半期极其出色的启蒙叙述见称于世，即使他在90年代写有比《伏羲伏羲》规模更大，较之它的叙述技巧更为圆熟老到的《苍河白日梦》，刘恒的名字也完全有可能会像众多的"匿名"写作者一样被忽略不计。我坚信，是80年代而不是90年代，是80年代激进昂扬的启蒙思潮而不是90年代暧昧涣散的后现代思潮，成就了刘恒的一份辉煌。从而使刘恒二字镌刻在文学批评家的脑壁，成为一种挥之不去的活的记忆。对于刘恒来说，时间的推移并不具有特别重大的意义，离开80年代后半期达于极盛的"现代性"启蒙思潮，离开他对人性—生存意义的辛勤勘探，也许他在90年代所做所获的一切都将因无所附丽而失去魅力。就此而言，是完全可以把刘恒在90年代的写作看成他在80年代后半期写作的自然延续和扩展的。

二

在我看来，在20世纪的中国文学史中，大致存在四大叙述范型（模式）：启蒙叙述、革命叙述、民族本位叙述和艺术本位叙述。相比较而言，前三种叙述范型都是外缘性、他律性的，只有艺术本位叙述是内缘性、自律性的：前两种叙述范型的采用者相当多，流传面大，流行时间长，后两种则相形见绌，不大为研究者所特别看重。限于本文的论旨，我只想在此简单谈谈我对启蒙叙述的认识。

启蒙叙述是在晚清从西方传入的启蒙文化的刺激下萌生，后经"五四"一代接续催发而逐渐成熟起来的一种叙述范型。近百年来，尽管启蒙叙述命运多舛，大起大落，但毕竟影响深远，曾经经历过"五四"和80年代两个高峰期，留下了包括鲁迅的《呐喊》《彷徨》在内的许多值得继续深入研究的启蒙文学范本。

启蒙叙述的外缘性、他律性决定了它不可能从自身的内部规定中获取定性，它的内容意义、表现形态、推论逻辑以及价值评判标准，无不来自于文学以外，无不受制于人性、人伦和人心等诸多人本的以及与人紧密相关的社会历史的因素。启蒙叙述的核心是理性，它的性质受到理性制约，常常关联到个体主义、自由意志和民主法制观念等等；它的内容一般是个体与群体、自由与限制、法制与人治、民主与专制、人性与兽性、灵与肉的纠结冲突；它的艺术表现形态固然是多样的，但大要一般不会偏出上示的两极；它的推论逻辑一般在现代与传统、西方与东方（中国）、工业文明与农业文明的缠绕对立中展开；它的价值评判标准是文化—文明性的，与它的推论逻辑完全相符。

三

作为一个个性比较鲜明的作家，刘恒运用启蒙叙述范型，必然会有他所侧重的区域。我认为，他所侧重的是人性—生存的启蒙。他的启蒙叙述的结穴就是他的人性—生存观。写什么和怎么写，选用何种题材和怎样处理题材，这对于刘恒来说，并不是什么大不了的问题，关键在于如何看待人性—生存的常态与非常态，如何在启蒙叙述中淋漓尽致地表达他的人性—生存观。从他自己的表述和他的作品中可以看出，他的人性—生存观不为具体的时空所囿，而落实在具体时空中的日常故事的人类性和普遍性意蕴，这也许才是刘恒启蒙叙述的要害和特色所在吧。

刘恒在一篇题为《断魂枪》的创作谈中说：他之所以"写《白涡》并不是着意跟知识分子过不去"，而是因为他本人就生活在知识圈内，熟悉知识分子，而且因为无意间从恰好在中医研究院进修的妻子拿回家的材料中了解到该院的组织机构和人员的状况，于是就"顺手牵羊为脑子里的素材和人物派定了范围和活动场所。假如妻子在工厂做工，回家又爱唠叨，《白涡》的背景也许就变了……总之，《白涡》最初不是源于对知识分子的透彻研究，而是源于一种故事，一种放之四海而皆准的故事"。"一种放之四海而皆准的故事"，说的岂不正是这个知识分子婚外恋的故事所隐含的人类性、普遍性吗？由此可见，刘恒更感兴趣的显然是隐含在故事里的人类性和普遍性，至于故事发生在那段时间的那个地方，是哪类行当的哪类人物在故事里活动，作家为什么这样而不那样讲述他的故事，为什么这样而不那样宰制和编排他的人物，倒是无关紧要的，往往带有偶然性和随机性。他翻来覆去地讲述洪水峪的杨姓故事，其真实意图也无非是为了顺应写实小说的常规，虚拟一个拟实而虚的具象的日常生活场景，来借以表达抽象的人类性和普遍性意蕴——他的人性生存观。

刘恒的人性—生存观，绝对不像他本人有时所刻意渲染的人性—生存本身那样神秘得不可捉摸，实际上也就是他在创作谈中多次提及、在小说中反复表现并由某些评论家在文章中明确论述过的宿命观。这种宿命观落实到他的作品中，或者具现为人与人之间永远无法沟通的孤独（《黑的雪》），或者具现为死无对证的多角度思辨（《虚证》），或者具现为"惕于亲戚，毁于亲戚"的"连环套"（《连环套》），或者具现为由食本能所引致的绝望和达观（《狗日的粮食》《贫嘴张大民的幸福生活》），或者具现为起于贪欲、毙于贪欲的致富"理想"（《陡坡》），或者具现为力存则欲生、力亡则欲死的生死逻辑（《力气》），或者具现为悲风愁雾、残云阴雨的性欲惨状（《伏羲伏羲》

《白涡》《苍河白日梦》）……

刘恒惯用的手法是：隐现特定时代的社会背景，显现恒定的日常生活；淡化人的社会属性，强化人的生命本能，在隐在与显在的相互映衬中，在淡化与强化的相互作用中放大他的人性——生存之思。例如他的长篇小说《逍遥颂》，虽然讲的是"文化大革命"初期的故事，写的是首善之区的中华红卫兵第一红色方面军第一突击兵团第一快速纵队独立八八八少年赤卫军的一帮呼风唤雨的红卫兵领袖，但他却别出心裁，自始至终不在红色二字上做文章，对这帮置身于"理想主义时代"的"时代英雄"的无比豪迈的革命激情和壮丽憧憬视而不见，绕过"文革"中司空见惯的纠斗走资派、大游行、大辩论和大打派仗武斗的壮观激烈场面，而只是带着一种"恶意"的"灰色幽默"的笔调，把视线对准一栋废楼，专写聚集在这栋废楼中的这帮整天斗嘴皮子的浑小子的吃喝拉撒睡，写某总司令一天到晚沉浸在"黄色"小说之中，某外交部长动不动就放屁，某宣传部长总喜欢"墨生莲花"地记日记，某后勤部长"一提女的，眼睛都亮了"……刘恒要的就是这样的效果：把人生常态垫在人生变态的底座上，在"变数"与"常数"的关系中求解人性—生存的方程式，从而彰显人性—生存永恒的悲剧性。

此外，还有《狗日的粮食》《力气》《伏羲伏羲》《黑的雪》《苍河白日梦》和《贫嘴张大民的幸福生活》等作品，所突出的也都是似水流年的平平常常的"日子"，所强化的也都是亘古如斯的人的生命本能，而作为"变数"的特定时代的社会背景，不管它的所指为何，都被作家按照自己的写作意图作了虚置化的处理，或许可以被喻作演绎人生悲剧的一个可替换的舞台。特定时代的社会背景是"大世界""大历史"，平平常常的"日子"是"小世界""小历史"，可是，到了刘恒的手里，"大"不显大，"小"不显小。《狗日的粮食》等等，全是"大"不大，"小"不小的作品。

譬如《苍河白日梦》，它的人生舞台既可以放在清末的榆镇，也可以放在抗日战争时的柳镇或其他什么时间的什么地方，放在哪里都是无所谓的，都不可能改变主要人物的生命本能和日常生活状态的定位，以及由这种定位所形成的三角形的故事结构。再如《伏羲伏羲》，就那么二男一女，就那么一个小小的地方，就那么一段时间，作家就能据以有声有色地演绎一出惨不忍睹的人生悲剧。在这出人生悲剧中，你无法发现翻卷的时代风云，无缘听到解放战争的隆隆炮声，无缘看见热火朝天的合作化和人民公社化运动，无缘目睹轰轰烈烈的"文化大革命"，甚至无从知晓在这三人背后还有谁是值得认真对待的人物。总之，时间是凝固的，空间是封闭的，在凝固封闭的时空中，三个人一台戏，来点背景点缀点缀，故事可以凭此讲下去就成，容不得不相干的人跑来瞎掺和。人物稍多的是《黑的雪》，但它里面的所有人物，罗大妈母女也好，方叉子也好，刘宝铁也好，赵雅秋也好，崔永利也好，全都是围绕李慧泉一人打转、听任作家随心所欲操纵的木偶，全都是为印证李慧泉的孤独心境而存在的镜子，用得着时召之即来，用不着时挥之即去。所以倒不如说《黑的雪》讲的仅仅是李慧泉一个人的故事。

刘恒显然不想在原地转圈子，心安理得地袭用在文坛上流行的同类题材小说创作的老套子，不想拿特定时代的社会背景限死恒定不变的日常生活，单纯从"大历史"推断人的社会属性和人生悲剧的社会内涵。刘恒的办法毋宁说是反搓绳子，即首先着眼于人的生命本能，然后再进行逆向推移，直至把特定时代的社会背景推向"无何有之乡"，把人的生命本能和托庇人的生命本能的日常生活推向永恒的悲惨境地，引领读者进入他所拟造的人性—生存的沉重苍凉的艺术氛围之中。

四

由人的生命本能逆向推移，这是刘恒启蒙叙述的基本程序。在这个基本程序中，如前所说，特定时代的社会背景可以作虚置化的处理，人物的社会身份可以随意置换，而托庇于日常生活中的人的生命本能却不能须臾或缺、随便地调来换去，由人的生命本能与特定时代的社会背景的对立、对抗而衍生出来的种种文化冲突却始终如一。这是不是刘恒为迎合启蒙思潮而采取的超越性的叙述策略呢？我以为是。激化这种冲突是否会带来拟想中的普遍性的艺术效果呢？我以为能。

还是以《苍河白日梦》和《伏羲伏羲》为例。谁都清楚，这两个故事不是同一个故事，前者写的是清末榆镇的二少爷、二少奶奶和洋人的三角关系（其间派生出大少爷、二少奶奶和洋人的三角关系），后者写的是从民末到"文革"初期洪水峪的杨金山、杨天青和王菊豆的三角关系（解放后派生出杨天青、杨天白和王菊豆的三角关系。派生关系从属于原生关系，不含有独立价值。前述派生关系同此），故事发生的时间、地点以及人物身份等概不相同。但是，以性本能为基本的叙述视点是相同的，以性本能为基础构置的三角关系是相同的，由性本能导出的文化冲突是相同的，悲剧结局是相同的，主题是相同的，阴郁凝重的调子是相同的。从这个意义上讲，这两个故事何尝又不是同一个故事呢！不同仅仅体现在故事的表层，同则潜藏在故事的深层。表层的不同就像繁茂的枝叶，一眼就能看出，深层的同就像被繁茂枝叶遮掩得严严实实的主干，唯有打掉繁茂的枝叶才能原原本本地看清它的真实模样。

不妨做个有趣的试验：打掉这两个故事的繁茂枝叶——抹去时间、地点、环境以及人物身份等方面的差异，看看它们的主干——结构和主题——是不是相同。先忽略时差地差，抹去二少爷曹光汉与小地主杨金山、洋人大路与杨金山的侄子杨天青、二少奶奶郑玉楠与杨金山的媳妇王菊豆在身份等方面的差异，然后把曹光汉和杨金山编为一组，把大路和杨天青编为一组，把郑玉楠和王菊豆编为一组，最后再回过头来从结构和主题的功能上重新审视《苍河白日梦》和《伏羲伏羲》，这时你就会惊讶地发现，这两个故事其实是从一个模子里敲出来的。两个故事两套人物，两套人物两种人际关系，两种人际关系两种人生命运，其实是可以合二为一的。一个简便的验证方法就是把这两个故事作个对调，也就是把二少爷夫妻和大路的故事搬到民末的洪水峪，把杨金山叔侄和王菊豆的故事搬到清末的榆镇，再看在互易位置以后这两个故事还能不能成立。毫无疑问，照样能够成立，且不失原汁原味。我想，只要刘恒在90年代不改变他对于人类（特指中国人。下同）性爱的悲观看法，他就一定会承袭《伏羲伏羲》的套路，再次变着花样重述他的性爱故事，表达他对人类性爱固有的悲观看法。

试想：性本能变得了吗？这很好回答：变不了。那么性本能所赖以表演的日常生活变得了吗？这就不容易回答了，说变得了变不了都行，这取决于你怎么看。撇开时间、地点和人物身份等"变数"，只看性本能和由性本能带来的文化冲突这些"常数"，你可以说它永远不变，因为这种文化冲突是由性本能带来的，展现在日常生活之中，是永恒的。刘恒强调的就是日常生活的永恒性，所以他才有意识地突出似水流年的"日子"，强化亘古如斯的人的生命本能，并在不变中求变——时间、地点、环境和人物身份等方面的变化，在变中寓不变。变在其表，不变在其里。其表是故事展开必不可少的种种要素，是充实作品骨架的血肉，不求变化便是呆气十足，做不出好小说，当不了好作家。其里为结构和主题，来源于刘恒根深蒂固的宿命观，轻易言变，不近情理。

　　自其变者观之，当然曹光汉不是杨金山，大路不是杨天青，郑玉楠也不是王菊豆。曹光汉、大路和郑玉楠生活的时代环境，他们的出身教养和性格气质，他们的所作所为，都明显有别于杨金山、杨天青和王菊豆。留没留过洋，是西洋人还是中国人，是上等人还是下等人，自虐还是虐他，利己还是利人，进没进过新式女子学堂，有没有新观念……这一切都明摆在那里，一目了然。而自其不变者观之，上面所有的区别都将失去意义。曹光汉与杨金山都有不可克服的性缺陷，大路与杨天青都是性欲旺盛的男子汉，郑玉楠和王菊豆都是在性压抑的煎熬中渴望冲出性禁锢的年轻漂亮的女性。曹光汉和杨金山都是性施虐狂，大路和杨天青都是偷情的"第三者"，郑玉楠和王菊豆都是正统婚姻的叛徒。曹光汉人道地善待郑玉楠与杨金山非人道地虐待王菊豆可谓殊途同归，大路被大少爷残忍地阉割与杨青山被名教残酷地折磨可谓异曲同工，郑玉楠葬身鱼腹与王菊豆自我戕害可谓如出一辙。两个悲情故事，一样的酷毒惨淡，既不善始又不善终……

　　更重要的共同点在于，以上六人都是自觉不自觉的礼教信奉者（洋人大路也不例外，因为他是中国化了的洋人大路），都受到礼教的残害而痛苦万分，都在性事与礼教的纠缠中苦苦地挣扎而不知其底里，一句话，他们都稀里糊涂地成了礼教的殉葬品。为礼教所害而不自知，这是非常非常可怕的。由此便联想起鲁迅的名作《祝福》。祥林嫂深受礼教的迫害，由其主子施以禁忌，唯恐她的晦气冲了喜庆而禁止她操办年事，这就够可怕的了，但比这更可怕的是，她不仅丝毫不怪罪其主子，反而"反求诸己"，整日"三省吾身"，自悔自责，竟然一门心思地想以捐门槛的方式缓释自己犯下的深重罪孽。她这是杀心而非杀身，是自杀而非他杀。他杀是偶然的，自杀则是必然的。她无须假手于他人，她自己就是一个盲目杀人的"凶手"。这里面所透出的悲凉真可浸入你的骨髓！与此相似，王菊豆的自我戕害，杨天青的"扎了缸眼子"，同样也是自揽礼教自杀的愚行。杨、王敢偷情却不敢公开隐情，对杨金山毒辣之极的手段只有隐忍而不敢声张，他们默认了礼教特许的伦常秩序，在情（性）与礼（理）的来回冲撞中拼命挣扎，终于一个在忍无可忍的情况下"扎了缸眼子"，一个继续忍辱苟活于人世。悲哀还不止此。哪怕像曹光汉和郑玉楠那样的新派人物又能怎么样呢？还不是一个被迫背井离乡被绞死，一个自愿沉入水底葬身鱼腹。出路在哪里？这对于曹、郑来说，简直就是无从回答的"天问"。

这个问题甚至对于刘恒来说，也应当是无从回答的"天问"。不过刘恒自有解决问题的办法，那就是把它归结为"宿命"。有了宿命观垫底，于是就有了凝固的时间和封闭的空间，就有了在凝固封闭的时空中演绎的一出又一出人生悲剧，就有了隐（特定时代的社会背景）与显（人的生命本能以及托庇它的日常生活）、短暂与永恒的相互参照，就有了人性—生存因素的突出，社会历史因素的淡出。然而真的淡出得了吗？淡出的好像仅仅是社会历史的特定内容，如特定时代的社会背景，至于与人性—生存同在并渗透在日常生活之中的那些社会历史因素，如礼教等等，似乎就并没有淡出。我猜测，刘恒在艰难地编造他的故事时内心一定少不了困惑。他相信宿命但并未走向虚无，悲观而不绝望，因而他的作品往往于阴冷中见出热情，于沉重中蕴有向往。

五

读刘恒的那些宿命故事，你不可能不产生一种滞缓的阴冷沉重的阅读感受。评论家程德培就产生过这种感受。他认为："单从他的作品所表现的对象来看，其千篇一律的沉重感就如同中国农民所走的十分沉重的道路"；"缺乏快乐的沉重感也可以看作是刘恒的一大特色"①。这是旁证。另有刘恒的自证。他在与王斌做的一个对话中说：《菊豆》"是一种很压抑的，很萎缩的，很冷的那么一种东西在起支配作用"②。《菊豆》是张艺谋导演的一部电影，是刘恒根据自己的小说《伏羲伏羲》改编的，依然保持着原作阴冷沉重的风格。岂止《伏羲伏羲》，他的那些名篇，例如《白涡》《狗日的粮食》和《苍河白日梦》，不也同样让人体会到"一种很压抑的，很萎缩的，很冷的那么一种东西在起支配作用"！

刘恒与王朔同为北京土生土长的作家，在小说界和电影圈几乎同时走红，但刘恒毕竟不是王朔。王朔戏言写作是玩儿"码字"，消解文学的神圣性；而刘恒则截然不同，他把文学视同生命，把写作比作一场悲惨壮烈的精神"圣战"，用他的话来说就是："你的敌人是文学……你必须确立与它决一死战的意志。你孤军奋战。你的脚下有许多尸首。不论你愿意不愿意，你将加入这个悲惨的行列。"③他觉得"写小说是件痛苦的乃至绝望的事情"④。这是刘恒在90年代写下的绝好的证词，证明他一如既往，仍在自觉地承载沉重的启蒙的道义职责。

刘恒是沉重的，即使想轻松也轻松不起来。但问题在于，他的新作《贫嘴张大民的幸福生活》，通篇都是调侃，耍贫嘴，这难道还不轻松？时移世易，心境发生了变化，自然要学着轻松轻松。是这个理吗？我看未必。我实在看不出他的心境有多大的变化。他以前不就写过《逍遥颂》？《逍遥颂》里就充塞着调侃、耍贫嘴的东西，轻松不轻松？不轻松。刘恒对某些论者有关《逍遥颂》相对《伏羲伏羲》在风格上有所变化的判词不以为然，道理就在这里。同理，张大民那些调侃、耍贫嘴的话，滞重酸涩得很，实在是不得已挤出来的，

---

① 程德培：《刘恒论——对刘恒小说创作的回顾性阅读》，《当代作家评论》1988年第5期。

② 《菊豆·秋菊打官司——刘恒影视作品集》，中国社会科学出版社1993年版，第455页。

③ 《刘恒自选集·黑的雪·卷首语》，作家出版社1993年版。

④ 《刘恒自选集·虚证·卷首语》，作家出版社1993年版。

不可能不带有装饰性，一点儿也不轻松，让人笑不出来。他的"幸福生活"是个修辞性的反词，原是隐忍大痛苦的强颜欢笑，是与生存的艰辛、窘迫、贫穷、尴尬、痛楚、屈辱以及疾病、死亡联系在一起的。张大民下岗后生计没有着落，他的妻子李云芳此时突然得到从美国回来的原毛巾厂技术员施舍的"888美金"，"殊不料吓坏了李云芳，还打碎了她们家的醋坛子，把男主人逼得悲痛欲绝，差点儿打开窗户从阳台跳下去"。接下来是张大民坚决退还美金，凛然正气地耍了一通异常庄严沉重的贫嘴。在作品的煞尾处，作者写道：

> 张大民恍惚看到父亲和四民（都已去世——引者）在云影里若隐若现，老的问日子过得好吗？小的问孩子可爱的孩子幸福吗？待要端详却又飘然不见了。日子好过极了！孩子幸福极了！有我在，有我顶天立地的张大民在，生活怎么能不幸福呢？

这是正话反说呢还是反话正说？是调侃呢还是倒苦水？解释显然是多余的，明眼人一看即知。刘恒的调侃不是王朔式的调侃，不具备摧毁性，不松弛，而是不堪重负的通达的调侃。

必须指明这一点，刘恒也是达观的。原来是达观的，现在仍然是达观的。原来的刘恒就说过："人类要过得好一点，必须得把自己的那种善良贡献出来"[1]；"消失的都是该消失的，没有消失的正在等待消失，物质好歹不灭，大家终归离不开庞大浑沌的整体。这真是悲哀的讽刺……活着是正当的，合理的，而且十分美好。为了使它更美好，我们应当扎扎实实地从事手边的工作"（《虚证》）。现在的刘恒还是这样说："没意思，也得活着。别找死"；"有人枪毙你，没辙了，你再死，死就死了。没人枪毙你，你就活着，好好活着"（《贫嘴张大民的幸福生活》）。这话是张大民对他儿子说的，我倒宁愿认为它是张大民代刘恒说的。"活着，好好活着"，如此而已。

---

[1] 《菊豆·秋菊打官司——刘恒影视作品集》，中国社会科学出版社1993年版，第455页。

刘恒的达观是认同宿命后超越宿命的达观，自相矛盾，但真实可信。认同宿命，所以悲观；超越宿命，所以达观；在认同与超越宿命之间徘徊，所以才给人以相信宿命而未走向虚无，悲观而不绝望的说辞。

原载《文学评论》1999 年第 2 期

刘恒
研究资料

直面生存 探寻超越

——刘恒小说解读

马景红

八十年代初，当一些从农村步入城市的作家还在憧憬他们的现代化理想之梦的时候，刘恒则从他的农村经历中发现了另一种实，一种毫无理想性可言的生存现实：洪水峪的农民们还在基本的生存欲望、本能的深渊里挣扎和难以自拔。沿着这一理路，刘恒从最基本的人性视角对人类的生存现状进行了多方勘探。而且当别的作家为现状的残酷而沮丧，而认可的时候，刘恒又突进到形而上的领域，为人类探寻着超越的可能。刘恒是深刻的，其艺术探索的方式也是独特的、独到的。

一、知青小说作家的起步

刘恒，本名刘冠军，一九五四年生，北京人。"文革"期间插队三年，典型的"知青"一代，知青一代有很大的特殊性。他们在城市中生长受教育却又接触到农村的社会现实，两种不同的生活和文化形态以及个人命运在其间的波折，很容易在他们心里引起冲撞。"知青小说"便很大程度上记录下了这种冲撞和思考。但知青小说有着很大的自身局限。知青作家是理想主义的一代，他们接触到农村现实（与理想之反差最为醒目），但并未认为它是现实的一种而是以城市、自我理想为本位去看待它，把它作为仿佛来自另一世界的对理想者的考验和磨练。所以在知青小说中要么诉说坠入农村的悲愚，要么肯定自我的理想、奋斗和献身精神，要么不自觉地将农村理想化、"知青化"。农村从未作为本体进入作家视野。刘恒的早期创作也未逃窠臼。《小木头房子》《爱情咏叹调》关注着知青自身的生活，《热夜》实际写的仿佛是农村的"知青"，人物心中涌动的向往和追求，浪漫的爱情纠葛，完全出自一个知青的想象。下面这段叙述最能透露刘恒对农村的隔膜和自以为是：

> 在农村插队的时候，我觉得这个世界上数农民最辛苦。该受的我都受过了：当了半年民工……，收过两次麦子……冬天到荒无人烟的大山里开荒……，我不知道在经历了这一切之后，一个精神的翅膀特别发达的年轻人，他的五彩缤纷的理想是否会暗淡下来了。[①]

农民是一个被漠然旁置的对象，叙述的兴趣在"我"的经历，在于"我"的"五彩缤纷的理想"。

刘恒虽然以知青小说作家的身份步入文坛，但由于他的"泯然乎众人"，并未引起多大的关注，真正的崛起是在他发表了《狼窝》《狗日的粮食》和《伏羲伏羲》等作品之后。在这些作品中知青形象连同知青情结开始消失，农民和他们的生活成为本体得到展现。洪水峪村人的生存现实使他放弃了那以理想为最本质特征的生活观念、文学观念。也许是失去了理想梦才使他看到洪水峪人如此这般的生存现实？总之，两者之间存在着联系则是肯定的。所以这里我特别看重刘恒的知青出身。

---

① 刘恒：《小木头房子》，《刘恒自选集·虚证》，作家出版社1993年版，第399页。

二、作为"新写实"的中坚

"新写实"创作现象出现以来，人们一直在试图概括出它的特征，如"零度情感""原生态"写实等等。其实新写实并非新在写实形态上的变化。"新写实"新就新在它提供了一种新的阅读体验和发现，而非新的小说形式。而这主要来源于一种新的创作精神，概括地说，就是一种理想精神的消歇和生存现实的凸现。

刘恒的创作作为"新写实"的代表，典型地体现了这一创作精神。同样是反映八十年代初变革中的农村现实，刘恒的《狼窝》《杀》《萝卜套》等，与那些"改革小说"有着明显的差别。改革小说重在表现趋势和理想，它重原因，重结果，而对处于变化过程中的社会现实则是无暇顾及的。那都是政策带来的，社会历史的规律带来的，知识带来的，也是异常简单的。而刘恒的小说则避开理想，致力于描绘这一艰辛的变化过程。《狼窝》中史天会、史大笨父子承包狼窝窑时对于致富的渴望，挖窑时不惜性命地死干，挖不着煤时的狂躁和绝望，孤注一掷时赌徒般的毅然决然，挖到煤时的喜极而泣，稍富时的贪婪与愚昧，都被作者掺和着血和泪淋漓尽致地表现了出来。正因为注重过程，《狼窝》为我们提供了别一样真实。

> 有了史大笨，有了那些在狼窝沟疯狂寻找窑位，被贫穷逼急了的庄稼汉，有了自身的信心和勇气，洪水峪是会变个新样儿出来的。（《狼窝》）

这里我们看到的只是摆脱贫困的欲望，作者没有给政策理想留下位置，"新样儿"也未必乐观。史大笨的成功已让红了眼的洪水峪人失去了理智，他们乱开乱挖，小说结尾写道："四周笼罩着沉重的神秘的夜气，它那么小心翼翼，不动声色，似乎在有意掩盖着一场即将爆发的骚乱和动荡……"过程是艰辛的，没有丝毫的浪漫，前途也隐含着一种不可知，失去了理想之光照耀的洪水峪人如置身于黑暗漫长的生存隧道里，挣扎着摸索着……

在刘恒的新写实小说中，消歇的不仅仅有政治理想，还有一个大写的"人"的理想。和一些改革小说作家一样，刘恒也注重农民精神状态的表现。在《狼窝》中，我们已经看到史大笨拼命死干后面的赌徒心理。从史大笨的卖私煤、村人的眼红中不难看到小农意识的狭隘和短见。《萝卜套》则是另一揭示传统的农民心态的优秀之作。窑主韩德培先富了起来，具备了产生新的精神追求和新的精神面貌的经济基础。而这给他带来的却仅只是趾高气扬、恃强凌弱。他自己不下窑，雇柳良地做窑梆子，施舍般地赐给良地一干人的收入，霸占良地的老婆，簇新的三层楼挡住了良地的平房，俨然一个封建的豪绅。在他身上丝毫看不到一点的现代人格的萌芽。更耐人寻味的是小说安排了一个循环结构。一个偶然的机会，韩德培和柳良地互易其位：韩打猎摔成了废人，柳成了窑主。令人惊讶的是现在的柳良地完全忘记了昔日的压迫和屈辱，或者只是以复仇的方式记起它。他合同到手第一个就雇韩德培，而且月支二百，跟过去的窑梆子一个身价；他对昔日窑主的老婆动手动脚，吹牛要盖一间更地道的房子。凡此种种都说明柳良地成了第二个韩德培。一种陈腐心态的受害者是那么急切地获取了这种心态，农民心态落入了一个无法摆脱的怪圈之中，其觉悟就像当初的阿Q。我们如果把贾平凹的《小月前本》和何士光的《乡场上》与之对照，便很容易看出刘恒小说的新特征。王小月与其父的择偶标准已经不同。冯么爸在摆脱了对村领导的经济依附关系之后，立即便有了新人格的诞生。一个健全的理想的农民人格的形成应当不会太远，而在《萝卜套》中传统的农民精神状态仿佛无法挣脱的泥淖，新人格在哪里呢？

煤窑承包，说明时代背景当是在改革开放之后。而这样的社会历史背景并未改变萝卜套的社会关系结构。在这个小煤窑上进行的依然是原始的落后的生产，肩挑背驮。与此相应的还是窑主、窑梆、窑工的封建式生产关系。只要这种封建式生产关系结构不发生变化，人的精神状态就注定难以产生实质性的变化，何况人的精神有时还表现出相对的惰性呢，这样看来，贾平凹、何士光们是不是太理想化了？在刘恒小说中对理想人格的向往和表现已经让位给了对农民精神现实的剖析和展示。表面看来，这与高晓声对"陈奂生性格"的揭示似乎相似，但细加辨别又大异其趣。陈奂生性格的弱点是在与已变化了的生活和环境的不协调中显现的，它已具备了一个社会理想为其打下乐观的底色，其本身的改良应不太难，只须顺应。高晓声所做的只是在给农民的灵魂"摆渡"，促其完美——人格理想同样存在。所以高晓声下笔虽不失沉痛，但终归幽默。刘恒笔下人物的外在世界和内心世界则都是静止的，看不到一点变化，有变化也只是重复。柳良地重复韩德培，田二道重复曹干乱（《陡坡》），乔文政重复郭尚真（《两块心》），就连在别的作家笔下最易获得新思想因子的高中毕业生刘玉山，虽然具备了较强的独立意识和精明，但实际上他仍是在重复着农民式的思维方式在同命运抗争（《狼窝》）。新的生机在哪里，我们看不到，或者说作者无意表现。

疏离了对于理想的表现，却也使作者有所得，使他对现实有了比别人更深刻的洞察。理想是指向未来，指向彼岸的，而现实就是现在、此在，是人类当下的生存状况。在刘恒的《狼窝》《杀》《陡坡》《萝卜套》等篇中，我们已经看到洪水峪村人贫困的物质生活和愚昧的精神状态。而在《狗日的粮食》《伏羲伏羲》中，刘恒对人类的生存状况有了更为集中深入的勘探和表现。人的生存状况的好坏，大约要看他的需求的满足程度了。刘恒就是从人性角度，从"食色"这些人类最基本的生理需求出发来对人类生存加以考察的。民以食为天。吃，是人的最基本的生理需求，而粮食，就自然地成了人生存的最基本的物质前提。而人不是动物，它追求价值和尊严。"人不是为了吃饭而活着，而是为了活着而吃饭"（莫里哀：《悭吝人》）。人和粮食之间的关系似乎很明朗了，也很简单。而具体到人类的生存实际中去呢，一切就不那么简单了。在《狗日的粮食》中，杨天宽用二百斤谷子买瘿袋，一个人、一个生命竟和二百斤粮食画起了等号。瘿袋嘴伤人，心也伤人，我们不难用价值标准裁决她，而她却因能扒弄粮食深得天宽器重。瘿袋因丢了购粮证和钱也寻了短见。活人的粮食竟然致人死命。为了扒弄粮食，瘿袋丝毫无视人这一生命体的精神价值追求：公家的嫩棒子、谷穗子……邻家的南瓜、葫芦，只要有机会，她就下手偷，并且毫不羞耻还敢以骂对骂。当生命存在的最基本的需求无法得到满足时，人生意义的价值体系便会受到动摇，正常的价值判断便无法进行，生命要获得意义，必须活着，活着，必须得吃，若吃无法得到满足，生命就得集中全部能量去获取吃，活着，就成了吃。这样意义便被搁置了。生命失去了意义，你是活着，还是死去？当刘恒从吃这一人最基本的本能需求考察时发现人类竟是处在这样一个尴尬的生存悖论中：人类的自我超越将永远受制于自身的本能需求。

三、精神分析小说的尝试者

有人批评新写实作家过于黏滞于现象，不思考本质，只关注生存，而不关心存在，不关心生存的意义等终极性问题。这其实是个误解，新写实作家并非只关心一些浅层次的生活表象，并非只津津乐道于人的吃喝拉撒，支撑新写实叙述的有一种明显的生活观念，尽管有的尚不够确定，但他们确有自己的思考需要表达，有自己的观念需要传达。刘恒更是如此，他从来就不回避人的社会性存在，不忘透视生活表象之下的文化沉淀和人性根源，即使那些写本能欲望的篇什，也不例外。他不仅勘探着人类的生存现实，而且思考着这现实，刘恒的叙述始终伴随着"究竟何以如此"的困惑。

在刘恒对人类生存的勘探中，一个残酷的事实裸露了出来：人类生活在一个巨大的悖论之中，生存与意义、灵与肉、本能与文明、情感与道德之间的矛盾永远处在无法调和之中，人类的生活并不美好。对于刘恒这样骨子里的理想主义者来说，他渴望着摆脱这种残酷现实的梦魇般的纠缠，刘恒在思考。与这种形而上的思考相适应，刘恒的小说形态也由写实转向精神分析。因为精神分析可直达人性深处去寻求根本性的原因。这种形式还可以实验性地把人置于特定的环境下去探究人的心理反应，探究人的生存的种种可能性。刘恒的选择一方面基于他的艺术天赋，我们在《伏羲伏羲》中已经领略过他对漫长心理过程的不同心理层次的细腻把握和天才表现。《黑的雪》和《白涡》是刘恒精神分析的代表作。前者把目光投向个体的生存环境、周围世界，寻找造成人的生存困厄的原因。后者把目光转向个体自身，看到了个体自身的分裂和不定。《黑的雪》是个实验性很强的文本。李慧泉，首先是个领养的孤儿。这从血缘上切断了他和这个世界的纽带。他觉得他是个多余的人。只有打架能给他带来荣耀与自信。而小说一开场，他已被强劳了三年，这一否定击毁了他这唯一的人生支柱。加之，母死友亡，没有工作，作者剥夺了他现有的一切，让他毫无阻拦，毫无抵抗地去面对这个世界，体验这个世界。他必须要确立自我。但他首先感到的是"这一切跟他没关系分"。"人来人往，男男女女没人瞧他一眼"，他必须首先要和这个世界发生关系，意义和价值是建立在关系之上的。他寻找同伴，可刷子给他带来欺骗，方叉子给他带来威胁。他追求爱情，可"他战战兢兢地给自己设了一尊神，结果发现这尊神是个聪明的婊子。"他找了工作，可工作只给他带来金钱，不能给他带来意义。这曾经给他带来安慰和希望的一切最终都欺骗了他，抛弃了他，他只能在"救救我"的痛苦呻吟中倒向血泊。世界是异己的。他人是隔膜的。罗大妈，崔永利，各人有各人的生活，他们只有利用他时才能想到他，他们听不见他的求救声。个人与他者永远处在无法统一的矛盾之中。作者把李慧泉的不幸归因给了周围世界。

　　《白涡》则让我们看到个体自身的缺陷。周兆路的生活好像是美满的：研究员的头衔，顺利的事业，贤淑的妻子，可爱的儿女，健壮的体魄，潇洒的仪表。可华乃倩的介入轻易地揭开了它残缺的一角。他被诱惑了。这被挑起的欲望不是说明了那被压抑已久的生命匮乏？小说再次提供了周兆路一个走向"美满"的契机。他也真的抓住了。但这并不就意味着他真的走向"美满"。从一开始他就是一面是向往一面是害怕，一面是自娱一面是自责的。人毕竟是社会性的存在，他一方面听从来自生命深处的召唤，另一方面还要接受社会规范的制约。这样周兆路的人格就势必发生了分裂，一方面他想做个自然的人，留恋欲望本身带来的愉悦，一方面他又想做个社会的人，既得的和将得的名誉、地位、家庭、事业等等又不愿放弃，这种两相撕扯的生活哪里还谈得上美满，这样看来人的不幸又在于人自身。只要人还是自然和社会的统一体，这种分裂就无法避免，那么人的悲剧性存在也就是永恒的了，不周围世界可以导致个体的悲剧，个体本身也是悲剧之源，那么幸福在哪里，希望在哪里？作者探究到的仍是一个宿命般的疑问。

　　《黑的雪》中精神分析得出的结论是人与人是隔膜的。《白涡》的结论是：人是分裂的。那么这种分析的结论和方法本身形成了悖论：主体何以进入对象，分析本身确定吗？如果悲剧的根源无处不在，那就是没找到根源。刘恒可能怀疑了这种分析的有效性。"小说里的悲歌与颂歌撞上现实的铁壁，很容易变成猫叫……真的世界处处是法则，以小说来完善它，或粉碎它，是墨客们古来难全的呆梦……"①精神分析的尝试很快走向了他的自我终结。《虚证》中对自杀者心理的分析终归于徒劳。《教育诗》则象征性地表达了要了解，教育一个人"脑袋里边的东西"的不可能。叙述者"我"虽然肩负着侄儿刘性的教育和监护责任，但"我"只能无可奈何地看着他自足自在地成长。精神分析的结果是反精神分析。人永远无法有效地进入另一人。人的生存最终被还原成一个巨大的谜，还原成为千百万年来的不可知。那么作为作家的作者还可以有什么作为呢？刘恒晚近的长篇小说《苍河白日梦》则表现了他的内心痛苦和迷茫。在小说中那一贯的知识分子叙述者消失了，代之的是一个仆人耳朵的回忆。能够有效地支配人物行动的只是欲望。那个在"现代性叙事"（张颐武语）中拯世济民的启蒙者则痛苦、软弱、委琐，一步步走向自我毁灭之路。后现代主义者则欢呼道，"刘恒的《苍河白日梦》以一个寓言的方式对'现代性'的话语提出了深刻的质疑。他的本文指涉了中国现代和当代文学中有关'现代性'的众多本文，但通过对'二少爷'的书写，给了这种现代性的话语及知识分子的话语中心位置尖锐的批判"②。但刘恒"骨子里是个顽固透顶的理想主义者，他不过为自己的追求披上了一层痛苦的外衣，使他对美好事物的渴望以一种更剧烈的矛盾形式表现出来罢了"③。我们不能说刘恒放弃了为整个人类探索精神求赎之路、人性健全之路的努力，但张颐武的评论也绝非是一种无中生有。

刘恒终归是有所追求的，他对于生命与文明双重撕扯下的人类生存状况的深刻洞察和揭示，他的人性视角的有效开辟，使他无愧置身于当代优秀作家之列。他的表现方法是现实的、心理的，也是哲学的，这使他的小说既得现实主

---

① 《刘恒自选集·虚证·卷首语》，作家出版社1993年版。

② 张颐武：《最后的寓言——刘恒的〈苍河白日梦〉读解》，《当代作家评论》1993年第5期。

③ 刘连枢：《刘恒素描》，《虚证·代序》，中国友谊出版公司1989年版。

义的冷竣，又有自然主义的逼真，且不乏形而上的意味，处于分裂和危机状态下的思想，使他避免了滞留于任何一种简单化，并将继续为他的创作注入不竭的活力。

原载《小说评论》1999 年第 6 期

刘恒：启蒙精神在衍变中迷失

刘继林

20世纪80年代中期，伤痕、反思文学呼唤五四精神的回归，造成了一股激进昂扬的启蒙思潮：重新审视"人"和重构"人"的精神内核。在政治权力话语统治了近半个世纪后的文坛，这无疑将激发和成就一批作家，刘恒的辉煌即来源于此。1986年《狗日的粮食》引起文坛的注意后，刘恒先后推出了《白涡》《虚证》《伏羲伏羲》《黑的雪》等力作，在文坛引起了轰动。纵观刘恒的创作，对人类生存的关注是他作品永恒的主题，刘恒痴迷于给自己心爱的主人公设置生存困境，将人的生命本能和承载人生命本能的日常生活推向永恒的悲惨境地，从而把读者引到他生存启蒙的精神立场上来。

刘恒的少年时代是在故乡的农村度过的。60年代农村和农民的生存困境，他深有体验，他在自己的作品中表达了自己对农民困苦处境的某种总结性的思考。刘恒把"粮食""力气""性"看成人赖以生存的几根柱子。当这些基本的生存要素缺乏时，人的日常生活必将受到冲击，人也就不可能得到正常的发展，困境中的人就会发生异化，出现这种或那种形式的变态，继而酿成种种人生悲剧。刘恒正是在这种变态的生存状态下，在人无法抗拒、遁逃的悲剧宿命中，对人进行精神启蒙的。《狗日的粮食》深入地强化了人的"食"本能对粮食的需要，粮食的缺乏导致了人类理性的退化，粮食让杨天宽的瘿袋老婆风光过却也最终要了她的命；《力气》是从生存要素充分具备（"力气楞壮"）的情况下来进行人类之思的。"粮食""力气"诚然重要，"性"对人的身心发展的利害关系则更为直接。杨金山的性障碍，不仅造成了自己的悲剧，更造成了杨天青和王菊豆的悲剧（《伏羲伏羲》）；郭普云因"家伙不好使"而深深地自卑，在无法排除的死亡宿命中投水自尽（《虚证》）；周兆路抵制不了性的诱惑，在伦理与欲望之间徘徊，最终沉迷在与华乃倩肉体愉悦的泡沫彩虹中（《白涡》）；李慧泉在爱情面前的自卑，导致了性心理的变态——手淫自慰，最后无所谓地死去（《黑的雪》）。这一系列悲剧告诉我们："性"是人的命根子。

我们可以发现，刘恒把探讨人的生存要素摆到了生存启蒙的首要位置，并从这些要素出发，来呼唤野性的、充满生机活力的、富有拼搏和韧性的真正的人的回归。生存要素的极端缺乏造成了人性的悲剧，生存要素的充分拥有也同样会造成人性的悲剧，悲剧看来是现代人无法逃避的宿命。刘恒在这里用现代悲剧精神来呼应"五四启蒙"。在浓郁的悲剧氛围里，刘恒批判了那些阻碍人正常发展的传统文化因素（如"面子""嫉妒""报复"等），他的方式是给人物以灰色的结局或是采用揶揄的叙述，深刻而又沉郁。刘恒的小说惯于营造人生悲剧，《狗日的粮食》是一个食本能导致人性退化的悲剧；《力气》是旺盛的生命力个体在时代衍变中的个性悲剧；《伏羲伏羲》是一个欲望悲剧；《虚证》是一个性障碍患者的心理悲剧；《黑的雪》是一个心理无法沟通的孤独者的悲剧……这些小说流露出愤世嫉俗、悲观绝望甚至虚无的情绪。从这个意义上说，刘恒堪称严格意义上的现代悲剧艺术家，成为当时文坛的冷面杀手。

90年代，中国社会的转型，形成了市场经济对传统价值观念的巨大冲击，大众通俗文化迅速占领了文化市场。文学从过去的社会文化生活的中心走向了边缘，文学的启蒙价值形态为消费价值形态所取代，作家也失去了过去耀眼的光环，而不得不面对现实的"改造"，重新进行价值选择，思考是坚守人文启蒙的精神立场还是去拥抱充满诱惑的市场的现实问题。

刘恒当然也处在这一时代的旋涡中。作为80年代精神启蒙的代表作家之一，刘恒深爱着自己的悲剧人生的叙写模式：淡化时空意识，强化生命本能，在人与现实生存困境的紧张冲突中，用抗争和宿命来展现生命的悸动。在刘恒的笔下生命意识得到彰显，生存启蒙的精神立场得以确立。可以说刘恒80年代末的辉煌就得益于他的悲剧精神启蒙，他不会也不可能轻易放弃自己心爱的写作立场。90年代初，面对汹涌的市场经济浪潮，他试图以创作来坚守生存启蒙的精神立场，推出了自己精心锻造的《逍遥颂》《苍河白日梦》两部长篇。他借鉴了一些先锋主义的手法，或用荒诞、灰色幽默等技巧展示文化沙漠时代（"文革"）一批所谓的"时代英雄"的生存现状，或用魔幻现实主义手法凸现生存困境压抑下人的异化。在此，刘恒对现实进行本相还原，对历史进行另类解构，本质上仍然是对生存进行精神启蒙。应该说刘恒的探索是积极的和成功的，但市场化的文化消费注定了这两部作品的默默无闻。相反，王朔式的调侃文学、池莉式的市民写作却风光无限。巨大的反差使刘恒开始怀疑自己的坚守和探索有无必要，也开始思考着如何适应大众化口味的问题。在这样的心理背景下，此后的几年里，刘恒开始涉足影视，为张艺谋、李少红等导演编写剧本（如《菊豆》《秋菊打官司》《四十不惑》），小说创作几乎停滞。

　　1996年9月后，刘恒才有《天知地知》《拳圣》的发表，尤其是1997年《贫嘴张大民的幸福生活》的面市，这几部作品的风格已发生了很大变化，过去的悲剧审美精神在逐渐消逝，取而代之的是油滑和调侃，在苦难的现实生活中加进了许多幽默的成分。刘恒终于淡化甚至舍弃了自己深爱的悲剧叙写模式，从现实逻辑出发，理所当然地认同了平民写作立场。《天知地知》是刘恒小说的一个变数，"死不了的"李来昆给读者带来的故事是传奇性的和愉悦性的；《拳圣》中猎奇的成分压倒了一切；《贫嘴张大民的幸福生活》将人在困境下绝命抗争化为对现实的一味忍让和屈服，张大民以"精神胜利法"来化解生活中的种种不如意，在"贫嘴"的乐观主义旗帜下放逐了人的尊严与原则，自己安慰自己，自己原谅自己，在"忍"和"韧"中幸福而又乐观地活着。出乎刘恒意料的是，《贫》屡屡获奖，改编的同名电视剧和电影（《没事偷着乐》）也引起了轰动，十年前的局面再次重现，刘恒是激动和兴奋的。《贫》给他带来了甜头，也使他坚定了走平民写作的大众通俗化路子。此后，刘恒续写了《美丽的家》，轰动仍在继续。至此，80年代那个作为启蒙者的刘恒已在文坛消失，一个全新的市民写作者的刘恒却粉墨登场。

尽管刘恒的创作发生了如上的衍变，但总体上看，刘恒是一个残酷的生存困境的叙写者，一个沉郁的悲剧灵魂审美者，一个执着的理想主义渴求者。在精心营造的现实困境中，在激烈的矛盾冲突中，他用沉重粗犷的语言来探视人的灵魂，在死亡和宿命的悲剧氛围中为人生的失意者掬一把同情的泪水。但从现实人生出发，刘恒不忍也不能让心爱的主人公永远处在死亡和宿命的阴影中，他必须得给自己笔下的人物寻一条光明的出路。在刘恒看来，理想主义是最好的改善自己创作路子和疗救悲剧人生的办法。这里的理想主义，包括对未来的"梦想"、生活的乐观主义态度，尤其是"精神胜利法"。这样一来，作为悲剧审美者的刘恒与作为理想主义渴求者的刘恒在文本中就发生了碰撞和错位，造成了解读的困难。

在刘恒的作品中，人物的悲剧精神与理想主义色彩同时存在，苦难之中温情与温情地受难合而为一。文本在灰色、沉重、忧郁、悲观的背后，却总饱含着理想主义的人生慰藉，或是在啼笑皆非的幽默、风趣里析出挥之不去的苦涩和心酸："笔触软下来的时候，那颗心便硬了，化成难以破碎的顽石。笔触硬起来的时候，那颗心却软了，软到只须轻轻一搭，便有鲜红的泪水四处飞溅。"（《苍河白日梦》卷首语，作家出版社1993年版）刘恒说的就是自己的这种创作悖论。《力气》中杨天臣的自缢而死无疑是人类的悲剧，生命力旺盛的人却用自己的双手结束了自己的生命，给人留下的只能是深思。但杨天臣却是刘恒笔下的英雄主义、理想主义的化身，"抗战英雄""雷大仙""庄稼强人"的称号，和死后也耐不住寂寞的意蕴，在读者看来，要比耍贫嘴、以苦为乐的张大民更加"高大全"。不过，英雄主义、理想主义一碰到现实，将被嘲弄、得不到应有的价值认同，悲剧就在这样酿成。《天知地知》中的李来昆本是一个对人生充满自信，乐于与天斗、与地斗、与人斗的困境斗士，一次又一次的失败，唤起的却是他一次又一次的抗争，然而现实戏弄了我们的斗士，让李来昆落魄地自挂窑场的大门而死。现实与理想、悲剧与喜剧，本是截然对立的概念，但在刘恒的创作中却实现了融会统一。因而，《贫嘴张大民的幸福生活》所引发的"张大民是一个悲剧人物还是一个喜剧人物"的争论是可以想象得到的。

90年代的社会转型，文学走向边缘，商业化和大众化意味着旧有的文学创作模式的危机。刘恒不得不重新面对现实，转换自己心爱的悲剧创作模式，同其他写实者一样走进生活的底层，认同平民立场，描摹原生态的现实生活，在现实中加进了乐观的因素，用调侃、幽默来重塑理想主义，以此来赢得读者和市场。《天知地知》《贫嘴张大民的幸福生活》《美丽的家》等作品的人物虽也处在这样或那样的人生困境中，但他们都对生活充满信心，乐观地同生存障碍作抗争，显现出了超乎寻常的"忍"和"韧"，而这是刘恒的悲剧人物所缺乏的。刘恒认为，"不管多困难，人自我拯救的唯一办法，就是欢乐。这是自己的盾牌，一个最后的盾牌"（同上）。张大民是刘恒笔下最理想的乐观人物，张大民的乐观主义就是一种阿Q式的"精神胜利法"。刘恒背离了鲁迅所说的作为国民劣根的精神胜利法，而把它纳入自己的乐观主义的范畴。刘恒在《贫》中塑造了一个"高大全"的用"精神胜利法"来面对困境的张大民形象：无论生活怎样捉弄他，他永远是乐观地面对。刘恒认同他在现实生存困境面前的忍让态度，还彰显了他的精神胜利法，认为此法是21世纪人类自救的唯一法宝。刘恒对张大民的苟活付诸的不是灰色揶揄或是批判，而是廉价的怜悯和乐观的同情。此时，刘恒在价值取向上已向平民世俗立场偏斜，启蒙在被放逐和淡化，现代悲剧精神已被通俗的市民趣味所取代。

从以上的阐释中，我们可以发现文本背后的刘恒有时表现为两者（悲剧审美者与理想主义渴求者）的相互融会，有时却体现为两者的分裂和对峙。其实，两重意义上的刘恒都是真实审美的，都出自于生存的现实需要，前者是以人与生存困境的冲突为视角进行悲剧审美；后者则以现实苦难中人的乐观、风趣的生活态度为基点进行喜剧叙写。总之，生存启蒙的精神定位与时代写作的现实需要形成并决定了文本中刘恒解读的悖论。

刘恒的启蒙叙写告诉我们：人要摆脱生存的困境，要么悲壮地死去（杨天臣式），抑或平静地消失（郭普云式），要么苟且幸福达观地活着（张大民式）。在这里，刘恒生存启蒙的精神立场呼应了"五四"对于生命个体存在的关注，他执意于在人的生存困境中，展现人生之思，展示人性之美，却无意于对摆脱困境的具体方式作价值评判，而是服膺于现实人生的需要。而正是这种以现实为旨归的创作模式，决定了刘恒的启蒙叙写有着它无法克服的局限性，同时，客观上也为刘恒90年代的写作衍变提供了回旋的余地。刘恒从80年代严格意义上的悲剧启蒙者衍化为一个实实在在的市民写作者，究其原因，即在于此。从这个意义上说，刘恒启蒙精神的衍变是中国社会经济转型的结果，但更是其创作局限性的某种程度的外化。因而，其启蒙精神的迷失和蜕变是可然的也是必然的。

原载《湖北大学学报》（哲学社会科学版）2003 年第 1 期

对人生宿命的解剖与探询

——刘恒小说的宿命观

胡　璟

　　"最沉重的负担压的我们崩塌了，沉没了，将我们钉在地上。"[1]生存之
重是刘恒的作品永远关注的。在他笔下，生活是阴郁的、沉重的，有时甚至是
了无生趣的。刘恒作品中的人物活着便是不断地与自然本能、生存本能，与人
自身固有的弱点、缺陷相抗衡，此外，他们还不得不面对一个永远也不可能与
自身合拍和谐的外在世界。在刘恒看来，生存的困境是注定的，人身在其中永
远也无法成为自身的主宰，这就是人类的终极命运。因此，人们所追求的希望
和幸福，到底在哪里，便构成刘恒作品中一个个宿命式的疑问。但是，刘恒又
不是全然悲观和无望的，"他骨子里是个顽固透顶的理想主义者，他不过是为
自己的追求披上了一层痛苦的外衣，使他对美好事物的渴望以一种更剧烈的矛
盾形式表现出来罢了"[2]。刘恒试图以犀利的解剖、冷静的探询，对人的宿命
加以细致入微的考察，从而为人类找到出路，承担起一个坚守启蒙立场的作家
的职责。

---

　　①　米兰·昆德拉：《生命中不能承受之轻》，韩少功、韩刚译，作家出版社1992年版，第
3页。

　　②　刘连枢：《刘恒素描》，《虚证·代序》，中国友谊出版公司1989年版。

刘恒的小说中的宿命结局大致可划分为四大类别：一、人的生物本能与其社会属性产生的悲剧性冲突；二、人自身的性格缺陷造成的人生悲剧；三、社会、环境导致的人类的生存困境；四、宿命的死亡结局。从对刘恒的小说加以综合考察时我们可以发现，刘恒的绝大部分作品都能归属到上述四类中。这四大类别也包括了他对人的生存宿命的思考和反省。

一

从1988年创作《狗日的粮食》起，刘恒便开始了对于人与周围世界不和谐根源的不懈解剖与探索，这也表明这时的刘恒已与前期创作《小石磨》《热夜》《小木头房子》时的刘恒彻底地告别了，由早期稚嫩但充满生命亮色的青春期创作步入了一个沉郁、多思的中年时期。刘恒在提及自己的这段写作心路时说："偶尔写了《狗日的粮食》，听了几句好评，这才检讨以前的种种文字，发现自己中了理想主义的圈套，喝大粪水喝得太多了，……幸好中途转向，自己救了自己的命，也救了这杆笔。"[1]也就是从此时起，刘恒被归入新写实一派，开始了自己风格独异的创作，这表现为一种理想精神的消歇与现实的凸现。与早期颂扬无私奉献革命精神的《小磨石》和倡导正面理想追求的《热夜》《小木头房子》不同，《狗日的粮食》无意于承担任何理想主义的价值观念，小说只讲述一个真实的生存与吃饭两者关系的故事。我们都知道：吃饭只是人的一个生理基本需求。莫里哀有这么一句名言：人不是为了吃饭而活着，而是为了活着而吃饭。可是当我们在小说中看见吃饭成了瘿袋女人生命中唯一的目的，为此目的不惜去骂去偷，去使坏，甚至为了"吃饭"而最终丧失了性命时，我们不禁发现，我们落入了一个可悲的悖论之中：活着，仅仅为了吃饭。但人生的意义被搁在了一边，生命也就失去了意义。是选择活着，还是死亡？任何一种选择都成了生的悲剧。

古人云："食、色，性也。"刘恒从人的这两个最基本的生物本能考察

① 刘恒：《小石磨·自序》，山东文艺出版社1998年版。

时，发现人类竟是处于这样一个尴尬的生存圈套之中——人类的自我超越将永远受制于自身的本能需求。

同样，从《伏羲伏羲》这个简单的家庭乱伦故事中，我们看到的不仅仅是由于叔叔杨金山的性无能，导致了侄儿与婶子王菊豆的偷情。在这个故事的背后，我们看到的是人的性欲望带来的悲剧。原始的欲望使杨天青与王菊豆步入了"充满幸福与罪恶的阴谋中"，又终于因为触犯了道德的禁忌而招致了杨天青的死亡和菊豆一生的耻辱。"它是源泉，流布欢乐和痛苦。它繁衍人类，它使人类为之困惑"。在理想主义者的笔下，《伏羲伏羲》或许会是一个大胆追求爱情的范本，但到了刘恒手下，他却把情欲和爱剖了开来，揭示给我们另一个残酷的东西：无可逃遁的情欲与伦理冲突之后产生的悲剧。

刘恒的《白涡》也写到了情欲的宿命。《白涡》是个讲婚外情的故事。但刘恒不相信爱情，他用解剖刀把通常附着于其上的"情"的成分彻底剥离后，我们所见到的只是"欲望"，就像小说中男主人公周兆路自己所说的："那种事，没有爱也可以。"在周兆路被解剖成两个人：社会人与自然人后，我们就愈加能体会出作品所表现的惶惑与悲哀了。作为社会人，周兆路有地位，有家庭，重事业，他还想要更多，比如名誉和权力；但作为一个自然人，他又贪恋华乃倩那美丽的肉体。如此看来，人的自然属性与社会属性不可避免会发生冲突，此时，人该何去何从？小说到底是对情的反叛，还是描写欲的悲哀？总之，作为情色动物的人的悲剧性存在是永恒的了。

在对刘恒小说中的感情世界作一考察之后，我们发现，刘恒似乎不相信世间有纯美的爱情存在，他的笔下，没有甜蜜或完满的爱情故事，有的只是头悬情欲之剑的人们的痛苦与绝望的挣扎。像《冬之门》中的委琐、畸形的谷世财，恋上颇具姿色的守寡回家的干姐顺英后，朝思暮想几近疯狂，为了想在她面前充一回男子汉，在日伪军的聚餐会上往汤里放了砒霜，自己踏入了日本人的雷区。一个英雄的故事竟消解成情欲的悲剧。同样的，刘恒的长篇小说《苍河白日梦》在某种程度上，也可以看作是情欲的悲剧。

刘恒
研究资料

二

和某些先锋文本不同，刘恒无意预先在他的小说中设置一个宿命的圈套，但是出自一种敏锐的观察力和强烈的悲剧意识，刘恒总能发现他笔下的人性有着如此之多的弱.点，缺陷甚至邪恶之处，也正是这些人性残缺导致了他笔下人物无可避免的悲剧命运。这就是古典悲剧的一个重要主题：性格的悲剧，也是刘恒的性格宿命论的基点。刘恒试图在探索人物性格缺陷的时候，找到悲剧发生的根源。这时，刘恒采用了心理分析这个利器，深入人物内心，解剖人们最隐秘的心理流程，最细微的心理变化，并且不动声色地把他们展示出来，刘恒在心理分析方面展现出他独特的才能，描绘因性格造成的悲剧也成为他小说中最为出色的一部分。

刘恒作品取材极广，从农民（小手艺人，窑主，窑工）到城市市民、知识分子，都有所涉猎，而且都有其独到之处。因为《狗日的粮食》和《伏羲伏羲》的影响，刘恒往往被归为新写实一派中的农村题材作家，但我们发现，刘恒感兴趣的其实不是他所描绘的这些人物所属的社会层面（这是以往划分文学作品题材的一个重要标准），他关注更多的是这些人物作为人本身所具有的特性、共性，以及它们的存在所导致的冲突和矛盾。在这一类性格小说中，让我们记忆深刻的有窑主和窑工，如《萝卜套》中的韩德培、柳良地，《连环套》中的陈金标，《杀》中的王立秋、关大保；有农民，如《两块心》中的乔文政，《东南西北风》中的赵洪生；有知识分子，如《虚证》中的郭普云等。但令我们关注这些作品的原因不是因为作品发生的社会背景是农村或城市；故事发生的时代背景；或是小说主人公的身份，我们阅读刘恒的小说时往往会忽略这些。同样是农民，《两块心》中的乔文政显然远远比不上陈奂生更具有农民气质，但我们依旧会觉得刘恒笔下的人物真实得简直可能脱纸欲出。刘恒之所以能活灵活现地绘出这许多不同社会阶层的人，是因为他能抓住这些不同阶层的人共同的精神层面的东西，展示给他的读者们。

刘恒的小说往往能在常态的人身上"榨出皮袍底下的那个小"来。有人认为刘恒的小说是有意在审丑中表现生命的另一个内涵，因为他的小说往往描绘人物肮脏的意识流，隐秘的性心理，狭隘的报复心等丑陋的心理活动。刘恒自己则认为："人的那种自身弱点，就跟人的命运一样，对人的生活价值的影响以及人生道路的选择都起到一种说不清，道不明的那么一种作用。"[1]性格即命运，而他笔下人物不健全的人格决定了他们的命运。如《东南西北风》中的赵洪生，狭隘、内向的性格，窘迫的家境，使他被麻将制造成一个心智癫狂的人。《杀》中的王立秋和关大保，《萝卜套》中的柳良地、韩德培，一个是窑工，一个是窑主，由于他们经济地位的不同导致了社会关系的变化，造成心理的失衡和变异，因而酿成了悲剧。王立秋杀了关大保，自己也被判处死刑。而柳良地在韩德培摔成白痴后，成为新的窑主，趾高气扬，不可一世，俨然是韩德培再现。原始的社会文化氛围造成的性格缺陷，又酝酿着新的悲剧。

《虚证》是刘恒探索性格造成悲剧性命运的最好的作品。小说在结构上模拟了侦探小说的结构方式，以主人公郭普云死因的推导为脉络。所不同的是，作者在小说中，是对死者——自己杀死自己的凶手展开了调查或心理分析。郭普云自杀了，是什么导致了他的死亡？是十八岁时一场不成功的恋爱；是考大学只差六分的失败；抑或是朋友在学画的过程中成功了，而他却处于劣势；是原本俊美的脸因车祸留下一块疤痕；还是女友向别人道出他的隐私："他的家伙不好使。"——刘恒像一名冷静的大夫，剖开死者的内心世界，试图找出导致郭普云死亡的病因。但死者已矣，种种的猜测只能确定一点：郭普云的性格具备了构成悲剧的所有因素，而其中的任何一种因素都有可能击垮他，把他推入万劫不复的绝境。作者最终没能找到真正使郭普云致死的原因，随着郭普云的死，这一切猜测都只是"虚证"，就像作者自己所说的："自杀，是一个实践的课题，而不是一个玄想的项目，任何一位主动死亡的人，既是大部队里怯

刘恒
研究资料

---

① 刘恒、王斌：《对话：电影·文学及其他》，《菊豆·秋菊打官司——刘恒影视作品集》，中国社会科学出版社1993年版。

懦的逃兵，又是英勇果敢的孤军奋战者，你不可能透彻地清理这种矛盾。除非你有勇气担当同样的角色。"但有一点是可以肯定的，刘恒试图在死亡这个矛盾的命题中阐发一点东西："客观的无限可能和主观悲哀的局限性，那里似乎是生存和死亡的共同基础。"宿命，又归结到宿命。

三

使命感和责任感让刘恒在探索由于人的自身因素产生的生存困境的时候，并未忽略外在生存环境造成的人的困境。这也是他一直被看作是坚守启蒙精神立场的作家的重要原因。人无法选择自己的生存环境，这本身就是一种宿命，但无论在多么恶劣的环境中，生存的欲望始终是人最强烈的欲望，"我觉得我们最高尚的情操是，当命运看来已经把我们带向正常的消亡时，我们仍希望生存下去"[①]。当社会和一些自身无法左右的力量将人推向困境或死路时，这是一种大悲哀。

刘恒的小说中就有这么一些人，他们有着极其旺盛的生命力，往往是民间的英雄或传奇人物，以他们的个性，决不会主动选择失败或死亡，可是因为外在的因素，他们却失败了，或走向了死亡，而这样的失败和死亡又是无可逃遁的，这更显出一种宿命的可悲。《力气》中的杨天臣就是这样的人。杨天臣有着与生俱来的力气，是"洪水峪的一尊小神"。三岁剜菜，四岁拾柴，十三岁就成了一个壮劳力。种庄稼他是庄稼强人，打仗时他又成了"地雷大仙"，"好几斤的铁瓜能甩成一门炮"。大炼钢铁时虽已年迈，"百多斤的红水包子一支楞就稳稳地端开，浇锭子就像给菜畦灌肥水，老腰不颤分毫"。这个传奇英雄一生善良真诚，不吝惜力气，无论在何种环境，何种状态下，都要将自己的自然生命力量最大限度地发挥出来。可以想见，如果给予他一个能彻底发挥能力的环境，他或许会是一个举重冠军，一个篮球前锋，或者是一个更了不起

---

① 歌德：《纪念莎士比亚》，《莎士比亚著名悲剧六种》，朱生豪译，山东文艺出版社1992年版。

的人物。然而，刘恒的笔下不存在传奇，杨天臣的一生只是证实了这样一个结论：个体的人的力量不可能超越他的生存环境，人只能在命定的条件下做命定的事。这个力气能人，只因生在庄稼地里，长在动乱年代，力气往往被白白浪费，有时还成了自身的累赘。没日没夜地炼钢，"只炼出一堆叫不出名目的东西"；甚至在他最愿意发挥自己潜力的庄稼地里，杨天臣也成了失败者。大公社时起早贪黑种地，落得却是众人的白眼，还得吃返销粮来填饱肚子。八十七岁时，为了帮助儿孙忤逆不孝的杨天保老伴种地，他摔断了胯骨。一生神力，却躺在床上成了废物，杨天臣在临死前只能长叹："力气，我的力气呢？"生平自己唯一能掌握的东西也将消失无踪，这种无所作为的悲哀让他用尚存的一点气力结束了自己的生命。

《天知地知》中的李来昆又是另一种形象。他是一个公认的死不了的人。"他的生命力根本不需要任何草料，随手一提闸门或一解笼头就可以了，他是老天爷故意放纵的一个人物。"李来昆刚出生时就被狗叼走，又落入鸡窝饱受鸡啄，谁知他竟不死。九岁时遇上泥石流，骑在一棵大槐树上漂了三十里地，人都以为他这次是活不成了，他也没死。凭着天生的聪明劲儿，李来昆没念过什么书，却无师自通学会了吹口琴、写诗、演话剧，领着毛泽东思想文艺宣传队走街串巷去演出。这样一个聪明又富有生命力的人在生活中似乎没有对手。然而，他的厄运终究来了。在人人忙着挣钱的年代，李来昆承包了果园，却一年年的没有收成；养兔子、蝎子，养土鳖，一次也没成功。"他跌倒了爬起来，再跌倒了再爬起来，又他娘的跌倒了，他爬着就有点费劲了，有点懒得爬的意思了。"在养种驴失败后，李来昆活不下去了，他开始贪酒，终于醉醺醺地被义死在煤厂的铁门上。一个死不了的人被艰难的生存重负压死了。

和刘恒的绝大部分作品不同的是：这两部小说没有淡化故事发生的社会、时代背景，而是有意加强渲染了人物生活的时代、社会环境，以表现它们对于个体生命的巨大影响，以及在外在压迫下个人力量的无能为力。杨天臣和李来昆可以说是农村里少见的能人和聪明人，也是刘恒小说中难得一见的好人和正常人，以他们自身的力量，我们绝对无法想象他们会同样落入深渊之中。但是，人的能力实现的现实有限性和它发展的无限可能性之间，的确又存在着极其遥远的距离。局限于生存之境，杨天臣和李来昆成了牺牲品。

尽管深知生存的困境，人在面对主宰自身命运的力量时的惶惑和无能，刘恒仍在被小人物们竟然还好好的活着感动着。在无数次的沉重之后，九十年代末，刘恒改变了自己的文风，开始用调侃和幽默来显示生活。我们第一次在他的小说中看到了一个终日"贫嘴嘎舌"、嘻嘻哈哈的主人公形象——张大民，并且难得一见地看到被定义为"幸福生活"的人生。笑容和"幸福"出现在整部作品中，我们差点要以为刘恒是不是已经改变了，大彻大悟了，从痛苦的现实主义走上了理想的彼岸。

可我们再细看时，我们会发现，张大民的人生仍是"烦恼人生"，调侃、耍贫嘴的背后是阴郁的生的沉重和无奈。张大民的"幸福生活"只是含泪的强颜欢笑。刘恒的改变，只是在"新写实"的"琐屑的现实主义"或真实再现生活本相的镜头前，加了一块"哈哈镜"，变形、可乐的镜像仍是对真实的折射。小说中，生存的艰辛、穷困、屈辱、尴尬、病痛，使得皮实而油嘴滑舌的张大民照样有活不下去的冲动。当张大民与也要结婚的弟弟三民两人商量：怎样在一个只有六平米的小屋摆下两张双人床，住下两对夫妻时，"在一瞬间产生怀疑，怀疑对方也怀疑自己是不是人。不是人，是什么东西呢？是人，又算哪路人呢？"物质的极度匮乏，艰难的生存条件，死亡似乎已经在门口候着了，张大民只能对自己，也对家人说"没意思，也得活着，别找死"；"有人枪毙你，没辙了，你再死，死了就死了。没人枪毙你，你就活着，好好活着"。

值得注意的是，在寻求让他笔下的小人物解脱困境的方法的时候，刘恒终于让他们摆脱了头上那沉沉的死亡的阴影。刘恒认为，当为人的尊严与价值被艰难的生存所取代，只要活着，就是"幸福"了。"每个人的能力是不同的，也是有限的，机会也不是每个人都能抓住的，当这些你都没有的时候，你还剩下了什么呢？只是一种精神的力量，张大民就是靠着它，把所有的困难都踩在脚下。"[①]用精神的力量消解矛盾，忘却痛苦，这就是刘恒试图为无法摆脱

---

① 《贫嘴张大民，幸福在哪里》，《深圳周刊》2000年第14期。

苦难的人们找到的出路，但这里未尝没有认命的阴影，——又是宿命。当然，在《贫嘴张大民的幸福生活》中，刘恒难得地动了"怜悯之心"，他让张大民叨城市建设的光，好歹靠拆迁分了一套住房，但这只是个机遇，并不是每个像张大民这样的小人物都会有这样的好运气的。何况，好的结局并不就是生活真实，刘恒面临着严肃的现实主义作家都要面临的难堪和危机。刘恒的下一步该怎么走，我们只有等待他的新作问世才知晓了。

四

其实，论证刘恒创作的宿命观还有一个最佳的佐证——他的小说中的死亡情结。因为人的终极宿命即是：无可逃遁的死亡。生，是偶然的；死，是必然的。对生命和死亡的沉思从来都是文学与哲学交汇的一部分。在当代作家中，很少有作家像刘恒这样热心在作品中写到死亡，他的绝大部分作品中都存在着死亡或以死亡为结局。刘恒在他的作品里解剖着人，探寻着人的死亡情结。没有比死亡更具宿命意味，更让人难以琢磨的。而表现死亡，实际上是在对人的存在意义提出困惑的探询和思考，这使得刘恒的宿命论具备了深刻的哲学意蕴。

死亡，是我们每个人都会面对的结局。如果是自然死亡或寿终正寝，那是一种必然规律，无须过分悲哀。但是，我们在刘恒的作品中能看到的是除此之外的各种各样的死亡方式。有自杀的，像《狗日的粮食》中的瘿袋女人曹杏花，《伏羲伏羲》中的杨天青，《力气》中的杨天臣，《虚证》中的郭普云；有被人杀的，如《杀》中的关大保、王立秋，《黑的雪》中的李慧泉，《东西南北风》中的外乡裁缝；有暴死的，像《陡坡》中的田二道，《连环套》中的三更，《冬之门》中的谷世财；还有生不如死，虽生犹死的，像《伏羲伏羲》中的瘫子杨金山，《连环套》中的炸成白痴的兴来，《萝卜套》中摔成白痴的韩德培等。刘恒这样有意地安排死亡，就已经使它们具有了特定的宿命色彩。

从刘恒小说中人物死亡模式的变化中我们可以看到，刘恒在表现死亡的时候，实则在表达他的人生信念、道德准则，以及对于更大的范围中的人类的生存困境的关注之情，并借此表现他对于整个世界的看法。刘恒小说中人物死亡的原因和死亡模式归结起来，大致可分三个层面：一、人作为生物因本能产生的悲剧性死亡；二、作为社会的分子的人因违反社会伦理、道德规条而产生的死亡；三、因为人类的自身弱点和外在原因导致的悲剧死亡。我们可以发现，这三个层面外延依次扩大，顾及了人的生物属性与社会属性，并囊括了人类几乎所有的死亡悲剧。

刘恒小说中存在的第一层面的死亡，源于人的生物本能与社会属性产生的必然冲突，如瘿袋与杨天青之死。食与性的悲剧是刘恒小说的最基本的主题，也是生发其他层面悲剧的基础。刘恒向来被认为是以冷静的旁观者的姿态出现在作品中，但在冷静内敛的背后，刘恒没有忘记担负起沉重的道义职责。他发现，人类在满足了自己最基本的生存欲望之后，就会有更多的愿望需要满足，其中包括一些恶念，如无度地追逐金钱、权力等。人性之恶既然是永存的，就必须受到一定的道德规条、社会伦理的约束，作家也要表明自己的道德评判。刘恒描写农村题材的作品，很多可归结到这一类型，特别是那些对经济转型时期的农民在文化道德上的狭隘与滞后加以批判的作品。如《陡坡》中修车胎的田二道，将图钉、钢屑撒在路面上，以挣到更多的钱。最后，他也因钢屑而丧命。玩火必自焚，刘恒在命题之时，就已经宣判了这个在道德的陡坡上冒险的青年的死刑。因为玩弄权力与金钱，《萝卜套》中韩德培摔成白痴也可以说是必然。除此之外，刘恒更着力探索人类因自身与外在因素造成的死亡根源，他的小说既关注人的生存欲望无法达成的悲剧，如杨天臣与李来昆的死；更着力探询人类自身的悲剧性宿命：死亡源于人自身的性格缺陷，或源于人与人之间的冷漠与仇视：如郭普云，他的死固然有自身的因素，但未尝不是人与人之间的隔膜造成的结果，小说中就屡屡提到人与人无法互相理解的悲哀。《黑的雪》中李慧泉虽死于他杀，但他所面临的孤独境遇早就让他像"一只找不到港口的破旧的小船，船舱里已经进水，就要下沉了"，他身边的人，"方叉子、警察、罗大妈、赵雅秋、刷子……数不清的男男女女老老少少统统跟他没关系。别人都为别人活着，他为他活着。人人都为自己活着！"在周围的人群中，他无法找寻到温暖与慰藉，李慧泉的心，在他肉体未死之时，早已冻结了。或许，人与人的隔膜导致的死亡是令刘恒最伤痛的死亡模式，同时这也是他的作品中最具有哲学意味的死亡悲剧。

尽管如此，我们还是有理由相信：刘恒是出于对生存的热爱与渴望，才会如此淋漓尽致地表现死亡。对死亡加以如此深入地描绘与剖析，他的用意只有一个：透过众多的死亡，勇敢地面对并不完满的人生，并且能正当、合理、美好地活着，就像他在《虚证》中提出过的人生企盼一样。

原载《小说评论》2003 年第 4 期

刘恒小说的叙事模式初探

李永中

刘恒的小说探讨和表现生命、人性、生存诸问题，透露出沉重和压抑的情感基调，他发现了生命、人性与文化的对立与冲突，生存的重压与艰辛。那么刘恒是用何种话语方式来表达这些生命主题的？换言之，他是如何赋予生命主题以叙事形式的？为了回答这一问题，本文拟从"虚置/强化""回忆"两种叙事模式来论析。

一

"虚置/强化"模式是指虚置社会背景，强化人的自然属性，惯用的手法是，"隐现特定时代的社会背景，显现恒定的日常生活；淡化人的社会属性，强化人的生命本能，在隐在与显在的相互映衬中，在淡化与强化的相互作用中放大他的人性——生存之思"①。《狗日的粮食》《伏羲伏羲》《逍遥颂》《天知地知》都采用了"虚置/强化"的情节结构模式。我们先以《逍遥颂》为例进行分析。

---

① 昌切：《无力而必须承受的生存之重——刘恒的启蒙叙述》，《文学评论》1999年第2期。

为了强化或突出人性（人的自然属性、人的劣根性），作者淡化了虚拟了外在的社会背景。它们是"无产阶级文化大革命"。这整个背景在文本中是被淡化或虚置的。它与人物的命运之间的对应关系被解构。作者淡化人物的社会性，放大人物的动物性，细致地描写人物的劣根性。作者用轻松调侃的笔调写人的吃喝拉撒，写他们的听觉、嗅觉、视觉。几千万"红卫兵"是当时旧秩序的造反者，又处于性爱要求最强烈的青春期。作者不惜篇幅，刻画他们强烈的性意识。面对女性角色时他们的生理欲望被极大地调动起来，当生理欲求受阻后他们便采取种种变态的发泄方式，呈现的是龌龊、恶心、兽性的世界。总司令整日看黄色书刊；外交部长不停地放屁；作战部长与后勤部长展开了战争；后勤部长想用绳子勒死作战部长，不小心把自己的脖子勒着了，然后互相大打耳光；副司令与后勤部长为了夺权大打出手；后勤部长与外交部长比赛"憋气"，他们对一切肮脏的东西感兴趣。这一切都表明了他们的人性退化、生命力枯萎，生存方式之可怕，突现的仍然是人性的破坏性、残酷性。《逍遥颂》把人置于与世隔绝的环境下，暗示出这一批少年赤卫军怎样从人性的萎缩开始，一步一步沦为"动物"，无疑是从一个侧面象征了赤卫军的生存悲剧。

刘恒以为，"《逍遥颂》实际上确实跟我少年时的一段经历有关系，我只是将这段经历稍微来点象征化，荒诞化……夸张化，夸张化可能就是赋予我个人经历以超出个人的经历的意义来"①。他在《逍遥颂·跋》中写道，"钻出那孔垃圾道时竟知自己仍在一眼无尽头的洞里跋涉，身心几近糟朽和颓败。为求生求强计，特作《逍遥颂》"。可见，刘恒写作的动机是为了透过历史的表象，重建一个处于我们自己的世界表面之下的恐怖黑暗的客观现实世界，揭开或揭露梦魇般的现实，戳穿我们对日常生活和生存的一般幻想和理想化，亲身体验我们异化了的现实世界，进行人性的批判与解剖。我们大家都曾是"文革"中的一员，都是人性退化者，我们无法摆脱灵魂的污秽。正是看到了人自身、人生命中无法克服、无法把握的东西在否定人本身以及人所跻身的世界以及"文革"所蕴涵的全民族精神的愚昧、荒唐与沉落，刘恒才会感到无限的悲

刘恒
研究资料

---

① 林舟：《人生的逼视与抚摸——刘恒访谈录》，《花城》1997年第4期。

凉，因为在他看来，"文革"不只是过去的历史，而且是还活着的历史；它不是一个已经结束的时代，而是仍然存在的一种现实，它是与人的劣根性同在的现实，这是人自身的悲剧，人的悖论所在。人在创造这个世界，却又在毁灭这个世界，这样就把人的生存问题上升到存在主义的高度，人永远处在一种无法自救的自虐、施虐所组成的文化悲剧里。这也可从刘恒与冯骥才、陈雷、岳建一等的对话看出来："我老觉得'文革'是中国几千年历史的一个保留节目，将来不知道什么时候，还得搞。就是以别的方式来搞罢了。搞的方式不一样，但性质恐怕是一样。这是中国社会所决定的，难以摆脱。这就是中华民族的一种宿命。……咱们这个民族好像有一个潜在的自虐倾向……几千年历史就是一直在那玩上吊，改朝换代就是换人上吊。你方吊罢我登场，最后这个民族就是渐渐地衰败。回过头看'文革'，怎么看怎么觉得像一个上吊的人，凳子一踢开之后下不来了。"①

《天知地知》是刘恒20世纪90年代对关注人的生存处境、生存方式的小说叙事方法的一种延续，一以贯之的是对人的生命的探索。它是按照时间顺序来写人物的命运的。李来昆1950年出生于玉米地里被狗叼走。9岁那年在巨大的泥石流中神奇地活下来。1965年参加民工队。1966年11月李来昆与大辫子姑娘在广播室里打情骂俏，说下流话。1968年槐树堡成立"毛泽东文艺思想宣传队"，李来昆任队长，经常去农村演出，宣传队一直维持到粉碎"四人帮"。80年代经济体制改革后，李来昆一败再败，最后在弟弟承包的煤场看门，喝醉了酒翻越铁门时被门上的铁刺扎死。之所以繁琐地列出李来昆的人生经历，是想说明这些社会背景、政治经济事件与李来昆的命运之间没有构成必然的联系，或者说李来昆的命运并不是受制于特定时代的政治经济结构。小说既不是描写"文革"期间李来昆如何被打击、批判，也不是写李来昆如何负载主流意识形态话语成为英雄人物或去欺压别人。在经济改革的背景下，李来昆失败的命运与党的富民政策之间没有关联，可见，作者在表现李来昆的命运时并不关注意识形态话语、经济改革，他淡化社会历史内容，突出或强化李来昆等的人

---

① 刘恒、岳建一、冯骥才等：《文学与"文革"》，《文学自由谈》1989年第1期。

性内容。作者放大人的生物性，把人的生物性渗透到人们的日常生活甚至人们的正常工作中。作者采取了一个特殊的角度把这种人的生物性扩展开来让其成为人们日常生活中笑谈的一部分。李来昆与大辫子姑娘充满性意识的调笑无意中被广播出去之后，又引出了副队长和正队长与大辫子姑娘之间的性隐私，这一切都被放大之后，成为老百姓笑谈的佐料。这就是民间的生活——充满花边新闻的生活。

槐树堡成立"毛泽东文艺思想宣传队"时，李来昆任组长，他们演"样板戏"，如《沙家浜》《红灯记》等，李来昆与观众的关系是"演/看"的关系，然而这一关系最终转化为"打/被打"的关系，打的根源都与"性"有关。李来昆演小话剧中的坏分子调戏妇女队长，这一坏分子眨眼睛的动作与观众中的村书记眨眼睛的动作一模一样，村书记误以为是针对他的，便指使两后生给李一顿扁担。不只如此，还引出了村书记与妇女队长的隐情，戏的内容暗合了现实。李来昆第二次挨打是由于穿了村女卫生员的花裤头。"样板戏"渗透了政治意识形态的说教：样板戏利用大众化的形式对民间生活进行渗透。从李来昆演戏被打我们可以看出作者有意淡化意识形态话语对民间生活的影响，着力突现的是人们思想观念的封建、愚昧和落后以及人性的自然形态。

在经济改革后，李来昆承包了果园，第一年遇上了雹子；第二年遇上了虫灾；第三年收获季节时果子被人们大批大批地偷走，这里揭示了天灾人祸尤其是人的劣根性——匪性，它具有很强的破坏性，李来昆避免不了失败的命运。

从叙事学的角度来看，更应重视的是叙述者"我"，由于叙述者"我"的存在，李来昆的故事便置于叙述者再度讲述的更大的叙事框架中，李来昆的故事便成为以"我"为中介的故事。"我"与李来昆之间有一种生命联系，小时候我们是伙伴，在李来昆一败再败颓唐潦倒时我们曾有过不愉快的接触。李来昆曾以他那尖刻的语言击中了我平庸浮浅的灵魂，因此"我"与李来昆的交流便可看作"我"的自我诘难的方式，即借以自我批判、自我反思的方式，它使得"我"不得不思考生存的精神性问题。

小说是以"回乡"形式展开叙事的，清明回乡扫墓本来是一种庄严的唤醒沉埋的生命记忆的行为，却被"我"当作一种缺乏情感色彩的例行的琐事。正

刘恒
研究资料

是李来昆的死触动了我早已平庸的灵魂，使我重新思考死亡对于生命的意义，也使我重新审视自己得以生存的精神根源：

> 我不停琢磨明天和明天以后的日子。我要活得更纯粹一些，更成功一些。否则我会不舒服。我想出一百种比写书更有意思的事情。但是，我知道自己一件也干不成。除了必须写书，激励别人——激励表兄那样的人？鼓舞别人——想想什么事情能鼓舞我！——我还有别的活路吗？

显而易见，在刘恒看来，写作不仅是对自我的确证，对他人的激励，而且也是自己精神的栖居。

这种对人的生存处境和生存方式的关注在刘恒的小说创作中是一以贯之的。《狗日的粮食》中的瘿袋活在人间的唯一意义就是留下了一人群子女，其生存意义通过生殖得以肯定。《伏羲伏羲》是通过"本儿、本儿"将生殖意识经由受恩者向复仇者转化的故事突现出来，都是采用虚置生存本体上的社会背景、淡化人的社会属性、强化人的生命本能的叙事模式，这一叙事模式构成了刘恒小说的鲜明特点。

二

回忆对于小说文本具有总体的统摄作用，它的形式功能是双重的。作为生命的形式，回忆是叙述者的创作动机及其面对生命的情感认知方式；作为艺术的形式，回忆在小说中承载着基本的结构和美学的功能。回忆使《苍河白日梦》显得很复杂。我们先来看作者与叙述者（百岁老人）的关系，文章开头有一个题记：

> 孩子，我的故事讲完了。
> ——老者
> 老人家，我拿它怎么办呢？
> ——作者L

从这个题记里可以看出，小说文本中存在一个讲故事的人（老者）和一个听故事的作者L。他们之间构成一种对话①的关系。"实话告诉你吧，你爱听不爱听都没关系，我冲着这堵墙讲故事可不是一年两年了。"这里是讲述者对他者的言说，同时又意识到他者的存在。"我觉得我差不多就是曹老爷的一个儿子。他老人家怎么看我不管，我有我自己的主意就是了。偷偷地给一个老地主做儿子，这叫什么事？你说得很对，这是悲剧"。"老爷待我仁义……""我算个什么东西？我把自己当个人儿，到头来不过是曹家府里一条饿不着的狗罢了。"小说中的"作者L"不仅是百岁老人讲述的故事的倾听者，同时也更是一个审视者。百岁老人一遍遍地自我嘲讽、自我否定、自我申辩，是因为他一直感受着"作者L"的潜在的审视的目光，因此百岁老人与"作者L"之间呈现为一种内在的对话关系，小说更深层的语义正由这种对话关系所显示。"作者L"与百岁老人的潜在的对话，可以看作是作者的两种声音的外化。"作者L"和百岁老人的辩难，正是作者的两种声音在冲突，在对话，在争辩，最终很难说哪一种是主导性声音。这种辩难性正是刘恒小说思维的体现，是刘恒认知和把握世界的小说观念在小说文本层面的印证。这可以从《虚证》里看出来，一方面是郭普云的自杀；一方面是我对生活的执着；一方面是对死亡与自杀的思索对生命存在意义的探究；一方面是刘恒对中国文化所作的批判。在刘恒的小说的深层容纳了自我生命体验的个人性话语，文化批判的启蒙主义话语以及生命的悲悯意识。自我生命体验的个人性话语构成了小说叙事的出发点同时也是小说叙事得以进行的动力。

在《苍河白日梦》里，叙述者"我"有一种罪感。"我"抛弃了刚出世的小孩，未向二少爷言明少奶奶与大路私通的事实，却向少奶奶讲了二少爷自虐的真相。"这都是我造的孽吧！""我对不起他们俩了！"因此回忆在某种意

---

①　对话有两种基本形式：一种是人物之间的对话，另一种则是人物自身内心的对话。这后一种对话往往又有两种表现形式，即自己内心矛盾的冲突和把他人的意识作为内心的一个对立的话语进行对话。张杰编选：《巴赫金集》，上海远东出版社1998年版，第9页。

义上是一种赎罪的表现。随着故事的讲述，这种罪感获得暂时的缓解。另一方面，叙述者反复声明自己的时间不多了，不能让这么有趣的事情烂在肚里，回忆在此表征着对已逝生命的追寻。下面我们先来分析《苍河白日梦》沉埋的生命记忆，再来看看编织这种生命记忆所采用的叙事结构。

在《苍河白日梦》里，几乎每一个人都陷入了一种欲望与追求之中。"我"有强烈的性意识，暗恋美丽的少奶奶，偷看春宫图，和五玲儿发生"性"关系。老爷生活在死亡的恐惧中，少奶奶的热情，大路的性压抑，二少爷陷入一种自卑、自虐、施虐的心理和心理的困惑之中……但所有这些欲望与追求都被不能把握的强大力量所压抑。

少奶奶刚嫁给曹家二少爷时，充满鲜活的生命气息，发出爽朗的纯情的笑，这种笑声遭到了打坐参禅的太太的压制，笑声慢慢变小了最后只有无声的笑；后来当他得知甚或目睹了丈夫的自虐、自卑、性无能时，内心便充满了恐惧与不安，在一个毫无生气，既无性爱乐趣亦无爱欲升华的枯燥的生活中，少奶奶慢慢丧失了生活的激情。在身心得不到满足的情况下，她面对强壮的大路的引诱，惶惑而无法抗拒，本来潜隐内心的被压抑的情感浮现出来，终于她背叛丈夫投进大路的怀抱，由此少奶奶又浑身洋溢起了曾经有过的生机与快乐，随着怀孕和孩子的即将出世，少奶奶开始感到恐惧，在自布的网中挣扎。孩子出世后，一切都面临毁灭。孩子被抛弃，大路被割掉生殖器，并遭到残杀，少奶奶被赶走，最后自沉苍河。

大路在小说中是一个富有象征意义的人物。他同样陷入一种生命的挣扎和对一种自身无法把握的力量之恐惧。大路是法兰西人，是二少爷请来的制造火柴的技师。作为一个西方人，他有性压抑感和孤独感、隔膜感，每当这时候他就爬进大水缸里洗澡，在水缸里释放他那被压抑的生命本能，他抵挡不了欲望的渴求，他爱上了少奶奶，并和少奶奶生下了一个孩子，这一事实使洋人遭受被杀的命运。

随着主人公生命的流逝，叙述者"我"也感到了生命的流逝，生命的短暂，"我的飞机没油了"，"一百岁的脚也是脚"，表征着叙述者面对永恒的时间时产生的对生命的困惑与珍惜。它注重个人的日常性生活中的伦理、温情

（"你的到来有益于我的健康"）以及生命本身的意义，面对这沧桑变幻如梦般的人世，人不过是一些备受折磨的可怜虫。于是它消解了人世的斗争和痛苦，并将其转化为一种生命的悲悯。

叙述者"我"在回忆时通常有两种眼光①在交替使用。一是被追忆的"我"过去正在经历事件时的眼光；一是叙述者"我"目前追忆往事的眼光。这两种眼光可以体现出"我"在不同时期对事件的不同看法或对事件的不同认识程度，他们之间的对比常常是成熟与幼稚，了解事情的真相与被蒙在鼓里之间的对比，这两种眼光间的差别需要我们从整个小说中推断出来，例如："跟苍河上下数不清的村镇比比，榆镇在我们榆镇人的眼里简直就是天堂了。现在想想，这种洋洋得意实在是毫无道理。"在这里，我们既可看到叙述者"我"过去对榆镇的看法，又可感觉到叙述者现在不再像过去那样天真地把榆镇看作是天堂。这里的观察角度是一种居高临下的追忆性角度，叙述者与往事之间存在时间距离。当叙述者放弃追忆性的眼光，而采用过去正在经历事件时的眼光来叙事时，我们看到了他对诸多事件的无知与偏颇，他的世界与二少爷、二少奶的世界不可沟通。叙述者的回忆在叙述层面指向的是过去的生命故事，而在本质上则指向"此在"，于是叙述者的过去与当下存在一个跨度。诸多韵味都生成于这个跨度之中。由此"时间性"引入到回忆的叙事情境之中，叙事的流程变为"根据现有的蕴涵而重新打开时间的一种努力"②，在时间流的两端连结着当下与过去，从而关于过去的讲述便构成了遥指当下的讲述，产生了过去与现在并存的时空结构。它最终暗含了两个时空两种生存遭遇的参照，是两个世界在互相诠释，最终凸现的是人存在于时间中的永恒境遇：生命与存在的本质。正如刘恒所言，"实际上'录'的运用是找到一个叙述角度，它仍然是基于这样的目的，即寻找某种象征意蕴。比如说，我所录的是一个老人的叙述，而这正是叙述一百年前的事情，使用第一人称就好像是叙述'现在时'的故事，而实际上是一百年后的今天，一个人在记录，我想这可能是一个写作者套

① "眼光"指充当叙事视角的眼光，不仅涉及他/她的感知，而且也涉及他/她对事物的特定看法、立场、观点或情感态度。

② 梅洛-庞蒂：《眼与心》，刘韵涵译，中国社会科学出版社1992年版，第17页。

227

研究资料

刘恒

用的方式，让它本身产生某种意义，即再过一百年后展开的仍然是同样的一个故事"①。《苍河白日梦》由此讲述了一个生命本身的故事，它讲述的是关于生命的过去、现在与未来的永恒的故事。

从以上的分析可以看出，无论是采取"虚置/强化"，还是"回忆"的叙事模式，刘恒都试图从历史性的变动不居的生命中勘探出、把捉住人性的普遍性和永恒性。在一个世纪末的文化氛围里——生命被工具理性、意识形态、经济、文化等磨耗得越来越远离了自身时，我们是否应该重视感性生命，重新反思刘恒所言及的一切呢？

原载《江汉论坛》2003 年第 5 期

---

① 林舟：《人生的逼视与抚摸——刘恒访谈录》，《花城》1997年第4期。

寻找小说与影视的契合点

——刘恒小说的电影化想象

徐　巍

新时期以来，随着社会形势的变化，文学艺术又一次得到了空前繁荣，而中篇小说和电影，由于其较大的容量和反映社会生活的迅速性，更是得到了迅猛的发展，成为极为活跃的两种艺术形式。加之这两种艺术在容量上比较相当，所以从小说（尤其是中篇小说）中获取养料成为新时期电影创作的极为重要的一个方面。许多优秀的、在社会上具有较大影响的影片，很多是改编自新时期以来的小说（主要是中篇小说），如《天云山传奇》《城南旧事》《被爱情遗忘的角落》《人到中年》《牧马人》《人生》《高山下的花环》《那五》《神鞭》《黑炮事件》《红高粱》《大红灯笼高高挂》《菊豆》《秋菊打官司》《顽主》《永失我爱》《阳光灿烂的日子》《活着》《幸福时光》《鬼子来了》等等。小说和电影这一密切的关系也就不由自主地促使了二者在艺术思维、形式、结构上的趋同。正如一些研究者所指出的那样，八十年代的"一些作品将完整的故事情节故意地切割、打乱、拆散"①。事实上，这种切割、打乱、拆散的结构方式恰恰给电影改编带来极大的便利，八十年代许多影片的改

---

① 刘安海：《小说"小说"》，华中师范大学出版社1999年版。

编给人感觉完全是对小说的照搬很大程度上原因即在于此。

九十年代之后，中国社会更是发生了触目惊心的变化。这种变化不仅体现在中国经济改革进一步深入，与全球化的浪潮相接轨，而且体现在人们对自己日常生存状态的关注，全社会意识形态思潮的变化，以至整个文化形态的变迁。伊戈尔顿曾说："我们正面临着一个视觉文化的时代，文化符号屈于图像的霸权已是一个不争的事实。电影、电视、广告等等，这些图像涉及了现代社会政治、科技、商业、美学四大主题。"正如有研究者认为的那样："有人戏称现在是一个'读图时代'。图配文的书籍充斥着书店货架。与传统的'文配图'（如扫盲识字）不同，文字业已沦为图像的'奴仆'而退居次席。文学名著不断被拍成电视连续剧，越来越多的人乐于通过看电视剧而不是阅读来了解这些名著。在这个图像横行的年代，电影一方面施行自己的权威，另一方面又在捧杀文学。小说家期待着电影导演的青睐。电影无疑捧红了一些作家，如今的法则是作家借电影来'增势'，图像的力量为文字壮胆！"①在一个现代传媒垄断一切的时代，在一个视觉文化几乎完全占据上风的时代，小说还想保持着自己以往一呼百应的地位，不免会落入堂吉诃德式的尴尬境地，所以，它不免要对影视这一新贵侧目而视，甚至投怀送抱，作家们也就不得不面临着来自影视的巨大诱惑和挑战。在滚滚改革浪潮裹挟之下，文学艺术也不得不发生巨大的转变。许多成功者都试图在影视和小说创作之间寻找到一个平衡点，而刘恒恰恰就是这样一位作家。早在上个世纪八十年代后期，刘恒就全面介入了国内电影的生产。在当时，一部好的电影剧本对一部好影片的成功具有着举足轻重的地位。事实上，刘恒带给影坛的最初震撼也正是得益于中篇小说《伏羲伏羲》的成功改编。于是，当我们回过头来品评他的小说时，也就很难撇开他与影视艺术的密切关系和相互影响。

刘恒的小说创作并非有意识地走向影视化。但他早期小说的创作却在许多方面不自觉地靠近了电影艺术，非常适宜于改编为影视作品，因而也把自己一步步地推向了影视创作的"不归路"。从1988年改编《本命年》正式"触电"

---

① 周宪：《视觉文化语境中的电影》，《电影艺术》2001年第2期。

开始，刘恒先后改编、创作了《菊豆》（1990）、《四十不惑》、《秋菊打官司》（1992）、《红玫瑰白玫瑰》（1994）、《美丽的家》（2000）、《画魂》、《白色漩涡》、《跟我走一回》、《野草根》、《西楚霸王》、《漂亮妈妈》等多部电影剧本。从这个意义上说，刘恒完全称得上是一个电影化的小说家。事实上，刘恒创作道路的选择并不是偶然的，这与他小说创作的内在追求有着不可分割的联系。

《黑的雪》是刘恒非常值得关注的一部长篇小说，也是奠定其创作风格的一部小说。小说讲述了劳改释放犯李慧泉重新踏入社会后的种种遭际和整个社会的隔膜，集中笔墨塑造了这一典型人物，紧紧围绕着这一人物展开社会生活的一些层面。小说采用第三人称的全知视角，叙事力求客观。值得重视之处在于，小说的叙述过程基本上是由一个个描写非常细致的场面构成，犹如一架摄影机在工作一般。如：

> 身后马路上汽车来来往往；天上有白色的飞机缓缓飞过，一对年轻夫妇在便道上吵架，一辆拉水果的三轮翻了车，绿地的栅栏里有个外地人背对行人撒尿，大概实在憋不住了……下水道里爬出了一只土鳖，它在车轮间无意识无目的地穿行，竟然爬过马路，翻上了对面的便道。李慧泉一直注视着它。①

这样短短的一段描写，完全可以看作是七个镜头顺次剪切在一起的，是非常电影化的手法。这种富于动感的描绘，很大程度是建立在读者视觉经验和想象的基础之上的，作家所传达的恰恰是符合视觉习惯的画面效果。这一段我们可以毫不费力地把它变为电影镜头。

1.马路上汽车来来往往；（中近景）

2.天上有白色的飞机缓缓飞过；（远景、长焦）

---

① 刘恒：《黑的雪》，《刘恒自选集·中短篇小说卷》（第1卷），作家出版社1993年版。

3.一对年轻夫妇在便道上吵架；（中近景）

4.一辆拉水果的三轮翻了车；（近景）

5.绿地的栅栏里有个外地人背对行人撒尿；（中近景）

6.下水道里爬出了一只土鳖，它在车轮间无意识无目的地穿行，竟然爬过马路，翻上了对面的便道；（跟镜头）

7.李慧泉注视着。（特写）

事实上，这样的场景在刘恒的小说中比比皆是，自然流畅，没有丝毫勉强的痕迹。正如高行健所指出的那样："电影技术的发展对现代小说的读者的审美能力影响很大。现代读者在阅读文学作品的时候，往往不自觉地被由电影培养起来的审美习惯所左右。他们对冗长的环境描写和静态的叙述感到烦腻，希望文学作品多提供活的画面，也就是一个个相互联结的镜头。"[1]我想，刘恒恰恰不自觉地顺应了这种小说创作的新方式。他的小说具有一种平易感，能自然而然地引起读者的阅读兴趣，这都与他小说中众多的活动画面、电影化的蒙太奇剪切、力求客观的叙事方式有着不可分割的关系。

1988年对于刘恒来说是值得庆幸的。这一年，他不仅推出了自己代表性的作品《伏羲伏羲》《白涡》，而且正式开始电影剧本创作。我们不难发现作者以往小说中电影化的倾向日趋成熟。在《伏羲伏羲》中，刘恒采用了貌似传统小说的传奇式的叙事手法，以"话说民国三十三年寒露和霜降之间的某个逢双的阴历白昼"开始，按照时间顺序娓娓道来，一直推动情节向高潮发展，这很符合一般读者的阅读心理，也使小说具有很强的可读性和引人入胜的效果。但是细细分析就会发现，小说其实是由若干富于动感的场景构成的，有的甚至可以直接当电影剧本来读。如：

离石板茌三里地的谷口有一间石堂子，像扩大的蛤蟆嘴一样对着泥泞的小路。叔叔骂骂咧咧地从骡鞍鞯上跳下来，又捧油罐子似的把女人抱到地上。婶子钻进了蛤蟆嘴，叔叔也挤进去了，天青凑到跟前，发觉里面

---

① 高行健：《现代小说技巧初探》，花城出版社1981年版，第77页。

没有多大余地。叔叔和婶子的眼睛表达着完全相反的意思，天青就闹不明白自己到底该不该进去。叔叔的目光更加确凿，天青便知道自己是进不去的了。

"你到林子里找地界儿避避，拴牢牲口，小心让秋雷惊了狗日的。"

天青走了几步，叔叔又追上来扔给他一条羊肚子汗巾，把沉甸甸的礼帽也移到他头上。①

刘恒描摹场景的能力是非常强的。在上面这一段中，我们可以发现作家能够极其准确、传神地勾勒出一幅幅鲜活的画面，这些场景和细节被改编成电影，可以说不费吹灰之力。同时，刘恒的小说语言是极具动感和跳跃性的，加之富于生活气息和地方色彩的对话（这些对话大多被影片保留下来），它们使小说描摹生活达到了栩栩如生的境地。从某种意义上讲，影片《菊豆》的成功，不仅在于小说《伏羲伏羲》给它提供了富于动势的情节和性格鲜明的人物形象，更重要的在于小说中的画面感和栩栩如生的效果，实际上成为张艺谋创作灵感的原动力。

世纪末刘恒又以他的小说《贫嘴张大民的幸福生活》而引起影视圈的震动，这部小说先后被改编成电影《没事偷着乐》、20集电视连续剧《贫嘴张大民的幸福生活》。后来又推出电视剧之续集《美丽的家》。春节期间，这部作品还被搬上戏剧舞台。一时之间张大民成为了普通百姓茶余饭后的谈资。在这部小说中，刘恒的创作风格有了很大的变化。也许是多年从事影视创作的影响，这部小说作者处理得极像是一部电影的故事梗概，刘恒小说中原有的议论和抒情被完全省去，小说成为一个个场面、对话、动作的连接。而刘恒更是抓住了他的对象——市民观众，所以这部小说以普通市民小人物的生活为核心，集中展示了他们的喜怒哀乐。作者的这种大众立场自然也就获得了大众的普遍欢迎。

刘恒
研究资料

---

① 刘恒：《伏羲代羲》，《刘恒自选集·中短篇小说卷》（第4卷），作家出版社1993年版。

在刘恒看来，影视和小说"虽然表面上各是一功，但骨子里却是同一个基本功：想象力和对想象力的控制"①。所以，在他的小说里我们能感受到电影化的想象也就一点不奇怪。正是由于此，刘恒的小说具有着自己独特的风貌，他也走出了一条影视文化背景下作家的发展之路。如他所言，"小说与剧本的二者兼顾对于我来说是一种自然而然的结果。作为编剧，我没有太多的自主权，我写剧本实际上也是对现实的妥协。小说则是一种独立的创作，所以这种独立性的价值不可替代。作为一种现代的表达方式，电影已经成为一种越来越重要的艺术，所以，作家没有理由孤芳自赏，我觉得现有的电影、电视剧之所以不是令人很满意，是因为一大部分很有才华、艺术天性比较高的人没有介入到这里面来，没有被市场所接纳，一旦这些人都介入到这当中来，他们所具有的丰富的创作思维和丰富的艺术准备会推动艺术向前发展，会使电影、电视剧的艺术层次更高一些。"②

原载《小说评论》2003 年第 6 期

---

① 　《刘恒答〈电影艺术〉问》，《电影艺术》2000年第4期。
② 　刘毅：《作家刘恒的幸福生活》，《商业时代》2000年第6期。

谁能让小说 "害羞"

——以《少年天子（顺治篇）》为例漫谈小说的影视改编

付艳霞

许多人可能不知道小说家刘恒，但只要是对影视娱乐稍有关注的人就知道著名编剧刘恒，《本命年》《菊豆》《秋菊打官司》《漂亮妈妈》《贫嘴张大民的幸福生活》等一系列耳熟能详的影视作品都是刘恒的大作。

刘恒，1954年生于北京，是新一届（2003年）北京作协主席。在当代作家中，他可算是与影视结缘最深的了。这不仅表现在他广泛参与影视的编剧，更由于他的小说被改编为影视而获得了名声。如果说早期的《伏羲伏羲》改编为《菊豆》还只是小试牛刀的话，那近几年他的小说《贫嘴张大民的幸福生活》则以电影版《没事偷着乐》和同名电视剧红遍了大江南北，几乎是妇孺皆知。如今，他又做了总编剧和总导演，将第三届茅盾文学奖的获奖作品《少年天子》搬上了电视屏幕，北京电视台影视频道黄金时间热播之后，许多电视台争相播映，小说家刘恒在全面 "触电" 之后获得了巨大的成功。

不只是刘恒，许多写小说的人都是借着影视的东风而声名鹊起的。新时期以来比较早的是王朔、莫言等人。从某种角度而言，当代小说不断地被改编为影视而同步放映是值得欣喜的事情，因为可以用不同的艺术方式传达共同的时代情绪和文化心理，覆盖面更广、影响力更大。同时还可以打破只有张爱玲、金庸、琼瑶等人的作品被不断改编的相对单一的局面，给新生力量以创造和展现的舞台。而且，作为一个普遍而自然的文化现象，小说的影视改编为小说和影视都带来了不俗的效应：一方面小说通过影视的声色光电以及大牌明星的靓丽外表和卓越演技获得了具体的再现和广泛的传播，小说家也因此扬名天下；另一方面影视因吸纳小说中纤细的艺术感觉和由文字而带来的深刻的人性思考，提升了娱乐休闲以外关注社会、体察人性的文化品位，可谓是"双赢"。尤其是兼小说家、编剧和导演于一身而创作出来的作品，更能结合文字和影像的众多优长，获得非同凡响的效果。

刘恒编剧和导演的《少年天子（顺治篇）》就是一例。凌力的原作《少年天子》以顺治皇帝和将军鄂硕的女儿、顺治同父异母弟弟博果尔的福晋乌云珠的爱情为主线，将清王朝入关之初面对残明势力、满汉矛盾、八旗纷争等等一切问题进行真实的再现，重温清王朝开国之初的艰难历程和开国皇帝特立独行的人格魅力与历史之谜，带有浓厚的浪漫主义色彩。然而原作在对超越世俗的爱情极力渲染的同时，多少遮蔽了当时历史风云际会中人性的广度和深度。刘恒以小说家体察历史与现实的敏锐、名编剧制造矛盾和打造高潮的技巧对原作进行了创造性的改编。电视剧以顺治皇帝的自由个性要求和"这个要求的不能实现"为主线，将开国之初的所有有关满汉战事和纷争的矛盾都投射到后宫几个女人的身上，将外部世界的剑拔弩张全部囊括到宫闱的明争暗斗之中。顺治皇帝正是处于这个外在世界与宫廷斗争的交叉点上，他不能按照自己的意愿解决满汉相争的问题，他不能用自己的仁慈之心对待天下的百姓，甚至他不能选择自己的女人。尽管在废后和娶乌云珠等问题上顺治进行了抗争，也取得了成功，但最终他还是不能按照自己的意愿选择新的皇后。在人性不断被撕裂和扭曲的过程中，他感受到了一种旷古的孤独。这种孤独带着文人般的感伤和落寞、带着年轻人梦想的受挫与落空、带着成年人无法施展个性的无奈和愁绪。正因为如此，他与乌云珠那种前世今生般的爱情成了他反抗孤独的救命稻草，他抓住了，却永远失去了。乌云珠终于因承受不住巨大的世俗压力和心理压力，承受不住做了争宠斗争牺牲品的爱子的夭折而撒手西去，顺治又重新被抛入巨大的孤独之中。经历过反抗孤独成功之后的甜蜜，他再也无法重回旧日的噩梦，最终削发为僧。然而，远离红尘的灵魂并没有因此而得到解脱，在皇位继承问题上的纷争终于使母子之情走到了生与死的边缘。孝庄皇太后以假砒霜相逼，顺治感到痛彻心底的悲凉，服毒自尽。

顺治与母亲孝庄的情感是另一条线索，这仍是一个有关孤独的问题。如果说面对矛盾母子二人尚能同心协力的话，那么在解决矛盾的方法上他们却产生了无法弥合的分歧。母亲崇尚武力强权和杀一儆百的冷静干练，与顺治崇尚文治和仁慈感化的温情感性形成了鲜明的对比。尽管事实证明，往往是母亲的运筹帷幄把持了开国之初的大局，但顺治的仁爱却充分张扬了人性的魅力，他想在母亲这里找到为人子的受呵护、被关爱，甚至可以撒娇的感觉，然而这里一切都没有，有的只是重任在肩的责任提醒和母亲"爱之愈深，责之愈切"的国运嘱托。顺治削发之后，母亲表示了强烈的不满，甚至对孙子玄烨说"不愿意见到这个人"。母亲无法理解顺治的感受，或者更准确地说母亲能够体会儿子的难处却无法接受儿子置国运与祖先重托于不顾的懦夫般的行为。顺治感受到了亲情和爱情的巨大失落，而同时孝庄也感受到了子孙不肖的巨大悲伤。当她面对僵硬的儿子痛哭"我的孩子"的时候，一个母亲、一个无法普通的母亲的孤独和哀伤足以撼人心魄。

应当说，原著也有恢弘的历史场景和深广的人性内涵，但对此的表现以及给人的冲击力远远不及电视剧。电视剧巧妙运用人物的语言、动作、表情，巧妙借助侧面烘托的手法，用资深演员的出色表演生动展示了有关人性的悲哀。每一个人物都因饱满的语言和不俗的个性而鲜活，每一个人物又都笼罩在整个剧作所渲染的主情绪——孤独之中。无论是与孝庄明争暗斗一生的皇太妃，还是近乎歇斯底里的废后；无论是不堪受辱而自尽的博果尔，还是撒手西归的乌云珠；甚至是太监吴良辅、贵人花束子，每一个人、每一次带有刀光剑影的杀戮和纷争，其实都体现着一种人性的宿命般的孤独，刘恒用小说家的细密和用文字感觉培养出来的哲学况味将这一主题发挥到了极致。剧中有多处足以让人潜然泪下的细节，其中之一是乌云珠即将西归时有情人的分别。二人一面畅想着"一口气上不来，到山水间安身立命"，一面又泪眼相望背诵苏东坡怀念亡妻的《江城子》。乌云珠终于闭上双眼，慌乱不知所措的天子此刻的反应让人肝胆欲裂，他说："我没有办法了，实在没有办法了。"一反呼天抢地的常规表现手法，刘恒直接将"生死两茫茫"的阴阳相隔摆在了九五之尊的天子面前，"万人之上"的至尊至贵却也终究无法逃脱常人的痛苦和无奈。

电视剧的精彩之处比比皆是，各个人物在钩心斗角的倾轧、攫取和占有的同时面临的虚空也展现得淋漓尽致。在表面繁华高贵的背后无不体现着人性的卑琐和无从拯救的堕落和苍凉。应当说，电视剧获得如此高潮迭起又余味无穷的观赏效果和情感效果与刘恒小说家的功力有着千丝万缕的联系，其中细腻的感觉、透视心理的力量无一不得益于刘恒扎实的文字功底，而且整部电视剧非常突出的不是画面和场景所呈现的内涵，更多的是人物的语言，这更加与文学创作驾驭语言的能力分不开。电视剧的文化品位因此得到了大幅度的提升，足以冲破清宫戏因泛滥而平庸的局面。从某种意义上说，这部电视剧以其易于传播的优势结合如此不俗的内涵而产生了巨大的魅力，这魅力足以让小说自愧弗如。类似的例子还有很多，比如刘恒的小说《贫嘴张大民的幸福生活》，在影视的烛照下，文字发散开来，产生了平实而独特的魅力。还有万方的《空镜子》，是电视剧的拍摄让《空镜子》产生了别样的艺术魅力，也让小说本身产生了巨大的影响。当然，影视的成功是综合因素作用的结果，除了有好的脚本以外，还要有不俗的表演班底和诸如服装、道具、音响等手段的鼎力合作。较之只能用文字诱发人的想象力的小说，影视具有很大的优越性也是不争的事实。

与此相关联，小说改编为影视看似"双赢"的背后隐藏着二者"获利"的不平等。在小说的文字变成镜头语言的过程中，许多属于它本体的文字想象力逐步丧失，语言所产生的无尽的发散效果在有限的镜头视野和焦距范围内受到了拘囿。尤其是以心理描写见长的小说，在全部变成画面和场景的过程中，不可避免地会丧失特有的细腻动人和丰富复杂（《少年天子（顺治篇）》其实也会偶尔遇到这个问题，比如顺治和乌云珠的相爱过程，原著用大量的篇幅描写二人相见时的眼神和心理，让读者感觉二人天荒地老的爱情合乎逻辑，而电视剧在这方面的展现显得有些仓促和逻辑不足）。而影视则不同，在自身的诸种特色之上再加上小说的细腻感觉、文化品位和哲学提升，使得它的竞争力更强，因而"双赢"其实更多的是影视受益。因为双方的仲裁往往是"市场"。市场就是观众，而且更多的时候是观众的数量而不是观众的文化层次，因而影视以其强大的辐射力和涵盖面囊括了数量众多的观众，也囊括了小说，所以小说如果坐上了影视的快车，就极有可能达到辐射面增大的目的。在加速度运行的社会中，文化的传播速度和接受速度都要加快，因而一部分印在纸面的文字小说尽管略带羞涩也只得搭乘上影视的"交通工具"，得以迅速抵达市场。

更有意思的是，小说与影视的联姻其实具有"宿命"的色彩。因为小说最早是勾栏瓦舍说书人口中的故事，说书人用口头语言和肢体语言调动听者的想象力，让听者在头脑中形成有关故事的情况面貌。而影视出现之后，说书人的角色被镜头所取代，小说中的场景和故事在镜头中得到了更加真切和确定的显现。从这个意义上说，小说倒是天然地具有改编为影视的潜质。但是，也有许多小说不适合改编，尤其是20世纪80年代以后出现的以情绪为主线的小说。北村的《周渔的火车》其实就是不太适合改编的一例，电影中周渔在火车上往返的经历、周渔在火车这头和那头欲望的双重复活和爱情的双重失落丢掉了很多根基，而这只有在缓慢的文字速度和其中厚重的宗教化思考中才能充分显现。而《水边的阿狄丽雅》在变成《绿茶》的过程中，尽管小说中朗朗的钢琴声在电影中直接传到了观众的耳廓，尽管算命的绿茶在电影中直接呈现了暧昧的绿色，但同时也丧失了很多本来只属于文字的朦胧意象和淡淡的茶香。最明显的例子莫过于根据毕飞宇的同名中篇小说改编的电视剧《青衣》。小说用极其饱满的语言、用令人心动的细节讲述了一个心高气傲的女人进行的"一个人的战争"。围绕筱燕秋饰演《奔月》中的嫦娥发生的一系列事件：水泼恩师李雪芬、戏校任教遇春来、下嫁交警丑面瓜、峰回路转再登台、力不从心遭"刺花儿"、言不由衷让A档直至杜鹃啼血般的雪地悲歌，小说不仅阐释了"性格即命运"的主题，而且还将"命运即性格"进行了相当深刻的展示。而被改编成电视剧以后，筱燕秋显示出来的人性的挣扎和命运的惨烈被面瓜的俗不可耐的笑容、被筒子楼里"一地鸡毛"的生活，还有与团长乔炳璋的爱情淹没了。对故事情节的强化和戏剧性夸张是影视的通用手段，但很多作家天才的语言和文学描述以及其深邃幽远的意境是很难用商业化的影视手段表现出来的。有的

刘恒　研究资料

时候，影视为了吸引观众而不得不制造跌宕起伏的矛盾的手法会简化生活的情绪，会中断生活韵味的延伸，当然也会放大小说的不自信。

所有的问题都是因为"市场"，这是小说和影视都得直面的"惨淡人生"，尤其是小说，在市场面前，二者的力量悬殊一目了然。无疑，富有想象力的小说是市场和文化都期待的事情，但同时对市场的不断追逐又会榨干作家的想象力。因此，更严峻的问题其实不是小说能否被改编为影视以及影视质量高低的问题，而是小说还能否成为小说，有想象力的小说还能否存在，存在的空间有多大的问题。这是一个比让小说害羞更为严峻的问题——小说的生存问题。作为一种艺术门类它会存在下去是无须担心的事情，但它究竟会变化成什么样是值得思考的。网络文学对类似情节和情绪的批量复制、市场对娱乐性和非思想性的迫切要求已经使有些作家的小说开始了对电影情节的仿制。这种头尾互咬的方式不知道要小说付出多么惨痛的代价。

现在已经是无须讨论小说是否应该改编为影视的时代，最重要的问题是影视和小说怎么才能在各自保持生命力和自足空间的基础上进行"互文"。其实这个问题早已出现，只是没有引起足够的重视。比如小说《活着》《生存》在文学界获得了广泛的赞誉，但影视的命运却没有这么顺利。究其原因，是因为两部小说用文字的厚重、用思想的力量延伸了生活的历史内涵。而影视则不同，所有场景直接的、平面化的呈现带给人的冲击是直觉的、是灌输性的而不是留有思考和对话的余地的。如何发挥各自的优长而互相提升是小说和影视都需要思考的问题，尤其是小说，一味的追随只会让生存空间日益狭小。刘恒的成功给影视注入了新鲜的元素固然值得赞赏，但同时给小说提出的挑战也足以引起警醒。这种警醒不是抵抗，而是坚守。在市场利益的驱动下，在图文时代的巨大背景下，任何一个艺术门类都难逃被笼罩和裹挟的命运，所有的艺术门类也不可避免地要走向"同质化"。但如何保持小说特有的文字魅力，坚守小说因独特的叙事腔调而获得的艺术感染力，而不是将小说创作看作有朝一日被影视看中的"终南捷径"是亟待思考的问题。

原载《北京社会科学》2004 年第 1 期

负重的追问者

——刘恒小说创作论

唐　韵

一、生的可能性质询

最初为刘恒赢得全国性声誉的是他的短篇小说《狗日的粮食》。刘恒让我们触目惊心地记住了一个叫曹杏花的女人。这个女人缘何而生我们不甚了了，但她却真真是为了口粮食而活着的，而且，她本人就曾经被作价成二百斤谷子。在曹杏花眼里，除了粮食，不存在乡约礼俗和亲情王法。为了粮食她可以六亲不认，可以撒泼耍滑，可以明偷暗抢，还可以恬不知耻。《狗日的粮食》写尽了一个恶俗女人的一切丑陋，给人感觉这样的女人简直就不配活在世上；然而，曹杏花却活了，她不但自己活了，而且还养活了一大家子人。"那年头天宽家坟场没有新土，一靠万幸，二靠这脏嘴凶心的女人。"刘恒在一个特殊的条件下，把人的基本生存欲求与文化传统做了具体的较量，结果，我们被迫相信，在某些时候，食物仍然是人生最大的存在哲学，其他一切都是狗屁。这不免让人有些沮丧。

"写完《狗日的粮食》之后，脑子里始终埋伏着一条感觉，顺着这条感觉的绳子往混沌的远处爬，想寻找农民赖以生存的几根柱子。粮食算一根，再找找到了'力气'。"①洪水峪的杨天臣出生时就显示了其与生俱来的巨大无比的力气——"他差一点要了他娘的命"。依靠这股子力气，杨天臣出类拔萃地成长，并且为乡亲们所尊重，成为他们生活中的一个楷模和标高。如果说《狗日的粮食》是以粮食的始终匮乏来强调生存的基本要素的话，那么中篇小说《力气》则是通过记录这种非物质又有物质价值的东西渐渐远离个体生命的过程强化了它的意义。但是，或许力气不像粮食那样直观和有切肤之痛，或许它与本体的无间隔性使人们不易从中提炼出形而上的结晶，总之，这篇小说反应平平。对此刘恒有想法，他说："（《力气》）以为要叫好却遭了奚落。文体可以检讨，但意境是不错的，大家奚落是大家没看进去。赌了气继续攀着脑袋里那条绳子往前挪，眼前豁然亮了一下，发现了司空见惯而又非同一般的'性'。"②

中篇小说《伏羲伏羲》在一个复杂的社会背景和一个长时间跨度内结构了一个曲折不已的乱伦故事，"欲望"像原上草一样野火春风不断不绝，并最终支配了人们的生活。刘恒在《伏羲伏羲》中不厌其烦、不厌其精地叙述了这桩丑事的始末和所有细枝末节。作者志不在此，他试图辨析"文化"的衣被究竟能够在多大程度上对本能的、原生的、蠕动不止的欲望构成约束；而蕴藏有无限生机的人欲的内核在破土而出的过程中，又将遭遇哪些势不可挡的阻碍和围剿。个体的毁灭势在必行，而欲望永生。

关于生存的支柱，刘恒发现在"食""色"之后，还有一个就是"梦想"："对于农民来说，如果没有梦想，没有那些所谓的迷信和虚妄的美好生活幻想支撑的话，现实的痛苦会让他们无法忍受。"③作为一部长篇，《苍河白日梦》涵盖了一个王朝交替时代里所有人的彼此各异的生活——只有梦想是他们唯一的共通。曹如器曹老爷终日守护着屋里那口嘟嘟冒泡的小药锅，如同

① 刘恒：《伏羲者谁》，《中篇小说选刊》1988年第6期。
② 刘恒：《伏羲者谁》，《中篇小说选刊》1988年第6期。
③ 刘恒：《逼视与抚摸》，《花城》1997年第4期。

守护着自己不绝如缕的命脉，他拼命地往药锅里面添加种种令人恶心的东西，只为了能够延口残喘。曹夫人并不贪生，却热衷于参禅礼佛，她以为自己已经是半个神仙了。曹大少爷光满看上去是一个积极乐观的入世者，虽然一无子嗣，但是他毫不气馁，他坚信他的一妻一妾迟早会给自己侍弄出一个儿子来。与大少爷完全不同，从海外留学回来、终日忧郁得"像刚从地狱里爬出来"的二少爷曹光汉满脑子都是违背传统却又不切实际的想法，他觉得自己是一个废物，"活在世上丢人现眼"。生在名门貌美贤淑的二奶奶郑玉楠对生活原本是寄予了希望的，所以初到曹家时府中上下总能听到她的欢快笑声。但是丈夫怪异的秉性和曹家阴霾的氛围渐渐夺走了她的快乐而给她以化不开的愁苦。很难说郑玉楠与洋鼻子大路跨越雷池的交合是出于对封建宗法制度的反抗，那实在不过是一次情欲的渴求和失控。但是，人们可以允许没有梦想的生活死水一般延续，却不允许对梦想成真的努力。旧有性文化的森森桎梏就这样窒息了一个新鲜美丽的女性，使她成为污浊滞缓的苍河下的一捧泥沙。

　　包括《七月感应》《天知地知》在内的"洪水峪"系列在理念层面上表达了刘恒对人的基本生存状态的理解和关注；《虚证》《黑的雪》《教育诗》以及《贫嘴张大民的幸福生活》等作品则是刘恒对现代社会中人类生存需求和生存境遇的盘点。在一般人看来，李慧泉（《黑的雪》）们、郭普云（《虚证》）们和刘星（《教育诗》）们的日子比曹杏花要好得多，他们的生活似应该兴高采烈，然而他们还是令人费解地烦恼不已。刘恒告诉我们，从本质上讲，这些人的困境和问题都是一样的，它们难以启齿，又无可诉说。他们作为"人"的生活像一座生了白蚁的房子，每一件小事看来都微不足道，但是它们锐利的小牙齿都在咔哧咔哧地咬噬着房柱子，让这座生命大厦岌岌可危、摇摇欲坠。除了温饱，这些房柱子另有一些奢侈的名字，诸如尊重、理解、信任、友谊，还有，爱情。

二、死亡动力的推演

　　刘恒的小说中有太多的死亡。然而，刘恒确乎又不是一个醉心于死亡体验的作家，与死亡的结局相比，他更注重寻找人物命运中蕴藏着的死亡动力。对死亡动力的推演参与构成了刘恒小说的内驱力。

刘恒的不少作品中都涉及了自杀主题。作为对生命的主动否定，自杀行为似乎充满了理性和决绝，然而这一过程的积累却是那样的残酷和漫长。怕挨饿的曹杏花一辈子为粮食耗尽了心机，却在关键的时候丢了要命的口粮证。窝囊了一辈子的杨天宽终于出手打了老婆，愤懑、羞辱之下曹杏花吞了苦杏仁。曹杏花对于生的追求是太用力了，以至于作为物的存在的粮食，其价值远远超过了作为精神和尊严而存在的人的价值，并将后者严重扭曲和异化。她为粮食而生，又终为粮食而死，这确实是对人性的一个深刻而辛辣的寓言。当杨天臣赖以生存的力气随日月从他身上逃逸而去时，他被迫选择了死亡。曾以力大无比而闻名而得意的天臣到最后连一根上吊的绳子都打不紧，天臣忍不住悲号："狗日的！力气哩……我的力气哩！"力气是杨天臣的宗教，如同尊严或爱情是与其他一些人的宗教一样，每一个人都会依赖自己的宗教而生活，也都会为了自己的宗教而献身。死亡与死亡无关，却与生存有关。

天青（《伏羲伏羲》）在遇到菊豆的时候还是一个孩子，但他在第一眼就爱上了他的婶子。然而，天青是知道的，这种爱无论如何不被允许，是罪恶的；所以自始至终，天青与菊豆的爱情中间就一直纠缠着他社会性的负疚和原欲被压抑的煎熬，天青因此懦弱和犹豫不定，以至于天长日久，他和菊豆难得的爱情也在这种懦弱和犹豫中失掉了动人的快慰，最后，天青的人本性终于在他对社会性的敬畏之下彻底地垮掉了。最终，他选择了自杀。郭普云是一个看似优越的知识分子，人们不解的是，他"脸俊人好家贵，有官儿当有学上，能写诗会画画，他可不顺个什么？缺老婆还是眼高心不凡，老叹气便宜得的不多，好处不完满"；然而，就是这样一个人却自杀了，活生生的人一下子就没了。作者借用"我"的视角在追述、推导郭普云死因的过程中，重温了一个人曾经经历过的种种生活片断：少年时光笼罩在同学的暴力阴影下；被女教师诱惑的被动且失败的初恋；差之毫厘的高考使理想失之交臂；与同伴相比事业上的挫败感；家庭成员间的漠不关心；令人尴尬的性功能障碍；意外受伤的后遗症以及治疗的再次意外失败……以上任意一件我们生活中都可能遇到的挫折似乎并不足以致一个人于死地，但是，它们堆积起来，却挡住了一个生命期盼曙光的希望和继续行走的勇气。从这一点上讲，生命何其脆弱。

在刘恒的笔下，个体和他人及社会总是不和谐的、冲突的；而冲突的结果，又总是以个体的失败告终。尽管他们的社会背景、生活经历和性格构成各不相同，但他们的生命中都有一个相似的内核：个体的生存本能或迟或早地、必然地遭到强大的否定力量的阻碍、围剿和毁灭。这种否定力量是超验性的、与生俱来的，是个体无法控制和躲避的。"宿命的力量，让人不寒而栗"[1]，浸透在文字中强烈而绵长的宿命意识构成了刘恒小说醒目的美学风格和深层意义。

生活原本像一块柔软细腻的泥巴，生活中一些看似偶然的事情像手，在不经意中把泥巴捏弄出了各种各样的形状。日子久了，那泥巴就有了属于自己的叫做"命运"的东西。从这种意义上说，李慧泉和李来昆（《天知地知》）的死对我们更有普遍的意义。李慧泉虽然年少失足，但周围不乏关心他帮助他的人，出狱以后他非常想重新做人，为此他忍辱负重、苟且偷生，但还是命运多舛，而且，最要命的，他越是拼命挣扎，生活的镣铐就越是往死里卡他。他看见生命在流血，却找不到伤口在哪里，他承受着长久的钝痛，却不知从何说起。李慧泉找薛教导员未遇，那一刻起他就死定了，"一只看不见的大手把他和别人隔开，很冷酷地将他推来搡去"，这只大手就叫做"命运"。从表面上看，李慧泉死于一场流氓间的寻衅斗殴，其实，他的死是源于他作为个体生命的生的动力已经消耗殆尽，死亡的门扉早已洞开。

李来昆是一个寓言式的人物，是蓬勃生命的象征，他"曾经是一位公认的死不了的人"，"是一个幸运的人，一个逢凶化吉的人"，然而，这样的人却死了。小说的进展正是在这种逆向性矛盾交织而成的动力下完成的。李来昆意外降生在玉米地里，并被狗群追逐被鸡群刨食，弄得遍体鳞伤。那些刺目而丑陋的疤癫既是李来昆顽强生命力的明证，又是冥冥中无法躲避的灾难的生发点。无尽岁月的流淌，使生命的败相愈显愈烈。"他跌倒了爬起来，再跌倒再

刘恒
研究资料

---

① 刘恒：《去也无妨——小说〈虚证〉创作谈》，《中国妇女报》1996年3月22日。

爬起来，又他娘跌倒了，再爬就有点儿费劲了，有点儿懒得爬的意思了。"李来昆说："下坡路走起来没个完，没意思了。"——"这就是死不了的李来昆走向末日的预兆了。"直到此时，刘恒仍然找不到导致李来昆死亡的必然因素，他仍然不肯屈就于命运。可是，除了难违的宿命，还有什么是值得信赖的呢？

三、男性立场与母性期待

刘恒写《白涡》时34岁。刘恒在34岁的时候就解剖了一个44岁男人不为人知的一段婚外情，叫人惊讶于他精准的心理分析和深刻的思辨能力。刘恒选择了一个成功的知识男性置于他的无影灯下，在36岁的美少妇华乃倩行动以前，周兆路的生活堪称完满：事业有成，家庭和美，谦谦君子，受人称道。这样一个"好男人"，却神使鬼差地陷入一场婚外恋的旋涡而不能自拔。

中国的知识男性历来羞于体察和表达自己的性意识，性被看作是淫秽下流、不可告人的秘事。在一夫多妻制作为封建文化的残渣余孽被从律法条文中剔除掉了之后，男人获得性体验的唯一合法途径只能限定在婚姻以内。道德观念加上法律制度经纬成的紧身衣使男人的性欲很难勃起。因此，当周兆路不只是遵从于情欲的诱惑而是带着诸多非生理性考虑投入到华乃倩怀抱中时，他作为纯真男体的性觉醒必然是犹豫不决的和稍纵即逝的。不能说周兆路没有欲望或是没有反思。在周兆路身上明显地存在着健全人格的两种基本需要：一是社会性自我的确证，一是自然性自我的确证——即自我生命力的审美追求。周兆路的痛苦恰恰由此产生。深夜偷情回到家里，妻子浑然不知的嘘寒问暖成了他最残酷的审判，妻子的拖鞋"啪啪地打着水泥地，就像在扇他的嘴巴"。善于思考和自省的中国知识分子的烦恼往往源于他们自身矛盾的不可调和。在婚外性行为中他们既无法体验投入又无法实现超脱，所以在体验性快感的同时周兆路又感到"异常孤独"甚至"绝望"。这种"孤独"正是个体的性意识觉醒于社会法则和群体行为模式的茫茫旷野中的无以诉说和回应的孤独；这种"绝望"，也正是人本性与社会性做势单力孤的激烈交锋之后必败无疑的绝望。

《白涡》的成功使它成为经典，它的问题也显而易见。《白涡》完成于作家男性话语的操作框架内，其天然的男性立场无法不失之偏颇。当作者让华乃倩带着性苦闷和性渴望出现在这出多重的两性关系中时，便使这个女人从一开始就处于了道德的劣势。华乃倩成了主动的进攻者，而她的蛊惑手段不过是在寻找生理上的满足和心理上的依托，这使华乃倩的行为看上去就显得不那么纯粹和远离肮脏。当作者借华乃倩丈夫之口披露了她的性混乱以后，作者显然已经在有意无意地为周兆路的脱身寻找合适的理由了——还有什么比离开一个生活放荡的女人更无辜和更道德的呢？刘恒最终把华乃倩冠以"妓女"的属类使这篇原本可能成为最优秀的探讨现代人最本质的性心理/性文化的小说功亏一篑地失去了在最松弛状态下揭示人性的包容力。这是非常可惜的事。

在这一点上，《伏羲伏羲》要比《白涡》优雅得多。《伏羲伏羲》原本曾叫"本儿本儿"，即男根。小说贯穿始终的线索就是性的渴望和慰藉，以及性力中蕴含着的社会习俗与文化积淀。每一个生活在具体的文化背景下的人，都会遇到来自社会、文化、道德习俗等各方面的规定和限制。这种规定和限制往往与个体的人本性相矛盾和冲突，这正是文化存在的依据和价值。实际上，这种矛盾和冲突构成了每一个人生活的轨迹。小地主杨金山是历史性的传统文化和道德体系的一个象征。杨金山狠心卖了20亩山地换回来一个双十年纪的俊俏媳妇王菊豆，他的行为基本上是符合当时的社会性和人本性的。他在努力完成传宗接代的使命，生理上的要求还在其次。然而随着事态的发展，他为了维护社会性竟然到了以严重损害与他人的和谐性为手段的地步。到了这时候，他本性中的恶也在制造后代这项事业的屡屡失败中被极大地激发了出来。杨金山亲手拉开了这出乱伦悲剧的序幕，并且在其中扮演了一个蒙耻的角色。杨金山到死都不明白，实际上他的问题是出在他自己。这是他个人的悲剧，也是旧有性文化的悲剧。

在《伏羲伏羲》中，天青和菊豆的私生子天白是一个奇特的人物。他是一个文化符号，一个道德代码，一个宿命的概念。如果说天白对杨金山的认同谕示了社会性的根深蒂固和难以动摇的话，那么他对天青的仇视则更深刻地表明生命个体在巨大的道德规范面前是何等的软弱无力。从某种意义上讲，是天白杀死了天青，天命难违，个体战胜不了命运。相对于杨金山和杨天青，菊豆就要自然和单纯得多，代表了人的本性和自然性。菊豆善良、温顺，但在性格的深处，不乏刚强、热烈、敢爱敢恨的因素。她是活生生的欲望的化身，在她的身上没有太多的社会性的束缚，这符合通常女性对自身不太苛刻的社会角色的要求。所以，菊豆的生命在经受了太多的苦难和欢娱之后，显示出惊人的长度和韧性。

菊豆可说是刘恒小说中最为动人的女性，而对于女性的塑造在刘恒这远不如他处理男性人物那么精彩纷呈。技术不能成为理由，问题出在作者拥有的男性立场和他固执的母性期待。这种母性期待体现在两个方面：一是处于感情饥渴的男性总是试图向比他们年长的女性寻求慰藉。刘恒的小说中有许多类似的照应：《伏羲伏羲》中的菊豆之于天白、《苍河白日梦》中的玉楠之于耳朵、《虚证》中的女教师之于郭普云、《冬之门》中的世英之于谷世财、《九月感应》中的烧饭女人之于小男孩，等等。在中国传统性文化的图景中，温柔体贴、兼具母亲与情人身份的女人往往是男人步向成熟的最原始触媒，她们对男人的爱被期待以博大、无私、纯情而性感。再者，女性永远会回馈男人以无条件的忠贞和爱意。也许《狗日的粮食》除外，但是实际上，曹杏花对天宽的粗暴恰是那种残酷的生存状态下她对自己男人的深爱。像曹杏花那样泼野的女人实属个别，其他的却是男人越不济女人越贤惠，她们贤惠得几乎面目不清、令人生疑，最为突出的是《天知地知》中李来昆的女人和《贫嘴张大民的幸福生活》中的云芳。之所以如此，与其说刘恒无视男女之间中复杂和多层次的矛盾关系，不如说是他在对整个人生抱以悲观的同时，仍然为人们此生的泅渡苦海留下了最温馨的一叶方舟。并且，他把希望之桨交给了女性。

四、由道德而人道的他往

在《狗日的粮食》之后，在《白涡》之后，在《伏羲伏羲》之后，在《苍河白日梦》以及在《贫嘴张大民的幸福生活》之后，刘恒仍然认为《虚证》是他最好的作品，这是很耐人寻味的事情。

单纯从小说叙述来讲，《虚证》并不最能体现刘恒的写作特点。刘恒的长处在于"钻研"，他的笔像一枚深刻的水蛭，咬住一口便往深处钻，钻到人物的心里、钻到故事的内核里，然后在那儿反反复复地搅动，搅得人寝食不安、心绪不宁、难以自处。与此相比，《虚证》过于注重现象、依赖主观努力，以期完成一个道德层面上的命题。所以偏爱《虚证》，作家自言："因为它解决的是一个现实问题。"所谓"现实问题"，是指我们涉身其中的问题，与审美，甚至与文化都有不同，而更近乎"道德"和"责任"这类概念。这一点，既是我们阅读这篇作品的门径，也是解读刘恒其他小说的关键。

　　煤窑是刘恒偏爱的一个意象，《狼窝》《杀》《萝卜套》《连环套》都是。潮湿、阴冷、狭窄的几乎永无尽头的隧道里凶险无数、杀机四伏，这些凶险和杀机不仅来自外在，还深藏于人的内心。《杀》中的立秋在关键时刻从煤窑上撤走了股资跑到城里，结果血本无归。走投无路的他回来给窑主关大保下了跪，他想吃回头草。关大保不肯原谅立秋的背信弃义，还令他当众蒙羞。生的欲望和尊严被无情地粉碎和嘲弄，别人无意中提到了死，立秋却以为醍醐灌顶，"心里那层窗户纸一下子就破了"，他认定是别人不让他活，他就先以杀人造就了自己的毁灭。《连环套》也是一宗煤窑的故事。窑主陈金标生意红火的时候，沾亲带故的人都想来分一杯羹，为此他们施展一切伎俩，暴露出种种令人厌恶的嘴脸。而当煤窑出了事故，又是这些"亲人"最先席卷残局弃窑主而去，并将他置于万劫不复的死地……人性之恶令人触目惊心。

　　在刘恒看来，人的本质是丑陋的和易碎的。但是，他的小说传递给我们的又不是一味的晦暗和绝望，原因在于：一方面，作家站在人性的角度追问着生活的权力，因此他在揭示丑陋的同时更表达出对个体生命悲悯的关照；另一方面，刘恒是一位有着很强人类道德感和社会责任感的作家，他在不停地追问着谁应该对我们的生活负责任的同时，从来没有放过自己。关于这一点，《虚证》是最好的例证。《虚证》没有以全知的视角叙述一个死亡故事，而是将"我"融入其中，成为一个角色，一个事件的参与者。对于一个生活在我们周围的人的死亡，人们的反应原本应该激烈一些，但是没有。郭普云的死没有得到人们的同情和深思，反成笑柄；而包括"我"在内的所有的人都直接或间接地参与形成了郭普云的"经历"，所以也都部分地充当了凶手。小说的题目证明了对这起看似荒谬的自杀案件原因的推演的失败，然而，通过这个带有哲学意味的思考过程，作家剖析了所有活着的人的冷漠的内心，对我们有意义的生活提出了超出自我的更高的道德标准和情感要求。

然而，结果并不美妙，刘恒的写作非但没有找到解决人类本质问题的法门，反倒使自己陷入更大的苦闷中而难以自拔。[①]刘恒由此开始了他的"中年变法"，于是，我们便看到了现在这个样子的《天知地知》。尽管运用在《天知地知》中的语言风格早在刘恒的长篇小说《逍遥颂》中就已出现，但是李来昆的放浪形骸仍然对作家既有的价值体系构成了反动。天地精灵的李来昆成年以后频繁地交狗屎运，他承包果园，第一年遭雹灾，第二年遇虫灾，第三年等来了人祸。李来昆在黑夜里随便一枪就击中了一个率众儿女来偷苹果的老太太的屁股，贼们却不干了，"他们包围了李来昆。他们每人都扛着半麻袋苹果，像扛着真理，一点儿也不感到羞耻。他们问他为什么开枪？为什么朝伟大母亲开枪？为什么朝伟大母亲的屁股上开枪？不就是吃了你几个苹果吗？又没有啃你的蛋！"——黑色、戏谑、愤懑、无奈，让人想笑，又不由得欲哭。刘恒用井喷式的语言覆盖了人物和情节，以至于人的软弱、卑下和躲闪不及的命运都因此而显得有些滑稽和可笑。与其说这是一种语言风格的变化，倒不如认作作家对自我的一次"胜利大逃亡"。"《天知地知》在我的小说中是一个变数，不是大变，却是不小的变。以往在稿纸上用力写字，就像登了台比赛健美，乍着胳膊，呲着门牙，生怕哪块肉没有好好地鼓起来。日久便生了异念……只想胡来，哪怕像疯子，像流氓，痛快就行。"[②]

刘恒以为自己找到了一条出路，可以就此长出一口气了，因此《拳圣》更加放滥。虽然对人性的批判精神仍然不减，但小说看上去更像一出深刻的闹剧而无从皈依。直到《贫嘴张大民的幸福生活》刘恒的"变法"才告完成。关于《贫嘴》一直有着不同的阅读，说其喜剧者有之，读出悲凉者亦有之。虽然

---

① 刘恒：《睁眼骑瞎马》，《拳圣·后记》，解放军文艺出版社2000年版。
② 刘恒：《拳圣》，解放军文艺出版社2000年版。

刘恒坚持声称自己创作《贫嘴》的时候心态最为轻松，最不对周遭抱有幻想，但他仍然"在构思笔记上记了一句话：'反映生活的艰辛和对人际关系的破坏'"①。这将是刘恒永远无法释怀的主题，不管他如何逶迤掩饰。张大民的糊涂是清醒的，故而他与阿Q绝非同道；他的乐观是含泪的，因为我们都深知苦海的无边。刘恒的道义感在于他从未回避过个体生存的困境，并一直试图为他们凿通获救的隧道。从信赖理想主义到坚守人道立场，从愤世嫉俗的慷慨到悲观主义情怀，从激烈的社会批判到严格的自我审视，从呼唤道德与良知到劝慰妥协与自救，刘恒的创作代表了一个激变时代对人性的思考和探索轨迹。它的来路清晰可辨，而它的去处呢？

原载《淮阴师范学院学报》（哲学社会科学版）2006 年第 1 期

---

① 刘恒：《你知我知》，《小说选刊》1998年第5期。

平民的幸福及其限度

——论刘恒的《贫嘴张大民的幸福生活》

唐宏峰

刘恒的中篇小说《贫嘴张大民的幸福生活》，讲述了北京大杂院里一个物质生活极其贫乏的下层工人家庭的故事，是当代京味文学的重要作品。小说随后被改编为电影和电视剧，获得众多好评，"张大民"的形象家喻户晓，成为当代中国精神文化变迁的一个典型代表。本文尝试以主人公张大民的形象为中心，分析这部小说的内涵与意义。

一、苦难叙事与民间韧性

《贫嘴张大民的幸福生活》围绕着在家中身为长子张大民的住房、结婚、生子等人生基本生存要素，展开一种苦难叙事，即主人公不停地处在各种困境中，小说的主体就是表现在不间断的苦难中人物所受的煎熬。小说苦难最集中、最让人唏嘘心酸的莫过于生活空间的极度逼仄了，最拥挤的时候，全家八口，打包进两间总共16平米的小屋里，男男女女、老老少少，统统挤在一起，这里没有丝毫的私人空间，所有人的吃喝拉撒、沐浴更衣、生儿育女都发生在这里。而张大民要结婚要生子，面对这样的困难，他充分发挥自己的生存智慧，以精确到厘米的单位计算怎样摆下双人床，之后又有计划有计谋地盖了一间长树的小屋，迎来儿子的诞生。与《骆驼祥子》《活着》等经典的苦难叙事不同，张大民的困境是世俗的、现实的和庸常的，没有惊天泣地的大悲大喜，也没有深沉的历史信息，它是日常生活的柴米油盐，每个人都曾遇到过的。所以张大民的悲喜最体贴，最能唤起共鸣。然而张大民又不是日常的、现实的，他具有超常的韧性和精神力量，能够把所有的困难都踩在脚下。遭遇苦难不是重点，张大民如何化解苦难、获得幸福才是小说的着意所在。在这里，刘恒凸显的不再是命运的无常与生活的严峻，而是人的力量。

在这重重困难的遭遇与化解之中，张大民显示了一种超强的乐观与韧性，显现出一种典型的革命浪漫主义精神。一颗什么样的心灵在承受如此的生活重压之后，还能笑口常开？乐天知命是他骨髓里的东西。张大民的精神力量和生命力是旺盛无穷的，在这里有中华民族传统的生存智慧和使民族得以延续千年的民间韧性。作品展现的苦难是悲剧的，但主人公对于苦难的化解则是喜剧的。在苦难与幸福之间充满了张力。面对底层小人物对于生活的努力和满足，刘恒以平民的眼光而不是精英的眼光来评价他们的生活，使这种生活回归到它的原生地，显露出真实可感的民间韧性。无论小说还是影视，《贫》的真正魅力在于展现了底层的真实生活，和这种生活孕育出的草芥般渺小而强大的生命力。

生命之重是刘恒小说表现的永恒主题，在物质极度匮乏的条件下，一切为了生存就上升为人生理想。这样，生命本能就转化为一种生存韧性。苦难最根本的原因是生存要素的缺乏，刘恒揭示人性之深，在于他彻底抛开了一切精神因素，亦裸裸地讨论人的生理——粮食、性爱、生存空间，在这其中，没有一点精神文化的高尚性。《贫》中仍可见"新写实小说"的影子，隐匿精神需求，悬置判断，向形而下层面不断挖掘。小说利用张大民的贫嘴，细致地把一切生活琐事的卑微与尴尬展现出来：

> 你们厂夜班费6毛钱，我们厂夜班费8毛钱。我上一个夜班比你多挣2毛钱，我要上一个月夜班就比你多挣6块钱了。看起来是这样吧？其实不

是这样。问题出在夜餐上面。你们厂一碗馄饨2毛钱，我们厂一碗馄饨3毛钱，我上一个夜班才比你多挣1毛钱。我要是一碗馄饨吃不饱，再加半碗，我上一个夜班就比你少挣5分钱了，……①

云芳，西院小山他奶奶都98岁了。你才23岁，再活75年才98岁，还有75年的大米饭等着你吃呢，现在就不吃了你不害臊吗！我都替你害臊！我要能替你吃饭我就吃了，可是我吃了有什么用？穿鞋下地，云芳，你吃饭吧。世界上最好的东西就是饭了，吃吧。②

在这里，生存没有任何更高的哲学内涵或人生意义，生存就是活着，吃饭与生活是同义的两个词。但是这里有某种令人感动的美好的东西，就像阿城《棋王》中对待"吃"的虔诚，对于一向被忽略的人的基本生存要素的郑重态度。吃饭本身的意义，活着本身的意义，这是底层百姓所体悟出的真理。这里有诚挚的对于粮食与生命的珍爱，这是不同于精英视角的思想逻辑。极度匮乏的生活并没有使张大民们成为愤世的"流氓无产者"，对生活的归顺、热爱与信心，是小人物身上开出的一朵美丽的花，是爱不是恨，是韧不是弃，这里有让人感佩的闪光物。

二、京味生活艺术

赵园把"文化展示"看作是1990年代之前京味文学的重要特征之一。作为京味文学所展示的文化，不是京都帝王的文物古迹，而是平民的文化和生活艺术，是老字号、四合院，门槛、门墩，遛鸟儿、走票，下棋喝茶、胡侃神聊，以及由这种生活养成或者说是养成这种生活的性情格调。这是一种平民化的知识趣味，看重的是城与人的精神气质，闲逸情调、优游态度、知足常乐，享

---

① 刘恒：《贫嘴张大民的幸福生活》，华艺出版社1999年版。
② 刘恒：《贫嘴张大民的幸福生活》，华艺出版社1999年版。

受最凡俗的生活。这里有一种"世俗生活的审美化"①。不过，刘恒笔下的胡同、大杂院，更多是汲汲于物质生活的底层人物，传统京味的精神文化性，在最基本生命需求无法得到满足的条件下，当然无法传承。然而，我们仍然可以一眼就把《贫》列入京味文学的行列之中，这里除了语言这个最鲜明的标志之外，还涉及京味文化作为一种风格派别所包含的更广阔的内容。京味文化，骨子里有一种俗世性，吃喝拉撒睡的题材，似乎总是与京味文化分外相和。《贫》中的俗世性是彻底的，完全的生活琐事，如何没地方住、如何摆下双人床、如何没有钱花、如何吵架。这种对于日常世俗生活的津津乐道，与京味文化的特色有着密切联系。

同时，京味生活艺术也有广泛的宽容度，"为了北平人的'老三点儿'，吃一点儿，喝一点儿，乐一点儿，就无处不造成趣味，趣味里面就带有一种艺术性，北平之使人留恋就在这里"②。在世俗生活中寻找趣味，升华出精神创造，是京味文化的独特之处。张大民也富有这样的精神，底层小人物凭借自己可怜的资源现状，使出"浑身解数"在世俗生活中努力生活，"一口粥也要喝出滋味"。滋味是一种主观感受，未必真正存在，"咂摸出滋味"，是依靠一种努力，使一种通常被遮蔽的美好感受从日常生活中凸现出来。这里依稀可辨出一种生活艺术来，这与传统京味的生活艺术，虽然在形态上差别甚大，但在精神实质上却是一脉相通的。

尽管《贫》剧中所体现的不是老北京那种由日常生活中来却超越于日常生活的精神趣味的生活艺术，但却仍然来源于京味传统，——在物质生活的贫乏中，仍然可以笑，仍然可以保持自信、自娱的态度。这是传统京味的遗留，乐天是北京人的典型性格之一。语言当然是《贫》的京味性质的最重要也最明显的一项，但是语言背后，或者说语言所体现的更是一种生活艺术。正是在张大民使出"浑身解数"努力生活，在巧妇可为"无米之炊"的过程中，一种平民的生活艺术显现出来。在张大民充满艰辛和幸福的日子里，在他绞尽脑汁在

---

① 赵园：《北京：城与人》，北京大学出版社2002年版。

② 张恨水：《奇趣儿时有》，曾智中、尤德彦编：《张恨水说北京》，四川文艺出版社2001年版。

床和钱之间周旋的努力中，一种小人物的生存智慧在闪闪发亮，那是民间的智慧，类似阿凡提般有些无赖有些无奈的智慧。正是这样，我们可以在张大民的生活协奏曲中，体会到一种生活艺术。

三、张大民式幸福的批判

京味的生活艺术，本质上都带有一种悲剧意味。张大民自不必说，在传统京味文化的审美态度中，也有中国人生存的艰难，和他们于生存的诸种限制间为自己觅得的一点"有限享受与精神的满足"，这是匮乏经济下的特有文化，"有限物质凭借下的有限满足，以承认现实条件对于人的制约为前提的快感寻求与获得"①。这种生活的艺术，本身就含有悲剧和嘲讽的意味。早在老舍那里，这种京味文化的两面性就得到了充分展示，老舍对京味文化的热爱与批判同样动人心魄。

当《贫》搬上电视荧幕的时候，引发了一场关于"张大民幸福"的争论，在那样贫乏的物质条件下，仍然能够获得幸福，这是真的幸福，还是带了引号，表示反语的幸福？在乐观、韧性之外有什么不合适的地方，或者准确来说，是乐观和韧性本身有什么缺陷，张大民的幸福中是否有什么令人担忧和需要警惕的东西？

张大民的自身条件是有限的，只是个干体力活的普通工人，他改变现实的力量无疑非常有限，他的幸福主要的是一种精神上的"幸福感"，靠一种心理的、精神的力量来超越实在的物质生活—物质极度贫乏，但在精神上可以抹平这种贫乏。北京人"讲的是味道和性情。即使天天喝粥，晚上在街口摆一把凉椅，喝茶聊天他也自得其乐"②。面对自己在现实中的底层社会地位，张大民有意无意地会进行一种精神上的化解，"贫"和"侃"，是语言剩余的产物，超越于沟通和达意之上，成为一种精神的替代物。本质是对自身力量不确信，

---

① 赵园：《北京：城与人》，北京大学出版社2002年版。

② 张文伯：《五月槐花香，邹静之、陈燕民：细品古玩人生》，《新京报》2004年6月24日。

而通过语言来平衡现实，甚至改变现实。张大民凭借京城百姓和工人阶级的双重身份嘲笑山西养猪人李木勺，轻易就忽略了对方的金光灿灿与自己长树的小屋的对比，张大民揶揄美国技术员处在刷盘子和艾滋病的包围中，也轻易就忽略了美元与大饭店和自己的差距，在这里可以明显地看出张大民通过贫嘴对自身的现实地位所做的想象性置换。

张大民的幸福，一方面是不可靠的，一方面也是有代价的。在他对待生活的态度中，有一种值得警惕的东西：乐观、知足、韧性的前提，是对生活的忍受与屈服，甚至也包含了对社会不公平的妥协。

大杂院文化，反映着生存条件的匮乏和人对于物质限制的屈从，这是京味文化的劣根所在。值得注意的是，优根与劣根，从来都是一枚硬币的两面，想要只取一面而抛弃另一面，只是美好的虚妄。草民的韧性、知天命、乐观、自娱自乐，同时也是屈辱、顺民、有限满足与安于现状。张大民面对要吃奶的孩子和想吃鸡腿的老婆，实在困惑，"除了不花钱的白开水，她还需要点儿什么呢？这个儿子要吃奶、母亲想吃鸡腿儿、父亲打算舔掉碗底儿的王八渣子的家庭，到底还需要点儿什么呢？"[1]物质条件的有限性一旦被理解为物质需求的有限性，自然就有了小农社会普遍的自足心态，一种文化的可悲处便显现出来。

当年老舍面对这个他又爱又恨的北京城，在《四世同堂》中借人物之口写下这样的话："……再抬眼看看北平的文化，我可以说，我们的文化或者只能产生我这样因循苟且的家伙，而不能产生壮怀激烈的好汉！"[2]"当一个文化熟到了稀烂的时候，人们会麻木不仁地把惊魂夺魄的事情与刺激放在一旁，而专注意到吃喝拉撒中的小节日上去。"[3]老舍所热爱和痛恨的是同一个北平，孕育美的生活艺术，同样也产生顺忍的良民。老舍在感性与理性、意识和潜意识之间，充满了矛盾。

① 刘恒：《贫嘴张大民的幸福生活》，华艺出版社1999年版。
② 老舍：《四世同堂》，《老舍全集》（第四卷），人民文学出版社1999年版。
③ 老舍：《四世同堂》，《老舍全集》（第四卷），人民文学出版社1999年版。

刘恒
研究资料

刘恒却没有矛盾，他旗帜鲜明地捍卫"张大民的幸福"，坚守自己的平民立场。他承认张大民身上的精神胜利法的因素，但把它"纳入进包容性的乐观主义范畴里去了"，认为在21世纪，"阿Q精神未必没有价值"，因为它是人心理力量的表现。①刘恒所坚守的，是小人物如何在恶劣的物质环境下生存，乐观、韧性与精神胜利法无疑是重要的武器。然而，这无疑是一种退守的生活态度，而不是改变的生活态度。

刘恒不愿超离了底层小人物具体的生存条件与精神状态来探求其自救的方法，更不愿从高的角度来评判他们的生活。然而平民精神，是否只能是彻底的认同？精英眼光是否只能是居高临下的审判？未必尽然。也有这样一种态度，是超越性的审视，然而不是事不关己的旁观，这种审视包括了对自身的检查，面对过失与不幸，审视者不能认为与己无关，而是自觉与被审视者共同承担。老舍对京味文化的批判，便是这样一种溶己于中的审视。他时时感到自己与这文化的不可分割，它的明丽与阴霾，他只能呼吸其中，他沉痛的批判，仿佛是在剥自己的皮肤。伟大的思想者身上，都有这样一种自觉地为整个人类承担的精神。刘恒对于平民精神的捍卫，有略显单薄的一面。

搬上电视荧幕的《贫》剧，在帝王将相泛滥的潮水中，以体贴细致地再现百姓生活，受到广泛的欢迎。作为一种大众文化类型的电视，《贫》剧以受众的大量性、接受行为的集体性，使其成为一定时期社会集体心理类型的最佳表现。张大民的人生理想、价值取向、生活态度、处事原则，得到广泛的认同，这确实与1990年代的社会结构、精神生活的转型相关，它构建了一种市民生活神话——尽管物质极度贫乏，然而幸福还是可以达到的。实际上，《贫》的创作正是刘恒回应20世纪八九十年代的时代精神变迁而有意为之的产物，"我就想歇歇，然后想能不能有点儿变化"②。刘恒开始前所未有地从肯定角度来思考中国，并怀疑那种一味"否定性的弃绝"的态度是否真正有效，他从精英的立场批判现实，"变化"为站在平民立场，发现平民生活的生动性。《贫》在

①　刘恒：《乱弹集》，春风文艺出版社2000年版。

②　刘恒：《乱弹集》，春风文艺出版社2000年版。

258

刘恒的创作中是一个转折点，随着影视剧改编的成功，北京大杂院里的张大民形象家喻户晓，这个转折点在刘恒的创作中也显得日益重要。

原载《北京社会科学》2006 年第 5 期

刘恒
研究资料

生存意志与生命原欲的冲突

——刘恒对"食色"的客观叙述

李清霞

生存意识作为一种文化范畴，是对生存处境和生存方式的关注，它关注生存何以成为可能，更关心生命本身的意义是什么。生存的最基本的行为就是生存和繁殖，与生命意识、文化寻根意识、现代反抗意识相比，它属于更低级、更原始、更本质的文化范畴。陈思和先生认为："生存意识与自然主义文学有相似之处，表现为从人的生理因素而发展为对人的动物性的强调，由性意识进入到对生命繁衍即生殖的歌颂。自然主义作家从不避讳性意识所具含的人类文化心理的一面，他们把生殖看作生命的赞歌。生殖是动物最自然的本性，非人类所专有，但唯有人能从生殖繁衍过程中感悟到生命的升华和永恒，甚至含有社会的意义。"①刘恒正是从人的"食色"这两个最基本的生物本能出发来考察人类的生存意识的，短篇小说《狗日的粮食》和中篇小说《伏羲伏羲》分别探寻了"食"和"性"这两种最基本的欲望给人类带来的痛苦，人在本能欲望的引导下，或激烈或平静地走向他们的宿命——死亡，发现人类始终处于一个尴尬的生存圈套之中，即人的自我超越永远受制于自身的本能需求。人的生物本能与人的社会属性

---

① 陈思和：《自然主义与生存意识——对新写实小说的一个解释》，《钟山》1990年第4期。

之间产生的冲突最终导致了瘿袋女人曹杏花和杨天青的死亡。

刘恒对食色的自然主义叙述，使评论界一直将他划归新写实的阵营，他对人类原欲和原罪的裸露式的描绘，对社会底层未经文明教化的原始状态的生命的深切关注与同情，他对小说故事时代背景和历史变迁的有意回避，都成为一种刻意为之的叙事策略，用以强化他对社会和人类命运的深刻思考。新时期以来，作家们有意无意地将刚刚经历的那场浩劫的责任归咎于政治或社会，刘恒却将那场浩劫的必然性归结到人性和文化本身，尽管他也没有逃脱自觉论证"文革"合理性的那股潜流，但他的角度明显有别于同时代的其他作家，他的叙述暗示政治斗争对社会底层民众的影响是通过最原始的生物本能起作用的，在特定的情境之下，政治运动甚至于政府的行政命令在人的原欲面前是那样无力、无奈。对于生命个体来说，真正摧毁折磨他们的生存意志的不是政治因素、社会压力，而源自于主体对生存本身的绝望和对原始文化禁忌的恐惧。鲁迅先生在小说《祝福》中就写到了祥林嫂对地狱的恐惧，对灵魂之有无的困惑，这种恐惧和困惑摧毁了她的心智，使她徘徊于生死之间，不知何去何从，死亡的恐惧胜过了生存的艰难，鲁迅先生将她的命运归咎于封建礼教和迷信的毒害，其实，作为自然人的祥林嫂强烈的生存意识和她潜意识中对家庭儿女的普通人的生命状态的渴望，这种欲望绝不亚于她做贞妇列女的主观意识，而这两者之间的矛盾冲突是无法调节的，祥林嫂与贺老六短暂的幸福婚姻使她有一种负罪感（原罪），并自觉将丈夫与儿子的死亡的罪责承担起来，负罪感和自责交互折磨着她，使她精神濒临崩溃，陷入妄想之中，加之社会对她的拒斥，使她彻底成为一个行尸走肉。刘恒则从人的生存恐惧入手，展示人类所处的生不如死的痛苦，而当生命个体意识到自己的主体性时，他才会选择死亡，选择作自己命运的主宰，于是，刘恒让一生为"粮食"而奋斗的瘿袋女人和一生被性欲和乱伦恐惧所折磨的天青一同解脱。他和余华处理苦难的视角也不同，余华让福贵（《活着》的主人公）彻悟，以活着为生存的第一要务，不管遇到什么灾难不幸，都得活着。刘恒的潜意识中有强烈的理想主义与英雄主义特质，他不容许他笔下的人为活着而活着，他更注重人的社会文化属性，他善于用人的生物属性来展示其社会文化属性，在二者的冲突中，社会文化属性最终总是超越人的生物属性，操纵着人类的生死和命运。刘恒的冷静、客观或"残忍"透过人物的生存境遇和凄惨命运，就这样赤裸裸地展现在读者面前，让人无处可逃。

瘿袋女人天生丑陋，命运多舛，先后被卖过六次，生存是她唯一的目的，杨天宽用二百斤谷子换她的目的是满足自己的性欲（可他却收获颇丰，这个丑女人给了他一个家，一群孩子，使他成为一个真正意义上完整的人），生存的本能压倒了她做人的尊严，为了"吃"，她可以偷、抢、拿，将邻居的葫芦据为己有，骂街骂到邻居瞠目结舌、哑口无言，她不怕苦不怕累，具有顽强的生命力，这样一个泼辣强悍的女人却在丢失粮证后，被丈夫"熊"了一顿。但这一"熊"竟要了瘿袋女人的命——她羞愤自杀。临终的半句话："粮食——狗日的——粮食"成了人们分析她死因的有力论据，她为之奋斗终生的粮食要了她的命，对粮食，她"半是疼半是恨，半是希求半是诅咒"。粮食是人赖以生存的根本，她对生命的渴望正是通过对粮食的不择手段地攫取来体现的；粮食成为她生存本质和生命意义的象征和外化。显然，丢失粮证是瘿袋女人自杀的外因，平生第一次被丈夫"熊"才是她自杀的内因。因为人类在最基本的生存欲望满足之后就会产生更多或更高层次的欲望，瘿袋女人疯狂占有粮食，证明自己的生命价值，她在满足丈夫性欲的同时，也拥有了一个属于自己的家和孩子们，不管她多么蛮横丑陋，在外面如何被人嘲笑蔑视，但是在家里，她是妻子，是母亲，她是有尊严的人。跟了天宽后，她从未被"熊"过，这是她生命中唯一引以自豪的，不错，丈夫是因为粮食"熊"她，罪魁祸首是粮食，但真正摧毁她生存意志的却是丈夫对她尊严的伤害，这才是瘿袋女人的悲剧。

这是一个最原始、最底层的生存故事，一个男人用粮食来交换或满足性欲，一个女人用自己的身体来换取赖以生存的粮食，然而，人的生物本能与人的社会文化属性是密切相关的，当他们以这样的目的组成一个家庭时，他们的身份发生着迅速的转变，随着儿女的出世，他们的社会化程度不断提高，瘿袋女人的社会文化意识成为她生存意识的主导因素，她对自己社会文化身份的强烈认同使她产生了强烈的生命意识——自尊，而丈夫因粮证的事责备她，使她对自己的身份认同发生了歧义。她拼尽一切要获取的粮食只是一个象征，粮食能保持她做人的尊严，小说中那句"狗日的粮食"也可以理解为"狗日的命"，也许曹杏花临死前才意识到她对于那个男人来说永远都是一个工具——性欲工具、生儿育女的工具、获取粮食的工具，她的工具性与她的社会文化属性（她早已将自己看作有尊严的人）因粮证而发生冲突，致使这个曾经毫无羞耻感的卑贱女人无法容忍丈夫对她人格尊严的伤害而自杀。简爱是用声音呼喊，曹杏花是用生命抗争，我想如果真有上帝，站在上帝面前，她们是平等的。这就是刘恒对生命意义的阐释，无论多么卑贱低微的生命都有觉醒的一天，都有对爱与尊严的渴望和痴迷，难怪有人说他骨子里是一个理想主义者，小说的启蒙意义也许就在于此吧。

《伏羲伏羲》叙述了一个古老的乱伦故事，小说从民国三十三年延续到新时期改革开放，三代人的弑父情结在时代的变迁中，在宿命的循环中绵延着，杨金山的命运宿命般地被杨天青承续着。这种对时代背景的强调在事实上却强化了人的生命本能，淡化了人的社会属性。生殖是人的最基本的生命本能，是生命延续的根本方式，无论社会和时代怎样变化，生殖都是人生命中的第一要务，它既是人的生物属性又是人的社会属性，性欲与乱伦禁忌的冲突是一种本原的文化冲突，乱伦的恐惧与政治运动的恐惧相比是更致命的，它摧毁的是人的生存意志，而不仅仅是人的肉体和精神。以孕育或繁殖为首要目的的欲望比情欲更本源、更具有毁灭性，因为它纯属动物的本能，只要看一看动物界为了物种的延续至今仍在进行的乐此不疲、锲而不舍的争斗，我们就不难理解这个乱伦的悲剧故事了。

小地主杨金山与前妻在炕上滚了三十年也没有完成传宗接代的神圣使命，他用二十亩山地换回了比他小三十余岁的女人王菊豆。对杨金山来说，性的欢娱来源于生殖所带来的快感，性行为本身是没有意义的，生殖的压抑和外界的社会压力使他早已无法体验性本能的释放所带来的纯粹生理的快感。于是，他百般虐待怀不上孩子的菊豆，连新生的人民政府也奈何他不得，为了使自己的生命得以延续，他卖地吃肉吃药进补，不惜耗尽自己最后的阳气日夜奋战，在折磨妻子的同时，他内心也在经历着常人难以想象的痛苦和煎熬，对死亡的恐惧和对生存的绝望与悲哀使他丧心病狂。菊豆与侄子天青乱伦的结果——天白曾使他欣喜若狂，重新找到了失去的自我和做人的尊严，然而，轮回的因果惩罚了他，他种下的"恶"生出了"恶果"，菊豆为了报复他的虐待和侮辱，不仅与天青乱伦生子，还当着他的面与天青纵欲狂欢；天青为了报复他对儿子天白的伤害，差点儿掐死他，天青伺候他是为了让他受活罪，让他为自己和菊豆的乱伦打掩护，天青最初的那一点点良知和愧疚逐渐泯灭了，剩下的只有对杨金山的仇恨。人性的恶在生殖欲望和性欲望的双重煎熬下蔓延开来，肆意挥霍，怨恨和恐惧笼罩着杨家三代人。

杨金山在自杀未果之后顿悟，他苟延残喘除了对死亡的恐惧之外，就是复仇，他要让天青永远得不到自己的儿子，他做到了。无论在名义上，还是在实质上，天青永远都没有得到过儿子，他留给这个世界的只是一个乱伦的故事，一个关于"本儿"（硕大的男根）的神话。这是一个关于人类童年的原始的神话，这是一个关于生命原欲与社会伦理规范的冲突的悲剧和悖论，拥有旺盛生命力、创造了两个生命的天青一生备受性的压抑，精神上受到叔叔和儿子的折磨，一辈子被儿子叫哥，一辈子叫自己心爱的女人婶子，还要忍受周围环境和家族势力的无形的压迫，天白对他的决绝与仇视使他恐惧，天黄的出世意味着他又多了一个兄弟，他到死都是一个老光棍，他深知自己永世无法逃出命运的捉弄。俄狄浦斯得到神的启示，千方百计要摆脱命运的安排；而天青却被性欲、仇恨和恐惧所操纵，深陷原欲的泥淖无法自拔。这就是命运的残酷，或者说这就是刘恒的冷漠！天青爱上了自己的婶子，这是生命的原罪，他为此付出了一生的孤苦和强悍的生命。这就是刘恒所理解的性，性就是一种最原始的本能冲动，是人的自然属性，是生命延续的最直接、最原始、最有效的方式。它创造着人，也毁灭着人。只要人类不消失，性就永远牵引着人、困扰着人、折磨着人，将人引向快乐的巅峰或罪恶的深渊。

刘恒没有赋予性"形而上"的意义，他展示的是性的形而下的自然意义，这种生物性的本能在与社会伦理规范发生冲突时，人就会陷入万劫不复的罪恶的深渊。菊豆一生受尽磨难和屈辱，爱和恨撕扯着她，她像一只老母鸡一样地活着，养着她的雏和雏的雏，她不能像天青那样摆脱情欲的困惑，她还有母性，我坚持认为母性更多的是一种动物性，它的形而上意义是人类社会赋予的或强加的。从菊豆的故事很难透视出什么时代的主题或脉搏，她几乎就是一个自然人悲苦的挣扎与抗争的寓言，与社会文化习俗较量，个体的力量实在是微乎其微的，难道这就是女人的宿命？瘿袋女人天生丑陋，行为不检，她活该有那样的不幸；菊豆呢，美丽勤劳贤惠忍耐，命运何以要这样捉弄她？刘恒没有将之处理成一个红颜薄命的故事，也没有将之演绎成轰轰烈烈的爱情故事，他只是平静地向人们诉说了一个女人被男人的欲望和自己的欲望所牵引一步步走向毁灭的故事，父亲发家致富的欲望将她推进了杨金山传宗接代的欲海之中，杨金山的残忍、天青的爱欲和她自己的性欲、复仇欲将她推进了乱伦的陷阱和恐惧之中，并将她永远钉在了人们记忆的耻辱柱上。试问在欲望的海洋里，一个女人除了随波逐流，还有其他出路吗？无谓的抗争带来只能是更大的痛苦与彻底的绝望和毁灭。

夏志清指出：任何一个人，不管他的阶级与地位如何，都值得我们去同情了解。而中国的现代文学只顾及国家的与思想上的问题，而无暇以慈悲的精神去检讨个人的命运。①刘恒就是怀着慈悲的精神和宽厚的胸怀来关注这两个无辜女人的悲惨命运的，她们命如草芥，留下的除了一世的屈辱和骂名，就是供人言说的故事。作家将他们内心的痛苦挣扎抗争原生态地呈现出来，让读者来评说。在她们身上也寄托着作者对人类命运的探究，及其对社会文化的深刻反思。她们都生活在新中国、红旗下，"民主自由""男女平等"的时代烙印在她们身上很难看到印记，她们被最基本的生命原欲裹挟着、操纵着、毁灭着，这也许代表了那个时代大多数底层劳动妇女的生存现状，自然原欲、原始禁忌、民间文化和习俗仍然在控制着普通人的生存意志，个体生命要维护生存权和主体意识，付出的代价注定是高昂的。刘恒的叙述启示我们：妇女解放的道路就像启蒙一样，任重而道远。

原载《兰州交通大学学报》（社会科学版）2007 年第 2 期

---

① 夏志清：《中国现代小说史》，复旦大学出版社2005年版。

刘恒论

——以电影剧本创作为例

周　斌

　　提起刘恒，无论在文学界还是电影界，都颇有影响。在20世纪80年代，他是活跃在文坛上的小说家。1986年，他因短篇小说《狗日的粮食》获得全国优秀短篇小说奖后，便受到文坛关注。此后又相继出版了中篇小说集《虚证》（1989）、中短篇小说集《白涡》（1992）、长篇小说《黑的雪》（1989）、《苍河白日梦》（1993）等，曾多次获得各类文学奖，成为著名小说家。

　　90年代以后，刘恒的创作重点逐步转向电影剧本，很快成为活跃在影坛上的著名剧作家。由他改编和创作的一些电影剧本，拍摄成影片后相继产生了较大影响，其主要作品有《本命年》（1990）、《菊豆》（1991）、《秋菊打官司》（1992）、《四十不惑》（1992）、《跟我走一回》（1994，合作）、《画魂》（1994，合作）、《红玫瑰白玫瑰》（1994，合作）、《没事偷着乐》（1998，合作）、《漂亮妈妈》（2000，合作）、《美丽的家》（2000）、《张思德》（2004）、《云水谣》（2006）、《集结号》（2007）等。其中多部作品曾在国内外获得大奖，如因《张思德》获得第25届中国电影金鸡奖最佳编剧奖，因《云水谣》获得第12届中国电影华表奖优秀编剧奖等。其新作《集结号》拍片上映后又广受欢迎和好评，票房收入超过了2亿5千万，成为一部真正"叫好又叫座"的国产大片。这一系列的成功奠定了他作为一名优秀的电影剧作家在中国影坛上的重要地位。

从著名的小说家到优秀的电影剧作家,刘恒在两个领域里都取得了显著成绩。特别在优秀的电影剧作家十分短缺的今天,刘恒坚持在电影文学领域里的拓展就格外引人注目,也尤其应该肯定。其成功的经验和创作的特色是值得认真总结探讨的。

一

对于文学创作,刘恒历来有一种社会责任感和使命感。阿成认为刘恒是"用骨头蘸着血写作的人"①,其含义也在于此。刘恒认为对自己写作影响最大的人是鲁迅,他说:"我读过鲁迅几乎所有作品,包括日记和书信。那种痴迷的阅读刚好发生在我的青少年时期,印象太深了。我对他的崇敬之深,几乎可以说是没有理智可言。他对我的写作产生了非常大的影响。"②刘恒对鲁迅的这种崇敬之情,在《云水谣》里通过主人公陈秋水之口作了直接表达。

鲁迅的影响当然渗透在刘恒的创作之中,作为"新写实小说"的代表作家,其作品注重于对普通人的生存状况和人性善恶进行了深入考察与剖析,他非常冷静、深入地描写社会人生,尤其注重揭示和表现人性中丑陋、偏执和虚伪的一面,让人们对俗世人生的生存本相有了更深刻的认识和感悟。《狗日的粮食》《黑的雪》《白涡》《伏羲伏羲》等小说就体现了这种特点。在其电影剧本创作中,这种特点则有了进一步拓展,主要表现为关注社会底层小人物的生存状态和思想情感,深入地写出人性之善恶,真切地表达自己对社会和人生的看法。

刘恒的电影剧本大致可以分为以下几类:其一是根据自己的作品改编的,

① 李冰:《刘恒:写张思德自己也受益,不担心遭骂》,《北京娱乐信报》2004年9月5日。

② 李冰:《对话——刘恒:人生任务就是让亲人幸福》,《北京娱乐信报》2004年9月5日。

如《本命年》改编自《黑的雪》，《菊豆》改编自《伏羲伏羲》，《没事偷着乐》改编自《贫嘴张大民的幸福生活》等；其二是根据别人的作品改编的，如《秋菊打官司》改编自陈源斌的《万家诉讼》，《画魂》改编自石楠的《张玉良传》，《红玫瑰白玫瑰》改编自张爱玲的同名小说，《云水谣》改编自张克辉的《寻找》，《集结号》改编自杨金远的《官司》等；其三则是原创性剧作，如《四十不惑》《跟我走一回》《漂亮妈妈》《美丽的家》《张思德》等。从上述剧作的题材内容和主题内涵来看，无论是改编作品，还是原创性剧本，均较鲜明地体现了这样的特点。

文学是人学，电影文学作品虽然是为拍摄电影而创作的，在艺术上有一些特殊的要求；但其仍然要通过人物命运和人物性格的描写来表现生活和反映历史。好的电影剧本往往能运用电影艺术的独特技巧和手段，写出人性的深度和复杂性，由此折射和反映出时代与社会对人性变异的影响，从而给人以启迪和感悟。综观刘恒的电影剧作，可以说，表现人性善恶，揭示人生意蕴乃是其最重要的主题内涵。在这方面，他不断地进行着多方面的探索。

例如，《秋菊打官司》和《菊豆》分别是从"善"和"恶"的角度来观察和表现人性的。前者通过一个普通农妇秋菊为了"要个说法"而将踢伤其丈夫庆来又不肯认错的村长告上法庭的故事，既反映了普通农民法制意识的觉醒，也在矛盾冲突中表现了人性之善。剧作中的主要人物，无论是村长、秋菊夫妇还是李公安等，其本质都很淳朴善良。秋菊之所以会与村长"打官司"，是因为村长踢伤了庆来的"命根子"又不肯认错道歉，她为此坚持"要个说法"。而村长之所以会踢伤庆来，是因为他不经批准违规建房，在两人争吵时又骂村长断子绝孙，这对于养了4个女儿而没有儿子的村长来说，是一个打击也是一种侮辱。尽管村长事后也认识到自己不该打人，但为了"面子"，他宁肯赔钱，也不愿道歉。作为民事调解，李公安不厌其烦多次履行职责。为了化解矛盾，他自己买了点心去秋菊家拜访，并说点心是村长送的。但是，这一善意的谎言被戳穿后，秋菊仍然坚持"要个说法"。就在秋菊逐级告状未获满意的结果时，除夕雪夜她难产大出血，危急时村长尽弃前嫌，出面组织村民把她抬到医院，救了她和孩子的命。孩子满月时，秋菊夫妇一定要村长前来喝酒，以示感谢。恰在此时，村长被依法拘留了。得此消息，秋菊感到困惑和迷茫。因为她只想"要个说法"，从来没想让村长进监狱，更何况在她心目中村长还是个好人。剧本结尾这样写道："秋菊又上县城去打官司了，不过这回她是去要求把那倔强的村长放回来。庆来的背架上，还放着两瓶好酒，是带给村长的，秋菊说那满月酒还没喝好呢！"由此更画龙点睛般地凸现了秋菊的质朴和善良。

与之相比，《菊豆》则通过三代四人之间剧烈的情感冲突和彼此纠葛的爱恨情仇，在表现人的情欲中揭示了人性之恶。尽管剧作也在一定程度上批判了封建礼教，但其重点乃在于描写人的情欲是如何支配着人的生活，并促使人性变异的。染坊老板杨金山明知自己有生理缺陷，但为了延续香火，在前面娶的两个女人被他折腾死后，又花钱买了年轻漂亮的菊豆为妻。菊豆白天是干活的长工，晚上则成为他发泄淫欲的工具。其侄子杨天青对菊豆由怜生爱，两人终于乱伦私通，后生得一子名天白。金山以为己出，喜出望外。由于封建礼教的束缚，菊豆与天青表面上维持着婶侄关系，暗地里依然偷情。金山不久因中风而半身瘫痪，并得知了事情真相。为了报复，他屡次欲对天白下手，反而误坠染池丧命。按照族规，天青搬出了染房，他和菊豆只好偷偷到野外幽会。当天白逐渐长大后，外人的闲言碎语使他十分敌视和仇恨天青。尽管他已知道天青是自己的生父，还是不允许天青再到染房来。当他发现在地窖中重温旧梦的天青和菊豆因缺少空气而窒息昏迷时，他虽救出了母亲，却把天青丢进染池淹死。万念俱灰的菊豆，欲持利斧去杀天白，但终于未能下手（影片则改为菊豆一把火点着了染房，让一切罪孽在烈火中化为灰烬）。与原著的结尾相比，剧作和影片则进一步强化了矛盾冲突，更加突出地展示了人性的扭曲和变异。

如果说《秋菊打官司》对于人性之善的表现还较曲折委婉，那么《漂亮妈妈》和《张思德》则更加直接、鲜明地凸现了人性之善的主题。前者通过普通女工孙丽英和她那先天失聪的儿子郑大的故事，颂扬了伟大的母爱。孙丽英曾经有一个温暖的家庭，但因为先天失聪的儿子，丈夫与她离婚而去，导致了家庭破裂。于是，孙丽英独自承担起帮助郑大学会说话、入校读书、抚养其成长的全部责任。为能时刻与儿子相处，她辞去了外企一份不错的工作，找了送报纸这样一个可以带着儿子上班的活儿。她和儿子一起勇敢地直面生活中一个又一个困难，在儿子成长的过程中，她也得到了安慰和快乐。《张思德》则成功地塑造了一个善良憨厚、朴实纯净的革命战士形象，作者撷取了一系列日常平凡的小事来表现张思德无私的奉献和高尚的情操，从而对"为人民服务"这一经典语录作了生动形象的诠释，使张思德身上所体现出来的"善"有了更深刻、更广泛的内涵。

至于颇受好评的《云水谣》，表面上看来突出的是爱情主题，实际上表现的也是人性之善。作者在台湾"二二八"事件及大陆抗美援朝、支援西藏建设等重大历史背景下，生动地描绘了陈秋水、王碧云、薛子路、王金娣之间的真挚爱情，颂扬了对于爱情的坚守和忠诚。正如刘恒所说："这个片子里表面上写爱情，表面上写革命，实际上写的是善恶，是善，是在赞美善意。"①因为剧本所着重描写的是一个处处为他人考虑的爱情故事，所歌颂的是爱情中的牺牲精神。该剧作与前面几部作品的不同之处，乃在于作者将陈秋水等人的命运变迁和爱情坚守与宏大的历史背景有机交融在一起，注重通过其个人命运的变化来展现恢弘的历史进程。于是，在生动地讲述爱情故事的同时，也较好地完成了对重大历史事件的概述，从而把人性的解剖放在了社会历史的客观舞台上，揭示了其爱情悲剧的社会历史原因，并由此强调了他们对于爱情的坚守和忠诚是多么不易。尽管剧作对造成其爱情悲剧的社会历史原因之揭示还不够深刻，但毕竟注重从社会历史发展变迁的角度去探讨人性，这无疑是一种拓展。

高尔基曾说："事实证明：离开被政治彻底渗透着的现实，人是无法被认识的。事实证明：人不管怎样异想天开，毕竟是社会中的一员，而不是像行星那样是宇宙中的一员。"②因此，对人性的描写就不可能完全脱离社会历史内容，因为"人创造环境，同样环境也创造人"③。只有真实深刻地写出人如何改变环境，而环境又如何影响了人的命运和性格，才能真实、深入地剖析人性。

---

① 周铭：《访新片〈云水谣〉编剧刘恒》，《新民晚报》2006年12月4日。

② 高尔基：《论文学》，孟昌等译。人民文学出版社1978年版，第110页。

③ 马克思、恩格斯：《德意志意识形态》，转引自《论人性、异化、人道主义》，清华大学出版社1983年版。

当然，现实生活中的人性善恶并非完全黑白分明，在不少人身上，往往善恶会交织在一起，呈现出人性的复杂性。因此，在创作中"把好人写得完全好，把坏人写得完全坏"，则是违背生活真实和性格真实的。刘恒的剧作在探讨和表现人性善恶时，也注意写出了人性的复杂性。例如，在《本命年》中的李慧泉和《跟我走一回》中的马本诚等人物身上，就较清晰地体现了这一特点。李慧泉是一个悲剧人物，他最终的死既有社会的因素，也有自身的因素。他为了哥儿们义气打伤人而"栽"进了公安局，劳教期满被释放回家后，他既不愿像"倒爷"崔永利那样胡作非为，也没有勇气克服生活中的困难去获得充实而有价值的人生，所以灵魂的痛苦和最终的悲剧命运乃是必然的结果。与李慧泉的悲剧命运相比，马本诚则在善恶较量中做出了正确的人生选择。他原本为了赚钱而离开妻子杜霞非法越界到香港干活，因发现工头克扣工钱而痛打了工头被判入狱八年。不料入狱不久杜霞就提出离婚，此后又接到母亲病故的消息，他在绝望中自杀，虽然被救，却落下走路微跛的残疾。出狱后即被遣返大陆，因得知孩子死亡，他难以接受，怀疑杜霞再婚后所生儿子是自己的孩子，便去探视。不料被杜霞之兄杜伟发现，找人把他痛打了一顿。为了报复，马本诚便从学校带走了杜伟的儿子小征，想以此为人质查出自己孩子的下落。他带小征到处流浪，两人逐步成为配合默契的朋友。马本诚见一辆手扶拖拉机在路轨上抛锚，便冒死去阻拦开来的火车。小征在奔跑中不小心跌出路基而受伤。火车得救后，他把小征送进医院，并为其输了血。杜霞终于向马本诚说明了真相，原来小征就是他的孩子。马本诚不愿马上把真相告诉小征，决心干出个人样再来见孩子。和孩子相处的日子，既使其善良人性得以复归，也使他看到了未来生活的希望。

刘恒的其他电影剧本也从不同侧面、在不同程度上涉及了表现人性善恶的主题。当然，其剧作注重表现人性善恶之目的乃是为了扬善抑恶，是为了引人向善，并表达他对真善美的向往与追求。同时，也在于由此开掘出人生意蕴，让读者和观众从中品尝人生况味，领悟人生价值。无疑，人生意蕴是艺术表现之核心，人生意识则是审美意识的主体。可以说，由人性善恶的剖析而达到对人生意蕴的揭示，这种主旨始终贯穿在刘恒的电影剧本创作之中。

古人曰："有德而后有言。"①作家若要真切深入地写出人性善恶，讴歌真善美，首先自己要能分辨善恶，追求真善美。刘恒说："我最重要的编剧技巧就是，做一个善良的人。"因为"只有善良的人，才有良知，才有同情心，这是一个好作家的基础"②。由于生活中并不缺少美，而是缺少发现；故而对于作家来说，若要有发现的眼光，就要有良知。因为有良知的作家才会有社会责任感和使命感，才会有正确的道德判断力，才能透过生活的表象发现其中的真善美，并有机地融汇在自己的作品中，恰如鲁迅所说："从喷泉里出来的都是水，从血管里出来的都是血。"③此言甚是。

二

黑格尔认为："性格就是理想艺术表现的真正中心。"④对于电影剧本的创作来说，同样应该把塑造人物性格放在首位。因为"一个严肃的作家的任务，是要用具有艺术说服力的形象来编写剧本，努力达到那种能使观众深受感动并能改造观众的'艺术的真实'"⑤。刘恒的电影剧本很好地凸现了这一特点。作为一个既写小说又写影视剧本的作家，他在创作剧本时能充分发挥小说家的优势，即能生动、深入地刻画人物形象，并以人物命运的描写和人物性格的展示为中心来叙述故事、推动情节的发展，故其剧作中主要人物的性格均很鲜明，人物形象也较丰满，颇具个性特色。如《本命年》中的李慧泉、《菊豆》中的菊豆和杨金山、《秋菊打官司》中的秋菊和村长、《四十不惑》中的曹德培、《跟我走一回》中的马本诚、《画魂》中的张玉良、《红玫瑰白玫瑰》中的佟振保、《没事偷着乐》和《美丽的家》中的张大民、《漂亮妈妈》

---

① 朱熹：《答范伯崇》，转引自《中国美学史资料选编》（下册），中华书局1980年版，第62页。

② 刘婷：《刘恒：当作家首先要善良》，《北京晨报》2008年4月17日。

③ 《鲁迅全集》（第三卷），人民文学出版社1956年版，第408页。

④ 黑格尔：《美学》（第一卷），商务印书馆1979年版，第300页。

⑤ 高尔基：《论文学》，孟昌等译，人民文学出版社1978年版，第61页。

中的孙丽英、《张思德》中的张思德、《云水谣》中的陈秋水和王金娣、《集结号》中的谷子地等，都给人留下了较难忘的印象，并成为这些剧作成功之关键。

由于人物的性格不是一种静态构建，而是一个动态的发展过程，因此情节应该是人物性格形成和发展的历史。刘恒的剧作在叙事时能注重把情节叙述和性格描写紧密纠结在一起，情节的设置和推进都有利于人物性格的展示。为此，他既重视发挥以冲突为基础的情节点在凸现人物个性方面的作用，也注重把握表现人物思想情感细微变化之场面的有效积累。同时，他还善于根据题材内容、创作意图和人物形象塑造的需要，采用不同的叙事结构，使剧作呈现出不同的艺术形态。

例如，《秋菊打官司》和《集结号》均采用了小说式叙事结构，剧本围绕一个主要事件来展开情节，致力于在情节推进和场面积累中描写人物的思想情感和性格特征。前者围绕着庆来被村长踢伤而秋菊坚持"要个说法"来铺衍情节，正是在这一事件的解决过程中，各个人物的情感和性格得到了很好的表现：村长为了"面子"不肯认错的倔强，秋菊为了维护尊严而不依不饶的韧性，被描绘得格外鲜明生动。后者则围绕着一场战役中是否吹过集结号，以及由此导致解放军某连官兵除连长谷子地外全部牺牲而又得不到应有的烈士待遇之事件，衍生出了一系列跌宕起伏的故事情节；并着重通过谷子地为牺牲的战友争取烈士待遇和探寻集结号真相的过程，表现了对个体生命价值的尊重；同时，也从多方面生动地刻画了谷子地这样一个具有独特品格和气质的英雄人物。

又如，《漂亮妈妈》和《张思德》的叙事则采用了散文式结构，剧作的情节设置是一种散点式的生活片断的连缀。在《漂亮妈妈》中，作者把生活中许多琐事和细节描写得十分真实感人，诸如离婚、下岗、摆摊、求职等经历，都是读者和观众所熟悉的，不仅具有浓郁的生活气息，而且容易引起共鸣。正是在这样一种平实朴素的叙述中，孙丽英的思想情感和内心世界得到了充分揭示。《张思德》的整个剧作也是由各种各样的生活小事组成的，从1943年他在毛泽东身边担任警卫工作开始，直到1944年9月去世，作者着重描述了这一年多时间里大量的日常生活细节。当然其中也有如张思德与幼儿园一个烈士遗孤亲如父子的关系，他和一位哑巴炊事员亲密无间的关系，以及他与领袖毛泽东的关系等几条主要线索构成了剧作的情节主干，由此从多侧面表现了张思德的高尚人品和工作态度，凸现了他作为一个普通战士的奉献精神。

由于电影剧本主要是供拍电影用的，所以就要符合电影艺术的基本特点，即视觉造型性，剧本中的文字描写应能转化为银幕上的视觉形象。对于人物性格的描绘也同样如此。刘恒熟谙这一创作规律，故其剧作十分注重于一些可视性细节的运用，既以此凸现人物的个性，增强生活的真实感；又借此传情达意。

就拿《张思德》来说，由于缺乏足够的史料，作者在用艺术手段再现这一人物形象时，加入了很多想象，但这些想象又没有违背生活的真实。剧本主要通过各种生活细节的描写来丰富人物性格，使人物形象鲜明感人。刘恒说："我希望我们所塑造的张思德是一个有血有肉的人，因此在创作初期我为他设计了许多细节，电影将会用这些细节来表现他的革命情操。在张思德身上，聚集了许多普普通通中国人身上的美德——朴实、善良、助人为乐……他就是这样一个既平凡又伟大的英雄。"[1]在剧作中，作者运用了很多细节从多侧面展示了张思德的品格：修灯时甘当人梯、晚上别人休息了他还替战友打草鞋、为年事已高的哑巴炊事员找老花眼镜、帮老大娘追回跑丢的猪、关心幼儿园的烈士遗孤、在宴请劳模的酒席上替毛主席喝酒、为了修车跑着回去背车胎、真诚地帮助犯错误的战友……正是从这些默默无闻的小事中，让我们看到了一个普通警卫战士不平凡的精神；正是从这些点点滴滴的真性情中，让我们看到了一颗高尚的灵魂。

在电影剧本的各种细节描写中，物件细节是不可忽视的重要方面。因为一个具体形象的物件，往往能生动地表达人物的情感和心理。例如，《云水谣》里一些表现人物情感的小物件（花、钢笔、纽扣等）的成功运用，就令人印象

---

① 姜薇、王岩：《黑白胶片重现张思德，编剧刘恒用作品向英雄致敬》，《北京青年报》2004年5月23日。

深刻。其中一粒铜纽扣曾4次出现，非常生动形象地传递了人物之间的复杂感情。"二二八"事件后，被视为"左翼分子"的陈秋水被迫离开台湾。在风雨交加中，王碧云赶来送行，她给陈秋水戴上订婚戒指，又给他一支钢笔让他经常写信。陈秋水匆忙中没有准备任何东西送给王碧云，为此非常内疚。在父亲催促下，王碧云只好乘车离去。依依不舍的陈秋水追赶着汽车，王碧云用力扯下了他衣服上的一粒铜纽扣，而这一粒铜纽扣便成为陈秋水留给她的唯一信物。她把铜纽扣串起来挂在胸前，常常睹物思人。几十年过去了，当王碧云的侄女晓苗受其委托到大陆寻找陈秋水而终于在西藏见到陈秋水之子陈昆仑时，她把铜纽扣交给陈昆仑，称其为"无价之宝"。最后，陈昆仑夫妇和晓苗则把铜纽扣供放在陈秋水的墓碑前，替王碧云完成了心愿。一粒铜纽扣不仅成为陈秋水和王碧云生死不渝的爱情象征，而且贯穿了两代人的情感。同样，《张思德》里的一副眼镜、一双鞋、一个口琴、一把红枣，以及《集结号》中的手表、香烟等物件，在剧作中都发挥了很好的作用。

刘恒电影剧本的另一个显著特点乃是人物对白的简洁精练、生动传神，既具有浓郁的生活气息，又能很好地表现人物性格。正如刘恒自己所说："我的剧本的一些长处，一个是人物刻画，一个是对白处理。"①虽然电影剧本注重通过视觉画面来表达内容，但对白仍然是展示人物性格、推动剧情发展的有力手段。故对白的优劣会直接影响人物形象的塑造和剧本的质量。写小说积累的丰富经验，使刘恒在人物对白的处理上往往得心应手、游刃有余，充分显示了优势和长处。

首先，其剧作中的对白能做到"话如其人"，凸现个性。就拿《没事偷着乐》和《美丽的家》来说，其中张大民喜欢并擅长"贫嘴"的性格主要体现在对白上，他的调侃、幽默和机智都在其语言中得到了淋漓尽致的发挥。可以说，正是语言的张力和魅力使这一人物形象鲜活起来，充分显示了他身上那种对待生活挫折的超强韧性和乐观的人生态度。又如，《秋菊打官司》里的村长

---

① 　刘恒、王斌：《对话：电影、文学及其他》，《菊豆·秋菊打官司——刘恒影视作品集》，中国社会科学出版社1993年版，第443页。

是一个偏远乡村的基层干部，没有什么文化，性格又很倔强，他的话语就直爽、粗鲁，有时还有些霸道，其个性在对白中得到了很好展示。《云水谣》中的王金娣是一个敢爱敢恨、性格爽直的姑娘，她对陈秋水一往情深，故在爱情上也是主动进攻，对陈秋水的表白往往直截了当。从战场到西藏，她的追求锲而不舍。特别是她改名"王碧云"后的真情表白："王碧云在天上，她照顾不了你，我替她照顾你，在你身边，照顾你一辈子。你要真爱王碧云，就爱我吧，我会一辈子待你好，一辈子照顾你，替她，好吗？"正是这一番话深深打动了陈秋水，突破了他的心理防线，使他终于接受了王金娣。同时，也正是这一番话最终完成了对王金娣这一人物形象的塑造，使之个性鲜明。

其次，口语化则是其剧作对白的另一特色。可以说，少用文绉绉的书面语言，尽可能运用来自生活的日常口语，使对白朗朗上口、通俗明白，乃是刘恒创作时的一种艺术追求。这样的例子在其剧作中非常普遍。譬如，《集结号》中谷子地的对白均为生动的口语，不仅极富艺术感染力，而且对于成功地塑造这一人物形象发挥了很大的作用。如剧作开端，当他向敌军喊话时，除了自报家门外，用非常简洁易懂的话语给敌人指明了出路："你们已经给围死了，腻腻歪歪打下去谁都落不着好。我们给各位准备了两样好吃的，一样是子弹，一样是饺子。想打我们奉陪到底，觉得打够了，把枪举起来换双筷子，九连陪着弟兄们吃饺子。"这样的对白一开场就能吸引人。又如，当他在战场上鼓励胆怯的王金存时说："知道狗为什么咬人吗？人一害怕身上有股怪味，狗就专咬这种人。子弹也一样，谁害怕找谁。只要你不害怕，子弹绕着你走。"显然，幽默、形象的口语所表达的道理，较之一本正经的大道理，更容易被人所接受。再如，当他战后面对着一片无名烈士墓时，十分伤感地说："爹妈都给起了名，怎么全成了没名的孩子了？"这样的对白既具有感染力，也让人易记而难忘。当然，刘恒剧作中的口语并非等同于生活中的大白话，而是经过了艺术提炼和加工，具有一定的内涵。就拿张思德的对白来说，就较好地体现了这一特点："不管干啥子工作，都想着前线就在脚底下。""马掌是马掌，你要是硬不成一块铁，想当马掌还当不成哩！""走进革命队伍是为了吃饱肚子，吃饱肚子长了觉悟，就该让更多的人吃饱肚子——"在这些朴实的口语中蕴含着生活的哲理，令人回味咀嚼。

显然，生动的口语来源于生活，没有丰富的生活积累和对日常群众语言的熟悉，是根本无法写出口语化对白的。刘恒历来主张作家的心灵一定要贴近大众，与大众沟通，他自己则身体力行，持之以恒，不断从大众的日常生活中汲取营养，获得灵感。较之那些在对白上受到观众诟病的剧作和影片来说，刘恒电影剧本的长处是显而易见的。由此，我们不难看出他在这方面的积累和功力。

三

由于电影的创作和生产是一种需要投入大量资金的集体劳动，剧本创作只是其中的一个环节，故剧作家写剧本时往往会受到各种制约，需要兼顾各个方面。例如，若要使剧本能顺利搬上银幕，就必然要顾及制片人、导演等人的意见和建议。特别是今天的电影已经面向市场，所以编剧在创作时也必须考虑未来观众的审美需求，努力增强观赏性和娱乐性，以赢得广大观众的喜爱和欢迎。这就给电影剧本创作提出了更高的要求，带来了更大的难度。在这方面，刘恒也有清醒的认识，他曾说：“一个优秀的编剧不得不考虑投资方的意愿及市场，编剧必须在艺术个性和商业元素中艰难地维持平衡。”[1]显然，面对市场和观众，编剧既要注重保持自己的创作追求，努力体现艺术个性；又要充分尊重市场和观众的需求。而只有在两者之间很好地维持平衡，才能使剧作获得投资，并使影片能产生“叫好又叫座”的效果。

由于刘恒的许多电影剧本在创作时已经确定了导演，有些剧本还是“命题作义”，即导演有了一些初步想法后再请他来编写剧本；为此，他在创作时能充分听取导演的意见和建议，在保持自己创作个性的前提下，努力使剧本符合导演的意图和要求，从而使剧本能顺利搬上银幕，有很高的“成活率”。特

---

① 陈鹏：《作家刘恒谈中国编剧现状：影视圈缺少天才编剧》，解放日报网2008年2月22日。

别像《张思德》《集结号》等剧本，在导演手里均未作太多改动就被拍成了影片，并很好地还原和体现了剧本的内涵与风格。编剧和导演这种相互尊重的良好合作关系，对于电影创作来说是非常重要的。

同时，刘恒在创作时也能尊重未来观众的审美需求，注重使剧作的各种艺术元素能符合观众的欣赏习惯，使拍成的影片能感染、打动观众，并受到他们的喜爱和欢迎。为此，他一方面注重把自己对生活和人生的看法有机地融合在故事情节的完整叙述和人物性格的生动刻画之中，从不淡化情节和人物；另一方面则在追求艺术创新的同时又不无视传统的剧作模式和艺术元素，而是把两者有机结合在一起，这也是其剧作获得成功的重要原因。例如，相对于传统的战争片而言，《集结号》的突破和创新是显而易见的。但是，我们从中仍然可以看到对全局意识的强调、对英雄主义的赞颂、对牺牲精神的肯定等一些战争片中常见的传统元素在发挥着重要作用。可以说，该剧作的成功给主旋律电影和商业大片的创作都提供了可资借鉴的经验。

特别值得一提的是，刘恒有意识地强化了剧作的情感元素，注重于以情感人，由此增强了剧作和影片的观赏性和艺术感染力。古人曰："感人心者莫先乎情，莫始乎言，莫切乎声，莫深乎义。"①情感是艺术创造中最活跃的元素，没有情感就没有艺术美的创造；而无感情的艺术则是没有生命力的。为此，刘恒的电影剧本往往强化了对于"情"的开掘和渲染，充分发挥其应有的艺术作用。例如，《跟我走一回》中的父子之情，《漂亮妈妈》中的母子之情，《没事偷着乐》和《美丽的家》中的夫妻之情，《云水谣》中的恋人之情，《集结号》中的战友之情等，在他的笔下都得到了生动的描绘和渲染，产生了独特的动人魅力，成为其剧作获得成功的主要因素。他曾说："有分量的艺术作品理应是感人的。"②事实也的确如此，古今中外的一些优秀作品，不仅能给人以教益和启迪，而且往往动人心扉、感人至深。因为情感也是一种内容，是客观实践的产物。感情愈真切、愈高尚，作品的思想性也必然愈强。正

---

① 白居易：《白氏长庆集·与元九书》，转引自《古人论写作》，吉林人民出版社1981年版，第223页。

② 孙聿为：《刘恒活该当作家，一个人蹲紧闭》，《北京晚报》2008年1月2日。

如苏珊·朗格所说："艺术中的'善'就是看其是否能够将内在情感系统明晰地呈现出来以供人们认识。"因为这种情感系统所呈现的正是艺术家所"认识到的人类情感"①，故而最容易引起共鸣。

刘恒的较多电影剧本拍成影片后之所以受到观众的欢迎和好评，一个重要原因乃在于它们在感情上深深打动了观众，让他们认可并接受了作者的价值取向和审美表达。近期颇受好评的《张思德》《云水谣》和《集结号》就是最好的范例。刘恒曾说："我对剧本成败的标准很简单，就是看它能不能感动自己。如果自己都不感动，如何去感动别人？我始终相信自身情感的真实性，也相信人的情感是相通的。"②的确，要想感动观众，首先要感动自己。刘恒的见解和经验是符合艺术创作规律的。

若要写出既能感动自己，也能感动观众的作品，创作者的创作态度首先就要真诚，既要严肃地面对生活和历史，又要在作品中灌注自己的真情实感，表达自己的真知灼见。正如古人所说："精诚由中，其文感人。"③刘恒的创作正是如此。例如，《云水谣》是根据张克辉的作品改编的，原著的作者曾采访了三位老台胞，并依据他们的故事综合成了一部作品。刘恒改编时并没有局限于原著提供的素材，而是重新去采访了那三个老台胞，听他们讲自己的故事，由此获得了新的启发和灵感。《集结号》改编自杨金远的《官司》，原作是一篇一万多字的短篇小说，改编成电影剧本需要补充大量的情节和细节。刘恒虽然有过部队生活的经历，但毕竟没有打过仗，对战争年代的生活较生疏。为此，"动笔前我再次确认了一个原则，在最大限度地靠拢商业电影的创作规律之下，一定要保持内心的真诚"④。为了弥补知识和经验之不足，他下功夫

刘恒
研究资料

---

① 苏珊·朗格：《艺术问题》，滕守尧、朱疆源译，中国社会科学出版社1983年版，第25页。

② 颜慧：《"我必须抓紧一切机会努力奋斗"——电影〈集结号〉编剧刘恒访谈》，《文艺报》2008年2月14日。

③ 王充：《超奇篇》，转引自《中国美学史资料选编》（上册），中华书局1980年版，第124页。

④ 颜慧：《"我必须抓紧一切机会努力奋斗"——电影〈集结号〉编剧刘恒访谈》，《文艺报》2008年2月14日。

"阅读了大量军事著作，光是有关解放战争的书就研究了上百部；写了3万字的主题分析，从战争、生命、人、尊严和牺牲共5个方面，弄透了关于这场战争中的人与事等等各种复杂关系；为主人公和主要人物写了详尽的个人小传；写出了6万字的脚本。"①在创作过程中，为能使自己的情绪沉浸在战争的环境氛围里，他经常听苏联卫国战争时期的音乐和歌曲。正如他自己所说："对我来讲，写《集结号》是个庄严的过程，充满了神圣感，情绪波动也非常大。剧本完成后，导演冯小刚给我来电话，说他和演员读剧本时数次落泪，经验告诉我片子八成是有了。"②显然，正因为有了这样一种真情投入，才确保了剧作的艺术质量，并使之感动了导演和演员，从而为影片的成功奠定了坚实的基础。

刘恒最欣赏的编剧是俄罗斯导演兼编剧塔尔科夫斯基，他认为："真正的天才编剧就应该是他那样的，鬼斧神工，浑然天成。中国现在最缺的就是这样的天才。"③也许，这正是刘恒所确立的学习榜样和追求目标。

没有好剧本就没有好影片，当下的中国电影所缺少的正是高质量的好剧本，这已成为一个制约中国电影进一步提高艺术质量的瓶颈。而要改变这种状况，就需要采取多种措施加强电影剧本的创作。为此，刘恒成功的经验就值得认真借鉴和推广。

原载《文艺争鸣》2008 年第 10 期

---

① 韩小蕙：《刘恒：〈集结号〉说明我没被淘汰》，《光明日报》2008年1月11日。

② 颜慧：《"我必须抓紧一切机会努力奋斗"——电影〈集结号〉编剧刘恒访谈》，《文艺报》2008年2月14日。

③ 陈鹏：《作家刘恒谈中国编剧现状：影视圈缺少天才编剧》，解放日报网2008年2月22日。

论《苍河白日梦》的叙事空间艺术

温德民

刘恒的小说传达了对人生命和生存困境的思索，在当代文坛引起了强烈反响，《狗日的粮食》中的瘿袋，《伏羲伏羲》中的杨天青和王菊豆，《虚证》中的郭普云，《白涡》中的周兆路，《黑的雪》中的李慧泉，或是由于自身的缺陷、弱点，或是由于社会文化环境对个人的戕制，都被卷入生命和生存的黑色旋涡中不得逃生。长篇小说《苍河白日梦》也是有关人生存悲剧的故事。小说的故事梗概是：榆镇封建大家庭曹老爷的二儿子光汉留洋回来，带回了洋人机械师路先生，在榆镇办了一个火柴厂，实际上，光汉暗地加入了反清的蓝巾会，并利用火柴场作掩护暗中制作炸弹。回家不久家人就为他定了亲事，女方是受过西式教育的郑玉楠，但由于他自身性缺陷，光汉本不应允的这门亲事，迫于家庭压力只好勉强答应，加上长期寄身于反清革命活动，正常的夫妻生活几乎没有，孤独的玉楠和洋人路先生日益亲近，并最终怀孕，他们的这些行为发生在榆镇的曹家大院，自然免不了悲剧的结局。这部小说以"我"（奴才）的视角叙事，模糊历史事件和时间的线性发展，突出人性欲望和生存困境，以此解构清末民初火与血的宏大历史叙事，由此认为这部小说是新历史小说是完全说得通的。

新历史小说吸取西方后现代的解构思想。德里达作为解构主义的代表人物，提出了"延异"理论，认为一个能指所涵盖的其实是无数与它有差异的其他能指，这个能指因而具有无数潜在的歧义，造成意义的不断延宕变化，文本的明确意义呈现为漫无边际的播撒状态。这说明文学作品中的语言符号都处于语境当中，所以，"'延异'既有空间的意义，也带有时间的意义。在句子层面，差异模式可以将分析导向句子成分之间的横组合关系，或导向任何符号与句子之间的整体关系……但另一方面，'延异'的模式又意味着句子各成分之间的关系总是流动不居的"①。新历史小说作品的意义单元——词语，句子，故事断片和情节线索，都是文本中生成意义的结构组合，它们浸润了作家或叙述者的心理情感体验，构成历史的叙述，而叙述的秘密则在于文本中的意义单元的巧妙组合形成的深层结构与作者或叙述主体的精神结构相谐和，这样，新历史小说具有了颠覆包括革命历史小说在内的传统历史小说叙事模式的结构力量。

《苍河白日梦》的叙述者"我"以回忆性的眼光叙述自己过去正值青春发育期观察和感受到的有关人的生命欲望和情感的故事，"我"在过去和现在的不同时空中自由穿行，小说产生了极富张力的空间叙事效果。本文拟从以下几方面加以说明。

一、"我"在不同时空中自由穿行

作品以"我"回顾性的眼光叙述故事，形成了相互关联的双层时空：现在的叙事时空和所叙的故事时空。"我"在过去和现在时空中穿行，文本中有了现在的"叙述自我"和过去时的"故事自我"，"叙述自我"是一个经验自我，经历沧桑岁月，能够对过去事态和"我"当时的思想情感进行评价，并且通过叙述行为对听众（读者）产生影响，文本因而形成了四个空间层次：一是被叙述的故事本身；二是"故事自我"在当时故事发生时产生的印象和感受；三是"叙述自我"追忆往事时的感受和思想情感；四是听者（读者）对

---

① 马克·柯里：《后现代叙事理论》，宁一中译，北京大学出版社2003年版，第85页。

"我"现在的叙事产生的体验和感受。四个层次相互影响，构成小说独特的叙事时空。

《苍河白日梦》中的"我"现在是一位百岁老人，生活经验丰富，对过去往事有自己的看法；而过去的"我"是曹老爷的贴身奴才，正处于十六岁的青春期，对男女心理和感情较敏感，但思想观点不够成熟。我们来看文本中的一处叙述："有人说：这孩子一天没动地儿了。累坏了。我一边哭一边想倒霉的新娘子。她个子很高，蒙着盖头的样子很可怜。我是个笨蛋，帮不了她的忙。你看，这就是六月初八。本来是人家的新娘子，我倒比谁都上心。男人么，见了美人儿，一眼爱上，不是过错。我算怎么回事？……那天我不知道自己哭什么。现在我知道，那是哭我们遭不完的罪过。"十六岁的"我"对异性充满了好奇，但不能接近，只能在心里做白日梦，这是人生理和心理上的正常反应。叙述者既用回顾性的眼光叙述了当时的情景，以及当时"我"的心里感受，又有现在的"我"（叙述自我）对过去的"我"（故事自我）的思想和行动的评价"现在我知道，那是哭我们遭不完的罪过"。这样叙事中就内含一种"看/被看"的模式，叙述者与当时的故事之间的时空距离有助于对当时人性欲望的窥测，从而也成为了把捉人性本真的一个窗口。这与鲁迅《孔乙己》中小伙计作为故事的参与者和叙述者之间形成的间离一样有相同的效果，增强了叙述的评价力度。而现在的"我"对往事的评价，对读者来说，引起了阅读中的悬念，"我们遭不完的罪过"到底将会是怎样的呢？这时叙事者"我"一身几任：重肉体感性的"我"与有自我思想意识的"我"，而思想意识的"我"又分离为过去的有封建保守思想意识的"我"和有自醒意识的"我"，这几个"我"相互融合又间离。

文本中叙述自我和故事自我之间的融合与离距产生了文本叙事空间上的和谐共振，而且，像上面引述的这段话中，还包含其他的叙事视角和人称，以"有的人"的视角看待婚礼，这样形成了所叙故事在不同角度的观照形态，不同形态相互对照，形成叙事的空间形式。"我"在不同时空中穿行，从而承担起叙述功能、组织功能、评价功能、交流功能，在行使其自身的美学功能的同时有效地解构了传统历史小说叙事模式。

二、所叙故事的游移和推延

从故事层面上说，《苍河白日梦》的叙事内含了几条故事线索：一条是二少爷、路先生和玉楠之间情和欲的纠葛；一条是曹老爷和太太养生、修炼，延年益寿；一条是二少爷、郑玉松参加蓝巾会颠覆清政府的线索。三条线索中第一条是主线、明线，后两条是隐线、副线。除了三条叙事线索构成显在和隐在的空间层次外，一条线索与另一条线索还有相互穿插的空间关系。二少爷、路先生和玉楠之间的情欲纠葛是主线，它往往浮行在叙事的上层，占据叙事的大空间，而另两条副线则是在情节的关键点上才浮出叙事的表面，其余的情节空间则要靠读者的想象来填充，如玉楠和路先生偷情致玉楠怀孕后，曹光汉要路先生和玉楠都离开曹家，未果，小说叙述了光汉和"我"对形势的分析之后，光汉自己选择了离开，这既是他对自己生理和心理上软弱的自我惩罚，也是以离开家彻底参加蓝巾会的方式来对抗家庭和社会文化。关于光汉的离家，文本中只有一句话"曹光汉从此无影无踪了"。在叙事的行进中，曹光汉参加蓝巾会革命的点滴信息再也没有，这条叙事线索被中断了，这里占据大的叙事空间的是蓝眼睛的婴儿生下来后，路先生、玉楠和孩子如何难逃死亡的渊薮。到了"我"和五玲儿到了城府，开始了新的生活，某一日，大约是九月初九，看到被杀者中有二少爷，这时才将光汉闹革命的线索连起来。

同是以战争年代社会急剧变化的历史为背景，《白鹿原》的叙事线索安排就不同于《苍河白日梦》，《白鹿原》叙述了白嘉轩家族和鹿子霖家族在白鹿原的矛盾冲突，其中小娥和黑娃的自由结合是在白鹿原浓厚的儒家文化氛围中绽放的人性自由之花，但是这种结合开始就遭到了黑娃父亲鹿三的反对，后来鹿子霖利用小娥引诱白秀文，遭致白嘉轩率领族人在祠堂对小娥公开施行名为"刺刷"的残酷刑罚。从文本叙事可以看出，作者并没有突出小娥自我人性要求的叙事空间，而是站在褒扬儒家文化的角度，强化了白嘉轩维护家族族长地位，重整白鹿原伦理道德秩序的叙事分量，在《白鹿原》中作者将人性和人情置于与文化体制的冲突之中，但人物身上人性、人情的要求并没有作为主线占据大的叙事空间。而在小说《苍河白日梦》中，作者将大路、玉楠和光汉之间的情与欲的纠葛作为主线置于显在叙事层，而将其他线索隐没起来，正如有的评论者指出的："隐现特定时代的社会背景，显现恒定的日常生活；淡化人的社会属性，强化人的生命本能，在隐在与显在，淡化和强化的相互作用中放大他的人性——生存之思。"①

这样，当叙事线索中断后，实际上形成了叙事线索的游离和推延，不同的叙事线索穿插交汇于情节的关键点时，它们之间构成了并置关系，如叙述曹光汉在全家人不知情的情况下自制炸弹的疯狂举动的同时，就并置了曹老爷子要"我"去弄经血吃的故事片断，两个故事片断相互对照，又构成相互的解构和反讽，使以往革命战争的宏大叙事和封建文化体制堡垒得以解体。

三、意象营构的空间化意味

"意象"包含相互联系的"象"和"意"两部分，"象"指被感知到的事物客观存在的形态特征，而"意"则是在"象"的基础上作进一步的引申，传达深层次的象征性蕴涵。在小说文本中，"意象"既要再现事物的表象特征，又要传达作者或叙述者的心理情感内容以及深刻的历史文化和哲学内涵。而且，不同意象在故事线索的交缠并置中也随之出现，它们的巧妙搭建使叙事获得了空间感，在《苍河白日梦》中，意象对小说思想内涵和文本形式结构具有双重意义。

1.实物性意象

（1）"小药锅"，曹老爷在小说文本中仅是一个角色人物，在故事情节中偶尔出现，然而他行使封建文化代表的功能并没削弱。曹老爷每次出现都有他的小药锅伴随，小药锅成了架构文本空间的一个个节点，具有意象的空间化特征。叙述者"我"在叙事的开始就这样评价曹老爷与小药锅的关系："老爷

---

① 昌切：《无力而必须承受的生存之重——刘恒的启蒙叙述》，《文学评论》1999年第2期。

每天都拿个小楠木筷子扒拉药锅，很关心。……他常有不高兴的时候，因为他怕死，怕得很厉害，可他从来不说。他每怕一回就加倍地煮各种稀罕东西，他吃过蚂蚁和蚂蚱，吃过蚕蛹和牛蜂，他还用蜂蜜熬过蜈蚣，他吃的东西连他自己也数不清了。"在常人眼里，曹老爷是不可思议的一个人物，他吃许多常人不敢吃的东西，目的就是为了延年益寿，这是他腐朽没落的表现，但小药锅帮不了他的忙，他的脸色愈发发黑，而且看上去有点肿。叙事者在叙述二少爷的各种不寻常举动，或叙述路先生、玉楠、二少爷三人间的心理和情感冲突时，就会不失时机地扯到老爷的小药锅，如大少爷向老爷禀报把乌河岸边的古粮仓修修给光汉办火柴场，想征得老爷的同意，老爷根本不予理睬，并把大少爷轰出去，而他只关心自己的吃，"我把小药锅的盖挪开，在纸包上撕个大口子，把蝴蝶抖到水里"。又如二少爷砌了一个院子暗自制作炸弹，此举没让曹府的任何人知道，就在对二少爷的这一疯狂举动叙述的同时，叙述者并置了曹老爷发疯似的新举动——要吃经血，而且要没结过婚的，所以，"小药锅"意象作为人性自由、思想行为自主的对立物不时嵌在故事情节线索中，它象征了封建文化的腐朽没落而垂死挣扎，并成为封建礼教压抑人性和生命欲望的象征物。

（2）"澡缸"和曹老爷的小药锅一样，洋人路先生的澡缸也不时地在文本中出现，与之相联系的人物行为是洗澡。路先生血液里流淌的是与东方封建文化体制相异的思想因子，在以曹老爷为代表的曹家人看来，他的思想和行为就有许多怪异之处，典型的例子就是频繁地洗澡，而且叙述者在小说故事中突出描写了他身体魁伟高大，实际是人性欲望的旺盛。

路先生来到异国他乡，虽然曹家人待他不错，但孤寂难耐，更甚者是人性欲望要求无法得到满足。在当时"我"的眼里，路先生洗澡时间特别长，且有时还吹着口哨，他将洗澡当作了消遣离愁和孤寂的一种生活方式。有一次，"我"发现路先生洗澡时进行了自我的性发泄，此时，路先生洗澡的部分秘密暴露了，读者也窥探到了路先生洗澡及澡缸的象征意义，"澡缸"成为路先生满足人性欲望和表现自我情感和思想的对象，并且与"小药锅"意象构成了叙事空间上的并置关系，文化内涵相互冲撞，而且，"澡缸"意象及洗澡的行为在文本中不时出现，成为了文本情节结构中的一个个节点，搭建起叙事的空间架构，如路先生从"我"这儿打听到少奶奶怀孕的消息时，他对"我"说，要洗澡。又如，二少爷在知道了二少奶奶和路先生偷情并怀孕的消息后，命令路先生立即离开曹家时，此时的路先生并没有走，也是对"我"说，烧水洗澡，并且吹起了口哨，"澡缸"成了他实现人性自我和生命本真的庇护者。

2.地理空间意象

《苍河白日梦》凸显了自我人性、思想自由和封建思想文化之间的激烈冲突，作者在文本中设置了崇尚自由、自我与老实守成，逃离与保守等意义结构，小说中一些地理空间就承载了这些文化象征意义，同时成为了文本空间形式构成的有机部分。

《苍河白日梦》所叙故事的地理空间是桑镇、柳镇和榆镇以及与外界相连的苍河，桑镇只是作为玉楠的娘家所在地作了交代，柳镇也只是在曹家需要买药或"我"到老福居茶馆喝茶，听茶客闲聊时的一个空间转换点，小说中的人物主要在榆镇，在榆镇的曹家大院里，所以，小说故事的地理空间是相当封闭的。文本开始部分这样描写榆镇："榆镇在两道山岭后边，是个万亩大小的盆地。……榆镇与山外边断绝来往是常有的事。榆镇是丰衣足食的好地方，我们怕什么呢？……榆镇在我们榆镇人的眼里简直就是天堂了。"这是现在的"我"对榆镇带评价式的描述，它给人的印象是封闭保守、千古不变的稳定和恒常，所以榆镇在当地人眼里成了"天堂"，而对于从外界进来的有新思想观念的人来说就不一定是天堂了，"榆镇"对这部分人来说又是什么呢？地理性意象在叙事空间中构置起了悬念。

曹家大院也是一个封闭型的结构，它是榆镇唯一的大财主家，成了榆镇思想文化的象征，所以，曹老爷以及封建家庭的传承者大少爷对留过洋的二少爷的种种举动总是感到不可理解，二少爷从外国回来面对的也是包办婚姻和种种礼教束缚，曹老爷总是担心曹家会毁在二少爷手里。这里容不得半点有悖封建道德伦理的思想行为，玉楠和洋人路先生的情爱及所生的孩子都被连根铲除了。

相对于榆镇及曹家大院这样的封闭保守型空间，苍河则象征人性自我要求的奔涌、自由思想的容纳和对封建礼教和人性压抑的逃离。乌河是苍河的一脉，榆镇通过乌河与苍河联接起来，封闭保守的榆镇既要接受苍河外部影响的侵蚀，榆镇的人事也要经由苍河实现自身的超越与逃离。玉楠、路先生在经历了有悖封建礼教的性欲、情爱之后双双葬身苍河，连"我"与五玲儿在经历了假戏真做的性爱游戏后，把被砍头的二少爷投入苍河时，他俩也投入了苍河，此时"苍河"本身就极富文化隐喻意义。所以，地理空间在文本中既是演绎故事的现实空间，也架构起一个大的叙事空间结构。

四、文本话语的空间化

上文所论述的几方面可以说是架构小说叙事空间的大层面，如果再作微观扫描，也会发现小说文本话语（包括词语、句子本身也形成了空间关系。现在的叙事时空和所叙的故事时空形成了依次关联的空间层次，这样，不同的叙事空间层在文本语言的表现上也存在不同，再现故事情景时一般采用描述性话语，故事发生时"我"的感受一般是陈述性话语，现在的"我"追忆往事时的感受一般采用评价性话语。当"我"在不同时空穿行时，文本话语则是在这些表现手法之间转换、穿插，形成了文本话语的空间节奏感。我们来看看文本中的一个例子：

　　我这一辈子再也没有见过这样的女人。

　　她说：这么大的鱼呀！

　　她的牙真白。大鱼像婴儿那么肥，我以为她会害怕。可她抓住地上那条鱼，学我们的样子，把它使劲儿扔到水塘里去了。

　　她笑得真爽快！

　　这种笑声我听不到了。我耳朵不聋，我不怕见年轻人，我们敬老院常常联欢，来些好脾气的男孩子和女孩子。他们也笑，姑娘的嫩嗓子笑得铃儿一样。可是这跟我有什么关系呢？那么爽快的笑声我再也听不到了。不是说你们不会笑，天下的爽快人有的是。我是说那种把我整个人托起来，托着我不让我落地的笑声再也听不到了。

这是我的毛病。

我比十六岁的时候分量沉了。

她说：这么大的鱼呀！

我就坐到云彩上去了。

大鼻子呢？

他的魂儿不知丢到哪儿去了！

　　上述这段中，人物对话采取自由直接引语（有导语，无引号，人称变化）的方式，且人物的对话每个人的话语占一行，呈诗体，人物对话用描述性语言，使故事情景有现场感。在人物的对话片段中间就插入对故事事态的陈述，陈述故事时又穿插叙述自我对往事的评价，同时，叙述者还与听者（读者）形成了一种互动的关系。这样，描写、叙述、评论等表现手法穿插使用，文本话语就具有了空间形式美。这样的例子在小说中还有很多。

　　《苍河白日梦》借鉴以往先锋小说注重文本形式技巧的创作经验，但没有一味玩弄叙述技巧，设置叙事圈套，而是采取平民视角，尊重作家和故事人物真实的生命要求和思想情感体验，从人性和生命要求出发，以路先生、二少爷和郑玉楠之间的情与欲的纠葛为显在的主线，淡化社会历史背景，虚写革命故事，突出生命欲求与社会文化、道德、伦常之间永恒的冲突，故事中的路先生、玉楠、二少爷，以至"我"和五玲儿先后葬身于苍河，表达了人追求生命本真时遭遇的永恒困境，以及不可避免的悲剧。刘恒说："人类的困惑是永恒的。""只要人类的痛苦还存在，只要创作这种形式还存在，它的困惑还存在，小说和诗歌就不会灭亡，因为它已承担了传达人类永恒的任务。"[1]刘恒认为小说创作承载了对人类永恒的苦痛的思考，《苍河白日梦》的叙事空间形式就是对人类永恒苦痛思考的外显。不单是这部小说，《伏羲伏羲》中的杨天

刘恒
研究资料

---

① 张英：《人性的守望者——刘恒访谈录》，《北京文学》2000年第2期。

青和王菊豆自戕于礼教，《白涡》周兆路在肉体的自我和社会文化、道德伦理自我之间的痛苦权衡都是刘恒圣徒般虔诚地思考的产物，正是刘恒担当对人的终极命运追问的创作使命，我们才更加深刻体会小说文本结构形式的文化和哲学方面的意蕴。

原载《理论与创作》2009 年第 5 期

论刘恒小说的文化意识

郑乃勇

刘恒是"新写实小说"的重要成员,这已是文学史的基本常识,然而,常识在很多时候也会成为一种遮蔽。事实上,刘恒的小说文本世界同样具有相当的丰富性,这其中就包含丰富独特的文化意识,就如孙郁所指出的那样,刘恒的小说世界其实是一种"文化隐喻"[1],而古卤认为,刘恒小说其实是一种"文化小说"[2]。站在不同的角度我们能揭示刘恒小说不同的独特性,因此,如果着眼于"文化"的维度,同样可以呈现刘恒的另一种独特性。

一

文化意识的日常化是刘恒小说文化意识的表现形态。刘恒并不重视小说中的社会、时代、政治等因素,刘恒小说的中心是人的生命本能以及承载生命本能的日常生活和世俗性生活,以及人在这些生活中的生存困境与挣扎状态。换言之,叙述内容的日常性、世俗性、普遍性是刘恒小说的重要特征。不过,刘

---

① 　孙郁:《刘恒和他的文化隐喻》,《当代作家评论》1994年第3期。

② 　古卤:《也来说说"新写实"——兼评刘恒、李锐的部分作品》,《文学自由谈》1989年第6期。

恒的日常化叙述背后，却有着鲜明的文化关怀意识。

文化意识的日常化在刘恒小说中首先表现为借"性欲望"来表现文化。欲望，尤其是性欲望是刘恒小说的重要主题，这几乎已成共识。然而，"性"在通常的意义上有三个层次：生理性的性欲、生命本身和文化行为，刘恒小说的"性"虽说具备了前两个层次，但他最终的归属是文化的层次。刘恒的《伏羲伏羲》隐去了社会文化背景，凸现的是带有普遍性日常性的人在欲望中的生存困境，王斌认为，在《伏羲伏羲》中，"刘恒不仅仅是让你有滋有味地观赏一番花花哨哨的男男女女的'苟且'之事，他的本意似乎不在此——他要让你从中品出点中国文化的深味来"①。事实上，刘恒在小说的尾声中弄了个"无关语录"三则，迫不及待地想表明自己的文化关怀，其中一则写到，"同样有趣的是东方的性的退缩意识。横行的儒家理论在温文尔雅的外表下，潜伏着深度的身心萎缩，几乎可以被看作是阳痿患者的产物"②。无独有偶，《白涡》通过周兆路与华乃倩的带有传奇性的冒险的性爱故事，一方面揭示出男性的"精神阳痿"，另一方面揭示出知识分子周兆路身上传统士大夫的官本位文化意识。因此，雷达认为，《白涡》"写的不是性，而是当代知识分子某类人的文化性格"③。

事实上，欲望的文化意味还体现在形象的对比性想象中。与男性形象相比，《伏羲伏羲》和《白涡》的菊豆和华乃倩有更强的欲望渴望及反抗精神，更敢于追求自我和自由的爱，这里似乎隐含了这样的文化意识：男性是处于权力结构的中心，社会的运转机制几乎就是根据男人的需要和欲望来运转的，由于男性不愿放弃社会结构的中心位置，因此，在某种意义上，传统文化对男性的占领、统治和渗透也是最强大的。而女性是受传统文化压迫最深的一个阶层，由于身受传统文化的压迫，本能上必然站在"对抗性的边缘"对它进行精神上的对抗。因此，居于传统文化权力结构中心的男性患有精神性病态，无可避免地走向衰亡，而处于边缘的女性却生机勃勃，新文化就有可能通过对抗性

292

---

① 王斌、赵小鸣：《刘恒：一个诡秘的视角》，《文学自由谈》1989年第1期。

② 刘恒：《伏羲伏羲》，《刘恒作品精选》，中国三峡出版社1997年第1版。

③ 雷达：《〈白涡〉的精神悲剧》，《小说选刊》1988年第6期。

边缘文化而诞生。

刘恒小说文化意识的日常化还体现在善于将文化意识融入世俗琐碎的日常描写中，渗于几乎无事的日常世俗的悲剧中。刘恒小说关注的常是些乡村世界日常的非典型的人与事：《杀》讲述了普通农民王立秋与关大保之间日常琐碎的恩怨是非，以及由此导致的日常悲剧。他们的悲剧既源自个人自身的保守性、投机性，以及狭隘的报复心理，也与社会不分青红皂白、不辨是非曲直一味同情弱者、同情为一己打算的社会心理氛围有关，作品通过强调以合理性为手段达到暴露不合理的目的，反思了传统文化心理的消极性。在《萝卜套》中，韩德培和柳良地是窑主和窑梆的关系，窑主不入窑，窑梆是窑主在窑里的替身。但韩德培却凭着窑主的身份暗地里占有柳良地的妻子，而柳良地因为经济地位的关系只能忍气吞声，表面上是顺从卖力但心里却对韩德培既妒忌又不满。一个偶然的机会，柳良地在背回打猎时摔成重伤的韩德培之后，"腊月十四之前他是卑微的窑梆子，贪财而胆小"的柳良地渐渐变成了"让大家琢磨不透的怪人"。他起而捍卫自己的尊严，不许人们再说老婆的闲话。及至韩德培成了废人，他当上了窑主，也开始对昔日窑主的老婆动手动脚。《萝卜套》写的是窑民的日常生活琐事以及蕴藏于琐事当中的几乎是无事的悲剧，但却揭示了传统文化制约下的典型农民心理。《贫嘴张大民的幸福生活》以普通人的日常琐事、悲喜为中心，通过张大民沉重的日常生活以及对此的生活态度，我们仍可以在老舍式的"京味"文化气息中感受到刘恒对中国文化传统中"知足常乐"式的人生态度的嘲讽、同情和理解。事实上，刘恒小说中这些日常世俗悲喜剧的背后凸显的主要是人的物质与精神问题，然而，就如吴方所说，刘恒"关于人与生俱来的物质与精神问题，都可以看作是有独特文化意义的隐喻世界"[①]。

刘恒小说是一种日常性叙事，凸现的是生命的世俗性、琐碎性、物质性，它与强调政治、国家意识的宏大叙事不同，日常性叙事追求叙事内容的恒常

---

① 吴方：《勘探者与勘探者的故事——刘恒及其小说世界》，《当代作家评论》1990年第3期。

性，而文化与政治、国家相比，也更具有恒常的一面，在某种意义上，日常性叙事比宏大叙事更具有文化意味。不过，与沈从文、汪曾祺相比，刘恒将文化意识融入日常性叙事当中，偏向知识分子式的启蒙性，而沈、汪则更多的是通过乡土社会的风俗人情来表现，带有鲜明的民间色彩。刘恒的文化意识与"寻根"派也有明显的区别，前者将文化意识日常化，后者的"文化意识"在作品中常常缺乏具体的日常生活细节的支撑，有概念化、抽象化倾向。

二

就文化内涵的特点而言，刘恒小说的文本世界丰富复杂。

首先，刘恒是受80年代启蒙文化思潮的影响而进入文坛的，这必然会使其文化意识带有那个时代的烙印。就如刘恒说过，"八十年代初，这时期对我们这一代作家非常重要，对我们的文学写作影响深远"①。从文化意识的角度而言，这种影响主要就是启蒙文化。八十年代的启蒙文化内涵相当复杂，不过，刘恒小说的独特性在于通过张扬人性生存意识来批判反省传统封建文化及"左"倾政治文化。就如昌切所说，刘恒的小说惯用的手法是"隐现特定时代的社会背景，呈现恒定的日常生活，淡化人的社会属性，强化人的生命本能，在隐在与显在的相互映衬之中，在淡化与强化的相互作用中放大他的人性——生存之思"②。《伏羲伏羲》中，已失去性能力的杨金山在将死之年，竟然花十八亩土地换取年轻的菊豆以实现自己的"儿子"梦，这里已存在显然的不合理性。而天青由极度压抑自己以致只能偷窥婶子菊豆洗澡和在锄地时撅起的高高的屁股，到突破束缚后的疯狂的性爱叙述中，虽说也有些病态的嫌疑，但显然其中又带有某种报复性传统道德冷酷性一面的快意。同样，单从道德的角度看，瘿袋（《狗日的粮食》）不择手段地获取食物的确有令人厌恶之处，"有

---

① 《新中国五十年文学作品回眸（之一）——当代作家谈自己喜欢的当代作品》，《中华读书报》1999年8月25日。

② 昌切：《无力而必须承受的生存之重——刘恒的启蒙叙述》，《文学评论》1999年第2期。

时，连天宽都有些看不下去"。但要求每个人在感性生命的需求与社会道德或其他社会意义发生冲突时都选择后者，显然有悖于身体与生命的优先正当性，更何况，在中国的历史与现实中，肉体生命的正当性还与权力政治有着错综复杂的关系。瘿袋最后死了，但这并不是对生命优先权的道德性否定，相反，他恰好证明了认识和实现这一点的艰难。小说的结尾是颇有意味：瘿袋死去多年后，她的丈夫"到承包的田里做活，时时要拐到坟地里去，小心拔土堆旁的杂草"并称，瘿袋是"仁义的老伴"。而她的孩子们生活好了，因为"没有什么债务"，而"几乎将母亲忘却了"。刘恒对封建传统文化及"左"倾政治文化有着清醒的认识："老觉得'文革'是中国几千年历史的一个保留节目。将来不知道什么时候，还得搞。就是以别的方式来搞罢了。搞的方式不一样，但性质恐怕是一样。这是中国社会所决定的，难以摆脱。这就是中华民族的一种宿命……咱们这个民族好像有一种潜在的自虐倾向……几千年的历史就是一直在那玩上吊，改朝换代就是换人上吊。你方吊罢我登场，最后这个民族就是渐渐地衰败。回过头看'文革'，怎么看怎么觉得像一个上吊的人，凳子一踢开之后下不来了。"①

其次，刘恒小说又有后现代文化意味。从题材的角度而言，刘恒小说主要有农村和知识分子两类。就前者而言，刘恒在关于农村的小说叙述中似乎更多地承续了鲁迅式的启蒙传统，即他笔下的世界常常是封闭的，时间是静止的，人物是落后的。"刘恒的故事把农民的漫长道路演化为自身的时间，而把农民生活在空间上的单调亦演化为自身的空间，刘恒的小说往往都是拉长主人翁生活长度来平衡叙述所绝对必须的起伏、宕荡与曲折变化。"②相反，刘恒对八十年代农村改革开放的时代氛围似乎并没有多少兴趣。刘恒既没有高晓声的乐观，也没有贾平凹的信心。就如马景红所指出，刘恒的洪水峪小说"失去了理想之光的照耀"，洪水峪人"如置身于黑暗漫长的生存隧道里，挣扎着摸索着"。现代文化的理性、乐观、发展在刘恒的农村小说中几乎是缺席的。就后

---

① 刘恒、岳建一、冯冀才等：《文学与"文革"》，《文学自由谈》1989年第1期。

② 程德培：《刘恒论——对刘恒小说创作的回顾性阅读》，《当代作家评论》1988年第5期。

者而言，刘恒小说中的知识分子形象既不是现代文化的承载者，也不是传统世界的拯救者。因此，雷达面对《白涡》中周兆路不禁发出深深的疑问："这里的一切究竟曲折地显示了新人格的苏生，还是隐伏着千年不变的士大夫人格原型；究竟是爱的萌动，还是爱的能力的丧失；究竟是自我实现，还是自我的迷茫……究竟是锐意的改革积极进取，还是官本位幽灵的复活。"①同样，张颐武也指出，《苍河白日梦》用回忆的方式，通过对过去的叙述，呈现出两套叙述话语，第一套话语是现代启蒙话语，第二套话语是对现代性启蒙话语的质疑和解构②。刘恒的《苍河白日梦》"以一个寓言的方式对'现代性'的话语提出了深刻的质疑……他通过对'二少爷'的书写，给了这种现代性的话语及知识分子的话语中心位置尖锐的批判"③。事实上，刘恒不仅对所谓现代知识分子持一种暧昧态度，甚至，他对"人"本身也是缺乏信心的。刘恒曾说，"我一直认为，一个人投身某种大的社会潮流的时候，他有许多个人主义的动机，甚至根本上可以说是基于个人的某种痛苦或者个人的某种特征去做出那么一种特定的行为来"④。

再次，刘恒小说的文化意识具有形而上倾向。刘恒小说从内容题材看很丰富，不过在逻辑上却有某种一致性：他似乎总在寻找人的生命与周围世界不和谐的根源，从《白涡》到《苍河白日梦》，刘恒深刻地揭示了人的欲望的无限性与行为的有限性的冲突。而在这种冲突的背后，实质上揭示的是生命与精神的宿命和存在的不可理喻性。《黑的雪》是一部具有存在主义哲学意味的小说。小说讲述一个从劳改所出来的年轻人李慧泉对新生活渴望与绝望的故事，而故事的主体其实是主人公李慧泉的精神世界，在李慧泉的精神世界中，尤其是他关于存在的个人性体验，显然有萨特存在主义哲学的意味。刘恒对此也毫

---

① 雷达：《〈白涡〉的精神悲剧》，《小说选刊》1988年第6期。

② 张颐武：《最后的寓言——刘恒的〈苍河白日梦〉读解》，《当代作家评论》1993年第5期。

③ 张颐武：《最后的寓言——刘恒的〈苍河白日梦〉读解》，《当代作家评论》1993年第5期。

④ 林舟：《人生的逼视与抚摸》，《当代作家评论》1997年第5期。

不避讳，"写《黑的雪》那一阵，我迷过一段儿哲学，从19世纪到20世纪的，读这些书让我感到愉快，……以前觉得哲学毫无用处，故弄玄虚，突然就喜欢上了。哲学的严谨启发了我，开始比较系统地考虑自己的创作根基，等于是主题先行"①。《虚证》是刘恒的另一部具有行而上倾向的小说，其哲学意义就在于通过追问生存与死亡来传达对"存在"的回答。小说表面上讲述的是叙述者对一个自杀者动因的探究，但在这种探究中将一个人偶然的世俗性的行为上升到了超越世俗生活的关于生与死的哲学本体问题。尽管叙述者极力想获得郭普云自杀的世俗性原因，但叙述者一边在不断地确信，一边又在不断的瓦解，最终探究变成了一种虚妄。因此，孙郁认为，"如果要真正体味他的世界，不可不读《虚证》。可以说，《虚证》是刘恒目前最有魅力、最富形而上意味的作品。那里才是他真正的世界，那里有他的哲学"②。

总之，刘恒不是一般地停留在对命运的无奈感叹中，而是用一种犀利的目光追问存在的问题。刘恒借助对人的生存状态、生存困境的勘探，企图获得超越时代的，不因时代结束而结束的主题价值的、贯穿于漫长的人类社会甚至是具备宇宙的永恒主题，这种永恒性的主题，既有人性内涵，也有文化哲学内涵。正因为如此，马景红指出，刘恒小说"是现实的、心理的，也是哲学的"，这也使得其小说，既有"现实主义的冷峻，又有自然主义的逼真，且不乏形而上的意味"③。

三

从根本上看，刘恒的文化意识具有悲观性。

阿城曾这样评价刘恒，"刘恒简直是一把锋利的箭。他将人与外部世界，人与人之间的那种紧张关系表现得非常嚣张也颇为悲怆。说实话，现在像刘恒

---

① 张英：《人性的守望者——刘恒访谈录》，《北京文学》2000年第2期。

② 孙郁：《刘恒和他的文化隐喻》，《当代作家评论》1994年第3期。

③ 马景红：《直面生存 探寻超越——刘恒小说解读》，《小说评论》1999年第6期。

那样用骨头蘸着鲜血写作的人不多了"①。这里，阿城概括性地指出了刘恒小说的悲剧性气质。事实上，刘恒小说，除个别外，大都呈现出一幅幅困境中的生存景观，而其中最为触目的是：人在欲望中挣扎，或者走向宿命的死亡。然而，刘恒并不是为写欲望而写欲望，他是借欲望叙述来揭示人在困境中挣扎的生存本相。欲望不过是刘恒勘探生存困境的一个视角，通过人们在欲望中的挣扎，还原那些被遮蔽的真实的生活细节和处境。

具体说，刘恒通常将人置于欲望的支配之下，通过对人的生命历程的描述来展示人与欲望的复杂关系，尤其是欲望与文化、伦理、道德等之间的关系，从而揭示人的悲剧性生存困境。刘恒小说的这一叙事模式及其悲剧性在某种意义上彰显出了他悲观性的文化意识。就如孙郁所说，刘恒"是一个文化隐喻的设计者，他把对现实的理解，完全地意象化了"，尽管"刘恒关注文化问题，但他一向缺少一种文化认同感"，刘恒"作品的深处，弥漫着、散发着这种不可遏制的文化悲观主义"②。

刘恒的文化悲观主义意识，从社会现实的角度来看，大概与八十年代末期开始出现的现代性焦虑有关。七十年代末，八十年代初的现代化工程的启动，一方面许诺人们丰饶的物质前景，另一方面，对主体的理性和大写的人充满信心，然而，这种充满理想主义的现代化许诺并没有像知识分子想象的那样得到兑现，反而在八十年代后期开始，社会政治经济的不稳定迹象日益明显，特别是八十年代末期的社会政治经济危机，普遍加强了人们的现代性焦虑。正如他自己所说，"《狗日的粮食》之前，主要写一些粉色的跟青春有关的东西，而且是想当然，是对生活理想的想象，可一旦入世后，有了对生活深入的体察，就发现了生活的不美好。三十而立之后，就逐渐把那些粉色的东西去掉了"③。

不过，刘恒小说中的悲观性文化意识，更是一种其自觉的理性认识。刘恒清醒地认识到了生命的过程与文化的限定之间的对立。尽管历史的经验告诉我

---

① 阿成：《话说刘恒》，http://www.mypcera.com/book/2003new/da/a/achengl/000/00l.htm.

② 孙郁：《刘恒和他的文化隐喻》，《当代作家评论》1994年第3期。

③ 张英：《人性的守望者——刘恒访谈录》，《北京文学》2000年第2期。

们，生命与文化是相互依存的，人创造了文化，是为了发展生命，生命意志的不断追求，必然导致文化的创造。但人类历史的悖论在于，文化的许多东西恰恰是导致人走向悲剧的原因，非理性的生命内驱力，是蔑视文化外表的，人的悲哀就在于，你既是一个有血有肉的有生命欲求的生命个体，又是先验文化的载体，先验理性是无法解释和满足人欲望的。因此，从抽象的角度看，"作为一个整体的人类文化，可以被称作人不断解放自身的历史"①，但从人类历史的具体展开过程看，人的生命欲望又始终与文化处于矛盾和冲突中，而且，在生命的欲望面前，文化的力量总是显得软弱无力。就如刘恒所说，"人的精神生活当然越丰富越好，但我仍然觉得它跟人性本身的困境相比，能起到的作用似乎微乎其微"②。"我希望悲观能像一张网，通过过滤产生一种非常汹涌的创作思想使我的创作受益。"③因此，在刘恒的小说世界，生命意志总是在不断寻找自己的"可能性"，而作为"文化"的人在与生命意志的对立中，无法找到新的文化形式来与之协调，所谓"文化"人的优越感，在刘恒笔下不过是一种虚伪的外衣，他掩盖着人们生存的迷茫与错位、内心的空虚与怯懦，生存的无依与挣扎。

文化与人性的矛盾是刘恒小说中或隐或显的核心矛盾，刘恒作为"严格意义上的悲剧作家"某种意义上，即是指在其小说中表现出了人性与文化不可调和的永恒冲突。他的深刻性与矛盾性，也正是表现在这里。而且，刘恒小说关于人性与文化冲突的思考，可能触及了人类生存状态的形而上层面，就如卡西尔所说，"人类生存的基本要求正是矛盾，人根本没有本性……没有单一的或同质的存在。人是存在与非存在的奇怪的混合物，他的位置是在这对立的两极之间"④。

原载《小说评论》2010 年第 2 期

---

① 恩斯特·卡西尔：《人论》，甘阳译，上海译文出版社1985年版。

② 林舟：《人生的逼视与抚摸》，《当代作家评论》1997年第5期。

③ 张英：《人性的守望者——刘恒访谈录》，《北京文学》2000年第2期。

④ 恩斯特·卡西尔：《人论》，甘阳译，上海译文出版社1985年版。

迷途的青春期与得道的成年期

——刘恒的城市系列小说研究

张柠　许姗姗

　　从20世纪80年代中期开始，城市的现代化和城市意识的觉醒，构成了许多作家另类的文本叙述和想象方式，一批具备真正现代都市特征的城市小说出现，刘恒便是这批作家中的一个。刘恒20世纪八九十年代的城市系列小说包括《黑的雪》《白涡》《虚证》《贫嘴张大民的幸福生活》等。其中有迷路青年的形象，在街道上无方向地漫游，或者寻找一方净土，用自杀来逃脱进入成人世界的成年礼；其中也有得道者的形象，完成蜕变与搏杀进入成年期的飞黄腾达，或者自我幸福指数居高不下。这里，迷路的青春期与得道的成年期代表了具多元文化属性的北京城中两个代际的不同心路历程，城市投射在他们心中，展现着不同的倒影。

1.意象化空间：文化的自留地

　　按照克朗文化地理学的观点："不论'文化'如何被定义，我们都应该把它放在现实生活的具体情景中，放在特定的时间和空间里去进行研究。"①因此，刘恒北京城市系列小说的文化内涵，首先可从他在文本中设置和排列的一系列空间体现。他的意象化空间可以分为两类：一类是真实的空间，以小杂院和街道为代表；另一类是虚拟的欲望空间。

1.1 小杂院和街道：传统乡土与现代都市两个纬度

传统对于北京城而言，不是一种抽象的能指，也并非来自遥远乡村的愚昧观念。它经历了几千年的风雨，已经成为整个城市无意识中最坚稳的一部分。它挥之不去地漂移在城市的空间形态，居民的日常生活、行为方式和精神构成之中。比如胡同、四合院、小杂院等等。

刘恒的小说《黑的雪》和《贫嘴张大民的幸福生活》中，故事都被安排到了小杂院里。小杂院是具有北京特色的一代建筑，"小杂院是辛亥革命之后渐渐普及开的，当时没落的旗人为了生计，将他们住宅的部分出租"②。小杂院不同于四合院，它是许多人家合住其中。如同《贫嘴张大民的幸福生活》中张大民"像一个掉在地上的汉堡包"的家，院子里还住了"在轧钢厂做翻砂工"的亮子等其他家庭。这种杂住首先说明了居民们的社会经济背景。它不同于四合院的独门独院，其拥挤程度堪比北京城郊的贫民窟。因此，张大民居住的小杂院就代表了小人物的悲欢，它在某种程度上说明了作者不是对城市做出大全景式的概览，而是切入细胞内部进行白描。这延续了京味小说一贯的叙事逻辑，如老舍《四世同堂》中的小羊尾圈子，在这样一种"都市中的乡村"或"田园化的都市"中展现人伦亲情、邻里友情。而此时的人物也少了现代都市中疏离而冷漠的城市病，更像一个亲近热乎的乡土熟人社会。

刘恒城市小说中最能体现作者空间焦虑和关怀的是《贫嘴张大民的幸福生活》。高楼林立的北京在迅速发展，作者的镜头却停在一个"掉在地上的汉堡包"上。这里没有霓虹灯、拱廊街、高层建筑、旋转扶梯，而是被工业文明

①　迈克·克朗：《文化地理学》，杨淑华、宋慧敏译，南京大学出版社2003年版，第1页。

②　白鹤群：《老北京的居住》，北京燕山出版社1999年版，第68页。

和现代化的都市所忘记，是城市中安乐的乡土。王安忆也曾在《长恨歌》中描写上海的弄堂，现代化浮靡的大都市里，弄堂才是历史的芯子。从"爱丽丝公寓"到弄堂，空间的变化恰恰言中了王琦瑶从上海三小姐的风光，到被时代与现代都市遗忘的生活状态。《贫嘴张大民的幸福生活》中的"汉堡包"也与现代化大都会的北京无关。张大民家院子中的石榴树就是极好的隐喻：父亲种下的石榴树代表着传统文明中，人与自然的和合状态；可是这棵树却成了张大民们现实生活中的障碍，它阻挡了子辈们想要拓展生存空间、提高生活质量的意图。石榴树不能砍，它成了张大民在自己新建房屋中一个突兀的存在。这代表着城市下层平民依旧无法摆脱传统的束缚，也代表了北京传统与现代属性的内在张力。值得注意的是，小说中的张五民有不同的选择，他为了逃离喘不过气的屋子，决意出走走仕途。这代表了一部分精英们的意识：要撕破自身才能获得自由，逃脱压抑逼仄的传统空间，进入更为广阔的现代都市中去。

要进入广阔的现代都会，首先要进入一个特殊的空间，即街道。比如《黑的雪》中李慧泉经常在街道上溜达；《白涡》中周兆路和华乃倩第一次见面的地方也是在街道边；剧本《四十不惑》开头便写到"街道上一张张陌生的城市人的脸，男女老少表达着极其对立的情绪"[①]。街道是城市文明的产物，它因交换而出现，不是因生产而出现。因此，街道是都市文化中一个奇特的存在，不仅仅是地缘学意义上的一条路，而且有深层的文化学意义。街道代表着完全的陌生化。传统的乡土社会是一个熟人社会，而都市生活则不然。街道因此就像一个宽容的器皿，不需要身份证和人生档案，完全充满异质性。《白涡》中周兆路第一次见华乃倩时，作者借周兆路之眼观察了街道："长安街平庸的人堆里不时闪出被薄薄的纺织物包裹的年轻女人出众的肉体。没有人知道他是谁，他可以随意支配目光，去追逐他感兴趣的每一个人。这时候他是自由的，略微带点邪恶。"[②]单位相当于传统的"熟人社会"，周兆路作为医院的领

---

① 刘恒：《四十不惑》，《刘恒自选集·电影剧本卷》（第3卷），作家出版社1993年版，第233页。

② 刘恒：《白涡》，《首届北京文学节获奖作家作品精选集·刘恒卷》，同心出版社2005年版，第111页。

导，熟人社会中当然不能胡作非为。而街道则不同，它是一个片段的回避性场所，逃离了限制性的空间，可让人们暂时将日常逻辑和权力逻辑置于身后，人群彼此不相识，不清楚对方的身世和历史，没有一种严厉的权力目光，或洞晓自我秘密的目光。也因此，邂逅成为城市中最浪漫的情节。

正因为街道的陌生化，流浪者对于这个陌生世界的发现（再加上都市货币、女人、商品符号的刺激）就构成了现代犯罪学的起源。街道是流窜作案的场所，也是罪犯和逍遥法外者的庇护所。《黑的雪》中，刚从狱中释放的李慧泉极其渴望自由，而街道第一个给了他自由身。"他要沿着熟悉的街道好好转一转，想上哪上哪儿，没人看着你管着你，这滋味真叫人陌生。"[①]街道以其宽大的肚量和健忘的记忆包容了李慧泉这样的失足青年，成为"逍遥法外者的最新避难所，也是那些被遗弃者的最新麻醉药"[②]。

值得注意的是，这里不是一个代表政治历史经验的街道，而是商业性的街道。在《黑的雪》中，街道的交通功能和意识形态的功能减弱，街道的尽头便是李慧泉的小摊，街道的一部分变成了商品展示和贩卖的拱廊街。"日落之后，摊前聚了一些女孩子，她们的目标是面积只有巴掌大小的康佳短裤……短裤的遮盖面积越小，越能引起女人的兴趣。"[③]这里走私进口的丝薄短裤撩起温柔的小手，召唤着人们脱去坚硬意识形态包裹一身的中山装，以暴露获得解放，尽情展示着属于现代城市文明的身体，而不是无产阶级的身体。小杂院与街道，以"传统"与"现代"的两级展现着北京复杂的文化属性。

1.2 纯情女和狐妖女：欲望空间的传统想象

刘恒擅长描写欲望。他的乡土小说一直将视野放在人类本能欲望——食和色的描写上。他的城市小说也描绘了一系列的欲望空间，尤其是"色"，成为

刘恒
研究资料

---

① 刘恒：《黑的雪》，《刘恒自选集·中短篇小说卷》（第1卷），作家出版社1993年版，第6页。

② 本雅明：《发达资本主义时代的抒情诗人》，张旭东、魏文生译，生活·读书·新知三联书店1992年版，第78页。

③ 刘恒：《黑的雪》，《刘恒自选集·中短篇小说卷》（第1卷），作家出版社1993年版，第84页。

环绕城市人心头的痼疾，并且展现了传统男权的想象。

刘恒的小说有一系列的女性形象，其中存在两种较为明显的人物类型：纯情女和狐妖女。纯情女以《黑的雪》中的赵雅秋为代表，包括《贫嘴张大民的幸福生活》中张三民的媳妇毛小莎；狐妖女以《白涡》中的华乃倩为代表。而刘恒论述了一个圈套，那就是"纯情女"原本只存在于传统男权的想象中，实质上她们也是熟谙都市生活规则的聪明的浪荡妇。

《白涡》中，作者借男主人公周兆路之口，刻画了华乃倩狐妖女的形象。"女妖在他眼前跳舞，那是华乃倩赤裸丰满的身体。"① "那个女人魔鬼般似的立在黑漆漆的海滩上，向他伸出了苍白的手臂。"② "狐妖美女"是传统男权对于女性的一种想象。古时便有《金瓶梅》，新时期以来，有路遥《人生》中黄亚平对高加林大胆的追求，张贤亮《绿化树》《男人的一半是女人》中的黄香久、马缨花；《白涡》更是塑造了一个女妖面、女妖心的女性。"他迷恋那具温软的肉体。说到底，是她勾引了他。"③ 从《伏羲伏羲》到《白涡》，一脉相承的狐妖女所代表的传统想象如同暗夜在霓虹灯下游荡的幽灵，挥之不去。纯情女以《黑的雪》中赵雅秋为代表。赵雅秋是酒吧中的歌手。男主人公李慧泉第一次见到她时，"使这个姑娘讨人喜欢的，是她脸上略显腼腆的纯净表情和她的歌声"④。他一直认为她纯净若水，因此连自慰时也不用她做发泄对象。赵雅秋成为他内心自设的净土上独开的一枝梅，与外部俗世格格不入。小说最后却让他自设的爱情传奇轰然崩溃。李慧泉发现，赵雅秋因为投机倒把分子崔永利答应圆她的明星梦，便愿意肉体交易，跟随崔永利南下广州。李

① 刘恒：《白涡》，《首届北京文学节获奖作家作品精选集·刘恒卷》，同心出版社2005年版，第13页。

② 刘恒：《白涡》，《首届北京文学节获奖作家作品精选集·刘恒卷》，同心出版社2005年版，第19页。

③ 刘恒：《白涡》，《首届北京文学节获奖作家作品精选集·刘恒卷》，同心出版社2005年版，第13页。

④ 刘恒：《黑的雪》，《刘恒自选集·中短篇小说卷》（第1卷），作家出版社1993年版，第65页。

慧泉再一次遇到赵雅秋时"他觉得自己仿佛不认识这个人"①，他想到，"她叫人毁了，他战战兢兢地给自己设了一尊神，结果发现这尊神是个聪明的婊子"②。这意味着现代爱情根本无力超越平庸的性质，李慧泉内心憧憬了古典爱情的浪漫色彩，而现代都市的爱情却以此成功反讽了传统的古典爱情。

同样的还有《贫嘴张大民的幸福生活》中张三民的媳妇毛小莎，"长的就那德行，其实不妖，挺懂事的。看电影老掉眼泪。我不跟她好，她就钻汽车轱辘，挺懂感情的"③。小说最后又一次用都市文明下的现代逻辑撕裂了这个纯情女的面纱。她和别人睡觉换来了升迁的职务和扩大的住房。"我媳妇是个姑子！不是一只好鸟，是一只浪鸟。"④这再一次反讽了都市中的纯情形象，她们只存在于主人公任性的想象里。实际上她们却是都市文明中穿着水晶鞋的灰姑娘。都市文明的钟声敲响，灰姑娘奔出大厅，她对那传统文明的南瓜马车不屑一顾，而蹦蹦跳跳到奔驰、宝马、保时捷上，空留着手拿她遗落水晶鞋的人暗自惆怅。

2.青春期与成年期：人物的两个代际

刘恒城市小说中的人物可以分为两类，一类是拉斯蒂涅式外省来的青年人如何适应都市生活，如《白涡》中的周兆路，另一类是北京土生土长的胡同青年们的精神状态，如《虚证》《黑的雪》《贫嘴张大民的幸福生活》等。这些青春期与成年期两个代际的人物展现着不同的心理变奏：一类是表面与都市生活和解，内心却躁动不安；一类是生活本身贫乏混乱无法和解，内心却倍感幸

---

① 刘恒：《黑的雪》，《刘恒自选集·中短篇小说卷》（第1卷），作家出版社1993年版，第199页。

② 刘恒：《黑的雪》，《刘恒自选集·中短篇小说卷》（第1卷），作家出版社1993年版，第203页。

③ 刘恒：《贫嘴张大民的幸福生活》，李敬泽编选：《中国当代中篇小说经典》，春风文艺出版社2003年版，第316页。

④ 刘恒：《贫嘴张大民的幸福生活》，李敬泽编选：《中国当代中篇小说经典》，春风文艺出版社2003年版，第355页。

福；居于两者中间的还有表面与内心都驯服而安稳的和解者。

2.1青春期的游荡者

《虚证》中的郭普云与《黑的雪》中的李慧泉都是城市中游荡的边缘人形象。这些青春期少年表面与外部世界和解，内心却充满自卑和孤独，最终不得不选择自我结束夹缝中痛苦的生命。

《黑的雪》写了失足青年李慧泉出狱后企图重新生活，却在格格不入的环境中寻求自救而不得。"迷路"是他的起点。他因打架而入狱。出狱后，虽然他老老实实做生意，却依旧找不到自己的生活轨迹。他始终感到自己被抛掷的命运，首先是因为他的身份原罪。"他是父亲的朋友从北京火车站抱来的，他既不知道亲生父母是谁，也不知道自己的生日。五九年秋季一个阴雨天，多半是他的生母，把他连同一团破布扔进了北京站东边的一条电缆沟，她可能指望雨水淹死他。"[1]世界的敌意在李慧泉这里，首先从母亲的敌意开始。连骨肉相连的母亲都想让雨水淹死你，还怎么希望整个社会容纳你？而他失足青年的形象也铁板钉钉一样钉在邻居们、以前好友父母们的心中，他一直是遭人厌恶的多余人。"生活就是这副模样，他永远挤不上车，乘车远去的人吵着叫着笑着，没有人在意他一个人给抛了下来，他也许永远赶不上趟了。"[2]他渴望得到社会的接纳和认可，却一直感到"要么浑浑噩噩地活着，要么四处逃窜，像丧家犬[3]。自杀前耳边听到母亲的声音"我养了一个没有出息的孩子"。对于这些世界的流浪儿，死成为他们与世界和解的仅有方式，停止迷路和流浪的最好解脱。

《虚证》中的郭普云虽然并没有真实的失足经历，但他却有巨大的内心创伤，即被阉割。苏珊·桑塔格宣称："任何一种被作为神秘之物加以对待并确

---

[1]　刘恒：《黑的雪》，《刘恒自选集·中短篇小说卷》（第1卷），作家出版社1993年版，第3页。

[2]　刘恒：《黑的雪》，《刘恒自选集·中短篇小说卷》（第1卷），作家出版社1993年版，第18页。

[3]　刘恒：《黑的雪》，《刘恒自选集·中短篇小说卷》（第1卷），作家出版社1993年版，第176页。

实令人大感恐惧的疾病，即使事实上不具有传染性，也会被感到在道德上具有传染性。"①性便是这样一种角色。它不仅仅是秘而不宣的个人行为，也一直与政治、革命、历史、道德等多种因素相关。从郁达夫开始，性就与现代国家的文化相联系，人物的勃起期待与国家的富强期待同质同构。之后古华、贾平凹、刘恒、王安忆都曾塑造了一些失去性能力的"阉割人"，《芙蓉镇》中的谷燕山，《鸡窝凹人家》中的山山，《红高粱》中我奶奶的前夫，他们以丧失性能力暗示生命活力的消失和退出历史舞台的必然性。刘恒的《伏羲伏羲》也是如此，杨金山的被阉割隐喻了时代衰朽势力的消退。《白涡》中林同生的性无能凸显了阴盛阳衰的狐女华乃倩。《虚证》中主人公郭普云是一个阉割人，他身上体现了都市中传统文化和纯真心灵悲哀的现实处境。

郭普云在心里觉得"爱情是多余的，就是这样"②。在生理上，"郭普云的家伙不好使"③。他并不向往爱情，但在小说刚开始他喜欢看一个"长得像林黛玉的姑娘"，这表现了他内心对古典审美方式的留恋。但这又在现代物质文明和思维方式面前溃不成军。他性能力的丧失，不单是一般医学意义上的阳痿，而且隐藏了非生理性的精神创伤。小时候学跳舞被男生嘲笑，"他的初吻被一位强有力的异性夺走了"④，异性的强大让他一直未曾走出青春断乳期的角色，始终是孱弱的男性符号。所以他表面虽然未对世界有敌意，被大家公认为好人，但是始终"感到和周围世界难以沟通，他（郭普云）请我喝酒、烧菜给我吃，都遏制不了他内心激荡不已的排他情绪……不独我，整个无边的外部世界都无力给他哪怕一点点的救护"。也正因为并不熟谙都市的法则，成为都市文明的边缘人，和《黑的雪》中李慧泉一样，他充满强烈的自卑情结，自卑源于"眼底出血永远不能根治，黑色素永远不能再生，诗歌永远不能写出光

---

① 苏珊·桑塔格：《疾病的隐喻》，程巍译，上海译文出版社2003年版，第7页。

② 刘恒：《虚证》，《刘恒自选集·中短篇小说卷》（第3卷），作家出版社1993年版，第17页。

③ 刘恒：《虚证》，《刘恒自选集·中短篇小说卷》（第3卷），作家出版社1993年版，第47页。

④ 刘恒：《虚证》，《刘恒自选集·中短篇小说卷》（第3卷），作家出版社1993年版，第19页。

彩，生殖器永远不能勃起，命运永远不能把握"①。他最终选择在一个"干净的地方"自杀身亡，死在驹子峰和河水里，是对都市文明的最后一次反叛和对传统文化的醉心回归，也证明了人生存在的虚妄和内在悲剧性。

2.2成年期：四十不惑

生活混乱无法和解，内心却倍感幸福的代表是贫嘴的张大民。《贫嘴张大民的幸福生活》写的是北京大杂院里一个物质生活贫乏的下层工人家庭的故事，在贫嘴的背后，是阴郁的生的沉重和无奈。从表面上看，张大民有充分的理由和生活不和解：父亲横死，母亲痴呆，妹妹病死，家里拥挤的住房，让人际关系内部扭曲。如果换一种腔调描写，这个文本应该算作"底层文学"。可是都市生活中的张大民却找到了与社会的和解之道，就是自我调侃。这在后文论述，此不赘述。

以《白涡》中的周兆路为代表的是一批表面和内心都驯服于世界的和解者。在《白涡》中，北京已不是一个负载着古典和文化记忆的古城，而是一个充满欲望与冒险空间的国际化大都市，它记载了"拉斯蒂涅"式的外省青年周兆路的发家史。周兆路来自农村，"他这个土包子刚到城市上大学时，同学们都用怜悯的目光看着他。裤子是粗布做的，袜子上打着补丁。可是一旦他的成绩名列前茅，使别人在竞争中失败的时候，他的山里人特征乃至他的口音，都成了人家嘲弄他的把柄。他努力改变自己，终于成了一个堂堂正正的胜利者"②。都市一开始嘲弄这个外来者身上的乡土特征，试图将其排挤到边缘。但是周兆路却将乡土社会的生活法则和粗布裤子补丁上衣揉在一起，统统丢掉。然后西装革履地融入都市的规则，"他希望在一切有关人的心目中，中医研究院年轻的研究员是个随和而谦虚的人，这种人比那些本领高强却性格

---

①　刘恒：《虚证》，《刘恒自选集·中短篇小说卷》（第3卷），作家出版社1993年版，第68页。

②　刘恒：《白涡》，《首届北京文学节获奖作家作品精选集·刘恒卷》，同心出版社2005年版，第41页。

怪癖的家伙更容易被别人接受"①。他用都市人的身份改换了自己的历史和现在，将乡土印记抛到脑后。"如今那一片山林（家乡）留给他的痕迹，只有它（茶）了。"②正因为熟谙了都市生活的规则，周兆路成为世俗真正的成功者，通过征服世界而征服女人，"他也明白了华乃倩为什么爱他。不是她勾引他而是他把她俘获了"③。来自乡土的周兆路，终于在不惑之年成为都市里追名逐利游戏的最大赢家。

3.语言的炼金术：改造与效用

京味文学最外在的特征是语言，从老舍为代表的第一代京味，20世纪80年代以林斤澜、邓友梅、汪曾祺为代表的第二代京味，再到第三代如冯小刚、王朔等北京作家，都是漂亮的"京片子"。《贫嘴张大民的幸福生活》中的语言也体现了北京人特有的"贫"文化。"贫"是张大民获得幸福的重要手段，他娶的妻子，激怒亮子实现盖房，获得戒指，揶揄技术员，击退情敌，都是通过他的"贫"得以实现。而他的口中喷涌而出的，除了逗人的语料，还有第三代京味文学中胡同青年们的精神文化形态。

张大民"贫"的方式首先是对革命符号的调侃，将个人问题上升到集体、国家等宏大境界中进行阐释。李云芳失恋后得了忧郁症不说话，张大民劝其开口说："你为什么不说话？江姐不说话是有原因的，你有什么革命秘密？你要是再不吃饭，再这么拖下去，你就是反革命了！人家董存瑞黄继光都是没办法，逼到那份儿上了，不死说不过去了。你呢？"④

① 刘恒：《白涡》，《首届北京文学节获奖作家作品精选集·刘恒卷》，同心出版社2005年版，第3页。

② 刘恒：《白涡》，《首届北京文学节获奖作家作品精选集·刘恒卷》，同心出版社2005年版，第2页。

③ 刘恒：《白涡》，《首届北京文学节获奖作家作品精选集·刘恒卷》，同心出版社2005年版，第43页。

④ 刘恒：《贫嘴张大民的幸福生活》，李敬泽编选：《中国当代中篇小说经典》，春风文艺出版社2003年版，第306页。

张大民的劝说动用了革命符号。在前意识形态中，个人经验是不被许可的，只有与国家、集体、民族等宏大的概念联系起来才有意义，张大民的语言便是对这种逻辑的调侃。革命完全嵌入了中国人的生活，包括其遗留下来的语言碎片和思维习惯。因此对革命符号的调侃，也是对长期主宰人们生活的"革命话语"的调侃，造成了中国人独特的滑稽感和荒诞感。这是九十年代以来中国政治波普的常用手段，让童年的阴影成为成年期随手拈来的搞笑材料，它意味着一种新的文化诉求，不是去营救历史人质，而是向历史和某种官方说法索取个人的叙述方式。

"亲娘的奶水终于把美国奶粉打败了。不对！是一只中国的王八，一只变成了浆糊的大王八，把美国的牛奶拖拉斯给彻底击溃了。"[1] "我敲了足有一万个门了，终于看见了一个人，一个真正的人，一个伟大的人。中国有救了。中国的工人阶级有救了。我们靠暖壶吃饭的人有救了。"[2] 在上述极为琐碎的情境中，张大民都用极端严肃的政治概念来搭配。在张大民嘴里，国家、民族、政治、革命等语词并非被祭奠在宏阔的祭坛上，让他们磕头神往，而是降格为插科打诨的原材料，可以搅拌均匀做成个人的小蛋糕。

张大民的"贫"还代表着都市小市民的精明和精神胜利法。

> 你们厂夜班费6毛钱，我们厂夜班费8毛钱。我上一个夜班比你多挣2毛钱，我要上一个月夜班就比你多挣6块钱了。看起来是这样吧？其实不是这样。问题出在夜餐上面。你们厂一碗馄饨2毛钱，我们厂一碗馄饨3毛钱，我上一个夜班才比你多挣1毛钱。我要是一碗馄饨吃不饱，再加半碗，我上一个夜班就比你少挣5分钱了，不过你们厂一碗馄饨才给10个，我们厂一碗馄饨给12个，这样一算咱俩上一个夜班就挣得差不多了，就没有什么区别了。

① 刘恒：《贫嘴张大民的幸福生活》，李敬泽编选：《中国当代中篇小说经典》，春风文艺出版社2003年版，第346页。

② 刘恒：《贫嘴张大民的幸福生活》，李敬泽编选：《中国当代中篇小说经典》，春风文艺出版社2003年版，第385页。

二民，你可千万别糊涂。早市上萝卜3毛一斤，到中午2毛一斤，天一黑就1毛一斤了。这时候过来个家伙，问你5分卖吗，你一不耐烦心一软，说不定就卖了。太贱了！

　　小说中随处可见张大民的精明算计，有传统小农的节约，又有都市小市民的精明。这充分体现了消费已成为社会的新问题。从王朔的"边缘人"，到朱文的《我爱美元》，金钱爱好者们主动走进了物质世界，不再是商品时代里恐慌的大众，而是冲锋上阵成为其中的生力军。平民通过"贫"将实际行动转化为语言调侃，通过整人和涮人，通过制造语言诡计而成功获救。

　　在美国年头儿不短了吧？学会刷盘子了么？美国人真不是东西，老安排咱们中国人刷盘子。弄得全世界一提中国人，就想到刷盘子，一提刷盘子，就想到中国人。英文管中国叫瓷器，是真的么？太孙子了！中文管美国叫美国，国就得了，还美！他们叫咱们瓷器，咱们管美国叫盘了得了。[1]

　　这是张大民在揶揄老婆的前男友、一个技术员时的语言。张大民无法和技术员的物质水平相比，他获救的方式是调侃。通过擅长的调侃行为去自救，保障自己的自尊并获得语言上的胜利，寻求自我平衡，获得暂时的满足，用语言的胜利满足自我胜利的想象。

　　张大民的"贫"还用一种碎片化的语言拼贴，代表着碎片化的生活状态。

　　我给您开门。上飞机小心点儿，上礼拜哥伦比亚刚掉下来一架，人都烧焦了，跟木炭儿似的。到了美国多联系，得了爱滋病什么的，你回来找我。我认识个老头儿，用药膏贴肚脐，什么病都治。回纽约上街留点儿

刘恒
研究资料

---

　　① 刘恒：《贫嘴张大民的幸福生活》，李敬泽编选：《中国当代中篇小说经典》，春风文艺出版社2003年版，第384页。

神，小心有人用子弹打你耳朵眼儿，上帝保佑你，阿门了。保重！妈了个巴子的！①

他的语言中经常会使用譬喻的方式，并且通过非逻辑化的语言碎片的嵌入，词语的拼贴，夸大无意义的东西，缩小重要的东西，使他小说中音调与内容不和谐，幽默于此产生。而这碎片化的语言也恰恰代表了破碎的现代生活，一个接一个并列的句子，一个接一个形象的拼贴，一句赶似一句的语速，带来了眩晕感，暗示着后现代狂欢嬉戏拼贴的质感。语言也不再是精英的独白，承载着梦想与责任，而是小市民们插科打诨的戏谑调侃。这种调侃也使我们想象了一种新的中国形象，它轻松自如地打碎了来自精英规范的那种一体化、绝对化和僵化的体制，小市民们模仿着大人们说话郑重其事的声调，然后哈哈大笑。

刘恒的《黑的雪》《虚证》是传统与现代夹缝中个体迷失的寓言，《贫嘴张大民的幸福生活》又为一个新时代的中国生活形态创造了一种新的形式感。个体若想跨越从传统到现代转型的鸿沟，跨越现代人沉沦的谶语，得道升仙，或者如同《白涡》中的周兆路一般夹着尾巴一步一个脚印地顺杆向上爬，或者如张大民般用话语的涂改液把周围的敌意涂抹掉，这或许才是大众犬儒们最后的免死金牌，或者挥斥方遒的鸡毛令箭。

原载《中北大学学报》（社会科学版）2010 年第 6 期

---

① 　刘恒：《贫嘴张大民的幸福生活》，李敬泽编选：《中国当代中篇小说经典》，春风文艺出版社2003年版，第384页。

《窝头会馆》与《茶馆》的对照

汪 杨

　　《窝头会馆》是北京人艺建国60年的献礼大戏，甫一上映，票房就达一千多万，打破了人艺的纪录；2010年第1期的《人民文学》也推出了这部剧的剧本，它是小说家刘恒创作的第一部话剧作品；"读剧其实是一种基本的文学经验"，"剧为看而写，也为读而写"①，《窝头会馆》是一部讲述老北京南城的话剧，采用的语言是地道的北京方言。人艺话剧、北京话、献礼这三个关键词的凸显，使得《窝头会馆》很容易让人联想起另一部"十七年"时期的话剧——老舍的《茶馆》，但事实上，这两个文本之间存在着明显的异质性。

一

　　首先就表现在切入点的选择上。虽然两个剧本同样选择了具有强烈地方特色的建筑物来作为剧中人物展示的舞台，两位剧作家也都是用散文式的笔法来写剧，北京人艺的标志性表演，也使得两部剧都着力显现出了日常生活的平淡

---

① 《人民文学》编者：2010年第1期《留言》，《人民文学》2010年第1期。

与琐碎，但《茶馆》是以旧北平常见的大茶馆为话剧的布景点，老舍在第一幕"幕起"时就点出这茶馆是"有事无事都可以来坐半天"，"简直可以算作文化交流的所在"，茶馆是三教九流聚集之地，人来人往，有常客有散客，《茶馆》剧本所呈现的也就是类似清明上河图的人物群谱图，有贯穿全剧的，有父子相承的，有"招之即来挥之即去"的，"大茶馆就是个小社会"；而《窝头会馆》则是以老北京的四合院为基点展开的，刘心武曾在《钟鼓楼》里刻画过四合院这个极具北京意象的标志物。四合院的功能是住宅，即便住户再纷杂，也得受限于场所，流动性远差于茶馆，所以《窝头会馆》实际上讲述的是院中三户人家的故事，是通过他们的悲与欢来折射社会；窝头呢，它原本就是北方穷苦人的主食，刘恒笔下的这个四合院馆如其名，又是着实的败落，无论是馆主还是住户，都是一色的穷苦人，茶馆则小同，即使如伙计李三所说的"越改越凉"，但它仍会有贵客光顾，最后甚至还能被收购改造，《茶馆》中也因此能够出现秦仲义这样的实业家，时代投射在剧中的是各阶层的兴衰荣辱，而《窝头会馆》则是专心演绎底层百姓的生存状态，时代在剧中就化身成了柴米油盐的凡俗生活。因此，《茶馆》一剧可以一幕几十年，一幕为一个时代，《窝头会馆》就必须一幕数天，一幕一个时期。

其次就表现在两剧的核心人物王利发和苑国钟上。同是小人物，同在旧社会里挣扎，但同是打躬作揖，这两个人物内里的生存哲学却是不同的。王利发遇事多说好话，对人多请安，他这样做是因为身为茶馆的掌柜，"在街面上混饭吃，人缘儿顶要紧。讨人人的喜欢，就不会出大岔子！"茶馆的盈利微薄，王利发不舍得添伙计，累死累活地维持着，但是在外场上，他的态度上是"不差钱"：二德子和常四爷吵起来，摔碎了茶馆里的盖碗，原本松二爷是要帮忙赔的，王利发说"不忙"；茶馆改良后还没开张，碰到巡警找茬，王利发忙着递钞票说软话，"您多给美言几句，我感恩不尽！"这是他在乱世中的生存智慧，因此，他能有余钱给逃兵却没能力理难民，他虽同情康顺子、康大力的遭遇，却不愿意收留他们母子，"好家伙，一添就是两张嘴"；苑国钟显然是没有这样的智慧的，王利发对外谦卑，在家里可是说一不二的顶梁柱，只有外忧没有内困，苑国钟呢，在外头，他卖茉莉花，花没卖掉，花骨朵儿倒给掐没了；卖咸菜，菜没卖掉，反给熟人免费抓去尝尝了；虽说是房东，但他每次要房租都得赔着笑脸受着奚落，你看欠了三个季度房租的租客金穆蓉不还带着气把一捆捆贬值的法币甩给房东苑国钟了么，更别提那个白住了21年房子的古月宗；在家里，苑国钟又小心翼翼地伺候着儿子，儿子得的是痨病，在当时也算是不治之症了，苑国钟心里明白这病的厉害之处，"什么药能治得住痨棵子这号病呀？"，但他依旧把省吃俭用的钱往里砸，"人家跟我要多少钱我也得乖儿乖儿递过去，跟我要脑袋我不是也得给么？"他想拿儿子同学的捐款来给儿子治病，却被儿子狠狠打了一巴掌，田翠兰教训苑国钟说"满世界就没您这么惯儿子的！他再有病您也是他爸爸"，可苑国钟呢，他依旧低声下气变着法儿哄儿子高兴；王利发尚可以在剧末悲愤地控诉着"我可没有作过缺德的事，伤天害理的事，为什么就不叫我活着呢？"，并用自编的方式自主地结束了生命；苑国钟却只能营营役役，内外交困也就算了，背上靠出卖共产党发家的黑锅也认了，即便这样，最后他仍在意外中被打死，这个人物因为头大，有个外号叫"苑大头"，在剧本的最后，刘恒借古月宗之口给苑国钟一生做了注脚——"你哪儿是苑大头啊……你小子压根儿就是一冤大头啊你！"

第三则表现在两剧几场相似的戏剧冲突上。就剧本发生的时间段而言，《窝头会馆》和《茶馆》的第二幕、第三幕是大致吻合的，同样是处在民国时期的北平，《茶馆》里的人物，无论善恶不管贫富，都认定北平是块"宝地"；而《窝头会馆》里的形色人等却不止一次说这北平"烂透了"；因为活在宝地，心里已暗暗知足，所以《茶馆》里的众生格外珍惜自己的生存权，活得隐忍，"能有个事儿做也就得念佛！咱们都得忍着点！"既然此地已然"烂透了"，《窝头会馆》里人也就"索性泼些剩菜残羹"，全剧里最木头的王立本也敢讽刺一群逃兵是畜生，就算是漫天神佛，这群老百姓也敢拿来当作彼此斗气的工具，金穆蓉和田翠兰就各自把耶稣和弥勒佛钉在自家门框上叫阵；两剧中也都屡次提到了罢课游行，《茶馆》的结果是"他们还能反倒天上去吗？到现在为止，已经抓了一百多，打了七十几个，叫他们反吧！"，而《窝头会馆》里却是"那么大个儿太阳……它要是死活都想从西边儿冒出来，一时半会儿也没人摁得住它……那就随人家的便儿了，爱怎么着就怎么着吧"；在两部剧的末尾，身处宝地的"茶馆"用"老人撒纸钱自吊"的暗色调为过去的时代送终，烂透了的"窝头会馆"却用新生儿的啼哭隐喻了新时代的到来。

虽同为献礼剧，同样是描写相同时间段的老北平，也同是人艺的标志剧目，但《窝头会馆》的着力点显然是有异于《茶馆》的，那么，究竟是什么造成了两个剧本的审美差异呢？

二

差异源自不同的写作年代。剧本里的人固然是一个时代的，但写剧本的这两位作家却是生活和成长在两个时期的。《茶馆》创作于"十七年"，一个新生的政权刚刚建立，踌躇满志，真正是"如花如水红妆，倾国倾城豪杰"①，"十七年"所特有的政治抒情构成了《茶馆》的审美底色；历朝历代开国文学的一个特点就是从大处着眼长篇入手，浓墨重彩、大气势，大篇幅，大张旗鼓；因此，"十七年"时期的作家大都有为时代立传的想法与实践，比如杨沫的《青春之歌》是中国女性知识分子的成长史，还有诸如赵树理的《三里湾》、柳青的《创业史》等等。老舍本人就是为了这新生的世界毅然回国的，他原本就对这新中国有着大欢喜，对新政权发自内心的热爱与拥护，1958年，因腰疼在家休养的老舍就曾对前来看望他的人艺导演夏淳说："不能老这么呆着，你也帮我想想，看咱们能写点什么？不能写大的，写小的呀！这样一个时代，该写的东西太多了。"②《茶馆》正是在这样的氛围和心境下创造出来的，老舍是要借用"茶馆"这个意象，为自己曾经历并熟悉的岁月，绘下大开大阖的长卷。因此，《茶馆》的行文脉络是指向过去的，它为过去的旧时代奏响了悲壮的葬歌。而从另一个角度而言，《茶馆》的创作时间恰是一场政治风暴来临的前夕，事实上，《茶馆》也确实收到了来自各方的充满着政治"火药味"的修改意见，彼时的许多作家在文本中拥抱新社会的同时也是决然地表

① 朱天文：《一花开》，《黄金盟誓之书》，山东画报出版社2010年版，第98页。

② 陈徒手：《老舍：花开花落有几回》，《人有病 天知否——一九四九年后中国文坛纪实》，人民文学出版社2000年版，第66页。

明自己与过去割裂的立场，在《茶馆》中的最后一幕里，王利发自尽了，或许，此时的老舍已在无意识中完成了对过去的自戕，他用死亡彻底地否定了过去。

　　《窝头会馆》则是写在新世纪了，它是属于盛世文学，此时政局稳定，生活安逸，已是北岛笔下"没有英雄的年代"了，世俗主义取代了政治审判，"十七年"时期的慷慨悲歌已渐渐淡去，取而代之的是纷繁芜杂的人性之欲，其实刘恒早已在该剧的《说明书》里讲得明明白白，"这个戏的主题是什么？""是困境"，"内在的困境是欲望不灭"①。对于剧中人物所生活的时代，刘恒显然是没有老舍一般的亲身经历，他所能采取的姿态是想象，一如"灰阑中的叙述"②，《窝头会馆》自然也就没有像《茶馆》一般纵横开阖，刘恒切入历史的方法是抓住了超越时代的人性，有人就有历史，他让剧中的人物"撒泼耍赖"，尽情地展示生活中的细枝末节，压榨出生命中的"小"来：苑国钟小仅不像王利发那样不计小利，相反的，他简直就是中国版的葛朗台，不仅仅是他，《窝头会馆》里的哪一个人不是追着"钱"后面跑，又有哪一次冲突离得了这个阿堵物呢？政治抒情下的《茶馆》是重义轻利的，掌柜的可以不差钱，茶客也不谈钱，他们关心的是"国事"，虽然"莫谈国事"的标语屡次出现在茶馆的显要位置；真正做到不谈国事的，恰恰是《窝头会馆》里这群最该关心政事的城市贫民，他们不仅不关注，而且避之唯恐不及，他们信奉的是"民不与官斗"，要做"顺民"，所以以官家身份出现的肖启山一沉下脸，原本蹦来跳去的众人立刻偃旗息鼓，"毕恭毕敬地站在一旁"，不对呀，要是按照以往的政治宣传文本，按照"十七年"的正史讲述模式，这群自私偏狭甚至有些不光彩的人物，不是应该是最具革命色彩，推翻旧时代最可依靠的力量吗？怎么在刘恒笔下，统统就变成"刁民"了？还有那在《茶馆》中代表希望的革命者康大力，到了《窝头会馆》里反而变成了先天不足的、孱弱而理想化的苑江淼，他不仅不能救人，反而因为传单的散落而害了人。那么，刘恒，到

---

① 　刘恒：《编剧的话》，《人民文学》2010年第1期。

② 　黄子平：《灰阑中的叙述》，《"灰阑"中的叙述》，上海文艺出版社2001年版，第193页。

底是在用什么样的方式来讲述正史的呢？

三

　　"十七年"文本实际上承接的是从《诗经·国风》起源的中国文学的史诗传统；以陈独秀为代表的现代型知识分子，在开启新文化运动的同时，也将"国家"的概念重新定义，"国家"不再是光汉排满的复仇式狭隘民族观点，"家"与"国"开始正式得以区分，他们所要发扬的是类似士大夫观点的"治世"理念；到了茅盾，社会分析小说的创作又将阶级引入了史诗文学的创作中，"国"变成了有暴力基调的国家机器，史诗文学进一步被指涉成对社会正统意识形态的宣传；从五四涉水而来的老舍，自然也经历了这样一场"经世论道"的洗礼，再加上本身"十七年"的政治特殊性，《茶馆》笔下的正史写作，尤其是第二幕、第三幕，遵循的依旧是现实主义的"入世"模式：剧中要有好人，要有坏人，好人要得不到好报，坏人要作奸犯科，而所有悲剧的根结在于时局的政治选择是错的。

　　中国文学的这一史诗传统，接力棒交到了刘恒这一代人的手里，他们所面临的尴尬之处在于经历一场长达十年的"革命"洗礼之后，人人都是"革命的螺丝钉"[①]，政治已被滥化，甚至只要是官方的，就会受到质疑；在这样的环境下，正史的讲述倘若还采取以前的方式，显而易见会既不叫好也不叫座，讲述也就没有任何意义了。所以，刘恒的《窝头会馆》实际上是对中国正统审美模式的一种颠覆，他对于正史的定义不再是简单的留存史册，而是要为后人讲述出小人物的世俗生活记录，这些人的生活是琐碎而不公的，一如余华《活着》里头的福贵，死是容易的，活着确是艰难的；田翠兰是娼妓，但她出卖自己是为了养活女儿，不光彩的卑微的田翠兰救活了患童子痨的革命者苑江淼，她是嘴皮子不饶人，"可她心眼儿敞亮……她仁义"。剧中不再有纯粹的好

---

　　①　阿城曾经说过"满街走圣贤，相当恐怖，满街走螺丝钉，更恐怖"，泛道德化的结果是普遍的道德沦丧。选自黄子平：《中国世俗与中国小说》，《边缘阅读》，辽宁教育出版社2000年版，第137页。

人，坏人也不是决然的卑鄙，人人都在生活的逼压下现出了原形，不再炫目亮丽，可就在这不怎么高大的原形之下，透着的却是灵魂深处的高洁。

刘恒最终用剧本的成功和剧场票房的大卖，开启了一个新的正史讲述方式。

原载《文艺争鸣》2010 年第 14 期

从《家》和《苍河白日梦》
叙述视角的差异看时代变迁

古明惠

上个世纪30年代巴金的《家》和九十年代刘恒的《苍河白日梦》，同是反映二十世纪上半叶的家族题材作品，通过中国家族内部和家族所处社会环境，在表现男权社会家庭中父权至上、家族中宗法制度、父与子结构二元对立和冲突等方面，都有着独特的视角和深入的开掘，为我们深入了解五四文化运动前后的社会与家庭面貌，提供了一个具有社会历史学意义的切入角度。同时，两部作品不同的叙述主体和叙述视角也为我们比较文学叙事的社会、文化、审美和意识形态方面的意义，提供了有价值的文本范例。

一、《家》的全知叙事和叙述者"大我"的定位

创作于二十世纪三十年代的巴金小说《家》，是巴金先生的一部代表作。小说以高氏家族兴衰为主线，以高家祖辈高老太爷、孙辈高觉慧、高觉民为中心人物，以"父子"关系、婚恋情节为线索，以思想的悖异、相互关系的矛盾和冲突为叙事的架构，表现了"五四"新文化运动以来，随着西方进步思想的传播和教育，青年人对自由、民主的追求，以及封建势力和体制受新思想的冲

击逐渐崩溃的挣扎状态。作品通过对新思潮与传统势力交锋的描述和浓缩在整个家族叙事话题中的表现形态和言说方式，反映了当时社会、思想和文化的基本状态和尖锐矛盾。

《家》的叙述笔触是从高家二少爷觉民、三少爷觉慧的求学开始的。叙述者跟随着两位少爷排戏归来的步伐来到故事发生的主要场地——家。叙述者用这样一段文字来表现"家"的外在征状：

> 有着黑漆大门的公馆静寂地并排立在寒风里。两个永远沉默的石狮子蹲在门口。门开着，好像一只怪兽的大口。里面是一个黑洞，这里面有什么东西，谁也望不见。

作为第三人称叙述视角，《家》的叙述者是一个无限制的、全知的叙述人，叙述者可以超越时空去叙述发生在"家"里的故事，去观察"家"里各个人物的行为和心理。并且，这里的叙述者并不是一个单独的旁观者，而是显然的在场者，是眼里有"黑漆"大门、"怪兽的大口"、"谁也望不见"的"黑洞"的观察者、思考者和述说者。这在作品中可以从以下几个方面得到印证：

首先在人物形象的塑造上，作品以高家三兄弟，表亲琴、梅，婢女鸣凤等为中心人物。作者在表现这些人物的时候，不仅描述了人物的外部形象，而且进入人物的内心深处，揭示和表现人物的精神世界。这种"无所不知"的叙述，在表现人物和切入人物内心的时候，选取了不同的角度，试图用叙述者"自己"的眼光去书写"他"眼中的各个人物。这样的人物叙述，不仅使叙述人成为一个"在场者"，与文本中的人物构建了各种关系，而且为叙事主体意识的体现提供了条件。

其次在作品情节的设置上，作者着重表现了高老太爷与觉民和觉慧的冲突、觉新的爱情悲剧、觉慧和觉民为争取爱情和婚姻的自由而进行的不懈抗争以及觉慧等人与政府军阀的社会关系与对抗，这些都是作品基本的对立关系和矛盾。正如巴金先生在《"激流"总序》中所说的"生活并不是悲剧。他是一场'搏斗'"。《家》中的情节，无不体现出五四新文化运动以来，中国新旧势力的对立矛盾：对进步思想的追求与对传统思想和利益的留恋、对自由和民主的渴望与被束缚被包办的苦恼、激进的民主思想与保守的社会势力之间的矛盾和抗争，都是作品叙事主体意识的体现。

另外，文本中还有一些细节的描写也集中地体现出叙事者强大的主体意识的不自觉流露，如贯穿作品始终的线索人物觉慧是第一个进入人们视野的人物形象，小说的第一页就是对觉慧的描述："他的年纪稍微轻一点脸也瘦些，但是一双眼睛非常明亮。"而在作品的最后，同样在述说这双眼睛："他觉得眼光有点模糊，便伸手揩了一下眼睛。然而等他取下手来，他们的影子已经找不到了"，"他的哥哥和他的两个朋友就这样不留痕迹地消失了。先前的一切仿佛是一场梦"；"他的眼前是连接不断的绿水。这水只是不停地向前而流去，他会把他载到一个未知的大城市去。在那里新的一切正在生长。那里有一个新的运动，有广大的群众"；他要"去看永远向前流去没有一刻停留的绿水了"。觉慧的形象显然浸透了作者的情感和意识，寄托了叙述者的爱憎和希望。作品在觉慧与丫头鸣凤的情感叙述中，叙述者非常清晰、明确和细致地描绘和表达了觉慧的心理感受。当觉慧的妹妹淑华责备鸣凤的时候，"这些话一字一句地送进了觉慧的耳里，非常清晰。它们像鞭子一样地打着他的头。他的脸突然发起热来。他感到羞愧。他知道那个少女所受的责骂，都是他带给她的。他的妹妹的态度引起了他的反感"。当觉慧知道鸣凤被逼嫁给冯乐山的时候，有着相当强烈的思想斗争，经过了一夜的思索之后，他准备把那个少女放弃了。这个决定当然使他非常痛苦，不过他觉得能够忍受而且也有理由忍受。有两样东西在背后支持他的这个决定：那就是有进步思想的年轻人的献身热诚和小资产阶级的自尊心。

由此，叙述人与作品中的人物之间的关系，不仅仅是"无所不在"的叙事者，也不再仅仅是一个"在场者"，而是与作品中人物有着或清晰或隐蔽的透视关系和自己明确在场的"代言人"。这是全知叙事为作品主题服务，完成作者主体思想和意识形态目的的叙事方式，更试图通过人物形象的塑造、情节的设置和结构的冲突来体现叙述人"大我"的存在，叙述者由此而以先知者和代言人的身份把自己关于世界、关于历史、关于革命、关于人性的整套理念加诸他的文本并用来解释世界、解释历史、解释人性、解释它们错综复杂的关系。

二、《苍河白日梦》的私密化个人叙事

不同于《家》的叙述，《苍河白日梦》完全以个人的视角去述说叙述人亲历的一段故事，并且用日记体的方式作为文本的表现形式，有着较为典型的私密化个人叙事特征。

第一，讲述人身份的多重性。叙述者记录了一个"口述的故事"，讲述人"我"（仆人"耳朵"）是一个历经了人间沧桑的百岁老人。作者选择这样一个具有岁月痕迹的人作为叙述代者，无疑增添了叙事的历史感和沧桑感，具有"活化石"的意味，讲述的话语渗入了历史的凝重。这个老人讲述的故事是他年少时在曹家作老爷贴身奴仆时所发生的事情。但实际上，这个故事并不完全是一个十六岁男孩的视角，与其重叠的还有百岁老人的记忆。身临其境的现场和百年后的回忆记录，两者之间既互补又冲突、既弥合又分裂、既有联系又有隔膜，构成了这部长篇非常独特的视界讲述人这种多重身份的特征，为受限的私人化叙事提供了条件，为叙事的社会学、修辞学和审美学意义的深度开掘打下了基础。

第二，讲述人视角的隐秘性。讲述人处于社会底层的奴仆身份练就了他的心计，由于别人的不设防，恰恰给他提供了观察周围人物、了解事态发展的便利，尤其是他的夜游和夜间在屋顶上的偷窥，更赋予了他的叙述人身份及其述说内容的特殊意义。使他能够非常便利地去贴近这个家族主要人物的生活，去比较全面地观察他们行为习惯和细节，去揣度这些人的心思，去偷窥这些人的隐私。这不仅为他的讲述带来了生动和丰富的色彩，为人物形象的丰满和鲜活提供了素材，更使得叙事有了神秘性，用质朴、隐蔽和真实感替代和置换了全知叙事宏大主题意识表现上的庄重和严肃。

第三，讲述人叙事受限的"自我化"。讲述人在讲一个自己的亲历故事，是把自己看到、听到、经历过的事情讲出来。他的视角和体验都是个人化的，也都是受时空限制的，周围人的喜怒哀乐是他的感受和揣测，他不可能无所不

刘恒 研究资料

知、无所不能，无论是偷听还是偷看，都是他所能及的，而这种受限的个人叙事，更多地去凸现"自我"意识，如对"我"在曹家位置的自我认识，"我"与老爷关系的认识以及后来反复叙说的"白日梦"，都在寻求"我是谁"的答案，在试图进行"我之所以为我"的精神诉求。

第四，讲述人言说口语的个性化。百岁老人言说百年兴衰，松弛坦白，无所顾忌。"我不能让这么有意思的事情烂在肚子里，我得说"。"我"说的欲望与那个"白日梦"萦绕在老人的精神世界里，既是叙事的基点，又构成了叙事的一个特色。言说的口语化使作品突出了讲述和受听的关系，说的语言的低俗、粗鄙与说者的出身、社会地位和经历的人间变故相对应，使叙事杂糅进了岁月的艰险和民间的苦涩；言说的不拘一格和嬉笑怒骂，袒露出了这个百岁老人经过岁月的冲刷、煎熬和历练，形成的豁达心境和超然心态，同时，这也使文本的叙事笼罩着一层斑驳的色彩；说者内心独白式的语言无拘无束地把沧桑人生表现得淋漓尽致，也把"我"的精神世界与历史的进程糅合在一起，把个人的悲剧命运与民族的苦难历程衔接在了一起。叙述风格上混杂、多彩的口语化特色，不仅使这部作品的语言具有鲜明的个性，而且在用一种自我化的经验方式去消解意识形态化的历史认识和理想主义的叙事方式。

三、主体意识的变化，并折射出社会、文化和审美的时代变迁

首先，叙事视角转变为以个人的本体体验进入历史，营造出平民所熟悉和认可的历史图景和社会实践，主体意识的变迁反映了历史意识、社会意识和文化意识的时代变迁。《家》反映的是以"五四"时期为背景的新民主主义革命初期的生活，作者是"五四运动的产儿"。他的创作植根于当时的社会现实和文化背景。由于接受了新文化思想的影响，又受到家庭黑暗和传统专制的束缚，作者逐渐把自己的遭际和认识，与社会动荡和阶级关系的抗争联系起来，"自从我知道执笔以来，我就没有停止过对我的敌人的攻击。我的敌人是什么？一切旧的传统观念，一切阻碍社会进化和人性的发展的人为制度"。显然，作者个体在一个制度面前是微不足道、软弱无力的。因此，在他

想象性的文学言说世界里，他在努力扮演一个替代者、代言人的"大我"的社会角色，为某一种思想、文化、价值倾向或信仰而言。他似乎掌握着有关世界和历史的密码，是历史和世界的知情者；解释世界、演绎历史的冲动使他"外在于""高于"作品的想象世界，而把自己视为"上帝"作者的"无处不在""无所不知"使他与人物的透视关系有了相当的"广度"，而叙述所切入和追求的，也恰恰是政治的、经济的和文化的"恢宏性""外部性"。《家》的这种宏大的社会历史性叙事特征使其成为中国家族题材小说中具有宏大叙事规范的代表性作品之一。然而，文学与社会实践、历史发展的亲缘关系，并不仅仅是以叙述人的"大我"定位来完成的。八十年代以后，随着强势而单一的意识形态的动摇，社会性的淡化和阶级抗争的缓和，作为个体的人的尊严和权利被伸张，关于人的个体的深度的思考，在文学创作中出现并逐渐形成了另一种意识形态的基本向度和特征。于是，同是家族题材的小说，《苍河白日梦》与《家》就有了不一致的叙事模式。

《苍河白日梦》的叙事是"我"这样一个百岁老人的絮絮叨叨、嬉笑怒骂，"我"不再承托某个政治的、社会的、集团的角色，"我"不再为某一类或某一阶层的人"代言"，不再用意识形态、政治观念或信仰去分析、评判和呐喊。"我"只是一个现实生存状况中的个体，"我"的眼睛、心理和经验是叙述的依据，"自我"成为鉴定文化的准绳。在叙述中，所有的故事都是围绕着"我"这个主体展开的，所有的关系是以"我"为中心向外延伸和扩展的。《家》的叙述焦点是家族中"父与子"之间关系的外部描述和社会实践活动，而《苍河白日梦》的叙述焦点则对准了"我"的心灵和身体，而"我"又是一个渺小的、低微的、边缘的人物。 个在宏大叙事中很难关照到的人物，在这里偏偏成为了一个叙事的中心。"我"在暗处的、小心翼翼的猜度和窥视、对自己的省察和反思，构成了私密化叙事空间。而且，故事的传达是一个讲述和记录的过程，讲者面对听者、听者转述讲者的声音，这就构成了一个对话的叙事。这种对话的形式和话语具有很强的个人性，讲述人的"个人性"，并不能替代作者的意图。"老人家，我拿它怎么办呢"就说明了作者与叙述人之间的文化偏离。讲述人的讲述不仅在叙事人称、透视关系上属于"个体"的，在文化地位和道德立场上也具有突出的"个人性"特色。这个百岁老人无论是感叹"苍河绕来绕去，流到我头上去了"，或是严肃地告诉你，"如果有人叫你亲爹，你不要当回事"，还是"历史是什么？历史是个妓女"的戏谑，我们都无法把其作为一个真理或一种道德的判断，作者也不必为这样的判断负责。这就为私密化叙事提供了一个真正的创造性空间，个人叙事的人的自然性和社会文化的个体特征被充分展现出来，蕴涵了文化的多元化可能，叙述由此而变得更加个人化的"真"和"善"，"风格的意义被凸出来"。

这种讲述与叙述的复式同步，也为作品叙事的多样化，为主人公意识、视野和声音，开辟了一个展现的空间。由于对话的口语化，整个讲述过程充满了讲述者的情绪和爱憎，调笑谩骂、自嘲讥讽，使神圣与粗俗、崇高与卑下、聪颖与愚蠢融为一体，使老与少、官与民、父与子等原本森严的等级界限被打破；庄严与诙谐合而为一，恶毒的谩骂与善良的行为杂合在一起。这种民间意义的、自然的对话性口语叙事的背后，是对传统认识的消解和颠覆，是如何看待世界、如何对待历史的观念的重建。

其次，叙事视角的变化显示了对审美主体性的强调。《家》中的明确而强烈的叙事主体意识，使读者被作者爱憎分明的情感所感染，读者跟叙述人一起，鞭挞封建的腐朽，接受新思想，追求平等和自由。但是，叙述对象在审美中处于被动的地位，造成叙述人主体意识的自觉和强化所带来的对象的客体化。在文学审美中，叙事对象主体地位的缺失，直接影响到文学意义的实现。相反，《苍河白日梦》中"我"的叙述特征，仅仅在说"我"的一段经历，"我"并没有用观念化、本质化的语言去告诫、把握和强化叙述对象，强调没有一种视野是不受限制的，个人视野就是以暴露个人的差异与局限来打破关于全知全能提供永恒真理的全民视野的神话。这样，读者在主动感知文本中人物的逻辑和透视关系时，读者的主体性地位和审美的主动性得到了尊重。更重要的，是人的感官、心理和精神在文学文本中得到加强，读者随同那个百岁老人一起，唤发自己的本能和欲望，对人的心灵和肉体进行非理性的追寻和呼唤。此外，《苍河白日梦》的第一人称叙事是自我意识、主体意识的展露和抗争外化为文本的叙事意识的体现，是具有人本主义的社会思潮在美学上的反映。相对于凝固的文化价值形态及单一而僵硬的文化价值理念，这个百岁老人"我"的无所顾忌、肆意通达而又刻满沧桑的叙说，不仅增添了文本的言说色彩，丰富了审美层次，更在表明一种"自我"意识的觉醒，表明"自我"意识的独立性以及对传统主流意识的分离和抗击。很显然，与《家》中的叙述者相比，老人"我"在身份地位、价值认同和意识指向等方面相距甚远，他的言说在主流意识体系中很难表现出来，而恰巧是这个作为奴仆的边缘老人，却娓娓地诉说着他自己的"历史"。这不能不说是现代对传统文化深沉、高尚、理想的叛逆和嘲讽，是"自我"价值的彰显，有着比较突出的自我心理和精神的意义。叙述是认识的体现，在文本所有叙事中的价值认识、道德规范、伦理关系和历史观念，都是属于"我"个人的。文本中诸如"历史是个什么"的判断绝不是真理和道德的理性判断，而只能是这个人自己的判断，在这个人的精神世界里，这种判断是真实的，所以个人化的叙事具有一定的意识形态意义和文化性质。

总之，《家》的全知叙事和《苍河白日梦》的个人叙事，不仅仅是叙述方式的变化和叙事技巧的调整，也不单是为了叙事审美的需要，而是反映出一种主体意识形态特征的变迁在文学表现的真实性方面，传统意义的真实性强调外部世界精确、详细地描绘和展示，而在现代主体论哲学认识中，更加强调主体的真实性——人类心灵世界的丰富性与复杂性，人的主观认识、人的主体真实性和人的心灵感受，成为最为真实可靠的叙事对象和内容。从巴金的《家》到刘恒的《苍河白日梦》，中间悬隔着半个世纪以上的时间跨度，社会的每一个层面都发生了巨大的变化。文学是时代的晴雨表，是思想、灵魂变迁的记录。产生于不同时代的两个文本，其在叙事层面上明显的差异，表征着各自时代的政治与文化思潮的脉动。通过二者叙事姿态的变化，我们看到了时代背后所隐附的思想、文化、审美观念的历史变迁。

参考文献：

[1]巴金.随想录[M].北京：人民文学出版社，1980.

[2]巴金.写作生活的回顾[M].天津：百花文艺出版社，1984.

[3]孙先科.颂祷与自诉——新时期小说的叙述特征与文化意识[M].上海：上海文艺

出版社，1997.

[4]罗钢.叙事学导论[M].昆明：云南人民出版社，1994.

[5]李永中.刘恒小说的叙事模式初探[J].江汉论坛，2003（5）.

[6]彭文忠.论传统现实主义小说创作的二元对立叙事模式[J].邵阳学院学报，2002（4）.

[7]陈霞.论刘恒新历史小说的"个人化视野"[J].湖北广播电视大学学报，2010（8）.

原载《吉首大学学报》（社会科学版）2011年第2期

《窝头会馆》：新主旋律叙事

花曼娟

2010年《人民文学》的第一期头版刊登了作家刘恒的话剧处女作《窝头会馆》。在影视剧编剧方面，刘恒取得了很高的成就，如《张思德》《云水谣》《集结号》等都是深受大众喜爱的作品，此次在话剧上的尝试也获得了很高的评价，被拿来和老舍的《茶馆》作比较。《窝头会馆》是应国庆60周年创作的，是一部主旋律的作品，本应该是歌功颂德的内容，但作者已不满于此，试图在"琐碎的描绘中"，"对主题的探索能悄悄抵达观众的心"①。莫言曾玩笑地说："人艺的殿堂一直供着两个偶像，老舍和曹禺，现在可以加供刘恒了。"虽是玩笑，但还是可以从中体会到《窝头会馆》的成功。

老北京的"底层"

《窝头会馆》的故事是以解放战争胜利前夕老北京城南的一个"窝头会馆"为背景，以生活在其中的社会底层平民的生存状态为主要描摹对象，借他们的悲欢离合、希望与绝望来把握那个特殊时期社会洪流的脉搏。虽是一

① 天蓝、刘恒：《〈窝头会馆〉的主题就一个"钱"字》，《新京报》2009年8月12日。

个会馆，但故事与会馆无关，还是一个大杂院，写的还是小市民。主人公苑国钟绰号"苑大头"是"窝头会馆"的主人，他靠收房租、酿私酒、卖咸菜度日，偶尔也卖茉莉花，除了房租都是不靠谱的买卖，私酒卖不动，咸菜有人尝没人买，反正都指望不上，就是他的经济命脉——房租，由于物价飞涨、租客拖欠等原因，也不是我们想象的可靠。经济的不景气还要给儿子苑江森治"童子痨"，再加上保长肖启山的盘剥，使得苑国钟陷入了人生的困境。大杂院里还住着两家租户：厨子王立本、媳妇田翠兰及女儿、女婿一家；正骨医师周玉浦、太太金穆蓉和女儿周子萍；另外还有一个白住的古月宗老人，是会馆的前主人。厨子一家靠着卖炒肝等小吃食维持生计，遇到吃白食的伤兵不仅不给钱还要挨打。底层的生活是艰辛的，同时剧中的厨子的养老女婿关福斗的师傅，什么党派都不愿参加，他自己也是，只管干活，"反正我什么党都不入"，这样的底层也是现实的。

这直接延续了老舍的草根平民一派。老舍笔下的底层，如祥子、小福子、月芽儿母女等，这些人物的命运的悲惨与无奈，我们在《窝头会馆》中读到如田翠兰、苑国钟等的命运亦可有相同的感受。田翠兰泼辣爽利，刀子嘴豆腐心，为生活所迫曾沦为暗门子，但她依然以自己的泼辣与干练维护家人的安全，同情他人。金穆蓉是前清的格格，为人尖刻，整天和人治气，看谁都不顺眼，这个人物虽不可爱，但她亦为生活而挣扎。她和田翠兰见面就吵，但到最后生死关头（田翠兰的女儿王秀芸早产）俩人又携起手来共渡难关，底层的善与义给苦难的生活带来了生的希望。作者在琐碎的描绘中完成老北京底层人物的生存状态图。

作者从今天的视角去重新把握这段历史，去掉了革命时代的"激情"①，少了虚假的感觉，多了一份真实。这不仅是对过去激情时代的反思，也对当下的"底层文学"有所启发。近几年热起来的"底层文学"往往陷入了二元对立的窘境，这种叙述模式还是笼罩在"激情"的阴霾下。

---

① 曹文轩：《二十世纪末中国文学现象研究》，作家出版社2003年版。

"激情"淡出后的温情

《窝头会馆》的时代是新中国成立的前夕，再加上特殊的写作目的，很容易使人联想到十七年文学，被政治高度捆绑的文学，文学中没有独立的个人，有的只是政治编码，在这里所发生的事件，一律都是政治事件或带了政治色彩的事件。人与人之间的对话，几乎只剩下政治对话，而将血肉饱满的、富有人性与生活情趣的对话完全排除了。这些政治对话是公式化的，教条化的，由此而显得俗气了，在我们今天看来，这些固定的政治话语就像背书一样，很难想象那个年代的人除了政治就没有生活了吗？政治毕竟不是生活的全部，十七年文学带给我们的是更多的遗憾，然而刘恒没有这么做。在这部话剧中，随着"激情"的淡出，不再是从简单的阶级性来定义人，在一定程度上把人还原为人来写，作者的叙述投入了温情的怀抱。剧中的主人公苑国钟对儿子的无微不至的爱已经到了毫无原则的地步，田翠兰说"满世界就没您这么惯儿子的"，这种父爱是包容一切，无怨无悔的，不求回报。田翠兰和苑国钟有私情，这在世俗的眼光中是不道德不光彩的，但在作者的描写中，通过几个细节：田翠兰对苑国钟父子真诚的关怀，苑国钟对田翠兰卑微过去的理解和人格的肯定，使得这种感情超越了一般的情欲，披上了温情的面纱，点燃了苦难中底层人物的生活希望。本来矛盾重重的田翠兰和金穆蓉在生死关头抛开所有矛盾，共进退，人间还是好人多。苑江淼和周子萍这两个人物是革命者，是激情人物，作者写来也是作了淡化处理，补充了私人生活的细节，从激情的虚假走向了温情的真实。

经典的老北京味儿

刘恒在谈到这部话剧时表示他最自信的就是剧中的对话。刘恒从小生长在北京南城，对老北京话颇有研究，剧中的人物对话体现了经典的老北京味儿，可媲美老舍的《茶馆》。语言自然流畅、饱满，杂陈着老北京的味道，可以说对话是此剧最大的亮点之一。时隔60多年，重新书写这段历史，人物的语言能让人感受到扑面而来的生活气息，从某种程度上再现与还原了生活的真实状态，这与作者在语言上下的功夫是分不开的。对此，莫言有不同看法："说实话，我前半截都没有听懂，因为我从心里抵制北京胡同里的这种语言。而且，我同意去掉剧中的脏话，没必要把这种语言拿到舞台上来。"这也许是在阅读剧本和观看舞台表演方面的差异，文本给各种极端化的表现留有想象的空间，而影视剧则是感官的刺激，有视听的冲击，在艺术上追求一种直观的效果，这种差异也许可以理解为剧本与舞台表演对语言要求的不同。在语言上刘恒是往狠里写的，他在自己的影视剧作《贫嘴张大民的幸福生活》的创作中，有人指责张大民太"贫"了，但刘恒认为只有往狠里写，才能表现出人物的邪乎劲儿，这种狠写，往往也会带来漫画式的效果。

打动人心的主旋律

提到主旋律，我们的印象中总是那些宏大的叙事、革命话语、高大全的人、假大空情节、枯燥的说教等等，让人找不到可爱的地方，怎么看怎么造作，以至于主流意识形态被冷淡，遭到边缘化。在1993—1995年间，关于"人文精神"的"失落"问题的讨论，虽然没有什么定论，但这起现象本身也暗示了20世纪末到本世纪初，社会的转型在精神文化领域引起的震荡"宏大叙事"被质疑、消解，留下的却是混乱的"后革命时代"[①]，他们转战在"日常生活"的琐碎中，经过了20多年的挣扎，发现单薄的原子化的个人就像一盘散沙，不知道心中的一股劲往哪儿使，回头再看看几十年前的人们，不禁又羡慕起他们那个有信仰的年代，因信仰而坚定的个人是永远动人的。随着物质生活的不断充裕，大众发现对物质的追求是无尽的，日常生活的压力随之越积越大，这时"信仰"又成了拯救陷入物质泥沼的灵魂的救命稻草。

近些年，一些主旋律的影视剧创作正在发生着改变。比如刘恒的《张思德》《云水谣》《集结号》等，另外还有一批深受大众喜爱的电视剧如《士兵

---

① 邵燕君：《新世纪文学脉象》，安徽教育出版社2011年版。

突击》《亮剑》《激情燃烧的岁月》《潜伏》等，这些剧中的人物不再是高大全的形象，也不再空洞说教，而是把英雄还原为人，这种转变是成功的。《窝头会馆》是国庆60周年献礼之作，特殊的历史背景，经典的老北京话，使它成为不可否认的主旋律作品。主旋律一直是"十七年"以来反映官方意识形态的文学主流。从"十七年"的《青春之歌》《创业史》开始形成的文学精神，在上文中提到的"激情"叙述，对新中国、新政权、新生活的热情讴歌以及对"万恶的旧社会"的揭露与批判，这种文学已被认为是对社会官方意识形态的宣传。"如果这个作家，在深入体察这个地方和社会时，对一切早已有公式化的见解，这个时候，真实感不外是宣传八股的别称而已。"①如果刘恒这时仍然按照传统的主旋律模式来写《窝头会馆》肯定讨不了好。《窝头会馆》如此叫卖（一上映票房就达一千多万），正是作者在主旋律上的新变。剧中没有一个是高大全的英雄，就连代表革命力量的苑江森也只是一个先天不足身体孱弱的人，他救不了人，反而因为印发传单而害了人，与传统的革命者形象是有区别的。而其他人物都是性格丰富的小人物，不再是好人与坏人的二元对立。《窝头会馆》里的这群底层贫民，也不是最具革命色彩的无产阶级，他们只关心自己的"一亩三分地"，不关心政治，这是最大的转变。作者是通过对超越时代的人性的描摹，来完成对当时的历史变迁的书写。王干说："即使六十周年庆过后，这依然是一个好戏。这不是一个主旋律，而是一个大旋律。进步的力量要取代落后的力量，光明要取代黑暗。窝头会馆雕画出落后和黑暗当中的人的灵魂来，带着同情、哀伤和一丝调侃揭露了这些灵魂，揭露不是批判。"正是王干要区别以往主旋律，"大旋律"是新的主旋律，"大"是因为被大众认可。

莫言认为剧中苑江森、周子萍"是一潭污泥中的两朵莲花"，"这在一个王朝即将死去的时候，是真实的，美好的"。这两个人物正是因信仰而生辉的。刘恒在创作《张思德》时说："在苦难的人间，善的光辉是普遍存在的。"这种坚持在心灵空间荒芜已久的现代人生活中显得尤为珍贵，是主旋律

---

① 夏志清：《中国现代小说史》，复旦大学出版社2005年版。

试图集结力量重新观照"人文精神"。知识分子推崇的是如鲁迅一般的"真的知识阶级","独立于党派外，体制外的批判知识分子"[①]，"对社会永不会满意"，把人的最终解放作为终极追求，这样的知识阶级也被喻为中国的"脊梁"。那么这些力图通过新的主旋律打动大众，重提信仰的知识分子是有责任心并乐于在现实中探索新路的埋头苦干者。

原载《贵阳学院学报》（社会科学版）2012 年第 4 期

---

① 钱理群：《陈映真和"鲁迅左翼"传统》，《现代中文学刊》2010年第1期。

刘恒新历史小说中的个人化视野

彭在钦　杨石峰

　　视野（Horizon）是指从一个特殊有利的角度把一切尽收眼底的视觉范围。看风景，观地貌，论作战，我们都注重视野；对于历史，我们也会选择特定的角度来观照与叙述。刘恒是一个不断把叙事视野定位于个人独到视角的作家，他力图实现"从民族寓言到家族寓言，从宏观到微观，从显性政治学到潜在存在论"[①]的位移，从《狗日的粮食》《伏羲伏羲》到《苍河白日梦》《逍遥颂》等无不显示出刘恒个人化视野选择对历史的别一样认识，个人化视野选择使作品人物从旧历史小说的抽象观念主体成为有具体人性的主体，带来了历史的个体言说与当下言说性特点，个人化视野是承认有缺陷、有差异、有局限性的视野，是一种民间看取世界与承纳历史的认知方式。同时也意味着历史认识的片段性与历史的不确定性观念的认同。

一、个人化视野下主体的人性发现

　　在传统历史主义小说中，主人公多是阶级、社会地位之代言人，人物类

---

①　　王岳川：《重写文学史与新历史精神》，《当代作家评论》1996年第6期。

型化、观念化、大写化、英雄化，全民视野或王者视野给了他们太多社会、阶级的桎梏。但新历史主义作家却青睐于小写的人，充满欲望、鲜活生动的芸芸众生赋予了历史千姿与百态，对于他们的描述也相应地众说纷纭，历史一下子显得复杂多义了，格林布拉特说，"我不会在这种混杂多义性面前后退，他们是全新研究方法的代价，甚至是其优点所在。我已经试图修正意义不定和缺乏完整之病，其方法是不断返回个人经验和特殊情境中去，回到当时的男女每天都要面对的物质必需和社会压力上去，并落实到一部分享有共鸣性的文本上"①。这种共鸣性文本，在刘恒看来，可以建立在个人化视野对历史主体存在的关注上。通过个人化审视，触及到人性的深处。虽然与传统历史小说一样拥有对历史主体的塑造，但在刘恒个人化视野中，历史的主体不再是全民视野下高大全式的英雄人物，不再是阶级斗争的样板型的演义者，不再是一种"主题先行式"的臆造观念人物，而是一些活生生的有着卑琐欲望与浑噩人生的生命主体，《狗日的粮食》中的杨天宽，在食与性的对垒中备受煎熬，中国有古话云：食色，性也。但杨天宽却体验着这两种人性根源的不可调和的矛盾，食的失去（花费二百斤谷子）换来性的满足（买个老婆），能处于心满意足的状态吗？"值也不值？他思来想去，觉得还是值，总归是有了老婆。"杨天宽的小九九并不如意，性的满足背后接踵而来是食的困扰（"两谷夹四豆"的孩子带来口粮的紧张），在食与性，性与食的双重挤压下，主体已经丧失了原有的完整性，杨天宽恼怒于老婆瘿袋遗失粮证而变得残暴异常，瘿袋也因自己的过失而彻底精神崩溃，这时的主体已经彻底臣服于食之下，这是刘恒对作为主体的人的脆弱面的直视，这种脆弱面也是"人性"题中应有之义。虽是残忍，但却呈现出人——作为血肉之躯的真实性，也就有理由相信，这种对人的观照更能贴近历史的真实。在《伏羲伏羲》中，刘恒把笔触指向了性与乱伦，在《力气》中，展示了作为人的基本生存所需与满足所需的条件，在《杀》《龙戏》《连环套》中，充满欲望的主体也多为欲望所钳制，这些状态就是刘恒笔下主体的真实生存境况。对于主体人性欲望的发现，得益于作者独特的个人化视

---

① Stephen Greenblatt:*Renaissance Self-Fashioning*,University of Chicago Press,1980.

野，回顾20世纪中国当代文学中对于作为生命主体的人的叙述，无论是十七年的颂歌式描述，还是八十年代初的伤痕与反思潮流，都把主体作为了政治或社会的代言人，是政治主体在战争中高歌猛进，是社会主体在狂热后舔伤与反思，但却遗失了对作为真正主体的人的终极关怀。而刘恒新历史主义小说中对个人化视野的发掘，成功了完成了从显性政治学到隐性存在论的转变，剥离了个人对政治的盲目附庸，而凸显了个人对主体存在的本真感受，也体现了他对历史的一种独特的认识与观照。

二、个人化视野下的个体言说

在新历史主义作品中，"作家毫不在乎地暴露'我'的存在和'我'的主观见解的渗入，甚至常用'我想''我猜测''我以为'等轻佻的口吻陈述历史，填充各种空白之处，裁断模糊的疑点"①。这种对历史的言说方式，直言不讳地宣称其所讲的历史，是个人认识到的历史，个人视野下的历史，其历史有别于一元"正史"。对政治风云变化的年代所进行的描述，避开了民族存亡与革命运动的大规模全景式描写，而多写心史、情史、野史、稗史，他们"善于将'大历史'（History）化为'小历史'（history）"。"将视野投入到一些'通史家'所不屑或难以发现的小问题、细部问题和见怪不惊的问题上，而成为一个'专史家'"②。把单数的大写历史转变成复数小写历史，历史也就呈现出各种不同的画面。在刘恒的长篇小说《苍河白日梦》和《逍遥颂》中，作者或是叙述者便用一种独特的个人化视野，将一段历史进行了完全不同的阐述。《苍河白日梦》中，刘恒在他笔下的"耳朵"的个人视野中把 个革命的故事改写成为了一个被压抑的性欲望的故事。曹家二少爷曹光汉留洋回家，赈济灾民，办火柴厂，受革命者影响试做炸药，最后被清政府处以绞刑。在别人（曹老爷、曹老太太、大路、革命者郑玉松）眼里，试做炸药，被捕，被处以

---

① 　南帆：《文学的维度》，上海三联书店1998版，第244页。

② 　朱立元主编：《当代西方文艺理论》，华东师范大学出版社1997年版，第406页。

绞刑都是革命者的英雄壮举，但刘恒却通过作品主人公之一的"耳朵"的个人化视野将这些革命壮举彻底地解构了。"耳朵"作为曹老爷安排在自家的密探与奴才，正如他自己所说，"我的人生阅历是我的财富，他们的一部分是靠爬房顶积累起来的"，"我只配爬房顶，拿眼睛看。只配蹲在老福居的茶馆里喝茶，拿耳朵听。现在呢，拿嘴说"。坐茶馆，特别是爬房顶给了他一个审视曹家各个成员的极好的视域，整个故事也在"耳朵"的观察与叙述中写成。"一踏上屋顶，我觉得我是这里的主人了。"确实没有讲错，那一刻的"耳朵"不仅已经是曹家的主人，俨然也成为了历史的主人。趴在房顶上，掀开瓦楞，历史也被撕开一道口子，露出了异样的一面，"革命家"曹二少爷只不过是一个性虐狂，一个心理极度变态者，他在新婚前夜用绳子勒自己，求少奶奶用鞭子抽打自己，他对自己的否定更是触目惊心：

> 我是个废物，什么事也做不成，我生来是给人预备着毁掉的玩意儿，摆在世上丢人现眼，做什么用？我想做的事情一件件有多少，哪一件做成了？我算什么东西？要在世上受这个苦？我为旁人操心，是操心了和我一样的废物，长着人脸人牙，全是两条腿的畜生！你让我怎么办？畜生横行的世上哪儿来的公平，要公平有什么用？没用的东西何必让它搁在世上，我要弄碎了它！我是天下第一个没用的东西，我拿我怎么办？我怎么就不能让自己烧起来！怎么就不能把自己搞成碎片儿，炸飞了它！

二少爷的这段自言自语无疑是对自己"革命"举动的最好注解，这一幕也正好是"耳朵"一人私下偷窥的所见所闻，二少爷的一系列"革命壮举"只不过是要想方设法来毁掉自己而丝毫没有革命的信念，从这种意义上说，刘恒已经通过"耳朵"的个人化视野将本为世人所谨敬的革命斗争解构为一个性变态者的自我折磨与发泄，轰轰烈烈的辛亥革命历史在个人的视野中就有了另一番景象，"所谓'历史本体'"，"只是每个活生生的人（个体）的日常生活本身。但这活生生的个体的人总是出生、生活、生存在一定的时空条件的群体之中，总是'活在世上''与他人同在'"①。有多少个体存在，就有多少个人化的视野，而这些个人化视野中的历史，当然也呈现出色彩各异的景观。"耳朵"眼下的辛亥革命就是这样与少爷的性变态契合着。刘恒新历史小说中对于辛亥革命的描述（《苍河白日梦》），对于"文化大革命"的讲述（《逍遥颂》），都避开了大写的作为教科书的"讲坛历史"和作为学术探究的"论坛历史"，无论是《苍》中把革命写成一个白日梦还是《逍》中把"文革"写成几个少年的钩心斗角、猥亵乱搞，刘恒的新历史小说都告诉了我们个人化视野下历史的复数小写化（histories），历史只不过一段延伸的文本，文本作者是诸个体，历史是诸个体的"诸表述"（representations）。

三、个人化视野下的当下讲述

刘恒用个人化视野来观照历史也带有当下性的特点。在传统历史主义者看来，历史是一个透明确定的实体，我们的目的就是穿过时间去触摸这一实体，这种对历史的看法建立在语言的透明性确定性以及逻各斯中心主义的假定性上；相反，在新历史主义者看来，"历史本来面"已经难以寻觅，一方面，对于历史的认识不可避免带有当下接受主体的各种语境的影响；另一方面，以前的历史文本也只是对历史的一种阐述，而通过这些历史文本对历史加以认识，只可能是对历史的"阐释的阐释"，而且是一种当下语境下的再阐释。格林布拉特认为，新历史主义者的任务是"尽可能找回文学文本最初创作与消费时的历史境遇，并分析这些境遇与我们现在境遇之间的关系"。在对历史进行理解时，"是不可能遗忘自己所处的历史环境的"②。这种新的历史观打通了过去、现在和未来，连接起"话语讲述的年代"和"讲述话语的年代"。在《苍河白日梦》中，一开头，叙述者便道明"说起来话长了，我从头给你讲，人都是怪东西，眼皮子前边事记不住，脚后跟跺烂的事倒一件也忘不了"。叙

---

① 李泽厚：《历史本体论》，生活·读书·新知三联书店2002年版，第13页。

② Stephen Greenblatt:*Shakespearean Negotiations*,University of California Press,1988.

述者"耳朵"表明自己所要讲述的历史年代已经久远，但整个叙述又被历史的聆听者用当下的年代进行了记录，小说分为两部，分别录于一九九二年三月和一九九二年三月至四月，每一部又详细地按日期以"某月某日录"的形式分为若十小节。这样的小说结构安排不无深意，频繁的当下时间出现在作品中，让读者在讲述者娓娓道来的历史漫步时又时时不忘这段历史只是一位老者自己当下的讲述，历史已经不是"非讲述、非再现"的历史真实，而恰恰只能是讲述与再现。刘恒似乎觉得当下的时间编码仍然不足以让读者意识到"耳朵"个人讲史的当下性，在讲述历史时，他又不厌其烦地插入了年事已高的百岁"耳朵"在敬老院里对孩子喋喋不休的"闲话"——"咱们下回再讲""这是近代史""孩子，记住我的话""孩子，你不聪明"等等，根据笔者的统计，在章节的结尾处，刘恒总共就用了不下十个"孩子"这个词，把读者拉回到听老人讲故事的场景，把历史置于当下讲述与个人讲述的语境中。更甚的是，在当下的语境下，插入老者"耳朵"对敬老院生活的叙述，聆听者便在过去·当下的时间隧道中穿梭，历史与当下也在"交流"中互相形成。在《逍遥颂》中，虽然没有在文本叙述中将读者一次次从"文革"历史中拉曳出来，但作者仍给了我们体会历史个人叙述当下性特点的蛛丝马迹，在《逍遥颂·跋》中，作者感叹道："钻出那孔垃圾道于今已超越二十年。岁月荡尽这段间隙，漆黑无助的感觉仍在。何止感觉，有时竟暗知自己仍在一眼无尽头的洞里跋涉，身心几近糟朽和颓败。"[1]这段历史已经逝去二十多年，如今剩下的是一种感觉，这种感觉不仅是关于过去的，更是关于当下的，《逍遥颂》中写历史，不仅是写对过去的一种感觉，更是写当下的一种个人心境。"在这一切奉献都被接受或不接受的情况下，我把他献给或塞给我自己。我把他永久地扔给我本人了。"[2]这样直白的自我安慰，是不是作品内容出于个人化视野原因的一个反证呢？蒙特鲁斯说，"我们的分析和理解，必然是以我们自己特定的历史、社会和学术

① 刘恒：《黑的雪》，《刘恒自选集·中短篇小说卷》（第1卷），作家出版社1993年版，第479页。

② 刘恒：《黑的雪》，《刘恒自选集·中短篇小说卷》（第1卷），作家出版社1993年版，第481页。

现状为出发点；我们所重构的历史（histories），都是我们这些作为历史的人的批评家所作的文本建构"[1]。这样，刘恒小说个人化视野下所体现的叙述的当下性，就不难理解了。

四、个人化视野下的历史片段性和不确定性

传统历史主义小说采用全民视野所要达到的是对历史宏观、整体、全面的把握，过去评价史诗性作品的最高褒奖莫过于赞誉其为所描述社会的一部大百科全书，人们通过阅读历史小说，了解当时社会的风土人情、主要人事等，在科学求真与自由解放理性的指导下，传统历史小说作家竭尽全力地采用全民视野对社会进行多角度的观照，描述社会的方方面面。但新历史主义小说家却用自己独特的个人化视野来窥视历史的只鳞片爪，"对意识历史中的'裂缝''非连续性'和'断裂性'感兴趣，对意识历史中的多种时代之间的差异，而不是类同感兴趣。"[2]当然，采用个人化视野，企求对历史的整体性认识也是做不到的，在刘恒的《苍河白日梦》中，"耳朵"只看得见自己感兴趣的，和要他去看的那些，他看到了曹二少爷的变态举动，看到了二少奶奶与洋人的偷情，看到了曹老爷变态的求生措施等等，看到了一个"淫"字，唯独没有看见的辛亥革命的腥风血雨。在百年的历史长河中，"耳朵"也只不过选取了短短十年来作为对历史的讲述。或截取时间上的一段，或聚焦空间上的一斑，这是刘恒个人化视野选取视角的方法。在《逍遥颂》中，作者把历史场景定位在了一栋废弃的教学楼，几个少不更事的青年赤卫军身上，而"文革"武斗文斗的壮烈场景几乎没有。历史就如同一株枝繁叶茂的参天大树，个人化视野下，刘恒只是拾取了其中的一枚叶片，一叶障目的尴尬势必存在，对历史进行巴赫金式的"狂欢节"式个人化叙述，带来了历史的不确定性，对此，以色列评论家里蒙-凯南认为，个人化视野往往具有不可靠性，"不可靠的根源

341

刘恒

研究资料

---

① 蒙特鲁斯：《诗学和文化政治》，转引自H.A.威瑟：《新历史主义》，纽约1989年，第23页。

② 张京媛主编：《新历史主义与文学批评》，北京大学出版社1993年版，第113页。

是叙述者的知识有限，他亲身卷入了事件以及他的价值体系有问题"①。这三条"耳朵"都具备：其一，作品设置的"耳朵"是一个没念过书的16岁的"仆人"，没有知识、没有文化。其二，他作为当事人，卷入事件之中，并一直不知天高地厚地暗恋着二少奶奶郑玉楠。其三，"耳朵"沉迷于一个"淫"字，成天做着意淫的白日梦，他在公共准则、公序良俗、道德标准、价值体系等方面都有问题。比如认为他是单身汉，可以不受约束甚至可以胡来，认为结了婚的人才要讲道德等等。可以说，少年"耳朵"少不更事而老年"耳朵"又老来糊涂，一切都具有不可靠性或不确定性。小说家刘恒恐怕也同样面临着瘿袋、天宽、天青（《狗日的粮食》《伏羲伏羲》），以及诸司令、部长们（《逍遥颂》）的生存、生活困惑。对历史的个人化书写带来众语说史的自由开放局面，带来了新的历史观，但一味执各家之言，也有滑入历史相对主义泥淖的危险。

质而言之，20世纪80年代后期，在西方特别是英美新历史主义批评理论的影响下，一批中国当代先锋作家摈弃传统历史观念，用一种全新的历史观审视历史。刘恒作为其中的最有代表性的一员，用自己独特的个人化视野观照历史，对历史进行别样叙述。个人化视野的选择，虽然有滑入历史相对主义的可能，但作为一个严肃创作态度的作家，刘恒把好了叙说与戏谑的准绳，他的新历史小说，为我们更好地认识历史提供了参照。

原载《小说评论》2013年第6期

---

① 里蒙-凯南：《叙事虚构作品》，姚锦清等译，生活·读书·新知三联书店1989年版，第181页。

析《虚证》的双重叙事

王　静

　　刘恒的《虚证》讲述一个已过而立之年的单身男子与人和善却又性格软弱，常常陷于自责的泥潭，童年喜欢的舞蹈、青年钟爱的绘画以及临死前热衷的诗歌，都没有能够如愿取得成就；有着独身的信念，又沦于出于道义与同情的不清不楚的爱情，面部手术的失败更加重了这个一贯被人认为漂亮男子的自卑，最终在一个"五一节"的午夜沉水自尽。故事由死者生前在专修班的一个同学讲述，他与死者是相识不足一年的朋友，两人并无相见恨晚之感，谈不上深交。他无法理解这个常把"死"挂在嘴边，善良而又自卑的朋友竟真的选择了自杀，便多方搜集材料，力图弄清朋友自杀的真相。

　　《虚证》所采用的是一种同故事叙述，即"叙述者与人物存在于同一个层面的叙述"。叙述者"我"与主人公在生活中有交集，对主人公有所了解，叙述者既在故事之中又在事件之外。这样的身份赋予叙述者以很大的自由，对于不同事件、场合保有绝对的发言权，可以全知、不知、详知或知之不多，在文本中体现为多叙或少叙。叙述者的多叙或少叙的自由并不意味着隐含作者的淡化或退出，相反，恰是隐含作者深度介入的方式，体现着隐含作者的价值观。

　　在《虚证》中我们总是能看到一些熟悉的影子，冷漠的旁观者几乎随处可见，叙述者"我"对旁观者持有强烈的批判态度，那么隐含作者又意在何处呢？

一、"我"对旁观者的批判

小说由逻辑学教员的点名写起，专修班的成员都是工作多年为了一纸文凭而重返校园的"苦命人"，可谓社会阅历丰富，然而正是这样一群人在面对这场涉及已逝者的点名时却哄笑不止。郭普云待人和善又乐于助人，但当他离开后，同学们丝毫没有念及同窗之谊，他的自杀只不过增加了他们的笑料和谈资。旁观者毫无对逝者的尊重，反倒多了些许的冷漠与欢愉。"我"起初也在发笑的人之列，听到"自然除名"后便不由得心里一惊止住了笑声，进而意识到"最可怕的是那种没有人带头而又众口一声的'轰轰'的窃笑"。"我"跳出了哄笑的人群，成了众人皆醉中的独醒者，由此可见"我"是不愿与这些旁观者为伍的，不愿做他们的帮凶。"我"的与众不同的表现正是叙述者所埋下的伏笔，"我"与大众的脱离使"我"站在了一个可以审视生者与死者的制高点，在这样的精心安排下，由于正义与良心的驱使或是探秘的心理使读者不自觉地产生了向叙述者的情感偏移。

"我"从众人中跳出去观看他们，此时的读者是站在比叙述者更高的位置，同时关注着"我"与其他人。读者把希望完全寄托在了这个探秘者"我"身上，企图跟着叙述者的脚步找到一个出口，看看我们的主人公到底经历了怎样的惨痛遭遇，但这个叙述者是值得我们深信的亲密伙伴吗？似乎并非如此。读者不自觉的情感转向，只是走向了叙述者所小心翼翼设下的圈套，看似平静的叙述过程，实则存在隐含作者与叙述者声音的重合与分裂。

叙述者对那些闲言碎语的嚼舌根者充满着鄙夷与厌恶，对那位正值不惑之年又"嘴刁嘴碎嘴毒"的老大姐，更是深恶痛绝。在旁观者看来郭普云完全是自寻烦恼，一个"脸俊人好家贵，有官儿当，有学上，能写诗，会画画"的人，整日唉声叹气觉得自己老是不顺，他的郁闷与失落在常人眼中是没有来由的。身边的人，无论亲疏远近都无法理解郭普云的烦闷，不知其为何心忧。在他们眼中，郭普云无疑是在"为赋新词强说愁"。"我"虽然也不理解郭普云的忧愁，但把他当哥们，憎恨那些造谣生事者，甚至诅咒那个嚼舌根的老大姐。这样毫无遮掩的愤懑与情感表达，进一步使叙述者赢得了读者的好感。因为读者显然不愿意把自己当成庸众中的一员，即使不比侦探聪明，没有过人的才华，也不乏善良与正直的美德。

郭普云自杀前写了六封诀别信，在给厂党委办公室的信中提到不要去找他，他已去往一个很干净的地方。苦心搜救的人们把目标锁定在竭力寻找很干净的地方上，从山脚到山顶反反复复全面撒网，甚至去了北戴河，结果却无功而返，人们开始对这世界上究竟有没有一块干净的地方产生怀疑。这是叙述者对旁观者的讽刺，没有结果的繁忙行动终于使他们开始怀疑自身的认知。每个人都在为生活奔走，无暇去顾及去思索生存的环境。他们只是苦于找不到一片干净的地方，徒劳无功的忙碌使他们烦恼，但并没有更深刻的思考，这是对人生于浊世而不自知的隐喻。

郭普云的尸体被一位农民捞上岸时已经肿胀不堪，被鱼类啄食过的五官完全破损，这位生前一向因漂亮面孔被人羡慕的美男子，现在已是令人不忍直视。这一细节描写，不仅在指出自杀者生前死后的强烈反差，更是对旁观者无声而有力的一击。奇丑奇臭的腐尸将旁观者的同情心驱赶得灰飞烟灭，同时又被无数的好奇心笼罩着，"郭普云正处在人生最悲惨的境地，但他周围的同类们似乎更关心事件的戏剧性"。百无聊赖的看客全然用冷漠与厌恶在打量摆在他们面前的尸首，人们面对悲剧偶有的短暂震惊与惊恐过后都在庆幸自己不是受难者了，于是便怀了一种侥幸与窃喜。围观者们抱着一种观赏的态度，在已逝者面前展开无尽想象，彼此窃窃私语互相交流着看法，这一场景的热闹喧哗与追悼会的冷清形成了强烈反讽。追悼会设在废弃的仓库，没有一位亲人出席，只有空荡荡的哀乐，这位生前的孤独者在尘世的最后一段旅程也只有孤独为他送葬。不相干人的强烈好奇心与亲朋的冷漠缺席形成对比，对死者而言，所有的生者都是毫无例外的旁观者。

隐含作者通过叙述者之口将这些旁观者的众生丑态暴露无遗，在这一层面上，二者的价值观相同。意即"叙述者对事实的讲述和评判符合隐含作者的视角和准则"，形成了相对可靠的叙述。《虚证》的深刻之处恰在于隐含作者与叙述者的价值观并不完全相同，两者之间存在分裂。

二、隐含作者对叙述者的远观

　　故事通过"我"的讲述来叙写，探讨郭普云自杀的原因，以期作出解释。这是一场关于生死的拷问，叙述者在追本溯源的同时也在寻找一条自我救赎之路。最终当"我"模仿郭普云的死亡体验失败时，方感到理解他的无力，也失去了对死、死者再玄想的兴趣。历经这一番长久的探索，尾章中与夜半垂钓者畅谈后"我"如释重负，重拾了对生活的巨大热情。看似叙述者已历经凤凰涅槃而浴火重生，实则不然，一步步走向实证的同时，也接近了最真实的"我"，叙事者沦为了一向为他所鄙夷与不屑的旁观者中的一员，被隐含作者推向了批判的对立面。

　　小说从逻辑学教员的点名写起，在与夜半垂钓者谈话后结束。为何以逻辑学课作为叙述的起点？"我"想要追寻的是一种符合逻辑的解释与说明，历经漫长探索，却无法获得一个合逻辑的结果，夜半垂钓者将"我"重又拉回了现实。与"我"在逻辑学教员点名时众人哄笑唯有自己自觉停止的状况相比，重回现实的结局无疑是由一种外力所致而主体又心甘情愿的沉沦。"我"本是一个探寻者，与身边那些只关心自身生活琐事的人是不同的，在对生命、活着与死亡进行思考。向真相逼近的种种努力终落世俗的尘网，妄图改变世人对郭普云的庸俗看法，做一个精神的独立坚守者，却沦入庸常。恰如"我"最初为"狂人"，在呐喊中奔走呼号着探寻真相，希望拨开世人被庸俗尘封的眼睛，却终于成了世俗芸芸中的一员，回归到"我"所在的现实，像"赴某县候补"的狂人一样，"我"也要重新像身边的人一样在"太阳底下忙碌起来"。

　　文本叙事中所出现的细节过剩、视角越界以及信件披露，在增强文本可读性的同时也在对叙述者的可信性进行解构。郭普云死后，"我"因曾经自己对待他的态度而深感自责，包括对他的爱情观、世界观、诗歌创作热情等等的不理解而进行嘲讽。叙述者的自责、内疚以及对传播流言蜚语诋毁者的痛恨之情散布于文本的边边角角，不时跳出来冲击读者的眼球，很容易博得同情与理解，但随着叙述的深入，叙述者的不可信也暴露无遗。

　　第一章主要写郭普云生前最后一天在家中的活动，以对话的形式突出了杀鸡与吃晚饭两个场景的描写。在前者中，叙述者写到细心的郭普云弄破了鸡苦胆后"呻吟了一声"。晚餐场景中，这样的细节描写更多，郭普云清理鱼刺时"脸红扑扑的"，在向妹夫解释红烧鱼的做法时"父亲看了他一眼"，他一共喝了八杯酒"可是谁也没在意"……叙述者犹如置身于郭普云家中的隐形旁观者，所有人的一举一动乃至内心所想都被"我"一览无余。这种过剩的细节描写与视角越界，在逼真再现场景的同时，也暗指出叙述者的不可信。

隐含作者与叙述者的再次较为明显的分离体现在第五章，这一章主要写郭普云与赵昆的爱情。"我"出于对朋友的关心，屡次为郭普云介绍相亲对象，却无一例外地遭到了他的无情拒绝，总是表现出一副对女性对爱情毫不在乎的姿态。在得知他已朝着爱情出发时，"我"是为他感到欣慰的，但在关于郭普云性无能的闲言碎语中，叙述者的心态是很微妙的。一方面，非常厌恶那些中伤郭普云的人；另一方面，思前想后又觉得这谣言并非完全不可信。叙述者对主人公的态度是复杂的，由维护到同情再转向了怀疑，心理距离很显然在慢慢地拉大。在一步步地探究真相的过程中，叙述者的真实自我也逐渐浮出水面，即和冷漠的旁观者一样，在知晓别人隐私的同时获得快感。收到吴炎的一封回信后，再次去信问了很多涉及隐私的问题，也因再没有得到任何回复而感到失落。这一解密的行程终于暗暗成为了叙述者自我剖析的旅程，"我"痛苦的原因在于总也找不到造成郭普云死亡的种种根源，"比起他凄凉的死亡，我更关心的似乎是整个推导的逻辑过程以及它被人接受的程度"。

三、隐含作者的声音

揭开重重面纱，步步逼近死亡真相的实证过程，最终却以"虚证"名之。研究者多认为死者已矣，没有办法去实证，故名之以"虚证"。这一说法在经另一作家兼刘恒朋友的刘庆邦之口后，更是被广为接受，刘庆邦认为故事的原型是他们都认识的一个富有才华的年轻人，大家都为他的自杀深感惋惜，曾言"斯人已去，实证是不可能的。刘恒只能展开想象的翅膀，用虚证的办法自圆其说"。依笔者之见这种说法并不妥帖，作家创作不是为了立案破案，又何谈实证虚证死无对证之说？所以更应把"虚证"这一题名与文本放在一起加以解说，二者形成了一种反讽的效果。况且这样巧妙的结构和布局与其说是在"自圆其说"，倒不如认为是在进行一种思考，一种关于生与死的探寻。叙述者以失败告终的探寻是一场"虚证"，他只是充当了这次解密行动的领路人，这不仅仅是隐含作者对叙述者的否定，更是隐含作者声音的显现，是对于生死存在的哲学思考。

结构上的精心安排在正文的八章中都有所体现，每一章的事件既相互关联又彼此独立，每章都从郭普云生前的事件写起，每章结尾处又都跳出故事缅怀死者，循环往复，层层深入。事件的分散与连缀有序安排之外，值得注意的是文中所出现的议论，从这些议论能够窥见隐含作者的立场。《虚证》中的议论多是一种含蓄的议论，即"在描写的字里行间里潜在地透露出来的隐含作者的看法"。

叙述者竭力将一切不为常人所知的事实挖掘出来，供读者观看、思考，最后才体悟到：知道一些内幕后，以为明白了，细想却只能是更加糊涂。第八章摘录了死者自杀前所写的六封信，在结构和内容上与第一章形成呼应。郭普云在写给吴炎的信中提到他在看川端康成的《雪国》时，想到了三岛由纪夫，这一细节是对第一章内容的延展，他所看重的是三岛由纪夫的自杀，"死得那么辉煌，仍旧摆脱不了对生的绝望的悲哀"。川端康成认为未留遗书的自杀是一种恒久地活的延续，而急欲摆脱活着的郭普云是不屑以川端康成为前驱者的，反其道而行之，断然写了六封诀别信，由此可见，郭普云所要挣脱的亦是"生的绝望的悲哀"。郭普云的文学追求，与已被改变了的时代环境相冲突、抵悟，一味地坚守、固执己见，最终也只能是败下阵来。郭普云以自杀作为一种妥协，但同时又是一种反抗，是对个体自由意志追寻未果而做出的生命献祭。

在叙述者的引导下，读者所看到的是一个善良、真诚、友善、恬静柔和、优柔寡断、敏感而又习惯自责的郭普云，便理所当然地认为他的性格造成了他的悲剧，如此便突显了造成郭普云悲剧的个人因素，淡化了时代环境的影响，也就是说在叙述者的展现下遮蔽了形成郭普云性格的其他重要因素。在郭普云的生命悲剧中，另一重难以忽视的因素是女人。小时候在少年宫学舞蹈时，由于女同学和舞蹈老师的青睐招致男同学的厌恶，自此便小心谨慎地处理与同学的关系，努力得到同性的好感。18岁的郭普云在军艺排演场结识24岁的漂亮女军人，懵懂初恋无疾而终。父亲再婚，他的生活又闯入两位女性，从郭普云的讲述中可以看出与他没有血缘关系的妹妹聪明和任性，与继母关系冷淡，叙述者在郭普云与妹妹之间营造了一种暧昧气氛。最后给郭普云带来致命打击的应是与赵昆恋爱的破产，生理缺陷被公之于众。

如果从隐含作者与叙述者分裂的角度分析，叙述者所遮蔽的恰是隐含作者所看重的。在郭普云的一生中，童年遭际固然对性格的养成起了很大作用，但善于自省而聪明的他，在后来的日子里总能赢得老师和同学的喜爱，转折发生于中学毕业收到录取通知书而无法再继续上学的那一刻。只需将叙述者所有意隐藏的时间稍加整理，就会发现，当16岁的郭普云遇上了1966年之后命运便从此走上了另一条轨迹，正常学业难以继续，生母的奇异缺席（逝世还是离异不得而知），继母与无血缘关系妹妹的闯入，和漂亮女军人的懵懂初恋，几乎发生于同一时期，这一时代坏境对郭普云最终人生悲剧的产生有着难以忽视的影响。

参考文献：

[1]费伦.作为修辞的叙事：技巧、读者、伦理、意识形态[M].陈永国译，北京：北京大学出版社，2002.

[2]当代中国小说名家珍藏版·刘恒卷[M].北京：文化艺术出版社，2001.

[3]刘庆邦.刘恒追求完美，永无止境[N].光明日报，2010-08-13（12）.

[4]布斯.小说修辞学[M].华明，胡晓苏，周宪译，北京：北京大学出版社，1987.

原载《山西师大学报》（社会科学版）2015年第1期

附录：刘恒研究资料索引

1.牛玉秋《刘恒：对人的存在与发展的思索》，《当代作家评论》1988年第5期。

2.程德培《刘恒论——对刘恒小说创作的回顾性阅读》，《当代作家评论》1988年第5期。

3.王斌、赵小鸣《刘恒：一个诡秘的视角》，《文学自由谈》1989年第1期。

4.德万《白色与涡漩——读刘恒的小说〈白涡〉》，《当代文坛》1989年第4期。

5.吴方《且即苍生问鬼神——〈伏羲伏羲〉品题》，《读书》1989年第10期。

6.程国政《伏羲的困惑——我看〈伏羲伏羲〉》，《当代作家评论》1989年第3期。

7.陈炎《国人的生存困境——刘恒小说三题议》，《理论与创作》1989年第4期。

8.余峥《神话重构的现代抉择——漫说〈伏羲伏羲〉》，《文学自由谈》1989年第4期。

9.刘友宾《刘恒小说悖论》，《文学自由谈》1989年第5期。

10.谢欣《论刘恒小说的悲剧意蕴》，《小说评论》1989年第5期。

11.古卤《也来说说"新写实"——兼评刘恒、李锐的部分作品》，《文学自由谈》1989年第6期。

12.晓华、汪政《"分析"的破坏与构成——有关〈虚证〉的阅读对话》，《文学自由谈》1989年第6期。

13.广玉《试论〈伏羲伏羲〉的人生悲剧》，《张掖师专学报》（综合版）1989年第2期。

14.程国政《两个世界两块心——读刘恒近作〈两块心〉》，《当代作家评论》1990年第1期。

15.晓华、汪政《现代寓言作品——〈蝇王〉与〈逍遥颂〉的比较阅读》，《小说评论》1990年第2期。

16.吴方《勘探者与勘探者的故事——刘恒及其小说世界》，《当代作家评论》1990年第3期。

17.李以建《死亡的宿命——刘恒小说创作的策略》，《当代作家评论》1990年第4期。

18.吴澧波《人之境况——刘恒及其小说》，《云梦学刊》1990年第4期。

19.李少勇《〈逍遥颂〉的语义世界》，《小说评论》1991年第1期。

20.亢宁梅《〈白涡〉小说形象周兆路情爱心理分析》，《盐城师专学报》（哲学社会科学版）1992年第3期。

21.袁仁标《重复与抽象：一种背景——三部长篇小说阅读对照》，《赣南师范学院学报》1993年第2期。

22.贺星寒《早已有之的新》，《文学自由谈》1993年第4期。

23.张颐武《最后的寓言——刘恒的〈苍河白日梦〉读解》，《当代作家评论》1993年第5期。

24.孙郁《刘恒和他的文化隐喻》，《当代作家评论》1994年第3期。

25.蒋萍《〈伏羲伏羲〉中比喻的语义表达》，《修辞学习》1995年第2期。

26.柯贵文《论刘恒小说的内在结构》，《阜阳师范学院学报》（社会科学版）1996年第2期。

27.林舟《人生的逼视与抚摸——刘恒访谈录》，《花城》1997年第4期。

28.黄柏刚《"重读""复述"中的超越与重建——徐坤〈如梦如烟〉与刘恒〈白涡〉之比较》，《湖北民族学院学报》（社会科学版）1998年第2期。

29.昌切《无力而必须承受的生存之重——刘恒的启蒙叙述》，《文学评论》1999年第2期。

30.沈梦瀛《刘恒的残酷：透视自然本能》，《雁北师范学院学报》1999年第4期。

31.《刘恒谈写作》，《电影艺术》1999年第6期。

32.马景红《直面生存　探寻超越——刘恒小说解读》，《小说评论》1999年第6期。

33.周吉本《一种中国文学原型的复现——解读刘恒小说〈白涡〉》，《贵州民族学院学报》（社会科学版）1999年第4期。

34.张英《人性的守望者——刘恒访谈录》，《北京文学》2000年第2期。

35.苏郁《刘恒"乱弹"》，《解放日报》2000年7月14日。

36.曾耀农、麻德高《从张大民的幸福观看民族文化的优根性——浅析〈贫嘴张大民的幸福生活〉》，《文山师专学报》2000年第2期。

37.中杰英《和刘恒逗闷子》，《文艺报》2000年10月21日。

38.晓白《刘恒的作品　刘恒的柔情》，《北京文学》2001年第1期。

39.《祝大家幸福——2.11与刘恒通话记录》，《大家》2001年第2期。

40.曾耀农、麻德高《从张大民的幸福观看民族文化的优根性——浅析〈贫嘴张大民的幸福生活〉》，《成都教育学院学报》2001年第2期。

41.曾耀农《论张大民》，《廊坊师范学院学报》2001年第2期。

42.王童《刘恒的时空》，《时代文学》2002年第1期。

43.赵志强、王冬梅《〈贫嘴张大民的幸福生活〉的幽默语言》，《语文学刊》2002年第1期。

44.邓东山《破涕为笑的苦难叙事——评刘恒的小说集〈拳圣〉》，《桂林师范高等专科学校学报》（综合版）2002年第1期。

45.王冬梅《〈贫嘴张大民的幸福生活〉中的食物类比喻》，《语文学刊》2002年第4期。

46.王成《试析刘恒笔下张大民的人物形象》，《中国民航学院学报》2002年第S1期。

47.柴福善《刘恒断想》，《三月风》2003年第1期。

48.刘继林《刘恒：启蒙精神在衍变中迷失》，《湖北大学学报》（哲学社会科学版）2003年第1期。

49.窦芳霞《生存的焦虑与宣泄——〈贫嘴张大民的幸福生活〉管窥》，《济宁师范专科学校学报》2003年第2期。

50.姚国军《刘恒创作论》，天津师范大学2003年毕业论文。

51.李永中《刘恒小说的叙事模式初探》，《江汉论坛》2003年第5期。

52.胡璟、刘恒《把文学当作毕生的事业——刘恒访谈录》，《小说评论》2003年第4期。

53.胡璟《对人生宿命的解剖与探询——刘恒小说的宿命观》，《小说评论》2003年第4期。

54.《刘恒作品目录》，《小说评论》2003年第4期。

55.徐巍《寻找小说与影视的契合点——刘恒小说的电影化想象》，《小说评论》2003年第6期。

56.付艳霞《谁能让小说"害羞"——以〈少年天子（顺治篇）〉为例漫谈小说的影视改编》，《北京社会科学》2004年第1期。

57.黄田子《宿命的"圣战"——从〈伏羲伏羲〉看刘恒的生存意识》，《理论与创作》2004年第2期。

58.薛南《直面惨淡的人生——刘恒解读》，《扬州教育学院学报》2004年第1期。

59.陈中亮《基本生存欲望的极端探询——刘恒小说解读》，东北师范大学2004年毕业论文。

60.白慧彦《无所逃遁的生存困境——试论刘恒小说的宿命意识》，吉林大学2004年毕业论文。

61.郑乃勇《男性作家笔下的"女性思考"——解读刘恒的女性关怀》，

《井冈山师范学院学报》2004年第3期。

62.黄德兰《质朴、可怖、善良、狡诈——评刘恒的〈农民系列〉小说》，《四川理工学院学报》（社会科学版）2004年第2期。

63.姚国军《从"哭丧着脸"到"仰天长笑"——刘恒作品简论》，《湛江海洋大学学报》2004年第5期。

64.王畅《文学是一种宿命——访当代文坛三作家》，《中关村》2004年第11期。

65.邓媛媛《我受难，故我存在——浅谈刘恒小说苦难叙事的意义》，《绥化学院学报》2005年第3期。

66.吉咸乐《刘恒研究述评》，《内蒙古农业大学学报》（社会科学版）2005年第4期。

67.唐韵《负重的追问者——刘恒小说创作论》，《淮阴师范学院学报》（哲学社会科学版）2006年第1期。

68.高鹏程《"仰天长笑"后的辛酸——不变的刘恒风格》，《延边教育学院学报》2006年第2期。

69.蔡信强《生死爱欲——刘恒小说的生命言说》，河南大学2006年毕业论文。

70.郑乃勇、张怡琼《无法逃脱的生存困境——论刘恒小说中的宿命意识》，《井冈山学院学报》2006年第5期。

71.陶春军《生存困境的两种叙写——刘恒与池莉作品比较研究》，《盐城师范学院学报》（人文社会科学版）2006年第3期。

72.吴俊元《论刘恒小说〈白涡〉中的主体人格结构》，《漳州师范学院学报》（哲学社会科学版）2006年第2期。

73.郑乃勇《生存困境的逼视与抚摸——刘恒小说论》，华东师范大学2006年毕业论文。

74.朱丽萍《论刘恒小说的创作流变》，华东师范大学2006年毕业论文。

75.唐宏峰《平民的幸福及其限度——论刘恒的〈贫嘴张大民的幸福生活〉》，《北京社会科学》2006年第5期。

76.杨小波《刘恒小说的时间策略》，《语文学刊》2006年第21期。

77.李昌燕、张静《试论刘恒小说〈伏羲伏羲〉中两代人的"俄狄浦斯情结"》，《现代语文》2006年第12期。

78.杨竞《刘恒：文学需要坚持》，《辽宁日报》2006年12月15日。

79.吉咸乐《金钱欲望主题下的煤窑世界——刘恒煤窑系列小说解读》，《齐齐哈尔大学学报》（哲学社会科学版）2007年第1期。

80.徐步军《从凸现走向遮蔽——刘恒小说中苦难叙事风格的演变》，《语文学刊》2007年第5期。

81.李清霞《生存意志与生命原欲的冲突——刘恒对"食色"的客观叙述》，《兰州交通大学学报》（社会科学版）2007年第2期。

82.邓文婧《刘恒电影文学创作的"三级跳"》，河北师范大学2007年毕业论文。

83.徐安维《刘恒影视改编作品的叙事研究》，浙江大学2007年毕业论文。

84.史册《信徒的朝圣之路——刘恒创作论》，东北师范大学2007年毕业论文。

85.宋宁《刘恒小说的生存意识研究》，延边大学2007年毕业论文。

86.高鹏程《论刘恒小说对现代主义文学的借鉴》，延边大学2007年毕业论文。

87.连小杰《人道主义情怀与刘恒的小说创作》，青岛大学2007年毕业论文。

88.姚国军《论刘恒小说中的悲悯精神》，《山西高等学校社会科学学报》2007年第7期。

89.郑乃勇《生存困境的克服与抚摸——论刘恒九十年代的小说创作》，《电影评介》2007年第19期。

90.张超然《结构创造的价值——重估〈虚证〉的艺术价值和文学史地位》，《文教资料》2007年第34期。

91.郑乃勇《欲望中的生存困境——论刘恒小说的欲望主题》，《电影文

刘恒
研究资料

学》2007年第23期。

92.巨磬《中国乡村逝去的隐喻—读刘恒的〈哀伤自行车〉》，《安徽文学》（下半月刊）2008年第1期。

93.郭大章《质疑人类的生存境遇—关于刘恒小说》，《安徽文学》（下半月刊）2008年第1期。

94.赵长娥《论〈贫嘴张大民的幸福生活〉的"平民"书写》，《重庆科技学院学报》（社会科学版）2008年第3期。

95.郑乃勇《欲望中的生存困境—论刘恒小说的欲望主题》，《名作欣赏》2008年第8期。

96.刘春明《论刘恒"农民系列"小说中"力气"的意蕴》，《绥化学院学报》2008年第2期。

97.汪艳虹、杨宽《谈〈狗日的粮食〉里的"借性写食"》，《知识经济》2008年第4期。

98.马建珠《生存困境中的人性探询—刘恒小说创作论》，江西师范大学2008年毕业论文。

99.顾晓红《论当代小说创作的影视化倾向》，南京师范大学2008年毕业论文。

100.王艳《死亡笼罩下的疯狂—〈苍河白日梦〉中的怕死鬼形象分析》，《作家》2008年第14期。

101.朱丽萍《尘世中的乐观坚守—〈贫嘴张大民的幸福生活〉中张大民形象及其意义》，《萍乡高等专科学校学报》2008年第4期。

102.周斌《刘恒论—以电影剧本创作为例》，《文艺争鸣》2008年第10期。

103.卢海霞《刘恒小说中的农民形象》，首都师范大学2008年毕业论文。

104.卢海霞《刘恒小说中的窑主和雇工形象解读》，《晋城职业技术学院学报》2008年第2期。

105.樊建科《刘恒宿命写作探析》，《时代文学》（下半月刊）2008年第12期。

106.卢海霞《刘恒的农村情结》，《文教资料》2008年第36期。

107.朱丽萍《生存本相的尽情呈现——刘恒"新写实小说"中的生存意识》,《中国市场》2009年第1期。

108.黎安康《无可奈何的选择——刘恒作品中的死亡意象》,《重庆教育学院学报》2009年第1期。

109.赵慧静《粮食的欢乐、辛酸和荒诞——论刘恒的〈狗日的粮食〉》,《安徽文学》(下半月刊)2009年第3期。

110.樊建科《〈虚证〉的主人公自杀原因探析》,《作家》2009年第8期。

111.卫欣玲《刘恒创作论》,陕西师范大学2009年毕业论文。

112.尤俊红《视觉文化语境中刘恒的创作选择》,四川师范大学2009年毕业论文。

113.张东亮《浅析刘恒小说的人道主义关怀》,《安徽文学》(下半月刊)2009年第5期。

114.周思辉《论刘恒小说的空间意识——以〈贫嘴张大民的幸福生活〉〈狗日的粮食〉〈伏羲伏羲〉为例》,《安徽文学》(下半月刊)2009年第6期。

115.李婷《女性力量的式微——〈伏羲伏羲〉试论》,《经营管理者》2009年第14期。

116.温德民《论〈苍河白日梦〉的叙事空间艺术》,《理论与创作》2009年第5期。

117.蔡信强《析刘恒小说中的孤独意识》,《青年文学家》2009年第19期。

118.王海强《"食"与"色"的传奇与反讽——论刘恒小说的人性主题》,《科技信息》2009年第30期。

119.万佳欢《刘恒:每个人都要在困境中承担责任》,《中国新闻周刊》2009年第39期。

120.柯志敏、曾宏伟《浊世苍生的浮梦 人性景深的断残——刘恒小说中的恶魔性因素探析》,《陇东学院学报》2009年第6期。

121.翟业军《波谲云诡的革命颂歌——论刘恒〈逍遥颂〉》,《上海文化》2009年第6期。

122.唐宏峰《谈〈窝头会馆〉与刘恒的创作》,《艺术评论》2010年第1期。

123.顾晶《"平民书写"的转折——论〈贫嘴张大民的幸福生活〉中"小人物"生存智慧》,《安徽文学》(下半月刊)2010年第3期。

124.郑乃勇《论刘恒小说的文化意识》,《小说评论》2010年第2期。

125.郭月华《刘恒笔下的鲁迅语境》,《博览群书》2010年第4期。

126.韩秀丽《论刘恒小说的悲剧意识》,河南大学2010年毕业论文。

127.郎春艳《论刘恒小说的荒野景观》,黑龙江大学2010年毕业论文。

128.邹兰兰《刘恒创作综论》,江西师范大学2010年毕业论文。

129.陈超波《对人性与生存的辛勤勘探——论刘恒的小说创作》,《中国校外教育》2010年第9期。

130.郭月华《刘恒小说的鲁迅语境》,青岛大学2010年毕业论文。

131.汪杨《〈窝头会馆〉与〈茶馆〉的对照》,《文艺争鸣》2010年第14期。

132.王倩《〈贫嘴张大民的幸福生活〉解析》,《天津职业院校联合学报》2010年第4期。

133.陈霞《论刘恒新历史小说的"个人化视野"——以〈苍河白日梦〉为例》,《湖北广播电视大学学报》2010年第8期。

134.杨新生《浅析刘恒作品中的死亡意识》,《青年文学》2010年第16期。

135.穆海亮《政治寓言与生命悲歌——〈茶馆〉与〈窝头会馆〉审美精神之比较》,《艺术广角》2010年第5期。

136.梁振华、朱安谧《"思"与"视"的协奏——论刘恒小说的"电影化想象"》,《艺术广角》2010年第5期。

137.程德培《地狱与天堂背后的多副面孔 对刘恒二十年前旧文本的新阅读》,《上海文化》2010年第5期。

138.陈兴强《传统文化与现代人文精神的冲撞——刘恒〈伏羲伏羲〉矛盾冲突解析》，《新闻爱好者》2010年第18期。

139.程丽英《论刘恒小说对生存困境的探询》，河北师范大学2010年毕业论文。

140.徐忠友《刘恒：从文学青年到中国作协副主席》，《名人传记》（上半月刊）2010年第10期。

141.冯秀林《〈苍河白日梦〉的叙事艺术》，河北师范大学2010年毕业论文。

142.陈新瑶、黄燕《"平民作家"刘恒的英雄叙事——以剧本〈集结号〉为分析个案》，《黄石理工学院学报》（人文社会科学版）2010年第5期。

143.胡艳《身体的回归——对王安忆、铁凝、刘恒1980年代创作的解读》，《湖南人文科技学院学报》2010年第6期。

144.贺春艳《析〈伏羲伏羲〉中的悲剧意识》，《安徽文学》（下半月刊）2010年第12期。

145.张柠、许姗姗《迷途的青春期与得道的成年期——刘恒的城市系列小说研究》，《中北大学学报》（社会科学版）2010年第6期。

146.古明惠《从〈家〉和〈苍河白日梦〉叙述视角的差异看时代变迁》，《吉首大学学报》（社会科学版）2011年第2期。

147.赵大年《刘恒：幸福是一种自我感受》，《纪实》2011年第4期。

148.顾晶《论刘恒小说中的存在主义意识》，扬州大学2011年毕业论文。

149.古明惠《结构：有意味的形式——〈家〉与〈苍河白日梦〉结构形态之比较》，《名作欣赏》2011年第18期。

150.段燕勤《我所认识的刘恒》，《北京文学（精彩阅读）》2011年第7期。

151.金巍《〈贫嘴张大民的幸福生活〉创作特色浅论》，《考试周刊》2011年第59期。

152.周利《论〈伏羲伏羲〉中的色彩红黄黑与人物刻画》，《文教资料》2011年第23期。

153.古明惠《从〈家〉和〈苍河白日梦〉看叙述对象的文化意义》，《时代文学》（下半月刊）2011年第9期。

154.王睿《在宿命中反抗——浅论刘恒小说中的悲观与达观》，《青年文学家》2011年第18期。

155.张景华《刘恒（北京作协主席）：文学创作面临艰难处境》，《光明日报》2011年12月22日。

156.黎安康《宿命与孤独——论刘恒小说中的两种精神现象》，《文学界》（理论版）2011年第12期。

157.滕朝军、母华敏《中国话剧创作的病灶及其对策——以〈茶馆〉〈窝头会馆〉为例》，《四川戏剧》2012年第1期。

158.陆金燕《刘恒笔下的窑主和雇工形象解读》，《文学界》（理论版）2012年第3期。

159.王辰沙、杨红旗《被书写的悲剧——试论〈狗日的粮食〉的悲剧生成》，《文学界》（理论版）2012年第4期。

160.赵登银、罗茜《生活的话语权——析〈狗日的粮食〉》，《贵州师范学院学报》2012年第4期。

161.戚惠《论刘恒小说的存在主义思想》，广东技术师范学院2012年毕业论文。

162.董婧《人性与人伦的交织下的扭曲——浅析〈伏羲伏羲〉的主题意蕴》，《群文天地》2012年第9期。

163.王艳萍《论刘恒小说的荒原意识》，山东师范大学2012年毕业论文。

164.胡蓓《跨媒介视野下小说创作的影像叙事——以严歌苓、刘震云、六六、刘恒为例》，《华中人文论丛》2012年第1期。

165.刘艳宗《对一个精神分析文本的解读——论〈虚证〉中郭普云的精神实症》，《南阳师范学院学报》2012年第7期。

166.花曼娟《〈窝头会馆〉：新主旋律叙事》，《贵阳学院学报》（社会科学版）2012年第4期。

167.王紫星《刘恒与余华的粮食情结》，《北方文学》（下半月刊）2012

年第8期。

168.徐秋里《寂寞的肉体和孤独的灵魂——〈狗日的粮食〉对生存困境的描述》，《剑南文学（经典教苑）》2012年第10期。

169.景银辉《欲望与裂变——刘恒小说论》，《芒种》2012年第22期。

170.程丽英《论刘恒笔下人物殊途同归的宿命结局》，《湖北广播电视大学学报》2013年第1期。

171.侯慧庆《〈狗日的粮食〉：生存荒原上的生命绝唱》，《短篇小说》（原创版）2013年第5期。

172.郝文智《"粮食"的苦味——浅析〈狗日的粮食〉的悲剧色彩》，《青年文学家》2013年第4期。

173.盛晓玲《火焰与灰烬——刘恒小说〈伏羲伏羲〉精神分析学解读》，《河北民族师范学院学报》2013年第1期。

174.刘如鹏《刘恒小说的底层叙事研究》，河南师范大学2013年毕业论文。

175.王佳静《变化与恒常——论刘恒的影视文学创作》，黑龙江大学2013年毕业论文。

176.许元振、邹泽园《〈棋王〉和〈狗日的粮食〉对"吃"的书写比较》，《怀化学院学报》2013年第6期。

177.刘静《生态批评视野下的刘恒小说——以〈伏羲伏羲〉为例》，《烟台职业学院学报》2013年第3期。

178.彭在钦、杨石峰《刘恒新历史小说中的个人化视野》，《小说评论》2013年第6期。

179.汤金华《读刘恒的〈伏羲伏羲〉》，《文学教育》（上半月刊）2013年第12期。

180.叶毓、杜莉《论〈窝头会馆〉的艺术特色》，《黑龙江教育学院学报》2014年第2期。

181.丁文梅、张波《现实宿命铸就的悲剧——解读刘恒小说悲剧的原因》，《赤子》（中旬刊）2014年第4期。

182.刘杰《新写实小说影视改编现象研究——以方方、池莉、刘震云、刘恒的作品为例》,陕西师范大学2014年毕业论文。

183.李丽娟《生存困境中的"幸福"追寻——论〈贫嘴张大民的幸福生活〉中的人道主义情怀》,《安徽文学》(下半月刊)2014年第8期。

184.艾亚南《试析〈狗日的粮食〉对生命本能的展现》,《邢台学院学报》2014年第3期。

185.吕鹤颖、苗勇刚《"文革"小说中的人性之恶与情境之责——以刘恒的〈逍遥颂〉为例》,《文化研究》2014年第1期。

186.何晓琪《生命之重:"苦味"的粮食——论刘恒〈狗日的粮食〉》,《现代语文》(学术综合版)2014年第10期。

187.杨宁宁《心是永远的战场——〈伏羲伏羲〉的精神分析学解读》,《名作欣赏》2015年第2期。

188.林业锦《困境中的人性张力——论〈贫嘴张大民的幸福生活〉的空间意识》,《唐山师范学院学报》2015年第1期。

189.林业锦《论刘恒小说叙事空间的选择及意义》,广西民族大学2015年毕业论文。

190.何明敏《去雅从俗的"京味"话剧〈窝头会馆〉》,《当代戏剧》2015年第2期。

191.王静《刘恒小说的叙事艺术》,陕西师范大学2015年毕业论文。

192.王静《析〈虚证〉的双重叙事》,《山西师大学报》(社会科学版)2015年第S1期。

193.殷隽《刘恒小说的修辞特色》,闽南师范大学2015年毕业论文。

194.蔡信强《孤独和死亡——人的存在之思——评刘恒的中篇小说〈虚证〉》,《教育现代化》2015年第11期。

195.龚刚《伦理叙事学的方法论思考——以刘恒〈连环套〉为例》,《人文中国学报》2015年第21期。

196.余晶《非常美 非常罪——以〈伏羲伏羲〉与〈水随天去〉为例谈乱伦悲剧》,《淮北职业技术学院学报》2016年第1期。

197.李欣辛《丑陋的现实，鄙贱的人生——刘恒〈狗日的粮食〉评析》，《名作欣赏》2016年第8期。

198.底洁璇《论刘恒〈窝头会馆〉中的三重生存困境》，《牡丹江大学学报》2016年第4期。

199.黄岳杰、张娇娇《论〈窝头会馆〉与老舍都市平民话剧的互文关系》，《杭州师范大学学报》（社会科学版）2016年第3期。

200.舒晋瑜《刘恒与资本战斗》，《中华读书报》2016年6月22日。

201.刘娜《刘恒小说的人性冲突主题研究》，西安外国语大学2016年毕业论文。

202.齐亚秋《刘恒乡土小说中新乡土意识的形成和演变》，《艺术科技》2016年第7期。

203.刘时琳《无望的挣扎——论刘恒笔下人物的生存困境和悲剧命运》，《鸭绿江》（下半月刊）2016年第8期。

204.林业锦《论刘恒小说乡土空间及其文化隐喻》，《绥化学院学报》2016年第9期。

205.孔丽波《生存的苦难——小说〈狗日的粮食〉悲剧性论析》，《长江丛刊》2016年第29期。

刘
恒
研究资料